VALET DE NUIT

DU MÊME AUTEUR

L'Ombre, le fleuve, l'été, 1983.

MICHEL HOST

VALET DE NUIT

roman

BERNARD GRASSET
PARIS

Tous droits de traduction, de reproduction et d'adaptation
réservés pour tous pays.
© 1986, Editions Grasset & Fasquelle.

Télémaque :
« Ma mère affirme que je suis son fils; mais, moi, comment le saurais-je ? Nul n'a pu vérifier en personne sa naissance. »

L'Odyssée.

« On sait bien qu'elle est inextinguible, la souffrance que vous causent vos proches, à moins de les métamorphoser en étrangers, ou de devenir étranger soi-même, et ce n'est pas le réprouvé mais l'oublié qui est inconsolable. »

CHRISTA WOLF, *Cassandre.*

I   Un garçon ordinaire
II Conversation la nuit
III Paula Rotzen
IV Valet de nuit

I

Le fleuve poussait ses eaux jaunes, épaisses, mêlées à la substance émiettée de ses berges, à la poussière des feuilles. Les travaux de régularisation des eaux réalisés ces dernières années en amont de la ville n'avaient pas suffi à modifier ses rythmes intimes. Ils les avaient assagis, rien de plus. Ses crues se mesuraient au pied, au genou, à la poitrine, au menton et à la chéchia du zouave du pont de l'Alma. A mi-mollet, les services municipaux évacuaient d'urgence les voitures qui encombraient les quais de la rive gauche. L'autre berge était depuis longtemps transformée en autoroute. Les humains s'activaient à remorquer les véhicules abandonnés ou laissés pour compte par d'oublieux propriétaires. Aux parapets des ponts, des badauds contemplaient ces travaux de fourmis.

Nuit d'octobre. Nuit de novembre bientôt. Le fleuve rêve, ma pensée fait corps avec lui. Il traverse la ville d'est en ouest. Il s'est grossi de rivières qui, après tout, eussent pu lui donner leur nom. Il l'a emporté sur elles. Pourquoi lui? Sequana. Sequana Dea. Il est resté modeste. Ce n'est ni l'Orénoque, ni l'Amazone. Il entre dans la ville par la porte de Bercy et en sort, curieusement, par celle du Point-du-Jour. Il décrit ici un arc de cercle presque parfait, une boucle rassurante et maternelle. Les fenêtres de notre appartement donnent sur ses quais et dans les nuits silencieuses, j'entends s'écouler sa masse liquide.

Je le connais bien, entre ses rives de pierre, sous ses arches successives. Je veux parler de cette familiarité qui m'unit à lui. Les humains l'indiffèrent mais lui ont bâti des berceaux de craie et d'acier, tous les ponts qui le prennent à la taille. Pour lui ils ont écrit des livres, peint des images : monuments de mots, Notre-Dame de nostalgie, Sainte-Chapelle de coups de cœur, et même un Louvre d'amours éparpillées. La passerelle du pont des Arts ayant menacé de s'abîmer dans ses eaux, ils l'ont reconstruite. Même plancher, même bastingage de fil de fer. Ils ont seulement augmenté la portée des arches afin de supprimer cette pile que de trop lourdes péniches frappaient de leur nez.

Ce n'est pas au Pont-Neuf, ni à l'étrave du Vert-Galant que j'ai mes rendez-vous secrets avec lui. Au premier rayon de soleil l'endroit se peuple de tribus de laiderons aux genoux pointus, de guitaristes et de maniaques de la photographie. Je l'attends en deux endroits précis (je ne suis pas comme tout le monde, ce qui ne me rend pas la vie plus facile) d'où je le vois différemment, à ma façon.

Mon premier point de vue est celui qui s'offre après la station Arsenal, lorsque la rame arrive au quai de la Rapée. Avant de s'immobiliser, elle vire gracieusement à gauche pour contourner la bâtisse presque opaque de l'Institut médico-légal. Je vois alors défiler sur ma droite les briques violacées de l'institut. Il faut lever les yeux pour apercevoir les fenêtres garnies de verres épais qui ne laissent pénétrer qu'un peu de la clarté extérieure. Dedans brille une lumière tremblotante de glacier juste avant la chute du soleil. Elle brûle, quelle que soit l'heure du jour ou de la nuit. Lorsque la rame s'arrête, je ne me défends pas de l'image de tous ces corps allongés derrière les murs sales. Dans leur bac roulant et réfrigéré, ils attendent l'improbable regard amical ou amoureux, l'inspection de police, le bistouri du médecin légiste ou du carabin, le contact expert des mains de l'employé des pompes funèbres. La rame repart dans un ferraillement que l'on ne connaît plus sur les autres lignes, toutes mises sur pneus et suspensions silencieuses. Elle se dirige au pas vers la gare d'Orléans-Austerlitz, car il lui faut prendre un

Un garçon ordinaire 15

second virage en sens inverse du précédent et traverser le pont d'Austerlitz.
Le son des caisses d'acier se modifie brusquement sur les rails suspendus. Nous entrons dans l'espace du fleuve. Nous le survolons. Les pauvres frères tenus dans la glace et le formol s'éloignent de nous. Apparaissent les eaux brillantes sur lesquelles le vent dessine de souples et changeantes friselures. La mort encombrante, pitoyable, n'est plus qu'un mauvais rêve. La vie s'avance, splendide et puissante. Lente et sûre d'elle-même, elle s'est établie depuis des siècles au pied de ses îles de la Cité et Saint-Louis. Juste avant d'entrer en gare d'Austerlitz, je jette un coup d'œil sur les pattes d'araignée géante qui ceinturent le déambulatoire de la cathédrale, sur l'enfilade des trois ponts Sully, de la Tournelle et de l'Archevêché. De l'autre côté, vers Bercy, se dégage l'édifice de la gare de Lyon, flanquée d'une tour couverte de miroirs verts déformants. Les nuages s'y diluent. Sur les eaux avancent des trains de péniches chargées de sable, de charbon. Parfois leur appontement est clos et surmonté d'une cabine dans laquelle un marinier tient à deux mains le gouvernail étoilé. Entre la cabine et la proue, la femme étend son linge comme ferait une paysanne dans son carré de choux. Les convois flottants longent le port, ses quais balayés de vent, ses hauts bâtiments à façade grise, aux fenêtres aveuglées, lavées de soleil et de pluie. C'est comme un rappel discret, fugitif, du funèbre institut d'en face. Après, le voyage sous terre recommence avec pour horizon des parois verdâtres où s'écoulent des filets de liquides incertains et l'éternel vagabond DUBO DUBON DUBONNET.
Les stations de métro ont de nombreux avantages. Elles peuvent être aériennes. Elles se présentent aussi comme les chapitres du livre de la ville. Elles sont l'en-tête, la rubrique des quartiers. Pour connaître intimement la ville, quoi de plus simple que de lire les chapitres de son livre souterrain, ligne à ligne et mot à mot? Propositions principales et subordonnées, indépendantes parfois (en bout de ligne), incises et dérivées, les lignes du métro s'enchaînent les unes aux autres : Nation (je m'y rends par Odéon, je change à Châtelet), Picpus, Bel-Air, Dau-

mesnil, Dugommier, Quai-de-la-Gare, Chevaleret, Nationale, Italie, Corvisart, Glacière, Denfert-Rochereau, Raspail, Edgar-Quinet, Montparnasse-Bienvenüe, Pasteur, Sèvres-Lecourbe, La Motte-Picquet-Grenelle, Dupleix, Bir-Hakeim (je descends ici), Passy, Trocadéro, Boissière, Kléber, Charles de Gaulle-Etoile. La ligne Nation-Etoile enchaîne la moitié sud de la capitale. Elle a son alter ego dans la moitié nord, avec moins d'harmonie dans son tracé plus enterré. Le métro me permet d'atteindre mon second lieu de rendez-vous avec le fleuve. Celui de la belle saison.

Un romancier allemand, et non des moindres, a observé avec une germanique exactitude que le temps est éprouvé différemment selon la qualité et l'usage de l'espace où se déroule l'existence des hommes. Dans les villes, où chaque mètre carré est compté et le gaspillage devenu impensable, il n'est plus permis de perdre son temps. On épargne les secondes, les minutes de la même façon que l'on gagne de l'espace, autant que faire se peut, dans la troisième dimension. Ainsi se dressent les tours, les gratte-ciel, les champignons d'acier. L'observation du romancier allemand, si elle se vérifie jusque dans la plus petite bourgade, où se font concurrence un épicier, un garagiste, deux banques, une caisse d'épargne, un boulanger et le supermarché avec son parking encombré de carrioles de fil de fer, de tables de jardin, de cageots et de tondeuses à gazon, pêche cependant par son caractère absolu. L'espace urbanisé ne l'est jamais si totalement qu'on ne finisse par y découvrir un lieu imprévu où le temps se libère des contraintes ordinaires. Je ne fais pas allusion aux promenades, jardins, parcs, zoos et cimetières, tous lieux de repos, d'évasion provisoires ou définitifs, mais bien à ces lieux voués par fonction au travail et au service du citadin. Par exemple, si l'on sort du métro à Grenelle ou à Passy, aux beaux jours s'entend, il est on ne peut plus aisé de découvrir un tel lieu.

Grenelle est ma station préférée. On traverse le pont à pied. A droite, on voit la tour Eiffel et, semble-t-il, on pourrait la toucher du doigt. On aperçoit les abords du Champ-de-Mars, la colline de verdure et de pierre lisse du Trocadéro coiffée du palais de Chaillot. Quant à cette

Un garçon ordinaire 17

liberté de goûter le passage du temps, le véritable intérêt n'est pas de ce côté-là car les visiteurs des différents musées, les touristes qui grimpent et dégringolent dans la cage de la tour ne perdent pas une minute. L'allure nonchalante qu'ils adoptent volontiers n'est qu'un déguisement destiné à faire illusion. Non, il faut aller droit devant soi, au bout du pont, jusqu'à ces noires falaises de ciment, de pierre et de fonte creusées par la ligne du métro. La rue de l'Alboni est une gorge obscure et humide. Cañon hivernal, bouche d'enfer, elle est l'obscure tentation du vagabond de ville. Du soleil elle ignore à peu près tout. On circule sur deux niveaux dans ce corridor d'entrée des beaux quartiers : la chaussée peu encombrée, et la ligne aérienne flottant à la hauteur du deuxième étage des immeubles riverains. Avant la station Passy, l'œil inquisiteur cherche à percer quelque secret fugace ou infamant entre l'écartement des doubles rideaux ou derrière le feuillage anémié d'un rhododendron. Pourtant, quand la rame s'arrête, il n'a rien vu qu'un immense abat-jour de carton jaunâtre allumé en plein jour, de massifs fauteuils Chippendale rangés autour d'une table basse et, en fait d'êtres vivants, une domestique en tablier s'échinant à nettoyer au chiffon et à la bombe les baies encrassées du salon de ses maîtres.

La brèche de la rue de l'Alboni ressemble fort à une interdiction de pénétrer sur les terres de la pierre de taille et des comptes en Suisse. J'exagère peut-être. Il ne s'agit que d'une mise en garde : vous qui entrez ici, laissez toute espérance... D'en bas, au niveau de la chaussée, l'impression sinistre est accentuée par la perspective des deux hauts escaliers qui, à droite et à gauche de la ligne, permettent aux voyageurs de joindre ou de quitter la station Passy.

On a donc toutes les raisons de laisser ce poste avancé pour prendre, sur la gauche, l'avenue du Président-Kennedy (autrefois quai de Passy), puis les quais Louis-Blériot et du Point-du-Jour. Cette promenade est à recommander pour la dissipation du précieux temps, pour y accumuler des pas en pure perte car, au-delà du Point-du-Jour, il n'y a plus rien, strictement rien. Dès les heures claires du printemps elle est sur toute sa longueur exposée aux traits du soleil. En hiver, elle recueille les rayons avares comme dans un creuset. Ce phénomène est dû à son orientation nord-est-sud-ouest et à sa presque parfaite adéquation au déplacement de la trajectoire solaire sur la ligne d'horizon durant la saison froide. Du point de vue de la température et du confort, il n'est presque rien de mieux aujourd'hui à Paris. La remarque peut sembler l'indice de la pusillanimité de l'esprit petit-bourgeois, l'un n'allant pas sans l'autre. Je me reconnais volontiers membre à part entière de cette petite-bourgeoisie qu'il m'arrive d'exécrer de toutes mes forces.

Ce qui frappe d'emblée lorsqu'on avance sur sa rive droite, c'est qu'il n'y a rien à voir hormis le fleuve. L'avenue est bordée de maisons austères, closes sur leurs jardinets étiques, leurs secrets d'argent et de polichinelle. Un trottoir étroit où des autochtones, le plus souvent de sexe féminin, promènent des chiens de tailles et de races diverses, longe sans se lasser la muraille des appartements et des arbustes maigres. Pas question de trouver ici la moindre boutique de mercière – ni même de modiste à l'ancienne mode –, pas de café non plus ni de bar discret. C'est le lieu qui, dans cette ville, ressemble le plus au désert, et cela exprime son charme radieux et désespérant. Mais, comme dans le désert, l'œil y porte très loin. Vers l'autre rive il rencontre le mirage des gratte-ciel bleus et jaunes, des grands hôtels, des immeubles de rapport et de bureaux, beauté des quais André-Citroën et de Grenelle. C'est l'horizon d'une tout autre ville : explosive, travailleuse, théâtrale, cartonnée, ravaudée, travaillée au forceps de gigantesques grues jaunes et de caterpillars grognons, ville rongée, hachélémisée, promotorisée, dévalisée, plastifiée et habillée du faux luxe de notre époque. Impossible d'y abandonner le regard, de le laisser s'égarer dans quelque fouillis rêvé, mi-végétal, mi-minéral, dans un désordre de maisons, de balcons et de toitures que les ans auraient revêtus de leur imprimatur. La patine ne collera jamais à la brique creuse et au plexiglas. Tout sera rongé de crasse lépreuse et rendu à la poussière avant qu'on se soit seulement habitué au décor. Je dois reconnaître que la pierre sale et baveuse de cette rive-ci, cloîtrée dans son silence et sa distance hautaine, est bien plus rassurante. Elle a partie liée avec le temps, qu'on ne verra pas l'user. C'est une raison de plus pour que tout ce qui se passe de ce côté, celui des maisons, jardinets et chiens, soit si proche du rien, de l'inerte. La contradiction avec le siècle y est si totale qu'elle apparaît dès le premier pas. Les quelques rares voitures qui fréquentent ces quais paraissent égarées. Seul un heureux hasard appelé sens unique leur permet de se diriger droit vers le centre ville. Il se pourrait qu'un jour le sens soit inversé et qu'elles aillent dans la direction opposée, vers la frontière du strictement rien située au-delà du quai du Point-du-Jour.

Le marcheur avance vers l'ouest. Il suit le fil de l'eau indolente. En amont, la fonte des neiges non encore achevée l'a troublée, mais le fleuve est resté d'humeur paisible. Il est glacé. Un naufragé y mourrait en quelques minutes. Cela se devine à l'impuissance de la lumière à percer ne serait-ce que quelques millimètres de cette surface métallique. Mais la vie n'en est pas absente, loin de là. Les mouettes, venues du Havre, de Rouen... filent en trois coups d'ailes d'un pont à l'autre. Parfois, posées sur le miroir gris, elles se laissent dériver avant de s'écarter brusquement du scull ou du quatre-sans-barreur dont les rameurs portent les couleurs du Racing Club. Le long de l'allée des Cygnes, langue verte étirée au milieu de l'eau, naviguent des flottilles de colverts. Femelles aux plumes fauves, mâles en livrée accompagnent les petits des couvées de printemps, duveteux, l'œil étonné. Tous descendent le fleuve et vont vers la berge où sont amarrées les péniches-habitations. Il y a l'*Etoile du Sud*, la *Martinique*, la *Tuamotou*, l'*Ancre rouge*, la *Spitzberg*, la *Bougainville*... Des fenêtres, on leur lance les reliefs du petit déjeuner. Les palmipèdes vont de maison en maison, quêtant des miettes sur leur passage. Sur les appontements longs et étroits des enfants les guettent et poussent des cris. D'autres y circulent à bicyclette. Une jeune femme vêtue seulement d'un slip bleu expose son corps aux frais rayons du matin.

C'est le matin, en effet, que l'on jouit paisiblement de ces spectacles presque campagnards. On observe les péniches qui toutes ont leur originalité. Dans l'une on remarque les acajous du salon. Ils figurent, en réduction, l'intérieur luxueux d'un transatlantique d'autrefois (il s'agit en réalité de celui du *Champlain* longtemps affecté à la ligne Le Havre-New York). Une autre péniche est ceinte de verrières. C'est une serre flottante : partout y poussent des lierres, des zinnias, des papyrus, et le pont lui-même est encombré de tonneaux plantés de marronniers, de jardinières de violettes et de capucines. Mais pas âme qui vive, comme si l'horticulteur avait quitté le navire.

Une autre est une longue boîte de ferraille, une coque vide. Elle est peinte de rouge sang. La rouille bave de ses hublots grossièrement découpés au chalumeau dans la tôle épaisse. Elle semble morte, et pourtant on a l'impression que des ouvriers munis de planches et de lampadaires pourraient venir l'aménager d'une minute à l'autre. Sur la paroi intérieure on remarque encore la crasse des chargements de charbon d'autrefois. Des reflets de lumière y dessinent une sarabande de filets clairs et frémissants. Entre la coque rouge et la berge, à fleur d'eau, se prélasse un chevesne gras, profil sombre et ventre lustré. Il s'éloigne sans hâte à l'approche du promeneur, s'enfonce dans l'épaisseur trouble du courant.

On voit aussi les boîtes aux lettres installées entre le haut bord du bâtiment et le trottoir qui surplombe la berge. Il y a là, sur une pente raide, tout un tohu-bohu de verdure, d'ancres rouillées et de pneus crevés, avec des escaliers, des passerelles fraîchement repeintes, de fragiles ponts de planches garnis d'une ficelle en guise de garde-fou. Leur pile externe est un socle de béton plongé dans l'eau durant tout l'hiver. Des bras d'acier articulés, des tubes creux de fort diamètre relient chaque péniche à des points fixes maçonnés en terre ferme. Ils l'empêchent ainsi de venir s'y frotter, et, que le niveau d'eau monte ou baisse, elle suit le mouvement sans mal.

C'est ici, dans l'exercice d'une marche tranquille, que je saisis le mieux l'abolition possible et féconde du temps. Ici, je reconnais que le temps compté, maniaquement découpé par les montres et les machines pointeuses, est un dévoiement de la réalité même du temps, laquelle est

Un garçon ordinaire 21

tout intériorité. Le temps est divers, comme chacun, et appartient à chacun comme le signe de sa libre pulsation. L'esprit seul en est le comptable. Or ses évaluations du temps sont obligatoirement inexactes, embrouillées, car jamais il ne les effectue au moyen d'un quelconque système numérique. Ainsi, maintenu sous la coupe de l'humeur et de l'instant, il se désoriente avec délices et dépense sans remords, et souvent sans bénéfice, ces minutes, ces heures si précieuses.

Le lent défilement du fleuve, la caresse de la lumière sur la peau liquide, les traversées d'oiseaux aquatiques, les péniches, les traces de présence ou d'activités humaines surprises au passage suffisent à créer en moi cette translation du temps mécanique au temps intérieur, qui est la cadence même de mon être, mon battement vital. Cette sensation, car il s'agit de sensation et de rien d'autre, m'a aussi été procurée, de manière identique, par mes excursions en moyenne et haute montagne pendant les vacances que j'y ai quelquefois passées avec maman. La solitude, le presque inaudible sifflement du vent sur l'arête tranchante d'une crête, le passage hâtif ou paresseux d'un nuage, les lames des massifs enneigés lancées contre le vide de l'espace m'ont restitué le branle unique du vivant que j'étais alors. Celui aussi du jeune homme, du rêveur que je fus.

J'imagine que le flux et le reflux des vagues de la mer sans cesse relancées (je n'en ai pas fait l'expérience), la vision des plages où le sable garde l'empreinte du pied jusqu'à ce que le vent l'assèche et la comble de nouveaux grains minuscules, ce lourd parfum de sexe maternel, tout cela qu'ont vu, entendu et flairé nos ancêtres velus et prognathes doit permettre de retrouver le temps non domestiqué, la durée harmonieuse, osmotique. Mais il n'est pas d'être que le temps mécanisé n'ait marqué plus ou moins. Pour beaucoup cette marque est indélébile, et la manie perverse de ne savoir perdre ce temps-là pour retrouver l'autre, originel et exclusif, est définitivement acquise. A tel point qu'ils estiment devoir combler les espaces vides d'activités de loisir insignifiantes en dépit des airs d'importance qu'ils affichent pour les exercer. Ma paresse suffirait à me protéger, et par ailleurs je manque cruellement d'idées.

D'une certaine façon, je vis loin du monde et de son bruit. Le fleuve m'est nécessaire. Compagnon fidèle, musique aimée, il forme le contrepoint de ma misanthropie. Que je marche au long de ses rives, que je le regarde, je retrouve l'équilibre menacé ou perdu.

Maman et moi ne quittons pour ainsi dire plus notre appartement du quai des Grands-Augustins. Cela me convient. Le fleuve coule sous mes fenêtres. Nos dernières vacances, comme les précédentes, nous les avons passées en montagne. Maman la préfère à tout. Nous sommes allés à Zermatt, à Lugano. Nous connaissons Feldkirch et les longues marches dans le massif du Vorarlberg. Récemment, nous nous sommes rapprochés, mais notre séjour à Bourg-Saint-Maurice a été si décevant que maman a projeté d'aller découvrir les Alpes de l'Engadine. Nous en avons les moyens et peut-être l'accompagnerai-je encore une fois. Pourtant, aux dix mois que nous passons ensemble dans notre appartement parisien je ne vois aucune raison d'ajouter les deux mois de l'été. Il est vrai que, hormis maman, peu de personnes tiennent dans ma vie une place digne d'être mentionnée. Mon père a disparu depuis longtemps. Toni Soan, l'ami de maman, s'est comporté comme un père à mon égard durant toutes les années où il a été nécessaire et avantageux qu'il le fît. Reste Paula Rotzen. C'est une jeune femme que j'ai rencontrée il y a deux ans. Elle vit à Paris. Nous nous voyons aussi souvent que nous le pouvons. Maman ne l'a admis que récemment et avec difficulté. Outre cela, personne.

Maman n'avait pas desserré les dents depuis plusieurs jours. Lèvres pincées, elle allait d'un fauteuil à l'autre, d'une pièce de l'appartement à l'autre. Son teint jaune dénonçait le manque de sommeil. Dès trois heures de l'après-midi les cendriers étaient pleins à ras bord. Jusqu'à mes vêtements, Paula Rotzen me l'avait fait remarquer, empestaient l'odeur sucrée des Craven.

Tous ces derniers jours, même lorsque mes yeux étaient fixés sur maman, ils ne la voyaient pas. Cela l'irritait et elle commençait son inquisition :

« Toi, tu as perdu de l'argent au poker, ou aux courses ?...
– Tu sais bien que je ne joue plus.
– Alors tu es amoureux. C'est cette fille, n'est-ce pas ?
– Oui, c'est cette fille, comme tu dis.
– Amoureux ! Est-ce que j'ai jamais été amoureuse, moi ? Si encore tu étais quelqu'un... Paula est une gentille fille, tu sais que je le pense, mais elle s'occupe de poésie... Enfin, qui s'occupe de poésie aujourd'hui ? Quelle dérision ! »

Ses cheveux gris voltigeaient au bout du couloir. Elle claquait les portes. Je n'attachais pas trop d'importance à ces démonstrations d'humeur. Elles me rappelaient ces samouraïs de cinéma qui s'injurient longtemps avant de se passer des épées de carton au travers du corps. Maman finissait par se calmer. Elle sortait de la cuisine, ou de sa chambre, pour formuler sur un ton plus neutre quelque nouvelle revendication, comme :

« Tu n'es pas passé aux ateliers. Tu dois y passer. Toni Soan me l'a dit. C'est au sujet des nouvelles machines. »

Je répondais que oui. Qu'il n'était pas question que je ne me conforme pas aux souhaits de Toni Soan. Que j'irais aux ateliers dans les plus brefs délais.

Je savais qu'il s'agissait de machines à tisser électroniques de fabrication américaine. On les avait livrées dans le courant de la semaine précédente. La seule apparence de vérité était que Toni Soan avait dit, dans le courant de la conversation, que je pouvais passer aux ateliers si les nouvelles machines m'intéressaient. Qu'il me les montrerait dans ce cas, et rien d'autre. Pourquoi ne pouvait-elle s'empêcher de tout transformer et finalement de mentir ?

Un observateur fraîchement débarqué sur la planète inhospitalière que nous occupons maman et moi s'étonnerait sans doute de la brutalité de nos rapports. C'est un combat souterrain, incessant. Une lutte feutrée où aucun des adversaires ne se résigne à porter l'estocade. Elle, plus par respect des convenances que par amour de moi. De mon côté, je ne sais pas. Je me sais nerveux, impulsif et peu capable de contrôler mes réactions de violence. Dans mes pires moments, un instinct me pousse à m'en prendre aux objets. Je les brise, les projette sur les murs avec d'autant plus de vigueur que je les sais rares et précieux. D'une pâte de verre de Gallé – un vase que j'aimais beaucoup – j'ai failli blesser les enfants de madame Reyne, notre concierge, il n'y a pas si longtemps. Ils jouaient dans la cour intérieure de l'immeuble lorsque l'objet d'art a explosé à leurs pieds. Je l'avais lancé à travers une vitre. Le tapage monté du puits obscur fut épouvantable. Le mari de madame Reyne, une brute en modèle réduit, voulait me dénoncer à la police.

Tout cela vient de très loin. Je me souviens qu'enfant je peignais à l'aquarelle des couchers de soleil sur des forêts hivernales. Si j'égarais un pinceau, un tube de couleur... c'était la crise instantanée. Je me roulais sur le sol. Je hurlais de rage jusqu'à épuisement de mes forces. Plus tard, pour une violation de tiroirs, j'avais affronté maman avec ce qui m'était tombé sous la main, la fourchette à viande. J'avais écrit un poème érotique pour une camarade de lycée. Maman avait mis la main dessus et m'avait traité de vicieux. Il s'en était fallu de peu que l'affaire prît un tour sanglant. Dans ces moments de paroxysme il me semblait que je me heurtais à un mur et que j'éprouvais, en même temps, un plaisir glacé. Je savais ce que ces crises signifiaient. Elles devaient me permettre d'atteindre ce genre de plaisir. Au cours de ces dernières années j'ai connu une nette modération de ces tendances. Bien qu'insatisfait de moi-même et de la vie, je ne trouve cependant plus rien qui me soit réellement insupportable. Bien entendu, le goût du dessin et de la peinture m'est passé assez vite. Quant aux poèmes, je n'en ai plus écrit un seul.

Je ne me considère pas comme un être normal au sens où l'entendent la plupart des gens. Je comprends que s'il arrive à un artiste, à un savant, à un créateur de souffrir de la fragilité de leur système nerveux, de passer pour fous ou bizarres, l'art et la création leur servent d'alibi. Il entre alors une rassurante légitimité dans leurs comportements irrationnels. Pour moi, il n'en a jamais été ainsi. Mon impuissance à imaginer quoi que ce soit, à donner une forme quelconque à mes idées, m'a apporté le sentiment d'une stérilité irrémédiable. Apprécier une peinture exige de moi un effort épuisant, et pour quel résultat? Le mieux que je puisse faire est d'écouter de la musique et d'en retirer un certain plaisir. Cela est venu depuis que j'ai rencontré Paula Rotzen. Etre amoureux, cela m'est possible. Maman ne le comprend pas bien : « Amoureux, toi, mon pauvre Philippe? Sais-tu que tu commences à avoir du ventre? Je me demande ce qu'elle te trouve, la petite Paula. »

Le même observateur serait aussi en droit de s'interroger sur l'étrange comportement d'une mère et d'un fils qui ont fini par former une espèce de couple retiré dans sa thébaïde, couple dégagé de toute contrainte matérielle mais réduit au silence, ligoté, incapable de dénouer son écheveau inextricable. Jamais nous n'avons été capables d'aller au fond des choses. Le silence, oui, a toujours été la première règle de notre couvent. Silence sur tout et sur rien. Silence de principe, et peut-être de sauvegarde. Maman ne m'a jamais rien dit. Jamais je ne me suis senti en droit de l'interroger. Tout ce que j'ai appris, c'est à la dérobée.

Je vais avoir quarante ans. Je me demande ce que maman peut éprouver, elle qui en a vingt de plus. Elle est née un 31 décembre, ce qui lui donne un an immérité de plus. Elle est restée coquette et ne laisse jamais traîner sa carte d'identité. Je l'ai vue pourtant, un jour où elle était tombée de son sac. Je sais qu'elle a très exactement soixante-cinq ans et n'en avoue que soixante. Elle m'a eu sur ses vingt-cinq ans. Qu'est-ce qu'elle avait à courir à cet âge-là? Sa sœur était casée depuis longtemps, et la plupart de ses amies sans doute. Bien entendu, tout cela ne me regarde pas. Ce n'est pas mon affaire. Ce qui est certain, c'est que je suis né au bout de sept mois. Prématuré. Le secret honteux a été bien gardé. Les médecins se sont, paraît-il, donné beaucoup de mal pour me maintenir en vie. Cela a tenu du miracle. Je suis resté en couveuse jusqu'à ce qu'il parût indéniable que la vie s'était accrochée à moi. Il semble, d'après quelques anciennes photos dont j'ai gardé le souvenir, que maman m'aimait alors.

Tout s'est gâté lorsque mon père, après s'être glissé dans la peau du Héros, nous a quittés avant que la guerre ne prît fin. Selon l'expression de maman, « il nous a laissés tomber comme de la crotte ». Elle disait aussi qu'il avait « secoué la terre de ses souliers ». C'était sa façon de lui adresser ses reproches et de me les assener avec des regards affreux qu'elle lui dédiait à travers moi.

Ce fut une des époques les plus terribles de notre existence. Plus terrible que celle de la guerre. Elle voulait mourir, je tâchais de l'en empêcher. On ne mangeait que du pain piqué de moisissures. Il n'y avait plus besoin de fournir des tickets pourtant. Les boulangeries, les épiceries étaient à nouveau fort bien approvisionnées. Elle ne buvait même plus et n'avait pas la force de se traîner jusqu'au robinet. Je lui apportais ses verres d'eau. Elle avalait à petites gorgées espacées. Je lui reprenais chaque verre des mains.

C'était à la fin de la guerre. On tiraillait dans les rues de Paris. On se canardait entre le quai Saint-Michel et les fenêtres de la Préfecture. Des hommes passaient sous notre balcon les mains en l'air. D'autres, pour se revancher sans doute de cinq années d'aplatissements et de tacites collaborations, défilaient en chantant *la Marseillaise*. Dans toutes les rues, on chantait. C'était le plein soleil d'août. Une vie d'enfer, l'univers en expansion. Mais ici, dans notre appartement, l'espace s'était assombri et glacé. Maman espérait encore qu'il reviendrait. Elle l'attendait. Je n'avais pas le droit de mettre le nez dehors à cause des balles perdues. La Gestapo n'avait pas cessé de régner sur les cervelles. Il y avait aussi les collabos, les ordres de la Kommandantur, la Cinquième Colonne... Bref, mille raisons pour m'empêcher de sortir. Dieu merci, il arrivait que nous recevions *Paris-Match*. Les monceaux de squelettes et de débris humains que j'y avais vus pris en photo m'avaient permis de comprendre

Un garçon ordinaire

que cela avait été bien pis que la comédie de boulevard que j'avais entrevue de la fenêtre de notre salon. Après la libération de la ville, par je ne sais quelle peur, on me confinait encore dans l'appartement. Comme les écoles avaient rouvert leurs portes et réorganisé les cours, j'allais prendre du retard. On fit venir tous les jours une demoiselle aux yeux verts, mademoiselle Bertin, dont la fonction était de m'enseigner les rudiments. Elle était la douceur même. Outre la lecture, l'écriture et le calcul, elle m'apprit à dessiner un ballon à l'aide d'un compas et surtout à tracer le contour délicat d'une jonquille et à la colorier.

Le Héros ne s'était pas éclipsé d'un seul coup. Pendant la période la plus dure, celle qui précéda, longue et morne, les combats de rue, il avait pour habitude de disparaître, des semaines entières parfois, avant de rentrer chez nous. Elle me disait : « Il est parti depuis quinze jours, nous avons une chance de le revoir la semaine prochaine. » Elle se trompait rarement dans ses prévisions. Il ne revenait pas les mains vides. Il nous rapportait du beurre et du saucisson à l'ail. La saveur de ces aliments-là ne se trouve plus depuis longtemps. Elle devait être liée d'une certaine façon à la peur de manquer. Lorsque les prévisions de maman ne se réalisaient pas, il fallait se résigner à l'attente. Nos placards se vidaient, mais nous savions que nous ne mourrions pas de faim car il s'arrangeait pour que des inconnus nous apportent de quoi tenir jusqu'à son retour. Nous savions qu'il ne cessait de veiller sur nous. Nous étions rassurés. Il combattait dans l'ombre, selon la formule généralement admise, et le vide qu'il laissait chez nous n'était pas encore absolu. Le toit sur notre tête, c'était lui. Lui qui, une semaine avant l'entrée dans Paris de la division Leclerc et des troupes américaines, nous révéla par courrier qu'il ne reviendrait plus jamais. Ce fut comme un coup de tonnerre dans nos petites vies. Il ne reparut pas en effet. Pendant des mois il se contenta d'envoyer de longues lettres sur lesquelles maman pleurait et gémissait. Que lui disait-il ? Ces lettres ont disparu. Je ne posais pas de questions. Cela ne se faisait pas.

Aujourd'hui, samedi matin, maman est restée dans sa chambre. Je sais qu'elle n'a pas tiré ses rideaux. Je l'imagine allongée dans l'obscurité, les yeux ouverts. Hier soir, Toni Soan était invité. Maman et lui se sont offert leur petite orgie avec vingt-quatre heures d'avance à cause du pont de la Toussaint. Toni Soan doit aller saluer sa vieille mère quelque part en Vendée et déposer trois têtes de dahlia sur le granite bleu du caveau où repose son père. Il ne croit ni à dieu ni à diable, bien entendu. En fait, il prépare ses arrières : c'est là-bas, à l'ombre d'un clocher, qu'il ira prendre sa retraite. Une retraite bien méritée, comme il ne laisse à personne le soin de le dire. Il cultive le curé et donne pour les œuvres. Il se façonne peu à peu une figure de notable. Ici, dans la foule parisienne, il passe inaperçu. Là-bas, on le prendra pour un homme juste et droit. Pour celui qui a réussi. Cela ne lui aura pas été bien difficile. Cette crapule doit tout à la maison Archer. Elle aura toujours vécu aux frais de la princesse, c'est-à-dire de maman et de moi.

Je suis injuste à l'égard de Toni Soan. Il fait partie de notre histoire privée. Lorsque mon père nous a quittés, il a laissé à maman les ateliers de Villeneuve-le-Roi. On y fabriquait et on y fabrique toujours des cravates. Cela devait suffire à nos besoins et y suffit largement au cours des deux années qui suivirent la fin des hostilités. On y confectionna des quantités incroyables de cravates tricolores qui se vendirent fort bien. Maman essaya de s'occuper elle-même de la gestion des Ateliers Archer. Lorsque le chagrin l'eut minée, elle n'en fut plus capable. Papa nous envoya alors un assistant qualifié. C'était Toni Soan. « Un garçon de confiance et qui a le sens des affaires », avait-il écrit à maman.

Papa ne s'était pas trompé. Toni est un vrai débrouillard. Il a commencé par nous tirer adroitement des griffes du fisc car la comptabilité fantasque de maman attirait les polyvalents comme le sucre les mouches. Ensuite, je dois le reconnaître, il s'est révélé un homme d'affaires plus que compétent. Grâce à lui, la maison Archer a acquis une audience nationale et internationale. Nous fournis-

Un garçon ordinaire

sons en régates, chemises, rubans et passementeries diverses plusieurs émirats arabes et quatre collèges britanniques. Bref, Toni Soan s'est rendu indispensable.

Je ne lui ai pas toujours été hostile. Lorsque, par la force des choses, il s'est introduit chez nous, tout le monde s'accordait à penser et à dire qu'il était un « très beau garçon ». Il répondait aux critères de l'époque. Il était grand (ce critère-là est toujours en vigueur), brun, un peu fort. Le visage lourd, mais pas encore empâté. Sur son passage les femmes se retournaient. Elles le faisaient avec une naïveté tranquille et sans conséquence, admirant sans doute sa corpulence déjà peu en rapport avec sa jeune trentaine. On se nourrissait mal à l'époque. Tout signe de prospérité physique indiquait aussi une prospérité matérielle à laquelle la sensibilité féminine se montrait réceptive. Avec cela, il avait de l'entregent et un aplomb qui ne s'offusquait de rien. J'étais fasciné par son assurance, son bagou, car, hormis mes périodes d'excitation, j'étais un enfant timide et réservé. Lorsque maman se rendait chez son médecin ou chez son dentiste, elle me confiait à Toni. Il m'emmenait à la fabrique de Villeneuve, qui ne portait pas encore le nom d'ateliers. Nous passions, lui et moi, par les jardins du Luxembourg. Au kiosque le plus proche du grand bassin, il m'offrait un menu cadeau : un moulinet de celluloïd, une avionnette, une balle de caoutchouc mousse. Les yeux de la marchande brillaient lorsqu'il lui adressait la parole. A cette admiration à peine déguisée répondaient mon propre plaisir et ma fierté d'être en sa compagnie. A vrai dire, c'était le temps où je l'aimais. Une fois, je m'en souviens, cette femme lui avait demandé si ce joli petit garçon qui l'accompagnait était à lui. Il lui avait répondu non, mais que d'un certain point de vue – sur un ton d'insinuation amusée dont je ne compris pas le sens – c'était comme s'il était à lui. Ils avaient ri tous les deux. Je m'étais senti gêné et en même temps flatté qu'il ne déplût pas à Toni Soan de passer pour mon père. J'avais reporté sur lui ce besoin d'aimer et de vénérer enfoui dans le cœur de tout enfant. Nous traversions le jardin et allions prendre sa voiture dans un garage de la rue Vavin. Il arrivait aussi que le voyage jusqu'à Villeneuve-le-Roi se fît en taxi parce que le métro du Luxembourg ne menait qu'à Massy-Palaiseau, et qu'ainsi nous pouvions mieux bavarder.

Je l'accompagnais aussi dans son inspection des ateliers. Maman voulait qu'il me mît au courant des tâches d'un chef d'entreprise. Ce qui m'intéressait, c'étaient les caresses et les bonbons que m'offraient les ouvrières lorsque nous parcourions leurs rangs.

Il avait auprès de ces femmes la réputation d'un patron attentif et prévenant. Il les regardait travailler, recueillait toutes leurs observations. Sur ses ordres, telle machine était déplacée, remplacée, les dispositifs de sécurité revus ou réparés à la moindre anomalie. On l'aimait. Il exerçait un ascendant que révélaient des rougeurs, des mines intimidées ou, au contraire, audacieusement familières. Il représentait ce mélange d'affabilité et d'élégance dans la réussite sociale qu'on pouvait à la fois envier et détester. Elles étaient, comme moi, contentes qu'il leur adressât un mot, un sourire. C'était un rôle de composition qu'il jouait à merveille, pour la bonne marche de l'entreprise. Elles lui donnaient du « monsieur le directeur », titre qui ne lui avait été décerné par personne. Il s'expliquait peut-être par le fait que sur la porte de mademoiselle Lhéritier, sa secrétaire, le mot DIRECTION était écrit en grandes lettres de cuivre. Entre elles, elles disaient « monsieur Toni », ou même « le beau brun », avec des airs entendus. De cette façon il entretenait l'émulation entre les unes et les autres, et aussi des rivalités entre l'atelier des fileuses et celui des couseuses. On espérait se concilier les grâces de monsieur Toni et, pour certaines, des faveurs plus personnelles, car il est vrai que le beau Toni ne laissait pas ses charmes inemployés dans les locaux de la fabrique. A défaut de la paix des cœurs y régnait ce qu'il est convenu d'appeler la paix sociale et son corollaire immédiat, une productivité des plus honorables.

Il est vrai que tout n'était pas que frime et cynisme chez Toni Soan. Il ne permettait pas que la moindre difficulté rencontrée dans leur vie quotidienne par ses employées fût occultée ou traitée par le mépris. Le règlement intérieur de l'entreprise exigeait que chacune vînt lui exposer les tracas qui l'eussent empêchée d'accomplir sa tâche en toute liberté d'esprit. Il engageait sa subtilité et son savoir-faire à résoudre le problème au mieux des intérêts de la fabrique et de l'ouvrière. Si chaque cas se prêtait à une négociation individuelle, dont le résultat n'avait rien de secret, Toni Soan veillait à ne pas laisser s'instaurer passe-droits et privilèges abusifs. Grâce à ces méthodes paternalistes, les Ateliers Archer n'ont pas encore connu de grève de leur personnel, et les syndicats, en dépit de leurs efforts, n'y ont obtenu aucun succès.

Entre les années cinquante et soixante, il inaugura les assemblées trimestrielles, qui réunissent les membres de la direction et le personnel. Maman trouva qu'il allait trop loin. La gestion de l'entreprise pouvait-elle être aussi l'affaire des employés? On risquait la confusion des pouvoirs. Selon lui, la question du pouvoir était secondaire, et primordiale celle de la confiance. L'entreprise ne pouvait que tirer bénéfice des avantages que trouvait son personnel à y travailler. C'était lui qui avait raison et l'expérience, qui dure encore, le prouve chaque jour. La production se maintient au niveau requis par les circonstances. S'il faut l'augmenter, personne ne rechigne à l'ouvrage. Si elle diminue, on accepte des modifications du salaire et de l'emploi du temps. Lors de ces réunions trimestrielles, les résultats financiers de l'entreprise sont clairement exposés, ainsi que les perspectives du marché, l'accueil réservé aux produits. Créatrices et réalisatrices de ces produits participent aux discussions, émettent critiques et suggestions. On débat ouvertement le niveau des salaires, les horaires de travail, les méthodes, les cadences et la rentabilité. On sait qu'une innovation, lorsqu'elle a été décidée, ne peut s'appliquer du jour au lendemain. C'est ce que Toni appelle, quand il est d'humeur à rire, le système Toni. C'est un système qui fonctionne. Son inventeur n'hésite pas à révéler le montant de ses gains personnels. Pour lui, les salaires se fondent sur la hiérarchie, celle-ci et ceux-là se légitimant par le niveau des compétences et des responsabilités. Parmi ces dernières, il compte le devoir de faire vivre les employés et leurs familles et de ne pas les laisser se noyer dans des difficultés matérielles insurmontables. Les progrès apportés par la Sécurité sociale n'ont pas, pour l'essentiel, modifié le système Toni. Par ailleurs, Toni Soan ne prétend pas que ses tâches soient d'une complexité particulière. Il affirme qu'elles requièrent un poids moral parfois difficile à porter, une responsabilité juridique qui implique des risques que le personnel n'assume pas dans la mesure où il les prend, lui, à son compte. L'ensemble du personnel adhère à cette philosophie que, pour ma part, je ne trouve ni trompeuse ni démagogique.

Maman, soixante-cinq ans non avoués. Que peut-elle éprouver? Je n'en sais rien. D'elle, elle ne m'a jamais parlé. Elle n'est pas de ces mères que l'on questionne et interroge. De mon côté, je suis suspendu dans le vide, détaché du temps comme une plante sans racines.

Des hasards m'ont permis de lever une partie du voile. Des bribes de conversations patiemment recollées. J'ai ainsi rabouté des morceaux de sa vie, donc de la mienne. Il ne s'agit pas d'indiscrétion, mais de ce que je me crois en droit de savoir. Peu de chose, en vérité.

Les parents de maman n'ont pas vécu longtemps. « Ils n'ont pas fait de vieux os », dit-elle. Lui exerçait le métier de tailleur. Elle se contentait de l'aider. Partis de Toulouse, ils avaient échoué à Armentières. Là, ils ouvrirent un magasin et un atelier dans lequel ils confectionnaient sur mesure des complets bleus à fines rayures grises. Le magasin était immense, avec une galerie intérieure. Il était encombré de pièces de tissu de toutes les couleurs enroulées sur des tubes de carton épais. Deux ou trois fois – je n'y suis guère allé plus souvent – on m'a laissé faire des glissades sur le comptoir de chêne brillant comme un miroir. Dans l'atelier, une sorte de corridor mal éclairé, s'affairaient les petites mains. Le grand-père, avec des craies tendres et grasses, traçait des lignes savantes sur ses patrons. Puis il coupait le tissu sombre à l'aide d'énormes ciseaux munis d'un ergot. Des messieurs venaient pour que l'on prît leurs mesures, d'autres pour des retouches ou pour un essayage. Le grand-père s'agenouillait, un

Un garçon ordinaire 33

ruban à la main qu'il appelait son « centimètre ». Il le déroulait sur les épaules du client qui fixait le plafond d'un air indifférent, puis le faisait glisser de l'entrecuisse jusqu'au sol. Je trouvai cela étrange, et franchement déplaisant lorsqu'il me tailla et m'essaya un costume marin. Je devais avoir six ans.

C'était un homme grand, rieur. Il portait une persistante chevelure poivre et sel sur un front osseux.

Derrière l'atelier se trouvait l'appartement, sombre, tout en longueur, avec une abondance de portes vitrées. Le grand-père se cachait derrière les rideaux, les agitait. Moi, de l'autre côté, je devinais ses facéties. Tout se terminait en poursuites et cavalcades dont la grand-mère exigeait la cessation immédiate en raison de sa migraine.

Sa mort fut pour moi une dernière et mauvaise farce. Il était sujet à une constipation tenace. Son teint était jaune ou gris, selon les jours. Un matin, on n'a pu le réveiller. Le médecin a parlé d'empoisonnement du sang, d'occlusion intestinale. Mon grand-père n'avait pas soixante-deux ans. Sa disparition me fit comprendre qu'il eût été illusoire de m'attendre à une forme quelconque de vie éternelle.

Un après-midi d'hiver. Le magasin était fermé, impénétrable. On avait tiré les grilles de protection sur les mannequins de carton vernissé. Ils avaient des cheveux lisses et brillants, des sourires illimités, des poses ridicules. La plupart étaient revêtus de costumes fabriqués par le grand-père. Derrière leur rideau de théâtre à losanges, ils jouaient une pièce d'ombres sur une scène interdite.

La grand-mère était bien différente. Toute ronde et rose. Aimable, mais aussi sévère quand il le fallait. L'éducation des enfants est à ce prix. Elle détestait toutes les formes d'agitation, même les plus innocentes et les plus joyeuses. Elle avait en conséquence la main leste et s'habillait de gris : de jolis tissus perlés, fins, soyeux, rehaussés de dentelle pour le col et les manches. Elle parlait peu, lisait beaucoup. Elle tenait aussi les livres comptables, mais avait toujours un roman à la main ou en poche. Chaque nuit, elle dévorait jusqu'à deux heures du matin. Ses auteurs préférés étaient anglais (Virginia

Woolf, Daphné Du Maurier, Aldous Huxley, George Orwell, Edward Morgan Forster...) et français (Pierre Benoit, Georges Duhamel, Roger Martin du Gard). Ce régime infernal lui fatigua la vue, puis la tête. Le système circulatoire fut atteint, et l'organisme tout entier. Elle mourut, minée de veilles et de lectures, huit ans après le grand-père. Cette fois, il fut question de transport au cerveau. Les choses ne se passèrent pas aussi simplement que pour son époux. Elle souffrit en premier lieu d'une paralysie du buste et des cordes vocales. Ses lèvres furent agitées de frissons et de vagues. Il n'en sortait plus aucun son. On pensa à l'hôpital, en dépit du principe selon lequel terminer son existence en un tel lieu était le signe dernier de la honte et de la déchéance. C'est qu'aucune clinique des environs n'était suffisamment équipée pour qu'y fût tenté ce qui pouvait l'être encore. Elle fut donc emmenée dans un grand centre hospitalier. Ni maman, ni sa sœur Gisèle n'eurent rien à se reprocher. C'est ainsi qu'elle disparut, très loin, une nuit qu'il n'y avait personne de connaissance auprès d'elle. De la cérémonie subséquente je n'ai pas conservé le moindre souvenir. Je devais bien aller sur mes quatorze ans. Il est possible, et croyable, que maman n'ait pas jugé utile de m'y laisser assister, ou qu'elle m'ait complètement oublié ce jour-là.

Maman a eu les yeux rougis pendant quelques jours. Puis elle a refusé de porter le deuil parce que cela ne se faisait qu'à la campagne, et que de toute façon c'était inutile puisque nous ne sortions jamais.

Je me rappelle encore que mes grands-parents maternels étaient très pris par leur commerce, par les affaires. Ils n'avaient pas le temps de me recevoir souvent et pour de longues périodes. Je ne les ai, en fin de compte, que fort peu fréquentés.

Gisèle, la sœur de maman, est morte d'un cancer. Elle, je l'ai admirée tendrement. Sa beauté irréelle, le timbre de sa voix... Elle était de deux ans l'aînée de maman. Mariée à un petit industriel régional. Trois enfants : mes cousins obscurs. Son visage était allongé, d'une parfaite symétrie. Sa peau, naturellement ombrée. Son front haut, arrondi, lisse. Ses yeux, profonds ou rieurs, étaient toujours comme deux lacs obscurs et frais. Elle irradiait la force

Un garçon ordinaire

maternelle. Sa bouche grande, aux lèvres charnues, ne me disait que des choses agréables. Même quand elle me grondait. Elle me semblait être tout ce que maman n'était pas. Plus tard, j'ai reporté sur l'aînée de ses filles, ma cousine Irène, mes sentiments exacerbés. Cela a duré au moins un été. Pour la beauté, Irène approchait sa mère à la façon d'une médaille commémorative. Pour le reste, elle avait le cœur sec. Ces caractéristiques ne m'empêchaient pas de me masturber en pensant à elle. Ce composé de Gina Lollobrigida et d'Elizabeth Taylor jeunes me traita un jour de petit con. Elle répandit aussi le bruit que lors de la sauterie donnée à l'occasion de ses dix-huit ans, je m'étais ennuyé comme un rat mort et que j'étais indigne d'être exhibé en public. C'était vrai. Je m'étais senti profondément humilié. Pour me venger, j'avais décrété que la fille n'arriverait jamais à la cheville de la mère. Cela aussi était vrai. Par la suite, Irène a épousé une sorte de brute, amateur de chasse, de mauvais vin et de tennis. Il lui a fait des enfants en pagaille. J'imagine qu'il l'a trompée. Cela ne me réjouit pas outre mesure. J'éprouve une certaine difficulté à penser qu'elle a aujourd'hui quarante-cinq ans, qu'elle devient une vieille dame.

Entre maman et sa sœur, il n'y eut jamais qu'une entente raisonnable. Leurs dissemblances, toutes à l'avantage de son aînée, faisaient éprouver à maman un sourd ombrage. Il ne m'avait pas échappé.

Jeune femme, maman tirait sur le blond. Son visage était régulier mais rond, avec le menton légèrement en retrait. Sa taille était inférieure à celle de Gisèle. Bref, pour l'apparence, dans l'ensemble comme dans le détail, rien n'avait cette perfection dont l'autre jouissait en tout. Les comparaisons ne se limitaient pas au physique. Le mari de Gisèle était un homme affable, aimant. Pendant la guerre, il fut prisonnier en Prusse-Orientale. On le fit travailler dans une conserverie dont les produits étaient destinés aux combattants allemands du front russe. Il se produisit, dans cette entreprise, différents actes de sabotage. Mon oncle échappa de justesse aux représailles des S.S. et, contrairement au Héros, à mon père, il revint, lui. Il reprit sa place dans son foyer et à la direction de son usine qu'il fit prospérer de façon notoire. Maman ne pouvait pardonner à sa sœur de telles différences, ni les bijoux, les fourrures, les voyages dans les pays lointains, les diverses maisons de plage et de campagne, sans parler de la considération de la bonne société locale. On se vit de moins en moins. On finit par ne plus se voir. De ces événements de petite dimension familiale date ma première et inavouable déconvenue : maman, que j'avais placée si haut, se nourrissait-elle de ces misérables envies ?

Et Toni Soan, que j'ai si longtemps admiré et aimé, comment en suis-je arrivé à le considérer avec méfiance, puis avec une haine que je me reproche parfois ? Mes remords intermittents viennent-ils de ce que je sais mieux que personne tout ce que maman et moi devons à son savoir-faire, à son talent : grâce à lui nous avons vécu dans une aisance proche du luxe pendant les années qui ont suivi la guerre et jusqu'à l'époque actuelle, que d'aucuns trouvent difficile parce qu'ils n'ont rien connu de ce qui s'est produit avant. A maman, rongée par le chagrin, il est apparu comme le sauveur. Elle a su lui manifester sa reconnaissance, de toutes les façons. Je me devais sans doute de lui manifester la mienne. Elle disait, en me prenant à témoin : « Que serions-nous devenus si ton père ne nous avait pas envoyé monsieur Toni ? » Ou : « Je me demande dans quel gouffre ta mère aurait dégringolé si nous n'avions pas eu monsieur Toni ! » Elle disait monsieur Toni, comme les ouvrières des ateliers. Plus tard, elle prit l'habitude de dire Toni, tout simplement.

Je dois l'avouer, Toni n'était pas et n'est pas homme à se prévaloir du rôle essentiel qu'il jouait chez nous pour s'attribuer des pouvoirs exorbitants. Il avait trop de tact et de subtilité pour tenter de retirer des avantages immédiats de notre confiance. Il choisit une stratégie d'approche prudente. A mon égard, il se comporta en mentor, puis, peu à peu, en père putatif. Maman reconnut cette fonction et il fut bientôt acquis qu'elle lui était

Un garçon ordinaire

déléguée « puisque ce petit ne voyait plus son père ». Dans les premiers temps je n'avais trouvé que des avantages à cette situation. J'avais un capital de sentiments admiratifs inemployé à dépenser. Toni Soan le géra adroitement et longtemps. Cette tête de pont bien établie, maman était à sa merci. Livrée au chagrin, à la morosité, elle crut trouver auprès de lui cette affection qui lui manquait.

Les premiers succès de ces manœuvres durent m'échapper pour l'essentiel. Je me souviens seulement d'une familiarité qui me gênait parfois. Il leur arrivait de s'enfermer dans le salon avec un groupe restreint d'amis, et de mener là-dedans des sarabandes dont je ne recueillais que les échos sonores. Ce statut de persona non grata me devint plus pesant lorsqu'elle et lui prirent l'habitude de se barricader – j'entends encore les bruits de clef et de verrou – dans la chambre de maman. Personnellement, je ne suis pas d'une pruderie excessive, mon tempérament pas plus que l'époque ne s'y prêtant, et j'aurais fini par admettre que ma mère connût avec lui les plaisirs que mon père se refusait à lui donner. Ce qui me choquait, c'était que ni lui ni elle ne reconnaissaient ouvertement – pour préserver je ne savais quelles convenances – la situation nouvelle. J'étais mis à l'écart, bercé de balivernes dont j'étais moins dupe chaque jour. Il me parlait d'elle en me disant « ta mère » et s'adressait à elle avec de cérémonieux « madame Archer ». S'il me croyait au loin, incapable d'entendre, il lui donnait du Ginette comme s'il la connaissait depuis l'enfance.

Du seul fait qu'il s'arrogeait le droit de prononcer le prénom chéri, de se l'approprier, je me sentais volé et violé. Ginette, Ginette... Je n'avais d'autre possibilité que de le dire dans le silence de la nuit, à moins de contrevenir délibérément aux règles de la bienséance respectueuse. De nos jours, il n'est pas rare d'entendre un très jeune enfant appeler son père ou sa mère par son prénom. Seules les personnes d'une autre génération ou marquées par une éducation trop rigide en sont choquées. Dans les jardins publics, aux terrasses des cafés... je n'entends jamais sans émotion un enfant s'adresser à ses parents de cette façon. J'envie cette liberté, ce droit précocement admis de reconnaître la personne, avant son statut et sa fonction. Ginette Archer, née Lacaze, ne m'a jamais autorisé qu'à l'appeler maman.

Mes relations avec Toni Soan se sont gâtées lorsque, au nom d'une morale dont j'avais appris qu'elle ne guidait pas sa propre conduite, il s'est permis d'intervenir dans le cours de ma première aventure. Il reçut le concours actif de maman. J'avais quinze ans et c'était ma première tentative pour pénétrer ce qu'un auteur anglo-saxon a appelé les mystères de la femme. Je n'avais rien d'un cynique et en dépit des déconvenues de l'existence je ne me suis pas laissé tenter par cette attitude. Le fait est que j'étais un parfait ignorant des choses de l'amour.

Mes stages nombreux dans les ateliers de confection Archer, séjours au cours desquels je n'accomplissais aucune tâche particulière, m'avaient donné le loisir de faire la connaissance d'une jeune fille dont la mère était employée comme couseuse chez nous. Cette jeune fille avait quatorze ans. Elle s'appelait Simone. Elle était brune, avec des lèvres rouges et rebondies qui me donnait une envie presque sauvage de mordre.

Simone étudiait dans un cours complémentaire de banlieue. La formation qu'elle y recevait consistait à confectionner différents plats cuisinés et à ravauder de plusieurs façons des chaussettes trouées sur un œuf de bois, autrement dit rien qui pût lui permettre de gagner honnêtement sa vie dans le monde qui la guettait. A la sortie de son cours, elle venait attendre sa mère aux Ateliers Archer. Toni Soan avait permis qu'elle occupât le petit bureau qui servait de local des archives jusqu'à l'heure de la sortie des ouvrières. Là, elle révisait ses fiches-cuisine, qu'elle appelait ses leçons. Ses yeux avaient ce noir brillant de l'anthracite. Le bureau donnait sur un couloir où il ne passait jamais personne. Il était éclairé naturellement – et faiblement à partir d'octobre – par d'étroites feuilles de verre armé sur lesquelles la pluie avait déposé des traînées vertes et jaunes. Tout cela ne m'avait pas échappé. J'avais trouvé logique de venir tenir compagnie à Simone dans cet endroit agréable et écarté.

Nous parlions de notre vie, de nos projets. De l'océan

Un garçon ordinaire 39

de vacuité qui s'ouvrait à nous. Il ne m'est rien resté de ces conversations.

Ce que j'aimais, en Simone, c'était moi-même. Je veux dire cette faculté que je croyais sentir naître en moi d'intéresser, de séduire même. Je n'en avais pas une claire conscience. Les regards de cette jeune fille naïve me faisaient éprouver une sensation nouvelle de puissance. Je savais gré à Simone de me donner, sans le vouloir bien sûr, l'illusion d'être le découvreur des incertitudes de sa féminité frémissante : silences, élans retenus et caresses soudaines, picorements et baisers à pleine bouche, déclarations enflammées puis retraites en bon ordre lorsque mes mains voulaient s'égarer vers des régions qu'elle ne s'était pas encore résolue à livrer à mes explorations. Je ne tentais pas, d'ailleurs, en dépit de mes désirs, de la contraindre à ce qu'elle refusait. Je me contentais de respirer sa peau citronnée. Ce qui me touchait, c'était sa cruelle confiance en moi qui me voyais parfois si près de la décevoir par précipitation, par impatience. Je la sentais sur ses gardes et vulnérable en même temps. D'autres, peut-être, l'auraient considérée comme une proie facile. Pour moi, elle ne l'était pas, et l'on n'a plus idée aujourd'hui, où filles et garçons couchent ensemble pour un oui, pour un non, des émotions, des plaisirs de ces approches iroquoises.

Il y avait, dans les combles des ateliers, une mansarde qui ouvrait sur de vieux toits zingués. C'était un lieu qui n'avait jamais reçu d'affectation déterminée. Je l'avais obtenu sans peine pour m'y livrer à l'étude (j'étais élève en première) et au dessin, pour lequel j'avais manifesté des dispositions. La mansarde captait le jour par de grands vasistas. Une porte permettait d'aller se promener sur les toits. On y grimpait par un escalier étroit et raide. Comme il n'était pas question d'amener Simone à la maison, elle et moi avions décidé de nous retrouver en cet endroit que nous appelions la turne. Pour la forme, j'y avais introduit quelques livres, une table de travail composée d'une planche et de deux chevalets. Simone m'aida à hisser là-haut un divan et deux fauteuils crapauds récupérés au marché aux Puces de Montreuil. Nous nous donnions rendez-vous le dimanche. L'après-midi, nous le passions dans l'obscurité d'une salle de cinéma, ou au fond d'une brasserie de la porte d'Orléans. Dans la soirée nous nous rendions à la turne et y restions la moitié de la nuit à nous tenir les mains et à nous regarder dans les yeux.

Durant ces longues séances contemplatives, entrecoupées de baisers et de vagues caresses, je sentais monter des sèves violentes qui me laissaient, après notre séparation, douloureux non seulement de frustration mais de tiraillements dans les régions échauffées. Simone n'avait rien d'une allumeuse, mais il devenait de plus en plus clair qu'elle éprouvait des désirs pareils aux miens. Ils étaient seulement moins impatients, ou elle les maîtrisait, les réprimait mieux que moi. Notre tendresse réciproque était neuve, et vraie. Nous ne cherchions pas à nous leurrer d'engagements, de promesses... Nous nous laissions porter par l'onde de vie qui nous traversait. Parfois, la confiance de Simone ressemblait à de l'indolence. Nos caresses devinrent plus précises.

Nous cessâmes de rentrer chez nous dans la nuit du dimanche au lundi. Cette nuit, nous la passions tout entière dans la turne, et cette circonstance nouvelle finit par éveiller l'attention. Maman désapprouva et me fit savoir que j'étais trop jeune pour me lancer dans les aventures, pour fréquenter... et que sais-je encore. Je n'avais pas à connaître de jeune fille, seules les études devaient occuper mon esprit. Quand elle disait jeune fille, il était visible qu'elle faisait effort, ne sachant pas encore de quoi ou de qui il retournait, pour ne pas dire fille tout court. Et puis elle ne voulait pas envenimer une situation qui lui semblait devoir se dénouer rapidement. Quand il devint évident que je ne tenais aucun compte de ses recommandations, les motifs réels de l'interdit apparurent au grand jour. Maman eut d'abord des accès de colère. Elle projeta divers objets dans ma direction tandis que les traits de son visage se déformaient odieusement. Puis elle expectora le fond de sa pensée :

« Cette demoiselle dont tu t'es amouraché, c'est une garce, une rien du tout, une petite putain, d'ailleurs c'est une fille d'ouvriers. Crois-tu pouvoir poursuivre tes études dans ces conditions? »

Un garçon ordinaire

Maman envisageait pour moi la carrière médicale, ou, à défaut, les Hautes Etudes commerciales. Les termes qu'elle employa provoquèrent chez moi une rétraction instinctive. Je me sentais blessé, mon attachement à Simone se cristallisa. Je vérifiais pour la première fois que le répugnant concept de haine de classe, auquel je n'avais accordé qu'une attention distraite, s'exerçait dans le sens auquel je m'attendais le moins : de ma mère, somme de toutes les bontés, contre un être à qui le dédain était complètement étranger et dont l'appartenance sociale m'était, à moi, indifférente. « Gueuse, traînée... » Je n'aurais pas cru maman capable de prononcer ces mots orduriers et méprisants. Elle se montrait d'ordinaire chatouilleuse quant aux formes.

Elle n'avait même pas cherché à s'enquérir de l'état véritable de mes relations avec Simone. Lui dire que nous nous étions limités à des baisers, à des caresses, aurait été inutile. Elle ne l'aurait pas cru. J'étais devenu pour elle un petit maquereau, un coureur, un vicieux... La vérité était tout autre pourtant. Oui, Simone et moi demeurions des nuits allongés sur le divan de la turne, mais elle ne m'avait jamais permis que de lui caresser les seins. Elle gardait obstinément sa culotte de nylon et toutes mes tentatives pour la lui faire ôter avaient échoué. Il n'était pas dans ma nature et il ne l'est toujours pas de faire violence à qui que ce soit. Pour sa part, Simone promenait ses doigts sur mes joues, mon torse, mes omoplates. Ces caresses paraissaient lui suffire amplement. Nos lèvres se rencontraient et nos langues s'entortillaient l'une à l'autre. Voilà à quoi se limitait notre intimité. Comment le dire à maman ? C'était impossible. De tels atermoiements sembleraient bien ridicules de nos jours, et maman elle-même, à supposer qu'elle m'eût cru, aurait jugé notre comportement saugrenu.

Comme je faisais la sourde oreille, maman réclama le secours de l'éclairé Toni Soan. N'avait-elle pas entière confiance en lui ? N'était-il pas homme à mener rondement une affaire ? N'avait-il pas été, en toute occasion, le maître de la situation ? Ce fut lui qu'elle chargea de réduire la poche de résistance. Elle m'adressa à lui. En réalité, maman n'a aucune patience. Elle ne peut distraire une seule de ses heures perdues de l'attente du je-ne-sais-quoi qui consume sa vie. Engager le dialogue avec moi lui était impossible. Je dois avouer que remontrances et démonstrations n'eussent rien changé à mes intentions et à ma conduite.

Ce fut à son bureau que j'allai trouver Toni Soan pour recevoir un sermon. A deux pas du réduit où il arrivait encore que Simone vînt attendre sa mère. Ma comparution prit l'apparence d'une cérémonie grotesque. J'aurais pu ne pas répondre à la convocation, mais la menace avait joué dans un premier temps. Maman m'avait dit : « Je te conseille d'y aller! Après, nous en reparlerons. » L'éventualité d'une conversation avec maman me décida.

Toni Soan me fit lanterner dans le bureau de sa secrétaire, ce qui accrut en moi le sentiment d'une situation ridicule. Je dois dire à la décharge de mademoiselle Lhéritier qu'elle s'efforça de me traiter avec naturel et sympathie. Elle était pleine de bonne volonté, de minauderies et de prévenances. Lorsque je pus entrer chez Toni Soan, j'étais dans une rage proche de la démence. Il m'arrive de me mettre dans de tels états, et ainsi de ressembler davantage à ma mère. Il me fit signe de m'asseoir, ébaucha un sourire et replongea dans le tas de paperasses qui étaient étalées devant lui. J'avais compris dès la première minute qu'il s'agissait d'une de ces mises en scène destinées à chambrer le client. Par téléphone, il demanda à mademoiselle Lhéritier de veiller à ce que l'on ne nous dérangeât pas. Il joignit les mains, croisa le bout des doigts et me regarda en silence, à la façon des pères bernés des comédies de boulevard. J'étais hors de moi avant qu'il eût ouvert la bouche, avec une curieuse envie de rire. Jusqu'où allions-nous sombrer, lui et moi, dans le mauvais théâtre?

« Vous avez l'air malin! Si vous vous voyiez... »
Ces mots m'avaient échappé presque sans le vouloir. J'avais sans doute désiré prendre les choses à la légère. Toni les prit fort mal. Je vis son nez se froisser et dans son regard voltiger une flamme bleu pâle. Toute sa musculature se tendit. Il me regarda comme il devait le faire pour un débiteur impécunieux, un concurrent ou un inspecteur du fisc, et laissa tomber :

Un garçon ordinaire

« Je pourrais être ton père. »
Je ripostai aussi sec :
« Mais vous ne l'êtes pas. »
Le *la* était donné. De tout ce qui suivit je n'ai rien oublié. Le ton mesuré de Toni. Sa volonté de me convaincre qu'il n'obéissait qu'à son devoir. Mon père avait failli au sien, mais il ne lui jetait pas la pierre, il se contentait de me considérer comme le fils qu'il n'avait pas eu, et autres boniments de la même farine. Dans ses yeux, comme derrière une fenêtre de quarantième étage, défilaient de petits nuages gris qui les décoloraient.

Ma position d'accusé à qui l'on n'annonce pas les chefs d'inculpation, ses discours teintés de sincérité, tout m'exaspérait. Je ne me sentais pas assez habile pour débrouiller le vrai du faux. Lui portait un complet de shetland gris avec une cravate bleu acier dont le nœud, arrondi et brillant, ne quittait pas le centre de mon champ visuel. J'avais cessé de lui répondre. Son exaspération grandissait dans le secret, à la même allure que la mienne. Il me représenta que Simone, n'appartenant pas au même milieu social que nous, ne pouvait avoir reçu l'éducation complète dont on me gratifiait au lycée Louis-le-Grand. Selon lui, ce déséquilibre ne pouvait se rattraper. Il créait entre elle et moi une différence, non de degré, mais de nature. Je ne pouvais envisager de construire avec cette jeune fille quoi que ce fût de durable... L'expérience prouvait tous les jours que la plupart des unions désassorties sur le plan de la culture se terminaient par de lamentables fiascos dont les familles avaient à souffrir...

Il pesait chacun de ses mots, comme s'il extirpait un par un de sa tête les arguments les plus en rapport avec la situation lamentable dans laquelle je m'étais fourré. Je n'étais pas dupe de son manège, ce qui ne m'empêchait pas d'être on ne pouvait plus mal à l'aise. Simone et moi n'avions jamais eu le plus petit projet de construction commune, nous nous contentions de vivre au jour le jour. Les discours de Toni Soan me révoltaient, j'y flairais le mensonge et la volonté de me plier à l'ordre. Je restais néanmoins muet et comme sans réaction. Il en arriva à ce qui sans doute préoccupait le plus maman :

« Je ne sais pas ce que toi et la petite Simone avez pu... enfin, tu me comprends, n'est-ce pas? Cela doit cesser immédiatement. »

Oui, il pouvait y avoir des conséquences... Oui, je risquais de ternir la réputation d'une jeune fille qui, bien que de milieu modeste, avait à faire sa vie. Tout finissait par se savoir, les gens avaient la langue bien pendue et leur seul dessein était de nuire. S'il arrivait ce que l'on pouvait légitimement redouter, les difficultés seraient considérables pour ma mère, pour moi, et pour lui-même parce qu'il se verrait dans l'obligation d'emmener Simone à l'étranger. Cela coûterait des sommes qu'on ne pouvait distraire en ce moment, sans parler des risques judiciaires inhérents à ces sortes d'interventions. Sur ce point, il m'était difficile de lui donner tort. Je savais que pour toute protection les couples amoureux n'avaient à leur disposition que la méthode des températures, hautement approuvée par l'Eglise eu égard à ses excellents résultats quant à la natalité, et les préservatifs (j'en fis plus tard la triste expérience) que le partenaire mâle, honteux mais non repentant, demandait en public au pharmacien de son quartier avant de les chausser sous l'œil goguenard d'une partenaire femelle qui, infailliblement, protestait que ce « machin » l'irritait et entravait sa jouissance. Je ne pouvais donc me permettre d'être le responsable de ces malheurs en chaîne. Il ne fallait pas tenter le diable. Mes études ne faisaient que commencer. Comment pouvais-je envisager de les mettre en jeu aussi légèrement? Et puis, gaspiller sa semence, c'était aussi gaspiller son énergie vitale, sans compter que de cette Simone, dont, bien entendu, tout laissait à penser qu'elle n'était pas ce qu'on aurait pu croire, on ne savait rien... Et si elle allait m'inoculer quelque germe, virus ou bestiole vibrionnante du genre spirochète? Bien entendu, il n'y avait qu'une infime probabilité que cela pût se produire, alors, pourquoi aurais-je couru cette mauvaise chance-là, moi qui connaissais mieux que personne, par la grâce de mes excellents professeurs, l'horrible fin d'un Flaubert, d'un Maupassant... et ce « Crénom! » éructé sans arrêt par un Baudelaire réduit à l'état de crétin?

Pendant le déroulement de ce misérable discours que

Un garçon ordinaire

j'entendais clairement, dans ma tête se projetait un autre film : les bras ronds de Simone, ses bras dorés et ronds, je les sentais autour de mon cou... sa bouche me parlait dans la pénombre de la turne, je voyais dans ses yeux sans défiance le reflet de ses paroles. Mes lèvres effleuraient ses seins pyramidaux, enfantins...

Toni Soan en faisait trop. Cette comédie ridicule devait, elle aussi, cesser. J'eus une montée de rage glacée. L'écritoire vola en direction du visage de Toni. Ses yeux virèrent au blanc sale. On aurait dit un chien attendant les coups. L'écritoire était d'une facture d'avant-guerre : tout marbre et bronze. Elle alla fracasser le classeur à rouleau, mais l'encrier s'était détaché de son support pour frapper Toni Soan au front, au-dessus de l'œil gauche. Une traînée noire lui coulait de la joue au nez. Il était pétrifié. Ses mâchoires se contractaient en rictus spasmodiques. Il restait attaché à son siège, stupide et muet. Je m'étais levé. J'avais rajusté mon col. Je sortis sans saluer mademoiselle Lhéritier. Toni Soan ne m'adressa plus la parole de six mois.

Pendant cette période difficile, maman donna les signes visibles des malaises les plus divers. Le double échec qu'elle venait de subir la rendait irritable. Je n'avais pas capitulé et, pour une fois, Toni Soan ne s'était pas montré à la hauteur.

Sous la pression des événements, ma relation avec Simone changea de nature. Nous devions faire vite, nous donner l'illusion d'actes irrémédiables qui empêcheraient qu'on nous séparât. Je n'eus pas à me montrer pressant pour qu'elle consentît. Elle saigna un peu et ne sembla éprouver aucun plaisir. Le mien ne fut pas non plus de ceux qui laissent des traces ineffaçables. Nous renouvelâmes pourtant l'opération trois ou quatre fois sans voir nos efforts mieux récompensés.

Un dimanche matin que nous somnolions elle et moi, allongés sur le divan dont les ressorts nous travaillaient sournoisement les côtes, Toni Soan et maman firent irruption dans les ateliers. La manœuvre était concertée : c'était l'offensive qui devait décider du sort de la guerre. Nous entendions les portes s'ouvrir et leurs voix, qu'ils ne cherchaient pas à étouffer. Ils étaient sûrs de nous piéger. Maman clama, pompeuse et avec moins d'ironie qu'il n'y paraît aujourd'hui :

« Montons ! Il est dans sa garçonnière, avec sa catin ! Allons en reconnaissance ! »

Elle avait lu Daphné Du Maurier, Paul Bourget et *le Fil de l'épée*... Elle employait donc un vocabulaire approprié à la situation.

Je bondis sur mes pieds et secouai Simone. Elle se dressa, tout ensommeillée. Je l'enveloppai dans l'espèce de couvre-lit à franges qui nous servait de drap et de couverture et la poussai sur le toit de zinc, à l'abri d'une cheminée. Je m'étais recouché et faisais mine d'être profondément endormi. La porte fut ébranlée et s'ouvrit.

« Et ça, qu'est-ce que c'est ? »

Maman me balançait sous le nez le soutien-gorge de Simone.

« Mon pauvre Philippe, tu es encore plus bête que je ne l'imaginais. Mais ne crains rien, nous n'irons pas chercher cette demoiselle là où elle se cache. Elle n'en vaut pas la peine. Sache que cette comédie (c'était bien cela, nous étions en plein Feydeau) est terminée. Monsieur Soan et moi avons pris la décision de te retirer les clefs des ateliers. Ta turne, comme tu dis, c'est fini ! Si encore elle méritait son nom, si tu y étudiais un tant soit peu, nous pourrions transiger... Mais ce n'est visiblement qu'une chambre de passe. »

Elle lança le soutien-gorge cafard sur le divan. Ils redescendirent.

Toni avait suivi toute la scène, et acquiescé avec des mines entendues de père-la-pudeur. Il n'avait pas ouvert la bouche. J'avais mal, autant pour le mépris dans lequel me tenait ma mère – « mon pauvre Philippe » – que pour les mots orduriers qu'elle avait proférés à mes oreilles. Je savais bien pourtant qu'elle avait une sorte d'obsession de ce qu'il lui arrivait d'appeler « toute cette cochonnerie sexuelle »...

Je ne vis plus Simone car elle ne vint plus attendre sa mère aux ateliers. Elle refusa nos rendez-vous habituels. On avait fait pression sur sa mère, laquelle l'avait chapitrée. Je fis plusieurs tentatives pour la retrouver.

Un garçon ordinaire

J'allai jusque chez elle, au bout d'une banlieue remplie de casernements gris. La mère, une petite femme à la voix douce et timide, me dit que sa fille ne venait plus que très rarement, qu'elle avait de nouvelles occupations et qu'il valait mieux, pour elle et pour moi, que je ne cherche pas à la retrouver. Elle m'assura que Simone ne souhaitait pas poursuivre notre relation et que, de toute façon, elle allait se fiancer.

Maman avait gagné sur toute la ligne.

« Amoureux », avais-je concédé à maman du bout des lèvres. Oui. Non. Je ne savais pas. Je ne pouvais rien affirmer avec certitude. Je voulais seulement être honnête. Pour m'en tenir à des termes objectifs, je dois avouer que Paula Rotzen occupe mes pensées et mon temps – très disponible il est vrai – plus qu'aucun autre être vivant. Quant à ses sentiments à mon endroit, je n'ai aucun doute. Je le dis comme je le pense, avec calme et mesure. Je n'ignore pas que le calme et la mesure font bien étriqué et petit-bourgeois. Paula Rotzen sait aussi ce que je pense. Elle ne se méprend pas sur mon compte. Ni moi sur le sien. Nous ne nous sommes pas embarqués pour affronter les bourrasques passionnelles. Pas de ces soubresauts qui naissent de l'imagination exaltée ou de l'ignorance. En ce qui me concerne, l'expérience de Simone et quelques autres ont suffi.

Depuis que nous nous connaissons nous n'avons pas éprouvé la nécessité d'agiter ces questions stériles de l'amour durable ou exclusif. Nous nous donnons des gages modestes de notre affection, au jour le jour. Parfois, il me semble que notre relation est plate, et donc un peu ennuyeuse, comme si nous voyagions dans un paysage sans relief. L'avantage est que, d'elle à moi, les choses sont simples et peuvent être comprises sans être dites. Nous avons cette faculté de rester des heures en silence l'un auprès de l'autre sans nous ennuyer ou nous sentir malheureux. Nous croyons aux affinités en dépit de nos milieux sociaux très proches et marqués par l'argent.

La dernière fois que nous nous sommes promenés

ensemble (c'était au parc de Montsouris, où nous avons distribué du pain aux canards) Paula Rotzen m'a dit, alors que nous faisions le tour du pavillon oriental délabré qui s'adosse au boulevard Jourdan : « Il faudrait que nous pensions à faire quelque chose ensemble, vous et moi. N'importe quoi, je suis certaine que ce serait bien. » Je lui ai répondu que oui, que je ne doutais pas qu'elle eût raison.

Nous nous vouvoyons, Paula et moi. Même et surtout pendant l'amour. Ce n'est pas une question de politesse, mais de liberté et de plaisir. Aujourd'hui on en est à tu et à toi à la première rencontre, à peine échangés les premiers mots. C'est une attitude de mendiant sous couvert de l'alibi démocratique : comment refuser le secours de votre amitié à celui qui, d'entrée de jeu, se déclare votre ami? J'appelle cela le terrorisme de la niaiserie.

Lorsque je caresse les épaules ombrées et fraîches de Paula Rotzen, lorsque ma main glisse dans le creux de ses reins et que ma bouche quitte ses paupières, ses seins, pour demander : « Etes-vous bien ? Etes-vous heureuse avec moi? », notre plaisir est si âcre qu'il nous prend à la gorge. Sans violence, nous nous défaisons du temps vulgaire dans lequel il semble qu'on s'enlise parfois. L'apparente distance qui se crée ainsi entre nous ne fait que rendre plus singulière et paradoxale la conjonction de nos corps. Se dire « tu » fait perdre l'aptitude de donner à l'autre sa place juste et entière.

Amoureux? Bien entendu, maman a très vite deviné qu'il se passait quelque chose. Il ne m'aurait pourtant pas été possible de lui garantir la pertinence du terme qu'elle employait : amoureux. Depuis notre retour à Paris, notre vie n'avait plus été la même. Je sortais en soirée, et parfois même l'après-midi. Et puis, j'avais réussi à imposer à maman ce dîner à la maison. Cela faisait des années qu'à l'exception de Toni Soan nous ne recevions personne. Paula et maman avaient parlé. Elles n'avaient échangé que des banalités mais, le soir même, avant que nous allions nous coucher, maman m'avait dit : « Elle est bien, cette petite. Mieux que je ne le pensais. J'espère que tu ne vas pas la gâcher avec ta maladresse, ton manque de

Un garçon ordinaire

savoir-vivre. Surveille-toi. » J'avais été heureux que Paula Rotzen trouvât grâce aux yeux de maman.

Cela n'avait pas toujours été aussi facile. Dans les années précédentes, j'avais eu l'audace d'amener chez nous, pour les lui présenter, des jeunes filles dont plusieurs étaient assurément vierges. Les malheureuses n'étaient jamais revenues en raison de l'accueil glacial de maman. Pour elle, ce n'étaient que des traînées des bars de Saint-Germain ou de Montparnasse. J'étais condamné aux chambres de location, aux petits hôtels et à une sorte de clandestinité que je détestais. Avec maman, rien n'était jamais possible : il fallait qu'elle vécût dans le faux-semblant, le mensonge, et qu'elle m'y fît baigner. Je m'étais trouvé dans des situations où la honte le disputait au ridicule. Une fois, l'une de ces demoiselles et moi fûmes réduits à nous aimer sur une tombe, dans un cimetière de banlieue clôturé d'un méchant grillage. Sous la lune blanche, devant les fenêtres des immeubles environnants où tremblotaient des halos bleus, notre gesticulation au-dessus des morts fut bien inconfortable. La fille gémissait, non de plaisir, mais de crainte. A chaque instant, comme je m'efforçais de satisfaire des désirs plus incertains, elle m'interrogeait : « Il ne vient personne ? Tu en es sûr ? Est-ce que tu n'as rien entendu ?... » La position était intenable. Il nous fallut, sans gloire, faire retraite et prendre le premier autobus pour Paris.

Sur le quai des Grands-Augustins, la circulation commence à diminuer. Les bureaux, les cafés, les magasins et nipperies qui bordent sans solution de continuité les deux trottoirs du boulevard Saint-Michel ont ouvert leurs portes. On travaille. On gagne sa vie. C'est l'heure calme où le quartier, la ville, après la nuit, renouent avec leurs habitudes. Maman dort encore. Après la séance d'hier soir, ce n'est pas étonnant. Toni Soan est resté jusqu'à trois heures. Je l'ai entendu claquer la porte. Qu'avaient-ils encore à se raconter ? Il traîne des relents de cigare jusque sous mon lit. Il faudrait qu'on se décide à aérer cet appartement.

Autrefois Toni Soan était beau, de ce genre de beauté brillantinée que l'on s'attendait à rencontrer dans les soirées dansantes et les bals du samedi soir, au bord de l'eau ou chez Chauvet. Avec maman, ils auraient pu former un couple élégant, en vue, mais leur liaison est restée honteuse, comme une maladie.

Aujourd'hui, Toni, le beau Toni sur qui les femmes du jardin du Luxembourg se retournaient, n'est plus qu'un bonhomme ordinaire, un peu chauve et ventripotent. C'est un de mes plaisirs que de me représenter les progrès de sa déchéance. Je sais que je ne suis pas vraiment bon. Intellectuellement, il réussit encore à faire illusion. « Je me maintiens », aime-t-il répéter. Il fume sans arrêt ces Meccarillos nauséabonds qui font les délices des concierges et des employés de banque. Lorsque de la cendre tombe sur son gilet, il ne se donne même plus la peine de l'épousseter de la main. Son souffle est court. Il reprend haleine sur le palier avant de sonner à la porte. On sait de quoi il finira.

Quand il passe une soirée en compagnie de maman – comme ce vendredi –, ils se fabriquent des tisanes coupées d'alcools divers, comme s'ils devaient concilier la nécessité de ménager leur santé et celle de ne pas quitter encore le temps de la jeunesse insouciante. Ce qu'ils se racontent au cours de ces soirées moroses? A vrai dire, je n'en sais rien. Je m'étonne qu'ils puissent trouver encore quelque chose à se dire. Maman ne me fait pas de confidences. Elle ne m'en a jamais fait d'ailleurs, et je n'ai pas pour habitude d'écouter aux portes. Bien que cette question ne m'intéresse que médiocrement, j'imagine qu'ils s'entretiennent de la gestion et du fonctionnement des Ateliers Archer lorsque Toni Soan se sera retiré. Ils ne me demandent pas mon sentiment. Ils ont raison. Je suis un raté et j'en ai conscience. Maman est du même avis que moi. Je ne me sens capable de venir à bout d'aucune tâche particulière. Ce n'est pas une affaire de capacités intellectuelles. Mes résultats en mathématiques et en physique au lycée Louis-le-Grand étaient excellents.

Je pouvais grâce à eux m'ouvrir les portes des études médicales ou commerciales. Mais j'y ai renoncé avant même de commencer. Maman appelle cela ma pusillanimité naturelle. « Tu ne ressembles pas à ton père », ajoute-t-elle parfois.
Pour la direction des ateliers, qu'ils ne comptent pas sur moi. Il ne manque pas de diplômés des grandes écoles. Il nous suffira de faire paraître des offres d'emploi dans *le Figaro, le Monde* et *France-Soir*. « Entreprise de confection industrielle rech. gestionnaire 30-35 a. dipl. éc. de commerce. Angl. All. Esp. souhaités. Poste Dir. Rémun. départ : 30 000 F x 13 + intéressement + frais. » Il en viendra des dizaines. Nous n'aurons plus qu'à choisir celui qui nous fera la meilleure impression. Nous ? Je veux dire que c'est Toni Soan qui, en définitive, prendra la décision. Maman s'en remettra à lui, comme toujours. Peut-être exigera-t-elle une ultime garantie : que l'on aille prendre l'avis de mon père, là où il se cache. Je vois très bien les choses se dérouler de cette façon. Nous verrons arriver un homme d'allure jeune en dépit d'une légère ptose abdominale. Il sera vêtu d'un strict complet sombre auquel il aura assorti ses chaussettes et sa cravate. Il sera muni d'une mallette de cuir noir à fermoirs d'argent. Son élégance de bureau fera grosse impression à maman. A peine entré dans ses fonctions, il proposera des innovations, des changements. Ce sera le moment le plus délicat. Nous écouterons ses propositions. Nous lui en concéderons certaines pour mieux nous opposer à la plupart des autres sans froisser sa susceptibilité. Il sera relativement satisfait. Chez lui, le soir, il annoncera, très fier, à sa femme, à sa maîtresse : « Tu sais, chérie, dans cette boîte je peux m'exprimer... » Rassuré sur ses possibilités d'expression (comme tous les ratés je critique volontiers les tics du langage quotidien, occupation inoffensive et petit exutoire aux rancœurs et aux déceptions), il produira les efforts indispensables à la bonne marche de l'entreprise. Maman et moi, c'est l'essentiel, continuerons à recevoir notre part des bénéfices et à vivre sans autre souci que le choix de nos dépenses et de nos lieux de villégiature.

II

La rêverie, comme l'inaction, me fait glisser trop vite sur les planches pourries du passé.
Paula Rotzen a décidé que nous nous verrions lorsque l'un ou l'autre en aurait envie. Pas question de cohabiter, de changer de mode de vie. Ma chambre aux rideaux tirés sur l'intense circulation et la puanteur des quais reste le lieu où je passe le plus clair de mon temps. Je ne vois plus mes vieux meubles, mes bibelots sans valeur, mes livres, le papier peint à grandes fleurs brunes. Le temps, et non l'espace, est la vraie contrée de l'ubiquiste. Le marécage aux frontières floues où il patauge et s'embourbe volontiers.
Le passé. Toute cette décomposition de soi que l'on flaire continuellement, sans pouvoir s'en empêcher. Je suis davantage tourné vers elle, vers lui, que vers ce qui sera, dont je n'ai pas la moindre idée. C'est une perversion que je partage avec beaucoup de mes contemporains, ce qui ne la rend ni plus agréable, ni plus flatteuse. Je suis un chien couvert d'eczéma. Je gratte furieusement mes vieilles plaies, les souvenirs. Ils sont à feu et à sang.
J'ai vieilli précocement. La sénilité s'est mise en branle sur mes treize ou quatorze ans. Triste constatation à une époque où l'on n'encense que la jeunesse, ou du moins ses apparences. Maman me disait que j'étais une sorte de jeune vieillard. Aujourd'hui, Paula Rotzen, que je ne puis suspecter d'intentions nuisibles, me fait remarquer que je suis un petit vieux assez bien conservé.

Je le reconnais. Comme les vieillards, j'entasse. Je n'ai jamais cessé d'entasser. A quinze ans, mes placards étaient bourrés de revues, de journaux pieusement rangés. Je ne prenais la résolution de m'en séparer que lorsque les piles s'écroulaient les unes sur les autres à l'ouverture des portes. Je procédais alors à un tri sévère. Je feuilletais chaque numéro pour y découper tel ou tel article digne de figurer dans une des chemises sur les couvertures desquelles j'écrivais : *Littérature, Peinture, Musique, Justice, Sciences, Philosophie*, etc. Ces chemises gonflaient, prenaient un embonpoint monstrueux et finissaient par crever à la pliure. Je mettais en place des subdivisions : *Philosophie présocratique, Philosophie classique*... J'éliminais à nouveau ce qui ne présentait plus d'intérêt à mes yeux, ou ce qui me déplaisait. C'était, en même temps, le moyen de relire toute ma documentation patiemment amassée, de me rafraîchir la mémoire, de séparer l'essentiel de l'accessoire. De cette façon, j'ai pu me débarrasser du contenu de plusieurs chemises, et entre autres de celle que j'avais intitulée *Idéologies*. J'étais parvenu à définir le concept d'idéologie sur le mode alternatif suivant : vérités asservies à la cause, mensonges mis au service de la cause. Une vision si claire des choses me permettait de vider mes placards.

Cette noria de papiers, ces décantations successives ont déposé en moi des opinions, plus rarement des convictions. Une part de ma personnalité est née de l'engorgement maniaque de mes placards et, somme toute, du travail sournois du temps.

Paris est une ville songeuse. Ville folle de ses songes et qui n'oublie rien. Des arènes de Lutèce au plateau Beaubourg, elle ne laisse rien ignorer de ses stigmates monumentaux au passant le plus distrait.

Elle est là, contre moi, dans une proximité charnelle. La ville qui m'est familière est nocturne. Pour peu qu'on prête l'oreille, on y entend le ronronnement des avions qui, en dépit des interdictions, survolent les boulevards extérieurs. Ils clignotent, rouge et blanc, sous les nuages, comme pendant les années de l'occupation.

Conversation la nuit

Les vols nocturnes, annonciateurs de bombardements, me remplissaient de terreur. J'appelais ma mère, puis, comme elle ne venait pas, Maria, une jeune fille de la campagne qui logeait chez nous. Maria accourait toujours à l'appel de son nom. Maman le savait. Oui, plus que probablement elle le savait. On aurait pu croire que Maria ne dormait pas. Elle venait pour me tenir la main, me caresser le front. Pour me parler aussi de sa voix de fillette qui n'avait jamais mué. Quand il le fallait, elle m'emmenait à la cave, avec les autres habitants de l'immeuble. Le lendemain matin elle disait, fâchée et complice : « Mon petit Philippe m'a encore réveillée cette nuit », puis elle m'embrassait.

Maria n'aimait pas Paris pour la simple raison, je crois, qu'elle n'y était pas née.

Maria boitait. « Décalcification de la hanche », avaient diagnostiqué deux médecins. Un jour, c'était en 1945, on l'a emmenée au grand hôpital de Berck. C'était loin de Paris, presque dans un autre pays. Il y avait le bon air de la mer, beaucoup d'iode... C'était excellent contre les maladies osseuses et la tuberculose. Maria nous écrivait toutes les semaines. Maman me lisait ses lettres et, après un silence : « Quelle bonne fille tout de même ! Nous irons la voir bientôt. »

Un jour d'automne, nous sommes arrivés à Berck. Maria souriait sur son lit blanc. C'était le même sourire que je connaissais bien et que j'aimais sans savoir que je l'aimais. J'ai senti ce jour-là mon amour pour ce sourire d'enfant. Parce que Maria était une enfant. Elle m'a caressé la joue. Maman lui a offert des mandarines, un fruit rare en ces années de disette. L'aggravation de son mal l'empêchait de marcher. Avec du bristol, des brins de laine et des crayons de couleur, elle fabriquait des cartes postales, des boîtes décorées. Elle mettait un soin infini à ces travaux. Elle m'a fait choisir une carte, et la plus belle de ses boîtes. J'avais honte de n'avoir rien à lui offrir, de n'y avoir pas pensé. Pourtant, lorsque nous sommes partis, maman et moi, la joie brillait dans les yeux de Maria.

Quelques mois plus tard, nous étions dans un village inconnu et enneigé. Au cimetière, nous allâmes nous recueillir sur une tombe si modeste qu'elle n'était composée que d'un cadre de ciment rectangulaire et d'une croix de bois peint. Je m'étais alors rappelé mes parties de cache-cache avec Maria, dans l'appartement. Je me fourrais dans les buffets, dans les coffres, d'où elle me débusquait. J'avais repensé aussi à mes nuits de terreur exorcisée, à la pression de la main de Maria sur ma main, à son rire, à sa voix pleine de failles, de déchirures.

Je vois la place de la Porte-de-Saint-Cloud. Ces bizarres constructions circulaires illuminées au milieu des buissons, l'avenue de la Reine et, à gauche, l'avenue Edouard-Vaillant, qui, par le pont de Sèvres, conduit à Ville-d'Avray et au parc de Saint-Cloud. Des hauteurs du parc, à quatre heures du matin, on voit le soleil allumer des torches aux façades des tours mastodontes de la Défense, de Bercy et de Charenton. Les nuits d'été, dans ces jardins, on trouve des jeunes gens rêveurs qui guettent des chimères, les draguent à pas lents; des couples enchevêtrés sous les feuillages bas aux essences brouillées. On entend des appels et on ne sait s'ils sont ceux d'un oiseau qu'on réveille ou d'un enfant solitaire qui cherche les caresses et l'amour.

Je suis à l'orée du bois de Boulogne. Il bourdonne comme un souk des commerces du sexe et de la drogue. Prostituées, travelos, homos, dealers... s'y arrachent le chaland à grand renfort d'yeux électriques, d'appels sur la citizen-band, de sexes érigés aux dimensions mesurables et capacités garanties, de bouches rouges, édentées, remplies de salives prometteuses...

Je marche le long des quais du Point-du-Jour, Louis-Blériot... Je regarde dormir les luxueuses péniches aux hublots éteints. Enormes, décolorées, elles se fondent dans le courant obscur où tremblent des étoiles inconnues des astronomes.

La Concorde est déserte, brillante comme une planète vierge, ouverte comme un port. Les chevaux de Marly caracolent dans leurs boîtes de tôle. Une voiture noire passe, tous fanaux allumés. Une blonde est au volant. Elle

Conversation la nuit

fume, regarde autour d'elle puis s'enfonce dans le gouffre du boulevard Saint-Germain. Le quai des Tuileries grisonne comme avant un orage. Ses tunnels sont semés de journaux que le vent promène. Je dois suivre l'aorte de la cité, le fleuve triste de la nuit. Respirer son haleine humide de novembre. Tourner sur ses ponts, ne pas le quitter des yeux. Puis, emporté par je ne sais quelle force, m'engager dans l'un de ces couloirs d'ombre, le boulevard Sébasto, la rue des Saints-Pères, la rue Saint-Jacques... Paris, ville sainte. Sur les trottoirs luisants claquent les talons des femmes.

Une fille pleure, assise sur un seuil d'immeuble. Son mec l'a plaquée. Il est là-haut, cinquième étage, chambre de bonne numéro quatre. Il a, rangée avec soin sur sa plus haute étagère, la collection complète des œuvres de Lénine, et, dans son lit, une fille aux cheveux rouges. Je m'assois auprès de la fille qui pleure. Je lui parle doucement. Elle se tait, pleine de méfiance. Je ne me laisse pas rebuter. Je lui parle encore. Je lui propose de marcher avec elle. Elle finit par accepter. Nous marchons, longtemps. Elle m'emmène sur les hauteurs de Suresnes, dans un petit appartement où nous pénétrons à pas de loup. Dans sa chambre dort un couple de copains. Elle prépare du thé et des blinis. Nous mangeons et buvons. Nous nous allongeons sur le divan rouge du séjour et y faisons l'amour sans réveiller personne. Je ne sais pas si elle a joui ou fait semblant. Sur les carreaux, j'observe les premières comètes transparentes du givre, le cœur chaud et glacé de la nuit. Elle me raconte des bribes de sa vie. J'apprends que son père est boulanger dans une ville de province, qu'il ne lui a plus adressé la parole depuis ses seize ans. Chez elle, ici, elle loge parfois un copain qui a voyagé en Chine. Son mec vit à Maubert. Dans sa chambre, il caresse la fille aux cheveux rouges, une folle maniaco-dépressive qui doit entrer en clinique le lendemain matin. Les psychiatres l'achèveront sans l'aide de personne. Lui, c'est un dingue aussi. Il étudie un peu. Il espère devenir professeur de philosophie, être reçu à des concours...

La fille n'a pas sommeil. Moi non plus. Nous buvons encore du thé. Sur sa platine, à faible volume pour ne pas

déranger, elle passe des disques. Je lui demande la cantate *Erschallet, ihr Lieder pour le dimanche de la Pentecôte*. Elle ne l'a pas. Elle me dit avec conviction qu'elle déteste les chœurs. Je ne sais quoi lui répondre.
 Elle me propose un joint. Nous fumons. Son mec peut se procurer du L.S.D. sans difficulté. Une autre fois, si je veux, je peux en prendre avec eux... Je réponds oui d'une voix assurée. Elle rit quand je lui révèle que j'ai douze ans de plus qu'elle. Je ne trouve plus aucun sens à cette rencontre.
 Dans la chambre attenante, des corps engourdis remuent faiblement. Une voiture passe dans la rue en contrebas. Quelque part, dans l'immeuble, un enfant pleure. C'est à nouveau le silence. Sous les yeux de la fille je remarque des cernes violets. Elle se tait, regarde le plafond. Derrière la fenêtre le ciel blanchit, puis bleuit. De petits toits rouges émergent de l'ombre. Je pense à un village. Je m'approche de la fille et lui caresse les cheveux. De fins et longs cheveux châtains qu'elle dénoue. Je lui demande son nom. Elle s'appelle Sylvie. Nous n'avons plus que peu de chose à nous dire. Avant de la quitter, je dis :
 « Si tu veux, je reviendrai chez toi.
 – Oui », répond-elle.
 Dehors l'air glacé me soufflette au visage et au cœur. Mais je ne peux me perdre dans la main de la ville. Je suis, jour et nuit, ses lignes de vie et de fortune. Elle est mon oasis, ma nature profonde. Au milieu d'un océan de labours et de cultures maraîchères, au-delà des villages réduits en poussière par deux guerres et l'installation des relais de télévision, elle est le caravansérail, le port franc, le sac convivial où tout est surprise, où tout est à prendre. Elle offre, sans barguigner, la table et le lit, et le salon où l'on cause : téléphone, bistrots, bancs de square, librairies. Par tous les temps on y trouve à qui parler. Pour une prévisible Sylvie, combien d'êtres nouveaux et inconnus ? Des êtres moraux, immoraux, silencieux, bavards... Que de plaisirs ! Derrière les hauts murs flambent des cheminées : on y cuisine des mots, des images, des sons inouïs. Il suffit d'entrer et de s'asseoir. Toutes les musiques peu à peu prennent un sens.

Conversation la nuit

J'aime la ville comme une mère longtemps mésestimée. Enfin je reconnais ses mérites. Je l'aime d'un amour cannibale. Pour me nourrir, je déchire sa chair qui se reforme toujours dans son inépuisable générosité. Comme autrefois notre mère la terre. Au lever de nuits difficiles, elle reste fraîche et parfumée de tous ses souvenirs. Mère, mère... dans tes falbalas de pierre noircie et dans tes voiles de fumée. Qu'importe que nos poumons s'encrassent ici. Nos difficultés respiratoires ne pèsent d'aucun poids en comparaison des joies stimulantes du cœur et de l'esprit. Tu es la région infinie. La contrée seule habitable des êtres faibles, dépourvus comme je suis. Ils y trouvent diversion et pâture, assez de vie vraie, d'illusion pour se croire eux-mêmes en vie. Comme tu es traversée d'une aorte, ils sont traversés par toi qui les alimentes par sondes et rêveries intimes. Quelques-uns se croient redevables. La plupart sont encombrés de haine, de peurs imbéciles et courent se réfugier sur les plages et dans les stations de sports d'hiver où ils tentent de reconstituer ta féconde diversité. Ingratitude bien connue des progénitures! Ou inconscience. Cela durera jusqu'à ce qu'ils meurent. Ils trouveront alors leur refuge dans ta terre mille fois retournée, martyrisée. Ils regagneront l'utérus, la case départ, le Père-Lachaise et, suivant le sens inverse des aiguilles de ton cadran, Montparnasse, Montrouge, Gentilly, Valmy, Bercy, Saint-Mandé, Belleville, Montmartre, les Batignolles, Vaugirard... Intra-muros, extra-muros.

« Ah, c'est vous, Philippe?... Bonsoir. »
Il parlait lentement, comme avec difficulté. Sa voix, au téléphone, était nasillarde et presque sénile. Il semblait chercher ses mots. J'avais perçu son mécontentement, vite rentré, de m'entendre au bout du fil.
« Dites, s'il vous plaît... dites à votre mère que... que je ne pourrai, ce soir, partager... enfin, venir comme d'habitude... »
Toni Soan n'était pas un spécialiste du mensonge domestique. Il savait qu'on ne pouvait cacher grand-

chose à maman. En affaires, sans doute, ses paroles entortillées avaient quelque efficacité pratique, mais en l'occurrence...

« Elle en sera désolée. Et moi-même, je regrette.

— Merci, je sais que vous ne regrettez rien, mais c'est gentil de me le dire. Informez votre mère que... que je ne suis pas en état de sortir de chez moi, la grippe, n'est-ce pas... Dites-lui bien, Philippe, que je regrette, et surtout... ne la dérangez pas.

— Tout sera fidèlement transmis. Merci à vous d'avoir appelé. Meilleure santé, c'est cela, meilleure santé. »

Il avait raccroché. Normal, il n'était pas dupe de mes politesses contraintes. Je m'étais d'ailleurs bien gardé de lui demander si nous pouvions le secourir, aller pour lui dans une pharmacie, lui apporter ses médicaments.

Maman était plongée dans la lecture du *Figaro-Magazine*.

« Ridicule, Philippe, toute cette publicité pour des romans. Ce ne sont pas des légumes en boîte, tout de même, ou des fromages! Qui était-ce?

— Toni.

— Il voulait te parler?

— Non, pas spécialement. Il te fait dire qu'il ne viendra pas ce soir pour cause de grippe. Il regrette. Oui, il regrette.

— Ah, il regrette! Il regrette... Et je vais être seule, moi! C'est ce qu'il voulait... »

Sa voix grimpait. Le moteur s'emballait. Elle glapissait, en proie à une anxiété incontrôlable. Je lui fis remarquer la méchanceté de ses dernières paroles :

« Comment peux-tu dire que tu vas être seule? Je ne sors pas, je reste avec toi.

— Ce n'est pas ce que tu m'avais fait comprendre. D'ailleurs, qu'est-ce que ça change? Tu t'enfermes dans ta chambre! »

Elle pétrissait son mouchoir. *Le Figaro-Magazine* gisait sur le tapis.

« Calme-toi, veux-tu? Je propose que nous dînions ensemble... Nous pourrions bavarder...

— Que t'a-t-il dit exactement?

Conversation la nuit 63

- Qu'il a la grippe, rien de plus.
- Je suis certaine qu'il ment. Il avait bien sa voix de vieillard mal foutu, n'est-ce pas?
- Oui (comment nier l'évidence?), il avait l'air vraiment atteint.
- Ce que tu peux être naïf, mon petit Philippe! Tu le connais bien mal. Peut-être est-il capable de te faire prendre des vessies pour des lanternes, mais à moi, pas question... Je sais ce que ça signifie quand il prend sa voix de vieille chèvre, quand il vous fait le coup de la maladie, comme un collégien boutonneux... Il ment! Il ment, le salaud! C'est comme ça depuis qu'il a eu ses cinquante ans. La grippe! Ça ne prend pas. Hier, il frétillait comme un gardon. Il sort avec une putain, voilà la vérité...»

Maman pleurait à petits coups rageurs. Sa voix tenait le registre suraigu de l'hystérie. D'une main elle cherchait à ramasser la revue et n'y arrivait pas. Je m'agenouillai, la lui tendis, espérant l'apaiser. Ses yeux roulaient vers les fenêtres du salon, vers le couloir, vers le plafond. Ils évitaient de s'arrêter sur moi. Je pensai : quelle comédienne elle eût fait! Ses mains battaient l'air et retombaient. Seuls le frémissement de ses joues grises, les palpitations convulsives des ailes de son nez dénonçaient une émotion qui n'était pas de pure composition. Ce que j'éprouvais à cet instant était de l'ennui mêlé de pitié. Je lui pris la main.

« Nous pourrions sortir tous les deux. Que penserais-tu d'un dîner chez Lapérouse?
- Au restaurant! Tu ne vois pas dans quel état je suis?»

La soirée s'annonçait mal. Tassée dans son fauteuil, elle bredouillait entre deux reniflements : « Au restaurant... au restaurant...» Puis : « Il me laisse seule, ce salaud. Il va avec une putain, et je suis seule...»

J'avais claqué la porte et m'étais réfugié dans ma chambre.

Je n'étais pas désespéré. L'habitude. Je pensais : elle ne changera pas. Je dois avoir pitié, mais personne ne pourra la changer. Derrière la cloison, à la fois près et loin, je l'entendais. Elle tentait d'étouffer ses hoquets. J'étais comme elle. Nous étions, chacun derrière sa porte, logés à

la même enseigne. Cela n'avait aucun sens et par conséquent aucune issue apparente.
　Quitter l'appartement? La quitter? Quel vrai fils aurait pu s'y résoudre sans tristesse? Et puis, où aller et avec quels fonds? Je ne me sentais pas capable de dénouer de tels problèmes. Paula Rotzen n'était pas prête à me supporter jour et nuit. Quant à la tendresse, à l'amour, nous étions, maman et moi, en pleine banqueroute. Il fallait attendre. Attendre.
　Je m'étais allongé pour penser à ce silence, à la solitude maternelle qui saignait comme une fontaine empoisonnée. Pourquoi était-elle si dure, si égoïste? Et moi, pourquoi est-ce que je continuais à me ronger, à souffrir sans me plaindre? Il y allait de ma dignité, comme lorsque j'étais enfant, puis adolescent ravagé par mes nerfs, mes écorchements quotidiens. Ce n'était pas de la pose, du cinéma. Mais surtout, je ne pouvais m'attendrir sur moi-même quand elle souffrait à ce point, là, si près de moi.
　Après l'hébétude on reconstruit. On croit repartir de zéro. Le paysage apparaît « comme avant ». Du moins, on cherche à s'en persuader. Il arrive aussi que l'on reste froid, à distance, comme si l'on dominait la situation. Mais aucun procédé n'est efficace. La volonté ne peut rien.

　Je m'étais endormi dans le bourdonnement d'un programme retransmis par France-Musique. Du Chopin je crois. Chopin m'a toujours mis dans un état de malaise inexplicable. Sa musique, même lorsqu'il lui arrive d'être enjouée, allègre, me fait l'impression d'un objet glacé. Sous le masque fantasmagorique, je sais ce qu'il y a... Peut-être n'ai-je pas de cœur, pas de sensibilité? Il n'y aurait rien d'étonnant à le constater.
　J'avais fini par glisser sur la pente d'un malaise double, puis dans le sommeil. A mon réveil, c'était la nuit complète. Il avait plu. Les pneus des voitures produisaient un chuintement crispant d'asphalte arraché. Je me sentais reposé, nouveau. J'avais faim. Le corps ne laisse

pas oublier ses exigences. Peut-être y a-t-il là quelque chose de rassurant, comme un appel de la vie. Pourtant j'ai toujours ressenti le besoin de me nourrir, de me soulager et même de me laver comme une humiliante obligation. Je ne me suis que rarement bien entendu avec mon corps.

Je m'étais levé, m'étais déplacé jusqu'au réfrigérateur de la cuisine en me promettant de réfléchir sérieusement à ces questions dont je savais que les gestes que j'allais effectuer pour me nourrir dissiperaient jusqu'au souvenir. Restait cette inquiétude, comme à chaque fois que j'étais sur le point de m'accorder le droit d'assouvir mes besoins élémentaires. Il fallait l'effacer, elle aussi. J'ouvris la porte du réfrigérateur et plongeai dans l'abjection : il contenait, outre les boîtes de conserve que maman avait la manie d'y ranger, du beurre fermier enveloppé dans du papier translucide et quatre sardines sur une soucoupe de porcelaine. Maman et moi en faisons une excessive consommation. Elles étaient figées sur un matelas d'huile solidifiée. Je versai un fond d'eau dans une casserole sur laquelle, en guise de couvercle, je posai la soucoupe avec ses quatre décapitées. Je plaçai le tout sur le fourneau à gaz et fis jaillir la couronne de flammes bleues.

Au-dessus du fourneau, la tabatière était entrouverte. Le ciel était noir, rempli d'ombres veloutées. Pour mieux les voir j'ouvris complètement la fenestrelle. Dans la casserole, l'eau s'était mise à chanter pianissimo. Des masses obscures se poursuivaient dans la portion visible du ciel, puis disparaissaient. J'étais plongé dans une rêverie où régnait le silence tronqué des grands fonds sous-marins, tels qu'ils m'étaient apparus sur mes onze ans, à la lecture de *Vingt Mille Lieues sous les mers*. C'étaient de longues minutes apaisantes. Par la grâce de la seule songerie, notre cuisine du quai des Grands-Augustins s'était changée en *Nautilus*. Elle *filait quinze milles à l'heure*. Elle passait sur des plaines de sable, par des forêts coralliennes; elle affrontait des courants monstrueux, l'énorme pression des profondeurs. Du puits intérieur de l'immeuble ne montait aucun bruit. C'était une heure tranquille. Les enfants de madame Reyne étaient couchés depuis longtemps. Leurs rêves, à ce moment où je rêvais moi-même les yeux grands ouverts, ressemblaient peut-être à ces ombres célestes en chemin pour nulle part. Peut-être encore éprouvaient-ils dans leur sommeil d'enfants des frayeurs, des jouissances dont ils ne se souviendraient pas à leur réveil. Elles laisseraient sous leurs yeux de fragiles traces bleutées dont leur mère (une bonne et vraie mère) ne manquerait pas de s'inquiéter.

Le tollé strident d'une ambulance m'avait ramené à mes sardines. L'eau dansait dans la casserole et soulevait la soucoupe qui retombait en cliquetant. Les décapitées baignaient maintenant à l'aise dans l'huile liquéfiée. Avec des précautions, pour ne pas me brûler, je les déposai sur la table. Le robinet de l'évier laissait l'eau s'échapper goutte à goutte. Je tendais l'oreille pour écouter sur la faïence le flac océanique. Dans l'éloignement vertigineux de la ville, j'avais le sentiment d'habiter une bulle, une planète minuscule et fantasque.

Manger une sardine n'est pas une affaire des plus simples. Il y faut de la délicatesse, du doigté, de même que du pain, une noix de beurre, une fourchette et un couteau, de préférence un couteau de cuisine, aiguisé et pointu. Il importe que l'animal soit d'abord placé sur l'arête du dos, qu'il a mince et pourvue d'une nageoire : il faut donc le maintenir dans cette position à l'aide des dents de la fourchette pendant que, de la pointe du couteau, on lui ouvre le ventre jusqu'à la naissance de la queue. Il livre alors tous ses secrets de chair rosée et parfumée. Suit la délicate opération (il faut donner à ce terme son plein sens chirurgical) qui consiste, toujours de la pointe du couteau, à lever cet appendice ferme et rougeâtre, la laitance, témoin d'une virilité et d'une fécondité passées. On procède de la même façon pour les quelques filets coagulés, résidus d'organes autrefois attachés à la tête disparue. Enfin, d'une main sûre, il faut extraire de son logement l'épine dorsale, fin et translucide collier de perles naturelles que l'on dépose sur le bord de l'assiette. La queue ayant été sectionnée d'un seul coup, la sardine, comme sur le lit de Procuste, est prête à la consommation. Détacher chaque filet de la peau est un plaisir des doigts et du poignet qui précède de peu celui du palais.

Je procédais à l'incision de la deuxième sardine lorsque

Conversation la nuit

j'entendis le grincement d'une lame de parquet. A son gémissement aigu j'avais reconnu qu'il s'agissait de celle du milieu du couloir. Un frottement de pieds sur le tapis, un froissement de tissus. La porte de la cuisine s'était ouverte. Maman me regardait.

« Tiens, tu ne dors pas ? »

Appuyée au chambranle, le corps déjeté, une main sur le front pour se protéger de la lumière vive du plafonnier, elle semblait exténuée. Elle était engoncée dans sa robe de chambre bleu d'acier. Je détestais cette robe de chambre. J'eus la vision d'une femme arrêtée au bord d'une route, pendant un exode, accotant son épuisement, ses peines, au tronc écaillé d'un platane que le soleil d'août frappait de plein fouet. Je chassai cette vision.

« Ne reste pas à la porte. Assieds-toi. Veux-tu des sardines ?

– Oui, merci. Donne-m'en une.

– Mais non, je vais t'ouvrir une boîte. Celles-ci ont pris un goût dans le frigo.

– Si tu veux. C'est gentil de ta part... »

Elle s'était assise devant moi. De sa voix sèche, cassée, après un silence elle avait dit :

« Pardonne-moi pour tout à l'heure. »

De surprise, je faillis laisser tomber l'assiette que je tenais à la main. « Pardonne-moi. » Je n'avais pas souvenir que maman se fût ainsi humiliée devant moi. Mais s'agissait-il d'humiliation ? Pour dissimuler mon trouble, j'avais ouvert puis refermé sans rien y prendre l'armoire suspendue à gauche de l'évier. Nous y rangeons notre réserve de pâtes, de sucre, de chocolat et de conserves.

« Je t'en prie... Tu n'as pas à t'excuser, ni à demander pardon. »

Je pensais sincèrement qu'une mère n'a à s'excuser de rien, à se faire pardonner quoi que ce soit, ou alors, qui serait-elle ? Quel genre de mère pourrait-elle bien être pour s'abaisser à ce point ? Et quel genre de fils serait celui qui, en toutes circonstances, ne pourrait dire à sa mère : je te comprends ?

L'armoire m'avait finalement livré une boîte jaune, lisse et éclatante comme un soleil d'hiver. Des Saupiquet

à l'huile d'olive, notre marque préférée. J'avais pris un citron sur la paillasse, et un couvert dans le tiroir de la table.
« Je te les prépare avec un filet de citron. Que veux-tu boire?
— Je vais faire du café. Merci.
— Est-ce que cela ne va pas t'empêcher de dormir?
— Tu vois bien que je n'ai pas sommeil. Si ton invitation de tout à l'heure tient toujours, nous mangerons ici, ensemble...
— Elle tient toujours. »

Je ne fis aucune remarque sur le caractère indigeste du mélange sardines-café. Elle s'était levée pour fourrager dans un coin de la cuisine. L'espace étroit se remplissait de tintements métalliques, de froissements de papier et d'odeurs domestiques. De tout ce qui, en somme, rend la vie agréable. J'avais disposé sur une assiette un brillant sextuor de sardines. Maman ne les mange pas comme moi. Elle, si raffinée d'ordinaire, leur coupe simplement la queue sans prendre la peine de les ouvrir. Si elle est dans un bon jour, elle peut même se permettre une plaisanterie du genre : une sardine, ça n'a ni queue ni tête. Je m'étais contenté de répandre sur les petits corps d'argent le jus du citron, puis j'avais beurré plusieurs tranches de pain. Maman avait placé deux tasses de chaque côté de l'assiette. La senteur chaude du café se mêlait aux effluves d'olive. Pour donner à la nuit le ton de politesse qui convenait, je m'étais enquis :

« Prendras-tu du sucre?
— Je ne peux pas boire le café sans sucre. Tu devrais le savoir depuis le temps. »

Oui, j'aurais dû le savoir. Pourtant, le sucre fait grossir, encrasse les vaisseaux. Est-ce que tu prends soin de ta santé? C'était au fond le sens de ma question.

La cafetière électrique avait émis des crachotements d'asthmatique. Maman, après l'avoir débranchée, avait apporté le café brûlant sur la table. Elle s'était assise. Elle avait rempli nos tasses en disant :

« J'ai été ridicule tout à l'heure. Mais j'ai bien fait de refuser le restaurant. Ce pique-nique improvisé est bien

Conversation la nuit

plus agréable. Il fait nuit, j'aime pique-niquer à la belle étoile... »

On ne voyait pas la moindre étoile. Seulement une lueur vite éteinte dans ses yeux. Elle aussi se cachait son plaisir, ou se le gâchait. Elle s'était tue. Allait-elle s'encoquiller une fois de plus? Mère escargot. Comme les gastéropodes, elle sait ralentir l'écoulement du sang dans ses veines, rentrer sous sa tuile au bout du jardin, se faire oublier tout l'hiver. Elle était si susceptible. Je devais me méfier, ne pas commettre l'impair qui, dans la seconde, détruirait le fragile édifice de cette nuit en train de se construire. Une nuit pour nous à son début. Du coin de l'œil je la lorgnais. Elle s'appliquait à mastiquer sardines et morceaux de pain croqués à même la tartine à cause du beurre dont elle ne voulait pas se graisser les doigts. La tranquillité de la cuisine avait reposé ses traits. Il lui était même venu une touche rose aux pommettes. Sous les ridules, aux commissures de la bouche, sur ses lèvres et ses paupières, mes regards cherchaient ce qui n'était plus, le visage lisse et adoré de la mère d'autrefois. Son visage blanc, poli, arrêté dans le soleil, frissonnant, musical. Je m'étais efforcé de soutenir l'illusion, mais son visage était un jardin en hiver d'où fleurs et plaisirs avaient été chassés.

« Tu ne trouves pas que j'ai été ridicule? »

Pas moyen de m'échapper. La question était directe. D'une façon ou d'une autre je devais y répondre sous peine de tout anéantir. Voulait-elle que je lui dise oui, que je l'humilie, l'aide à s'enfoncer elle-même dans le marécage de la culpabilité? Voulait-elle que je lui mente et la rassure? Comment lui avouer que, ridicule, elle l'était le plus souvent à mes yeux pour son acharnement à gâcher chaque minute de son existence, et par conséquent à gâcher toutes les minutes de la mienne? Comment lui dire encore qu'elle n'en était pas moins aimée, qu'excepté à nos heures d'hystérie je la voyais comme un être qu'il me fallait sans cesse contourner, ne pouvant le réduire ni le séduire. J'avais choisi de biaiser :

« Ridicule n'est pas le mot.
– Quel est le mot, selon toi? »

Violence rauque, souterraine des paroles qu'elle soufflait entre ses lèvres. J'essayais de me rattraper :

« On n'est pas ridicule. Personne n'est ridicule. On peut être simplement malheureux...
— Malheureuse, moi! Tu veux rire? »
Elle souriait sans sourire, de cette façon qui lui était si familière et que je détestais.
« Facile de se donner le beau rôle, de plaindre sa mère, de parader sur le piédestal de la générosité... »
J'étais furieux contre moi-même, contre mon incapacité à favoriser le climat qui nous permettrait d'échanger quatre mots sans nous heurter l'un à l'autre comme des bêtes hargneuses. Ultime manœuvre, je virai de bord sous le vent :
« Très bien, tu étais parfaitement ridicule. Si tu tiens tellement à ce qu'on te le dise... Et heureuse! Tu ne peux pas savoir comme cela faisait plaisir de te voir respirer-le bonheur à ce point!
— Salaud! Tu n'es qu'un petit salaud!
— Ce qui est bien, avec toi, c'est qu'on peut tout se dire. »
J'avais lâché ma dernière bordée dans le brouillard. Tout était fichu maintenant. Le silence s'était prolongé, puis elle avait ri, d'un rire de gorge, roucoulé d'abord, puis déversé en ondes sonores. Elle avait repoussé son assiette qui ne contenait plus que les queues de six sardines. Elle m'avait regardé en hochant la tête, des larmes de rire plein ses yeux de porcelaine bleue.
« Mon petit Philippe, tu ne changeras jamais. Mais pourquoi nous mettre dans des états pareils? J'ai envie de fumer. N'aurais-tu pas des Craven quelque part dans ta chambre? »
Notre nuit n'était pas détruite.

J'avais douze ans lorsque, pour la première fois, j'étais parti en vacances seul avec maman. C'était en 48. Elle venait d'être abandonnée et nous devions passer tout l'été à Sainte-Maxime.
A la période frénétique durant laquelle je l'avais nourrie de pain moisi et abreuvée de l'eau du robinet avait succédé une époque d'accalmie. Elle restait des heures

dans un état de prostration absolue. Dans ses moments de sérénité, elle était très belle. Elle ne semblait pas avoir plus de trente ans. Peu à peu elle avait retrouvé le goût de vivre.

Sainte-Maxime : vaste plage d'heures ensoleillées. Un sable si blanc, si accablé de soleil qu'on ne pouvait y tenir fixé le regard. Des rochers étaient répandus dans la mer. J'y passais les après-midi à pêcher des poissons aux couleurs d'arc-en-ciel. Non loin de moi, maman s'exposait aux rayons qui lentement cuivraient sa délicate peau de blonde. Cet été-là, elle lisait *le Petit Arpent du Bon Dieu*. Le livre restait ouvert à portée de sa main, la lecture n'avançait guère. En me retournant, entre deux prises, j'admirais ses cheveux aux pointes blanchies par la salinité. Elle les enserrait dans un bonnet de toile rouge. Je n'éprouvais pas moins d'admiration pour ses épaules rondes, dorées, qui me rappelaient de délicieuses pâtisseries. Quand elle somnolait ainsi, abandonnée au soleil, je la contemplais sans retenue, sans qu'elle s'en aperçût.

L'endroit était agréable à cette époque-là. La plage séparée des collines par une route. La circulation modérée. Il y avait aussi – j'ai oublié en quel lieu précis – un large escalier de pierre qui menait à une sorte de chapelle. Le dimanche matin il se couvrait de la multitude des robes claires des estivantes. J'aimais m'y trouver avec maman, non par piété, mais parce qu'elle était semblable aux jeunes filles et aux jeunes femmes qui l'entouraient.

Les vacances qu'il m'arrive encore de prendre avec maman ne présentent plus de tels agréments. Son âge, ses manies de femme vieillissante rendent à chaque fois plus difficile le choix du lieu, celui de l'hôtel... Elle ne supporte plus la foule. Il n'est donc plus question pour nous de fréquenter les plages, les stations balnéaires au plus fort de la saison. C'est en plein hiver que nous nous trouvons à La Baule ou à Menton, et c'est en août qu'il nous faut trouver la seule montagne enneigée de l'Europe occidentale. Tout ce que proposent les agences de voyages n'étant qu'escroquerie et brigandage, elle écrit personnellement aux directeurs d'hôtels, aux maires, aux présidents d'associations. Elle s'enquiert des menus, de la direction des vents dominants, du nombre de couvertures, des différents panoramas proposés selon l'orientation des chambres et de la qualité des tapis... Des gérants et responsables qui prennent la peine de lui répondre, elle exige qu'ils précisent le sens exact de telle épithète, de tel adverbe : « Chambre très confortable », cela veut-il dire munie d'un seul ou de deux lavabos, d'une baignoire sabot ou normale ? « Ambiance sympathique » signifie-t-il que l'on sera entouré de jeunes gens sportifs et agités ou de paisibles retraités uniquement préoccupés des cours de la Bourse ? Elle leur demande enfin de s'engager sur l'honneur et par écrit à respecter les conditions du contrat moral qu'elle entend passer avec eux avant de s'aventurer dans des lieux où ne nous attend plus la moindre surprise, agréable ou non. En dépit de tout, il arrive que nous partions. Le moment où nous laissons le quai des Grands-Augustins est lui aussi un épisode marquant. Notre Delahaye, dont le moteur et la carrosserie n'ont donné aucun signe d'usure depuis 1945, est rangée devant le portail de l'immeuble. Nous la bourrons de colis et d'objets, inutiles pour la plupart, dont le choix ne s'est fait que dans l'heure qui précède le départ. C'est moi qui prends le volant, maman n'étant plus sûre de ses réflexes. Elle conduit sur quelques kilomètres, lorsque les conditions lui semblent bonnes. Durant le séjour, nous faisons figure de clients exigeants et même difficiles. Je n'y trouve que rarement le repos et la distraction. J'accompagne maman, je veille sur elle, car je pense qu'elle ne pourrait se passer de mes services. Ce fut pourtant lors de semblables vacances que je fis la connaissance de Paula Rotzen.

Les circonstances précises n'ont rien de bien extraordinaire : une soirée d'été, un hôtel appelé hôtel du Belvédère, une ville d'eaux que maman avait élue, espérant que ses sources la délivreraient de son état neurasthénique. C'était à la fin de juillet, par une chaleur accablante, face à des pics chauves et tenaillés par la canicule. Dans la station, la vie véritable commençait au crépuscule, dans une fraîcheur relative. Les femmes portaient des corsages translucides et tous leurs bijoux. La piste de danse de l'hôtel était fréquentée par ses résidents et par des personnes venues de l'extérieur, attirées par la qualité de l'orchestre qui, chaque soir, jouait plusieurs fois la valse *An der schönen blauen Donau* entre des morceaux du répertoire classique. Les musiciens s'efforçaient de satisfaire toutes les demandes. Entre les danses, c'étaient des rires et des bavardages continus, dans un cliquetis de fourchettes et de colliers de verroterie. Les jeunes filles alignées sur des banquettes de velours rouge attendaient patiemment que des jeunes gens fortunés vinssent les solliciter. Quelques-unes, à leurs disgrâces naturelles, ajoutaient les stigmates de l'envie et du dépit. Avec des mines distantes, sous les regards furtifs des oncles, tantes, marraines et chaperons en tous genres délégués à l'inspection des affaires en cours, elles buvaient des limonades multicolores.

Ce soir-là, indisposée par la chaleur, maman s'était couchée plus tôt qu'à l'ordinaire. Je l'avais accompagnée jusqu'à sa chambre et m'apprêtais à redescendre pour aller me promener dans le parc lorsque Paula sortit de sa chambre. Elle était en tenue de promenade. Nous nous trouvâmes ensemble en haut de l'escalier. C'était une jeune fille que j'avais remarquée au restaurant de l'hôtel. Elle prenait ses repas en compagnie d'une dame dont l'élégance avait quelque chose de suranné et de riche à la fois. Ses façons spontanées détonnaient dans l'atmosphère guindée où nous baignions depuis plusieurs jours. J'avais été séduit par l'éclat sombre de ses yeux, par une grâce inexplicable qui émanait de sa personne et trouvait sa traduction sonore jusque dans la curieuse douceur de sa voix, que j'entendais pour la première fois.

Les circonstances favorisaient de mutuelles présentations. On aurait pu imaginer, tant nous chuchotions, que nous complotions un mauvais coup. Je lui demandai seulement s'il n'était pas indiscret que je l'accompagne dans sa promenade. Nous n'avions, ni l'un ni l'autre, de rendez-vous secret. Nous fîmes d'abord plusieurs fois le tour du parc éclairé par une lune ronde et romanesque, ainsi que par les carrés de clarté que les fenêtres du grand salon projetaient sur le gravier de l'allée. Accordés aux temps de la valse, d'énormes sphinx dansaient des sarabandes.

Nous engageâmes la conversation sur le caractère romantique et cinématographique de notre rencontre imprévue, de notre déambulation dans un jardin où la pénombre gommait les contours et approfondissait les perspectives. Le nom de Paula m'enchantait, je ne savais pourquoi. Sa voix, en s'échauffant, était devenue fluide, avec de brèves déchirures du son et de l'accord. Je l'interrogeais pour prolonger le plaisir de ces sonorités nouvelles. Elle répondait avec un naturel enjoué qui contrebalançait l'impression d'artifice que nous aurions pu retirer de notre situation et de nos propos. Nous eûmes l'idée d'imaginer à quel film pouvait appartenir la scène que nous étions en train d'interpréter. Elle m'en cita plusieurs dont je ne connaissais que le titre. Elle les avait tous vus, pouvait détailler chaque rôle. Je m'étais contenté de citer le seul qui m'était venu à l'esprit : *La Dolce Vita*. Elle s'était récriée contre l'atmosphère décadente, méphitique de ce film, contre la lâcheté du personnage masculin joué par Marcello Mastroianni.

« Vous n'êtes pas comme ça, j'espère ? » avait-elle demandé à brûle-pourpoint.

J'avais répondu que non, bien entendu, avec un accent de conviction qui l'avait fait rire. La promenade lui plaisait autant qu'à moi, et comme cela était sans doute trop ostensible, elle me demanda de ne point me méprendre : elle m'accompagnait, je l'accompagnais et les choses n'allaient pas au-delà de la bonne camaraderie. Etait-elle aussi puritaine et conventionnelle que je l'étais à ma façon ? Dans ce cas, nous devions pouvoir nous entendre. Je devais apprendre plus tard qu'il était bien dans sa manière de prévenir les pensées, les actes parfois, puis d'attiser l'incendie. J'en étais venu à nous imaginer dans quelque opérette comme *la Veuve joyeuse* ou *l'Esprit viennois*. Elle n'en connaissait aucune. Elle était née trop tard, le genre avait déjà périclité. Mais sa mère (la dame à l'élégance surannée), qui était née un peu avant la Première Guerre mondiale, avait assisté aux spectacles les plus glorieux du théâtre Mogador.

Il y eut, dans les salons de l'hôtel, un écho de cris joyeux, comme si l'on venait d'annoncer la farandole ou l'entrée dans la danse du prince du Piémont. Le pianiste plaquait des accords torrentiels, le timbalier galvanisait l'assistance par des tambourinades en rafales. Les « Oh! » et les « Ah! » traversaient l'espace du jardin et imposaient le silence aux crapauds et aux insectes nocturnes.

Paula Rotzen m'avait guidé sous les couverts jusqu'à une porte de bois qui s'ouvrait sur une ruelle éclairée par quatre lampions trembleurs. Il y avait de basses maisons aveugles, logis d'artisans ou de commerçants. C'était un autre monde, celui de la vraie vie morne et ensoleillée, celui où on riait et se moquait des bizarreries des habitants de l'hôtel du Belvédère. Nous nous étions dirigés vers la place du bout de la rue, vers un banc de pierre et de grands arbres gris en fleurs et en chatons. En contrebas courait un ruisseau : ondulations pailletées de l'eau au bord d'un sentier effacé. Lieu de fraîcheur et de paix. Du banc, nous pouvions apercevoir le parapet du pont en dos d'âne, construit, disait-on, par les Romains, et la vieille porte des Français, porte des terreurs et des invasions, encore rattachée à son débris de rempart.

Notre conversation se réduisait à des observations sur le calme et la beauté du lieu. Elle était entrecoupée de longs silences.

« Croyez-vous qu'il puisse se passer quelque chose? me demanda Paula Rotzen.
– Il ne se passe jamais rien, quand on y réfléchit.
– Vous savez que je suis juive?
– Pourquoi me posez-vous cette question?
– Pour que vous sachiez que je suis juive, tout simplement. C'est ma façon de provoquer l'événement. »

Je restai silencieux quelques secondes et lui demandai si elle pensait que cela devait la changer à mes yeux. Elle me dit que ma question prouvait que non et sa main vint se placer sur mon avant-bras. Elle m'apprit que ses parents vivaient à Paris, dans l'île Saint-Louis, et qu'elle-même habitait un studio, boulevard Pereire.

Nous savions, à cet instant, qu'entre nous deux les choses déjà étaient allées au-delà de la bonne camaraderie. Elle se raconta. Elle avait connu l'angoisse dans les années de sa petite enfance et le sentiment d'une totale stérilité de l'esprit et du cœur. Elle avait réagi. Elle s'était mise à écrire des poèmes, ce qui lui avait permis de vivre mieux, ou de vivre comme tout le monde, bien que tout le monde n'écrivît pas de poèmes. Dieu ? Elle n'y croyait pas. Elle n'y croyait plus en raison de ce qu'il avait laissé perpétrer contre ceux de sa tribu.

Paula Rotzen parlait lentement. Entre chaque phrase, elle laissait un silence que venait occuper le clapotis du ruisseau. Sur certaines syllabes, sur certains mots, sa voix s'assourdissait jusqu'à devenir inaudible.

Un ver luisant avait allumé sa lanterne à nos pieds. Nous l'avions contemplé plusieurs minutes et étions rentrés à l'hôtel où tout était retombé dans la torpeur. Les fenêtres des salons étaient restées entrouvertes. Des veilleuses y découpaient des halos jaunâtres dans lesquels remuaient faiblement les rideaux. Nous étions entrés. Jusque sous les lustres aux cristaux éteints sonnaient les coassements des crapauds. La poussière grise montait et descendait au-dessus du plancher de la piste de danse.

Nous nous étions séparés sur le palier du second étage. Elle s'était un peu livrée et j'avais été séduit. Quand je fus seul dans ma chambre, je repensai à la façon dont elle m'avait annoncé qu'elle était juive. Cela avait été à la fois une petite provocation et une sorte de mise à l'épreuve. Sa main sur mon avant-bras m'avait prouvé que j'avais subi l'examen avec succès. Je n'ai d'ailleurs jamais partagé les préjugés de maman, dont je n'ignorais rien. Maman s'est toujours tue, même et surtout pendant la guerre. Jamais elle n'a pris parti pour ou contre ce qui se passait dans les immeubles, dans les camps de regroupement, lors des rafles, et même lorsqu'il n'a plus été possible pour personne d'ignorer qu'il y avait eu des fours crématoires et des camps d'extermination. C'était sa façon à elle de ne pas entièrement approuver ou désapprouver. Je me souvins avoir feuilleté, juste après la guerre, revues et reportages qui, chaque semaine, apportaient les preuves photographiques et les témoignages sur les atrocités commises. Je me souvins, en particulier, des enfants squelettiques aux yeux égarés, des enfants parqués, des enfants marchant les bras levés et la tête basse,

Conversation la nuit

des enfants fusillés, de la gueule ouverte des fours avec leur charge de cendres et d'ossements... Ces images m'avaient donné des idées claires et définitives. Je ne croyais plus à l'amour universel, aux sentiments altruistes. Il me semblait que chaque être humain pouvait être ce gibier misérable, le gibier pourchassé et honni. Plus tard j'appris que chez les bourreaux et chez les victimes, on avait reconnu que des hommes étaient descendus dans les souterrains les plus bas de l'abjection, que d'autres hommes, dans les mêmes circonstances, s'étaient élevés aux cimes de l'esprit et du cœur. Mes idées, lentement, devinrent moins claires et moins définitives.

Maman n'a pas toujours été insensible, non pas à la grossière propagande des nazis, mais à cet antisémitisme de salon, en apparence léger et inoffensif, qui a survécu de la dernière guerre à nos jours, où il s'est fait plus discret, ou plus subtil. Je savais, pourtant, qu'elle ne me ferait aucune observation lorsque je lui parlerais de Paula Rotzen.

Le fleuve est un corridor peuplé du cri des mouettes, un corridor de glace, la frontière entre le Paris du Sud, celui que je connais, et le Paris du Nord, contrée inhospitalière et sans grâce. De ma chambre, recoin éloigné du labyrinthe, appendice caché du corps de l'appartement, j'ai entendu madame Reyne tirer ses poubelles merveilleuses. On n'a plus à les porter maintenant, elles roulent, elles glissent, silencieuses. Grande économie pour les bras, pour les reins. Tout cela, je ne l'ai pas rêvé. Je me suis recroquevillé entre mes draps, sous mes couvertures. La lumière hivernale a tenté de se frayer un passage entre la cantonnière et le plafond, des deux côtés de l'embrasure. J'ai imaginé l'espace clos de la rive d'en face. Les arbres ébranchés, la muraille du quai des Orfèvres, énorme donjon; la Sainte-Chapelle et le Palais de Justice. Au-delà, au-dessus, l'espace s'ouvre. Il rejoint les nuages cotonneux qui filent sur les plaines de Senlis, Beauvais, Montdidier, Noyon, sur les champs figés de la France capétienne. Savoir que tout cela existait et vivait au-dehors m'était suffisant. Au-dedans, tout était en règle : de ma chambre, l'ordre (une apparente pagaille destinée à tromper le visiteur éventuel) était immuable. J'y vivais à la manière du blaireau dans son terrier. Cet ordre, ou mon singulier fouillis, me rassurait quand il arrivait que je m'en éloigne. C'était une vieille habitude et je savais qu'elle ne me quitterait pas si facilement.

L'appartement lui-même s'établit sur le plan de l'immeuble. Il a donc la forme d'un L replié sur une cour intérieure du type puits de mine, en réalité la cour de récréation des enfants de madame Reyne, à l'écart du monde et du soleil. Leurs cris et leurs disputes escaladent parfois la paroi intérieure, noire de crasse, atteignent les fenêtres du couloir qui suit la branche la plus longue du L. Madame Reyne sort et, d'une voix tonitruante, exige le silence : il ne faut pas déranger les propriétaires qui ont le sommeil si léger, l'oreille si sensible. Bien que latéral, ce couloir est l'épine dorsale de l'appartement. Les cavités osseuses viennent s'y souder : chambres, salon, salle de lecture, cuisine, toilettes et salle de bains. On y pénètre, dès l'arrivée, par une entrée spacieuse d'où un seul regard découvre l'enfilade des portes, jusqu'au coude où commence la branche mineure du L, réservée aux pièces de service. C'est, à la réflexion, un bel appartement, et l'endroit où j'ai toujours vécu depuis ma plus petite enfance. Les yeux fermés, il m'est facile de me le représenter dans ses moindres recoins. Il ne peut me cacher aucune de ses honteuses misères : moquette usée à tel et tel endroit – « de la pure laine bouclée, on n'en trouve plus nulle part aujourd'hui », prétend maman –, papiers peints desquamés, meubles boiteux, angles obscurs voués à des encrassements d'origine incertaine, plafonds jaunes parcourus de fines lésions, lames de parquet geignardes, jouant à l'aise dans leur logement... Et l'air ! L'air de l'appartement. Il est lourd et poudreux. C'est une brume intérieure permanente. On ne le change jamais. Ce serait inutile : dehors c'est pire. Notre air est odorant. La note dominante, un vague relent de confiture, est soutenue, selon la température ambiante et le degré d'humidité, par des toniques diverses : moisissure des fumées sucrées des Craven que fume maman, odeur âcre des cigares de Toni Soan, bouquet garni de la daube de bœuf aux carottes, huile d'olive, insecticide, blanc d'Espagne et surtout senteur du mélange rare d'acide oxalique et de tripoli que maman est sans doute aujourd'hui la seule en France à utiliser pour faire briller ses cuivres.

Avec sa lumière tamisée par les poussières en suspension, son silence caractérise encore l'appartement. Il pèse du poids des objets inamovibles rassemblés ici depuis des décennies. Parfois, mais trop timidement pour l'ébranler, des ombres de bruits l'assiègent, rumeurs de lointaines activités, tremblement du double vitrage côté quai, piaillements des enfants de madame Reyne côté cour. C'est un silence d'une densité de matière précieuse, vivante. Il enveloppe celui de ma chambre, qui a ses nuances propres. Nos voix ne troublent son eau qu'en de rares occasions. Le Pleyel dort dans la salle de lecture. Maman y jouait du Schubert jusque dans les premières années de son mariage. Ce piano ressemble à la carcasse d'un animal rangée dans une obscure galerie de l'Institut de paléontologie.

La chambre de maman est de la même longueur que la mienne, mais elle est bien plus large. C'est, en fait, un immense rectangle où se logent aisément lit, armoire, commode, canapé, bergères, table et cabinet de toilette. Une sorte d'appartement dans l'appartement. Le plafond est décoré d'angelots de stuc qui soufflent dans de petites trompettes et montrent leurs fesses enrubannées. Elle ne m'est pas interdite, mais j'évite d'y pénétrer.

Maman ne rit plus, et je ne sais ce qu'elle lit, ni même si elle lit. Nous recevons *le Monde* et *le Figaro* chaque matin. Il arrive que je trouve sur la console de l'entrée plusieurs exemplaires encore revêtus de leur bande de livraison. Ils iront ainsi directement à la poubelle. Pourquoi n'avons-nous pas résilié nos abonnements? Négligence, sans doute. Ou désir inconscient de nous relier au monde extérieur par de fragiles signes de papier. S'il est quelque chose que maman et moi partageons vraiment, c'est l'opinion que nous nous faisons des nouvelles. Le terme désigne avec une impropriété absolue la répétition lassante et prévisible de faits ignobles dont les auteurs, authentiques crapules ou paranoïaques solennels portés au pouvoir par l'imbécillité des peuples, ne s'y maintiennent que par le concours naturel de l'intérêt et de la lâcheté. Oui, sur ce point, nous sommes en parfait accord.

Pour maman, seule dans sa chambre des heures durant, recluse en pénombre, le silence (ce silence à la densité de matière précieuse auquel je reviens moi aussi) est la règle. Il est comme une drogue nécessaire entre deux périodes de désintoxication : récriminations, larmes, cris, bris de bibelots, coups distribués aux portes, aux meubles, au vent... Nous ne pouvons plus échapper au cycle infernal. Je le subis depuis ma plus tendre enfance et n'imagine pas mener un autre genre de vie. La vérité est que nous sommes semblables, maman et moi. Elle n'a plus aucun espoir et c'est sans doute la raison pour laquelle il m'est si difficile de me détacher d'elle.

Elle avalait la fumée de sa première Craven de la nuit. Elle portait la tige blanche à sa bouche, d'un geste lent, eucharistique. Paupières closes, tête renversée, elle expulsait le nuage gris délesté de ses poisons avec de spasmodiques contractions des ailes du nez. Il eût été inutile que je lui fisse remarquer une fois de plus qu'elle faisait le lit du cancer pulmonaire qui l'emporterait. Elle aurait, sans doute avec raison, revendiqué la libre disposition de son existence et de sa personne. Elle se serait insurgée contre ma manie de moraliser sur tout et sur rien. D'ailleurs, n'étais-je pas allé moi-même chercher ce paquet de cigarettes?

J'écoutais le flac obstiné de la goutte d'eau, les inspirations et les expirations régulières de maman. Dans sa posture de momie, elle se souciait peu que l'on vît les fanons qu'elle portait sous les mâchoires. Ils descendaient et se fondaient dans la chair et les graisses du cou. La peau de son visage était grenue, d'un jaune accentué par l'éclairage électrique. Elle avait encore deux grandes pliures blanches de chaque côté de la bouche, qui devinrent plus fines et plus longues lorsque, soudain, elle parla.

« Je sais ce que tu penses, Philippe. Tu n'as pas besoin de me le dire. Je n'accorde pas à la vie tout l'intérêt qu'elle mérite sans doute. Tu te fais beaucoup d'idées sur mon compte. Pourtant les choses sont simples. Je suis une vieille femme. Je suis fatiguée, très fatiguée. Je te connais bien, Philippe. Tu as tort de te faire des idées. Oui, les choses sont très simples... »

Sa main droite, à l'aveugle, cherchait le cendrier sur la table. Je l'en rapprochai. Ses paupières battaient sur des yeux vides de poisson des grands fonds que la tempête a jeté sur le sable. Ils restaient fixés au plafond de la cuisine où rien ne justifiait que le regard s'arrêtât. Puis la tête s'était redressée à la verticale, les joues s'étaient gonflées. Je crois qu'elle riait de ses yeux de porcelaine.

« Je n'ai pas le courage de me tirer une balle dans la tête, d'avaler mes tubes de Valium... Je n'ai pas non plus le courage de vivre. Tout est tellement incompréhensible. Il m'arrive de me mépriser : j'ai disposé de tout mon temps, je n'ai pas eu à travailler pour gagner ma vie, j'ai voyagé quand je l'ai voulu, autant que je l'ai voulu... Tant de gens envient et recherchent ce genre de vie! J'ai aussi un fils qui supporte mes sautes d'humeur. Tu vois, je ne t'oublie pas. Un fils qui a la délicatesse de ne pas me laisser vivre seule dans ce grand appartement. Pourtant j'ai peur de la solitude. La vie m'est presque indifférente. La vie, la vie, je n'arrête pas d'en parler, je ne la vis pas. Tu aurais des raisons de te plaindre, toi aussi... Nous sommes dans une situation inextricable. »

Le sourire que j'avais cru lire sur son visage s'était estompé. Je l'écoutais avec attention.

« Ma personne n'a rien d'extraordinaire. D'autres femmes me ressemblent, comme je ressemble à beaucoup d'autres femmes. Elles ont mon âge. Elles ont plus ou moins vécu ce que j'ai vécu et en sont arrivées au même point que moi. Ce qui m'apparaît différent, vois-tu, ce sont les chemins qui m'ont menée là où je suis aujourd'hui. Chacune a suivi une voie séparée. Moi, on me traque sur une piste. Je la parcours jour et nuit. Impossible d'en sortir, de m'égarer. Sa boucle refermée me conduit au bas de la même pente. Un fond de ravin inconnu. Comme si je n'étais nulle part. Dans un labyrinthe, un lieu où l'on ne peut s'orienter. Je me déchire aux ronces. Mes blessures ne se referment pas. J'ai fui, droit devant moi. L'illusion. Tu sais bien, les voyages. Ils n'ont rien donné. Au mieux, l'hypnose. Les plus beaux paysages n'ont pas touché mon cœur, mes yeux seulement. Il m'est arrivé de m'extasier. C'était par convenance ou par esprit d'imitation. Il m'a fallu trouver autre chose. Les amants. Oui, j'ai cru comme beaucoup d'autres femmes que je m'en sortirais de cette façon. Il n'y a pas de secret. Il n'y en a plus. Tu n'es plus un enfant. Des amants, j'en ai eu de toutes sortes. De plusieurs nationalités et de différentes couleurs. Des hommes, rien de plus. Je dois bien avouer qu'ils m'ont fait exactement la même impression que les beaux paysages. Ils étaient ennuyeux et légers. Oui, c'est cela, légers. Les hommes sont des poids plume. Ils se gonflent d'importances : savoir, argent, politique, que sais-je encore... Rien n'y fait, ils ne pèsent rien. Ils sont transparents. Ce sont des courants d'air. En existe-t-il de réellement consistants ! J'en doute. Je n'ai pas eu le bonheur de les rencontrer. Même Toni Soan, s'il faut te dire le fond de ma pensée. Ton père ? Comment savoir ? Ce que je crois, c'est que les hommes faiblissent, se contractent à la moindre difficulté. Ce sont des lâches. Comme tous les lâches ils adorent se battre, se prouver dans le combat qu'ils sont capables de surmonter la peur bestiale qui les tient aux tripes. La peur est leur centre de gravité. La couleur de leur âme. On s'imagine que l'homme est force, domination de soi... Quelle idiotie, les gens ne comprennent rien. »

Son rire avait éclaté, presque juvénile. Une force, en elle, se libérait d'une longue oppression.

« Nous ne parlons pas assez, Philippe. Pourquoi tout est-il si différent cette nuit ? »

Elle avait pris une seconde cigarette, l'avait allumée avec des gestes ronds et sûrs. Son visage me regardait à travers un nuage de fumée blanche. Ses yeux plissés ne laissaient filtrer qu'un mince éclat énigmatique.

« Et toi, Philippe ? Est-ce que je pourrais parler de toi d'une autre façon ? Est-ce que je devrais me taire parce que tu es mon fils ? Je sais bien que la plupart des mères ont la manie ridicule et néfaste de voir dans leurs fils de petits dieux, de futurs rois du monde...

Conversation la nuit

– Je reconnais que tu n'es pas tombée dans cet excès.
– Garde ton ironie, s'il te plaît. Les choses sont assez compliquées, inutile d'en remettre! Je considère que tu devrais être heureux qu'une mère aussi peu faite que je le suis pour les tâches de la maternité ait pu vivre auprès de toi d'aussi longues années. D'autant plus que tu ne m'as pas facilité la vie. Je t'ai toujours regardé lucidement, sereinement. Jamais comme ces mères complaisantes qui se laissent abuser. Je t'aurais préféré plus grand, avec des traits plus réguliers. Et moins boutonneux. Adolescent, tu étais couvert de boutons de toutes les couleurs. J'imagine que j'y suis pour quelque chose, mais ta façon de t'habiller n'a jamais rien arrangé. Tu as beau faire, tu as toujours l'air de sortir d'une friperie. T'es-tu amélioré sur le tard? Pas tellement. Enfin, tu n'es pas comme les autres, je veux dire comme tous les hommes. Que tu sois mon fils ne m'empêche pas de voir clair. Tu n'es ni vraiment bête, ni vraiment lâche. Disons... peureux, en retrait. Ton indécision m'a fait honte plus d'une fois, mais je dois reconnaître que tu n'as jamais cherché à te faire passer pour autre et meilleur que tu n'es. Tu te connais. Ce n'est pas donné à tout le monde. Tu n'es pas méchant, seulement coléreux, comme les faibles. Ne va pas t'imaginer que je fais de toi un portrait méprisant, inspiré par on ne sait quels sentiments inavouables. Au contraire, je te vois avec cette lucidité que nous partageons toi et moi. Le malheur des hommes vient de ce qu'ils sont incapables de reconnaître leurs faiblesses. Quand tu m'insultes, me menaces, je sais à quoi m'en tenir, et je sais que tu sais toi aussi. Tu es faible comme un enfant, comme un tout petit enfant.

« Avec les femmes, j'ai quelque difficulté à t'imaginer. Tu me diras que ce n'est pas mon affaire et tu auras raison. Mais tu n'auras raison qu'en partie seulement. Une mère ne doit-elle pas être dans tout ce qui intéresse son enfant? Je ne suis pas de ces mères possessives, accapareuses, qui empêchent de vivre et de tourner en rond. Tu ne peux rien me reprocher. Je ne sais trop comment tu te comportes avec les femmes. Tu as couru. Raisonnablement. D'ailleurs, tout ce que tu fais est raisonnable. C'est ta marque personnelle, ton sceau. Tu ne t'es entiché d'aucune petite grue, d'aucune de ces dindes ignares qui traînent dans les cafés et les boîtes. Cette petite Paula est arrivée à temps. Elle est intelligente et sensible. A mon avis, elle devrait écrire des romans. Enfin, ne revenons pas là-dessus. Je te vois mal la brusquer, la maltraiter. Ce n'est d'ailleurs pas ton genre, ni le sien. Elle ne le supporterait pas. Autrefois, il n'y a pas si longtemps, les femmes prenaient les coups en silence. Elles encaissaient. Et même elles étaient heureuses : *y'm'fout des coups, y'm'prend mes sous, mais je l'aime*... Heureusement ce temps-là est passé. Les jeunes filles d'aujourd'hui savent vivre. Il leur arrive encore de se tromper, la nature humaine, n'est-ce pas... mais elles savent se tirer d'un mauvais pas aussi vite qu'elles s'y sont fourrées. Pour commencer, elles ne se marient pas. Ce n'est pas moi qui leur donnerai tort... La petite Paula s'intéresse à toi. C'est très bien. Pourtant tu es paresseux, mon pauvre Philippe. Moi-même je me demande quelles sont tes activités réelles. Comment peux-tu vivre de cette façon? Est-ce qu'on peut appeler cela vivre? Et tu n'es même pas beau. C'est à n'y rien comprendre... Du feu s'il te plaît. (La deuxième Craven de la nuit s'était consumée entre son index et son majeur.) Merci. Je sais que je ne te fais pas plaisir. Par une nuit comme celle-ci je devrais te dire des choses agréables à entendre, flatteuses en somme. Mais c'est impossible, tout à fait impossible. Seule la vérité peut transfigurer les nuits. Tu sais que je déteste le froid, l'obscurité des nuits d'hiver. Je ne vois que l'amitié, les caresses ou la confession de la vérité... »

Il y eut un silence de plusieurs minutes. Oui, la vérité nécessaire. Elle flottait entre nous, autour de nous, dans la petite cuisine. La fantomatique vérité. Elle nous avait réunis, et je n'eus aucun mal à faire admettre à maman que le simple hasard, plutôt que la tendresse, l'affection ou un quelconque désir de vérité, avait provoqué notre conversation de la nuit. Tout ce que nous nous étions dit, ce que nous allions nous dire, eût fort bien pu ne jamais l'être. Que Toni Soan fût venu et cette nuit aurait eu un tout autre visage. Aurait-elle lancé ses quatre vérités à Toni comme elle me les décochait à moi? Non. Ils

Conversation la nuit

n'avaient plus rien à échanger depuis longtemps. Pourquoi alors s'était-elle mise dans un tel état lorsqu'il avait téléphoné qu'il ne viendrait pas ? Parce qu'elle détestait les changements de dernière minute. Parce qu'elle avait ses habitudes. Parce que la seule pensée d'une soirée solitaire la remplissait de terreur. Réponses embarrassées. La dernière, bien que désobligeante, me parut évidemment la plus vraie au cours de cette nuit consacrée à la vérité. Mais de quoi auraient-ils parlé si tout s'était passé comme cela eût dû se passer ? On ne pouvait pas le savoir avec exactitude, bien entendu. On était en droit de conjecturer qu'ils se fussent entretenus du prochain départ de Toni Soan pour la Vendée (une conversation de préretraités, en somme) et, par voie de conséquence, de l'état de santé des Ateliers Archer, de leurs perspectives d'avenir proche et lointain... Il eût été question de l'acquisition de nouvelles machines électroniques et de locaux plus spacieux du côté d'Ivry... de mon obstination, enfin, à ne porter aucune attention à ces problèmes dont notre avenir dépendait. Qui reprendrait la direction de l'affaire ? Toni Soan se fût inquiété (une fois de plus) de cette situation anormale. Faudrait-il, à nouveau, s'adresser à mon père ? Mais nos affaires le concernaient-elles encore ? Où était-il ? N'était-il pas âgé, ou malade ?

« Tais-toi, Philippe. Tais-toi. »

Elle avait écrasé les restes de la troisième Craven de la nuit dans le fond du cendrier, puis les avait repris. Elle me les avait mis sous le nez. C'était un misérable débris noirci et déchiré d'un côté, maculé de rouge de l'autre. Recouvrant soudain son calme, elle l'avait déposé dans le cendrier.

« La guerre, vois-tu, Philippe, ne s'est pas contentée d'anéantir des villes, des pays entiers. Elle n'a pas seulement tué, elle a détruit les vivants, je le sais, moi... Elle en a fait des morts-vivants. Les sources ont été empoisonnées. Les rouages, cassés. La machine tourne encore, bien sûr, mais elle fait un drôle de petit bruit. Ton père ? Pouvons-nous le juger ? Pour ma part l'envie m'en est passée depuis longtemps. Juger n'apporte rien, pas même la bonne conscience de se savoir innocent devant un coupable. Qui est innocent ? Qui est coupable ? Dieu lui-même n'en sait rien et ne se préoccupe pas de le savoir. La seule chose dont on puisse juger, c'est de sa propre souffrance. Il rencontrait d'autres femmes, bien sûr. Cela ne m'était pas agréable, mais je pouvais le comprendre et le supporter. La guerre, la clandestinité, la terreur permanente sont des raisons suffisantes. Je ne me considérais pas comme une femme trompée et il mettait un soin touchant à me cacher ses aventures. C'est l'abandon qui m'a tuée. L'abandon brutal, définitif. Quelque chose est mort en moi. Tu le sais bien d'ailleurs. Pour toi, il a eu des égards. Il tenait à ce que tu sois éduqué à Louis-le-Grand et nulle part ailleurs. Il a suivi ta scolarité à travers Toni Soan qu'il n'avait pas choisi uniquement pour ses qualités d'homme d'affaires. Il en avait fait son fondé de pouvoir auprès de toi. J'étais niée une seconde fois. Je n'étais plus rien. Bien entendu ce montage extravagant n'a fait illusion qu'un ou deux ans. Toni Soan a joué le jeu, je le reconnais. Il a essayé, mais la paternité ne se décrète pas... Finalement, nous avons tous été pris au piège. Piège de la guerre. Piège du mensonge. Notre vie est devenue une sorte de bricolage. Oui, un drôle de bricolage. Notre rafiot fait eau de toutes parts. Le gouvernail ne répond plus. Mais qu'importe? Aller ici ou là. Bien entendu, j'aurais pu me consacrer aux œuvres, ou m'inscrire à l'U.D.F., ou lutter pour la défense des Tchèques et des Slovaques... Oui, il y a mille façons de masquer le vide de l'existence, de se donner le change. Parfois, je me dis que nous vivons comme des larves. Je me méprise. Je nous méprise. Des larves, oui, des êtres corpusculaires, non encore sortis d'eux-mêmes. Ce qui nous différencie des millions et des milliards de larves de notre espèce, c'est notre conscience. Elle nous dit que notre état larvaire est définitif. Pour nous, pas de métamorphose. Nous ne serons jamais des insectes beaux ou utiles. »

Je connaissais bien les pensées que maman exprimait à mi-voix. C'étaient les miennes, bien souvent. J'aurais pu les dire avec les mêmes mots. Je savais que le dégoût de soi a la puissance d'une faute originelle que rien ni personne ne peut laver. J'avais voulu effacer cette tare, aller de l'avant. Ma dernière tentative s'appelait Paula

Rotzen. Je l'aimais ou croyais l'aimer. Mais, comme disait maman, il y a mille façons de se donner le change.

Cette nuit-là était pleine. Cette nuit-là était un diamant.
Nos mains avaient acquis une fébrile indépendance. Elles jouaient avec les fourchettes, la salière, les miettes de pain qu'elles pétrissaient et rejetaient, boulettes grises, dans les assiettes.
La nuit était tout entière dans nos souffles, la crispation de nos gestes, le travail forcené de la mémoire. Le fleuve déroulait ses moires sous nos pieds. Aurions-nous la force de nous en sortir, d'avancer? Nous entendions distinctement l'appel des ambulances chargées des débris d'autres destins, les cris d'un ivrogne et le rire incompréhensible d'un passant, le tic-tac effrayant de ma montre de poignet. Nous pouvions voir les hauts balcons aveugles, des myriades de phares jaunes en perpétuel mouvement sur les voies sur berges, véritable couronne de lumière de la ville. Maman passait sa main osseuse contre sa bouche. Ses narines étaient pincées à la façon des grands nerveux ou des asphyxiés qu'on ramène à la vie. Nous étions en proie, l'un et l'autre, à une peur inavouable, mais lancés dans la bulle d'un vaisseau transparent à travers un espace inconnu, vers le point le plus ténébreux de la nuit, vers le port abstrait, inconnaissable, où, contre tout espoir, nous espérions amarrer le vaisseau.
Elle me regardait avec cet air des mères à-qui-on-ne-la-fait-pas.
« Tu n'es pas bien, Philippe?
– Non. Ce n'est rien. »
Ma voix avait dû manquer d'assurance. La vérité, c'était que j'étais moins bien que jamais. Une sorte de vertige nauséeux.
« Attends. Ne bouge pas. »
Elle avait pris les choses en main. Sa robe bleue où dansaient les fleurs stylisées, son impénétrable armure, avait brillé sous la lumière électrique. Je me sentais

submergé, violemment enfoncé. Je respirais avec peine. Il n'y avait aucune raison. J'en cherchais une. Non, il n'y en avait pas. Maman m'expliquait que j'étais délicat, fragile comme mon père. Elle me préparait un remontant. Elle ouvrait et refermait les placards, à la recherche de je ne savais quels ingrédients. Je la voyais, accroupie, sur le carrelage noir et jaune semblable à un échiquier.

Soudain, il y eut sur la table des sachets d'épices et une bouteille de champagne. Du Veuve Clicquot. Elle m'expliquait qu'il fallait le boire dans des flûtes, comme à Epernay, mais qu'elle l'avait toujours bu et préféré dans des coupes plates et évasées. Elle était incapable d'expliquer cette préférence. Nous avions de très jolies coupes gravées, à motif 1900. C'était peut-être cela. Elle n'avait nullement l'intention de changer ses habitudes. Les coupes apparurent sur la table. Elle y émietta finement deux piments-oiseaux et y versa le jus d'un citron. Elle y ajouta le champagne. C'était un cocktail infaillible.

« Bois ça, m'avait-elle ordonné. Tu verras, c'est souverain. »

Le liquide transparent et pétillant s'était troublé en se mêlant au jus de citron. Les fines particules de piment avaient voltigé dans tous les sens, puis s'étaient déposées en dansant au fond de nos coupes. J'y trempais les lèvres et aspirais doucement. C'était frais et brûlant. Il me semblait boire une liqueur précieuse comme de l'or. Elle nous réchauffait. Elle nous unissait à la façon des breuvages de sorcière. Peu à peu, je reprenais pied sur un sol ferme et intérieur. Je revenais de ce grotesque éboulement de ma conscience qui émergeait avec des gestes saccadés de naufragé. Peu à peu je comprenais que je n'étais pas le maître du jeu de cette nuit. Je n'étais pas aussi fort que je le croyais. Mes propres pièges se refermaient sur moi, comme aux échecs, lorsqu'on n'a pas vu d'où part le coup qui vous met hors de combat. Lorsqu'on a été aveuglé, par suffisance, par sottise, et puis qu'on ouvre les yeux. Lorsque, croyant tenir l'adversaire à merci, dans un réseau de forces que l'on estimait imparables, on découvre soudain que c'est lui qui, avec suavité, vous conduit à votre perte.

Je buvais et pensais que le breuvage me faisait du bien.

Conversation la nuit

Il ne fallait pas que maman devinât les raisons de mon passage à vide. Il ne fallait pas qu'elle sût dans quelle partie nous étions engagés, ni même à quel jeu nous jouions. Oui, j'étais délicat et fragile. C'était bien suffisant comme explication. Non sans hypocrisie, je la conduisis sur une fausse piste :

« Comment appelles-tu ça ? »

Cela s'appelait une arquebusade. J'en avais déjà pris, mais je n'en avais plus souvenir. La recette venait de loin, dans l'espace et le temps. Elle donnait le coup de fouet indispensable aux pauvres femmes dans leurs couches laborieuses. Elle s'était révélée efficace en bien d'autres circonstances. Ce serait le diable qu'elle ne vînt pas à bout de mon malaise. D'ailleurs maman n'était pas à court de remèdes. Elle en connaissait qui remontaient à la plus haute antiquité. On en avait toujours confectionné dans sa famille, le plus souvent par esprit d'économie. Les médecins, les médicaments étaient chers, encore que le champagne... Moi, je sortais lentement du puits obscur.

La nuit était belle et brillante. J'en admirais chacune des facettes. J'avais trop tôt baissé ma garde. Je m'étais cru en sûreté. La conversation avec maman avait été si facile, si incroyablement intime. Mais cela n'avait été qu'illusion, que poudre aux yeux. Elle me parlait. Il était question de tisanes, d'emplâtres, de baumes, de liniments... Les secrets de fabrication étaient à base de graine de moutarde, de jusquiame, de pierre à fusil, de millepertuis et d'herbe-à-Robert...

« Champagne ?

— Oui. Encore une coupe. »

Il était devenu évident que nous viderions au moins cette bouteille. Je ne l'écoutais plus. S'en était-elle rendu compte qu'elle s'était bien gardée d'en rien laisser paraître. C'était la revue des mille recettes d'autrefois, des remèdes de bonne femme dont elle ne faisait que rarement usage pour elle-même puisqu'elle se fournissait en drogues à la pharmacie de la rue de Buci. Mais sa mémoire (infinie) les avait conservées pieusement. Le respect filial, la foi en ces savoirs empiriques entraient pour peu de chose dans cette conservation. Maman avait la certitude qu'ils deviendraient indispensables lorsque éclaterait la troisième guerre mondiale, avec son cortège d'horreurs et de restrictions. Les laboratoires pharmaceutiques seraient hors d'état de fonctionner et de produire, c'était évident. Et tout était soumis encore à l'improbable hypothèse que ne seraient pas employées les armes atomiques et neutroniques. Tandis qu'elle énumérait les vertus cicatrisantes et antiseptiques de la teinture d'arnica, les effets astringents et antigaleux de l'huile de cade, les différents dosages de la moutarde noire dans les sinapismes (cruel souvenir de mon enfance, elle me racontait une histoire de baleine qui ne durait que les quarante secondes pendant lesquelles ma peau d'être fragile et délicat tolérait la morsure du cataplasme), et enfin les succès retentissants du vitriol blanc en solution à trois pour cent dans la lutte contre le catarrhe auriculaire du chien, mon esprit tomba dans une sorte de rêve éveillé dans lequel je retrouvai à la fois mon enfance et la guerre, le Héros tel qu'il m'apparaissait alors en imagination juste avant que je m'endorme, et lorsqu'il nous quittait pour des missions qui ne pouvaient qu'être périlleuses et captivantes.

J'étais entré dans cette forêt où se cachait celui que, pour toujours, je croyais avoir effacé de ma mémoire. J'étais arrêté au cœur humide de la forêt, là où les essences, les feuillages se resserraient comme pignons de pomme de pin. Là courait la faille invisible et mortelle. Là combattait le Héros, revêtu de toutes ses armes. Elles s'étaient brusquement fendues, les tentures poussiéreuses jetées sur le passé. C'était comme un de ces décors que l'on découvre dans la coulisse ou les combles, derrière d'autres décors déchus, vif et frais comme au jour où il fut peint. Ici, le vieux théâtre rouvrait ses portes, aucune des ampoules de la rampe n'avait grillé.

Il portait des pantalons bleus, une veste militaire soutachée d'or fin et de groseille. C'était à la fois sa tenue d'apparat et de combat. Elle ne m'avait jamais paru ridicule. Il était armé d'une mitraillette, d'un pistolet, d'un sabre et de grenades qu'il attachait autour de sa ceinture comme Renart faisait des anguilles. Dans les sous-bois, il veillait à tout, faisait mettre en batterie les

Conversation la nuit

canons à tir rapide, placer des pièces de corde et de dynamite. Il commandait à un régiment d'hommes beaux et jeunes, comme lui. Il avait la confiance de ceux qui se sont assuré une place imprenable. La forêt était le cœur palpitant et saignant d'un pays ravagé. Mais ce cœur battait la revanche et la délivrance.

Les combats étaient cosmiques. L'ennemi attaquait sous tous les angles : ses divisions enfermaient le bois sacré dans des tenailles de feu. Ses sapeurs creusaient des souterrains. Ses escadrilles y déversaient des chapelets de bombes. L'artillerie tonnait jour et nuit. Les commandos aéroportés s'engloutissaient dans les frondaisons qui se refermaient sur eux comme l'eau noire d'un étang. Jamais ils n'obtenaient le moindre avantage. Ce point de résistance était focal, inexpugnable.

De cet immense brasier, le Héros et ses hommes étaient les maîtres. Toute attaque était repoussée. Aux lisières les cadavres s'entassaient. L'ennemi les enlevait par camions. C'était une noria incessante dirigée vers l'Allemagne. Là-bas, les mères hurlaient et gémissaient qu'on arrêtât cette folie. Mais rien ne pouvait faire qu'elle cessât. C'est le propre de la folie que de ne pas se connaître de limites. Sur les taupes s'écroulaient des tonnes de roches brisées, des chênes balafrés, des chênes millénaires fendus de la tête aux racines. Les bombes s'éteignaient dans la mousse, s'émiettaient sur le toit des casemates blindées. Elles étaient digérées, retournées à l'envoyeur. Des parachutistes restaient accrochés aux branches. Le Héros et ses compagnons en faisaient la cueillette. Ceux qui, par quelque miracle, avaient touché le sol étaient exterminés à la grenade, au revolver, au sabre. On les pendait. On les dépeçait vifs. On leur crevait les yeux à coups de baïonnette chauffée à blanc sur des feux de branchages. Leurs hurlements remplissaient tout l'espace du dedans et du dehors.

Il me semblait être de tous les combats et, dans ces carnages, j'étais un bourreau sans complaisance. J'avais de la force comme quinze hommes. J'avais de la rage et de la haine, et je ne savais trop pourquoi. Que veut dire l'ennemi pour un enfant de dix ans? Pour un enfant de huit ans? Parfois, quand j'égorgeais, quand j'éventrais, quand tous mes muscles étaient tendus comme des cordages mouillés et que plus aucun cri ne sortait de ma poitrine à force d'avoir hurlé, il me semblait que l'homme que j'achevais ou torturais payait pour une faute qui n'était pas la sienne et n'avait rien à voir avec cet état de guerre dans lequel nous vivions. C'était autre chose, que je connaissais en secret et ne pouvais m'expliquer.

La terreur se répandait ainsi chez l'ennemi (et chez moi), redoublant ses assauts avec une rage frénétique. Des spectres ensanglantés, aveuglés, étaient renvoyés vers les lignes d'où ils étaient venus. Ils s'accrochaient aux ronces, y restaient attachés comme des oiseaux englués. Leurs pépiements étaient des supplications pour qu'on les achevât. Ils sautaient aussi sur des mines, ou se prenaient les jambes dans de simples collets de braconniers. Ceux qui parvenaient à l'orée de la forêt imploraient leurs camarades de combat de les délivrer de leurs souffrances. Il arrivait que l'on entendît le claquement sec de ces coups de grâce.

Le Héros et ses hommes ne connaissaient ni quartier ni pitié. Ils étaient en moi. Ils étaient moi, et moi seul sans doute. Bien sûr, je voyais journellement les porteurs d'uniformes vert-de-gris défiler de la Préfecture au pont Saint-Michel, du pont Saint-Michel au Pont-Neuf. Ils allaient à leur tâche de remise en ordre du désordre français. Parfois, ils marchaient sous un soleil qui eût tué des bœufs. D'autres fois, sous la pluie et la neige. C'étaient de jeunes hommes venus de Mannheim ou de Hambourg, ou des provinces reculées du Brandebourg ou du Holstein. Leurs lèvres, à force de bleuir, s'étaient décolorées. Leurs mâchoires étaient crispées. Parfois ils chantaient des mélodies entraînantes et martiales. Je n'avais pas de vraie haine à leur égard, mais dans mes rêves, cette haine qui était en moi, quelque part, en deçà, dans un lieu caché de l'intérieur, trouvait en eux ses boucs émissaires.

Les jours lumineux de la Libération furent pareils à cette rêverie. Un beau matin du mois d'août, du coin de mon balcon, j'avais vu des Parisiens arracher des pavés, dresser des sacs de sable pour mieux arroser de mitraille les hautes fenêtres de la Préfecture. De joie, il me sembla que ma poitrine allait éclater. Je voulus descendre avec les autres, transporter les pavés du quai Saint-Michel, grimper sur les remparts improvisés, narguer, voler une arme... Bien entendu maman mit son veto, assorti de menaces de châtiments corporels et moraux si je passais outre. Il me fallut, par la force des choses et l'âge trop tendre, laisser au Héros et à lui seul le soin de porter mes aspirations combattantes. Ce fut ainsi qu'il prit ses quartiers dans mon imaginaire et s'empara de mon cœur et de mon cerveau pour, chaque nuit, y faire régner sa loi de fer.

De ces temps d'humiliation et d'impuissance est née en moi une agressivité destructrice que j'ai pris l'habitude de dissimuler sous les dehors de la civilité sereine et d'une mollesse qui a parfois les allures de la lâcheté. De là, en même temps et presque contradictoirement, cette certitude que l'adversité doit être affrontée, les nœuds dénoués ou tranchés. De là ces rages folles lorsque l'obstacle se révèle infranchissable, et cette volonté, cette passion de le franchir malgré tout, ou de le briser. De là mon actuel dégoût du pacifisme et de ses porteurs d'encensoirs. Ce sont de stupides moutons bêlant sur le chemin des abattoirs qu'ils contribuent à construire.

Tout cela, qui appartenait à un passé que je croyais enfoui et mort, m'avait été rendu en une fraction de seconde, avec d'autres scènes moins fantasmagoriques. Le Héros était aussi un petit homme gris qui déposait sa serviette au pied de la console de l'entrée, celle-là même sur laquelle madame Reyne laisse chaque matin notre courrier et nos journaux. D'un geste vif, toujours le même, il rajustait son nœud de cravate, tirait ses manches de veste et ses revers. Il se coiffait avec un peigne de corne qu'il extrayait d'un étui de cuir rouge. Après quoi, il ouvrait le placard situé derrière lui (celui dans lequel maman et moi rangeons nos vêtements de voyage) pour y prendre son raglan qu'il enfilait posément, en commençant toujours par la manche droite. Il refermait le placard, se tournait à nouveau vers la glace qui devait lui renvoyer une image satisfaisant à la fois à sa coquetterie et à la nécessaire discrétion d'un combattant de l'ombre. Chacun de ses gestes était effectué avec minutie, sans jamais varier dans son ordre chronologique. En dernier lieu, juste avant de partir, il glissait autour de son cou, entre la veste et le raglan, un foulard de soie grise ou brune. Pendant qu'il s'habillait, ses lèvres paraissaient encore plus fines et serrées qu'à l'ordinaire. C'était un fil presque imperceptible qui courait sous sa moustache relevée au coin droit de la bouche. Il lui donnait une expression d'ironie méchante que je lui connaissais seulement dans cette occasion. Avec crainte et fierté, je m'étais une fois approché de lui et lui avais demandé s'il partait faire la guerre. « Ne t'en fais pas, m'avait-il répondu, je vais jouer du piano. Il ne peut rien m'arriver. » Le ton de sa voix, la lueur qui brillait dans ses yeux m'avaient appris qu'il ne voulait ou ne pouvait pas me parler clairement. Je devinais qu'il menait sa guerre à sa façon et ne doutais pas qu'il prît une part essentielle aux événements qui se déroulaient autour de nous. Je sus assez vite, par maman je crois, que le piano était un appareil émetteur sur lequel mon père envoyait des messages ultrasecrets de l'autre côté de la Manche.

Le petit homme gris revenait sur ses pas. Il m'embrassait, me disait : « Va te coucher, maintenant. » Puis il se dirigeait vers la porte près de laquelle maman attendait, les yeux rougis et pétrissant son mouchoir. Le petit homme gris embrassait maman. Un seul baiser, du bout des lèvres. Puis venaient les recommandations chuchotées. Si le téléphone sonnait, il fallait décrocher, attendre que l'on demandât si les comptes étaient à jour. Aux questions le concernant, il fallait répondre que monsieur Poucet était en province et que l'on ne savait pas quand il reviendrait. C'était suffisant pour qu'à l'autre bout du fil on sût de quoi il retournait. Il avait hâte de quitter l'appartement à cause du couvre-feu. La porte se refermait. Il m'avait fait un au revoir de la main. Maman tirait le verrou derrière lui. Nous écoutions diminuer le bruit de ses pas dans l'escalier. La porte cochère s'ouvrait. Son lourd battant cognait contre le jambage central et le silence retombait sur l'appartement. Maman restait appuyée à la porte, gorge nouée, incapable de prononcer un mot. J'en profitais pour courir à la fenêtre et, malgré l'interdit du couvre-feu, tenter de le regarder s'éloigner, de deviner à la direction qu'il prenait quel pouvait être l'endroit secret où il se rendait. Le plus souvent il traversait le quai et, longeant le fleuve en direction du Pont-Neuf, il filait droit devant lui. Les pans de son raglan fendu lui battaient les mollets. Il marchait à pas vifs et me donnait l'image d'une détermination inflexible. Le soir naissant, la brume grisâtre dans laquelle il s'enfonçait, tout contribuait à accroître le mystère de ces départs. J'étais ému, moi aussi. J'avais parfois envie de pleurer. Mais il ne fallait pas. C'était la guerre. Je devais être fort et comprendre. Le manteau gris s'estompait dans une fumée de pluie.

J'allais vers maman, essayais de l'entourer de mes bras. Machinalement elle caressait mon front posé dans ses mains. Je lui disais que la guerre allait finir, que les Allemands rentreraient chez eux et que nous irions ensemble, à Versailles, visiter le Hameau de la reine et le Trianon, que je n'avais jamais vus que sur des photographies. Maman me disait oui et continuait à pleurer. Mes efforts étaient inutiles.

Elle me mettait au lit et, ces soirs-là, mes questions s'évanouissaient à mesure qu'en moi grandissait la taille du Héros. Je trouvais ridicule ce nom de monsieur Poucet dont il s'affublait à chaque fois qu'il disparaissait. Parfois j'entendais maman murmurer, comme si elle devait s'en convaincre : « Il fait du renseignement, ce n'est pas dangereux. Il ne se fera pas prendre, il est trop prudent pour cela... » Rien de ce qu'elle disait ne coïncidait avec mes rêves et mes ambitions. Je savais que le Héros courait de réels dangers et j'étais si persuadé qu'il risquait sa vie que, lorsque maman m'annonça, à la fin de la guerre, dans un déluge de larmes, qu'il ne reviendrait pas, ma question jaillit : « Papa est mort ? » Et la réponse tomba, incompréhensible : « Mais non, il n'est pas mort. » Tout s'était brouillé dans ma tête.

Il devait être trois heures de la nuit. La ville s'étalait dans son sommeil calme. Partout, invisibles, des hommes travaillaient, veillaient sur des manomètres, ouvraient et fermaient des vannes dans les profondeurs du paquebot de pierre, de verre, d'acier, de béton. Leur travail était pareil au rêve, impalpable et silencieux. Partout des corps abandonnés respiraient d'un souffle long. Ceux des insomniaques étaient parcourus de courants électriques : imagination de la fête, imagination de la mort. D'autres traduisaient leurs avoirs et leurs pertes en colonnes de chiffres triomphants et dérisoires. Il y avait aussi des batailles, des corps à corps amoureux. Plusieurs, les mains plongées dans l'armoire à pharmacie, étaient en quête du somnifère, du barbiturique qui leur rendrait l'oubli. D'autres encore se regardaient, impuissants, se levant et partant au travail. Ils se voyaient marchant dans des rues vides et s'endormaient épuisés à l'heure où le réveil sonnait. Des écrivains, amoureux de la nuit, écrivaient ou déambulaient, silencieux comme les chats. Beaucoup tenaient contre eux, ultime et fragile rempart, le corps tranquille de l'aimé ou de l'aimée.

Une voiture hulula en dévalant les boulevards. Après elle, l'air redevint lisse comme une eau dormante.

Dégagé du bourbier paternel, je m'ébrouais sur une rive inconnue. Maman – comment cela était-il venu ? – me racontait sa vie.

Ses souvenirs paraissaient intacts, neufs comme des objets extraits de la boîte où ils étaient restés couchés dans leur papier de soie originel. Elle-même s'en étonnait :

« C'est comme si c'était hier. »

J'acquiesçais d'un signe de tête afin de ne pas interrompre le fil d'un récit pour moi si nouveau et précieux.

Enfance pyrénéenne. Commerce de tissus et confection de vêtements pour messieurs et dames. Avec les années, sa mère s'était fatiguée et n'avait plus assuré la surveillance des petites mains aux ateliers. L'activité s'était alors réduite à la confection de complets masculins. Toulouse était une ville agréable, de climat sain, mais l'amputation des ateliers ne permettait plus de joindre les deux bouts. « Il faut monter à Paris... » Tel était le leitmotiv qu'elle avait entendu dès son plus jeune âge. Un jour ou l'autre on partirait. Mais monter signifiait le départ. Il convenait donc de ne prendre de décision que mûrement pesée et réfléchie. On monterait donc plus tard. D'année en année ce départ nécessaire était repoussé bien que l'existence quotidienne devînt à chaque mois plus étroite.

Du jour où Gisèle, fiancée, monta la première, les difficultés se firent moins pressantes. Son père se réjouissait à grand bruit du mariage prochain de sa fille préférée. Gisèle avait toujours eu la préférence sur Ginette dans les actes et les pensées du père Lacaze. A la vérité, il ne voyait qu'elle. La voix de maman s'assourdissait, les mots sortaient de sa gorge avec difficulté.

« J'ai souffert, Philippe. J'ai été jalouse de Gisèle. Il ne parlait qu'à elle. Il ne parlait que d'elle. Elle était belle et personne ne le lui laissait ignorer. Moi, il me regardait sans rien dire. Ses yeux de sphinx me fixaient, traversés d'éclairs ironiques. Avec elle, il était doux et gentil. C'était insupportable.

« Ma mère était triste. Elle vivait dans les lointains de la maladie. Elle lisait, beaucoup et n'importe quoi. Même en mangeant. Elle ne s'occupait pas des tâches domestiques. Notre cuisine était préparée par une jeune fille originaire du Pays basque qui faisait allègrement danser l'anse du panier. Plongée dans ses lectures, maman ne savait pas ce qu'elle mangeait. Tout cela agaçait mon père. A ses reproches elle répondait par des soupirs désolés, roulant des yeux blancs qui lui donnaient une expression de folie incurable. Exaspéré, papa quittait la table avant la fin des repas. Il allait à l'atelier où la première main lui passait un café colombien dans une chaussette réservée à cet usage. Ainsi dopé, il travaillait l'après-midi, et parfois tard dans la nuit, sans dire mot à personne. C'était tout ce qu'on voulait, mais ce n'était pas une vie.

« Seul le mariage de Gisèle, par un ultime mouvement de respect des conventions sociales et des cérémonies à caractère familial, méritait encore de leur part des réflexions du genre de celle-ci : "Celui qui épousera Gisèle ne pourra pas se plaindre que la mariée est trop belle." L'un et l'autre hochaient la tête, faisaient claquer leurs langues dans leurs bouches avec des mines de satisfaction. Moi, j'étais transparente. On ne m'adressait plus la parole que pour les tâches utilitaires, comme aller prendre ou livrer une commande, passer le pain à table, ranger les rouleaux de tissu, faire la vaisselle et changer éventuellement de robe parce que la saleté de celle que je portais aurait donné de nous à la clientèle une image déplorable. Les mercis ne pleuvaient pas. Il semblait que cet ordre injuste allât de soi. Gisèle avait son rôle, qui consistait à être belle et reposée, pour plaire, et moi le mien. Elle n'avait d'efforts à fournir qu'au collège. Ses succès scolaires étaient soulignés, récompensés. Mes travaux les mieux réussis ne recevaient qu'une approbation mesurée. Cela aussi allait de soi. Evidemment, je m'étais vite dégoûtée de l'école et de ses exigences toujours renouvelées.

« Le réconfort que je ne trouvais pas auprès de mon père, je l'ai cherché un temps du côté de ma mère. Efforts inutiles. Je n'obtenais que des réponses agacées comme : " Arrête de me suivre partout ! " Ou : " Ce que tu peux être collante ! " Maman n'était pas réellement maternelle. Elle avait fait son devoir. Elle m'avait mise au monde, allaitée et changée. L'essentiel. On ne pouvait rien lui demander de plus. Ni de me parler, ni de rire. Ni de me caresser. Comme tu vois, Philippe, ma mère ne m'a rien appris... »

Des bourrasques d'air frais entraient dans la cuisine. Le petit matin s'annonçait par un pâlissement de nuages, des rumeurs de circulation renaissante. Maman fumait cigarette sur cigarette. Ses doigts tremblaient au-dessus du cendrier. Sa voix, rauque et sourde, tremblait aussi. Elle me parlait de ses parents avec un air de concentration peinée que je ne lui connaissais pas. C'était comme si elle arrachait un pansement d'une blessure non cicatrisée.

Les études avaient cessé de l'intéresser. Pourtant elle était « allée » jusqu'à sa première. Mais pas question de passer son baccalauréat. Elle séchait les cours avec trop d'ostentation et de régularité. Le principal du collège l'avait convoquée, puis convoqué ses parents. Rien n'y avait fait. Il avait été décidé qu'elle se présenterait en candidate libre si elle le voulait. Le collège refusait de la porter sur ses listes officielles. Alors, que faire pour tuer le temps? Elle traînait dans les rues de Toulouse. Un soir, son père l'avait traitée de petite pute. Elle lui avait ri au nez. Elle s'était fait une amie : la petite Basque qui préparait si bien la piperade, une fille d'Aïnhoa, une bourgade proche de Cambo.

« Elle portait un nom d'Espagne : Maria Blanca del Rocio Victoria Ariztegui. A la maison, on l'appelait Blanca, ou Blanchette. Malgré son nom, tout en elle était noir. Ses yeux ronds et sombres. Ses cheveux d'astrakan. Tout en elle m'attirait, me fascinait. Elle était mon contraire. Parfois elle me rappelait Gisèle, une Gisèle un peu moins belle mais plus vivante. Sa peau faisait exception : elle l'avait neigeuse, si pâle parfois que l'on se demandait si elle ne souffrait pas d'une maladie cachée, s'il ne convenait pas de la renvoyer au plus vite dans son village.

« Elle me plaisait beaucoup, et même je l'aimais. Elle m'aimait aussi, je crois, non comme une domestique aime sa petite maîtresse, mais comme une compagne de jeux et de confidences. Nous avions pris l'habitude, à la nuit, lorsque la maison dormait, de nous retrouver dans l'une ou l'autre de nos chambres. Nous nous donnions de petites soirées. Nous mangions des biscuits en buvant du porto coupé d'eau tirée au robinet du palier. Nous nous faisions nos confessions les plus intimes et nous racontions des histoires inventées.

« Sans avoir honte de sa condition domestique, Blanchette avait une conscience très claire de son infériorité sociale. Nous étions assez libres pour en parler. Elle en voulait à ses parents – des cultivateurs aisés – de l'avoir ainsi " placée ", loin d'eux et de la vie simple que connaissaient la plupart de ses camarades d'enfance. Elle n'avait que quinze ans, mais son assurance était celle d'une jeune fille de dix-huit ou vingt ans. Avec une détermination qui m'impressionnait, elle avait pour dessein d'amasser le pécule qui lui permettrait d'aller vivre dans une capitale – Madrid, ou Barcelone, ou Rome, ou même Londres. Il lui fallait apprendre l'anglais. Elle échangeait donc mes piètres notions d'anglais contre ses connaissances naturelles de l'espagnol. Une fois établie dans la capitale de son choix, elle mettrait le grappin sur un jeune homme riche, et beau si possible, dont elle me dessinait le portrait avec une précision stupéfiante. C'est que Blanchette alliait un sens pratique très sûr à de surprenantes capacités oniriques. Nous discutions des mérites comparés des mâles espagnols, français et anglais, dont nous ignorions tout. Nous étions heureuses d'être ensemble. La capture du prince charmant était une opération simple, qui ne demandait que la chance de le voir passer devant soi. Les filles, selon ce que m'apprit Blanchette, possèdent un certain capital qu'elles ne peuvent offrir et dépenser qu'une seule fois, et il suffit à attirer n'importe quel prince charmant. Ce qu'il faut, c'est agir à coup sûr, avec prudence, appâter le gros poisson, le laisser mordre à l'hameçon et ferrer au bon moment. Rien de plus facile que ce qui est dans l'ordre des choses du monde. Il n'y avait pas le moindre doute dans l'esprit de Blanchette, et par conséquent dans le mien. Sur la nature du capital en question je n'avais eu que des indications fort vagues. Grâce aux explications de Blanchette et à quelques explorations menées en commun, je m'en étais fait une idée beaucoup plus exacte. Elle m'avait encore assuré que nous devions l'évaluer à son prix le plus élevé et ne pas craindre de faire monter les enchères au moment décisif. Obligatoirement, nous devions songer à le monnayer sous peine de n'être jamais que des dindes. Bref, il nous fallait songer à vendre chèrement notre peau. De là nous vint la préoccupation légitime de savoir si nous étions vraiment belles, c'est-à-dire vendables. Nous n'étions sûres de rien. Blanchette nous donnait du courage par des proverbes dont elle possédait une réserve inépuisable. " A femme trop belle, peine d'amour ", " Beau grimage fait beau visage ". Je lui demandais de me les expliquer, pour découvrir souvent qu'elle ne les comprenait pas plus que moi. Dans son village, tout le monde apprenait ces vérités premières dès le plus jeune âge, mais nul n'était tenu de les comprendre autrement que par l'expérience et le travail du temps.

« Nous savions qu'il nous faudrait combattre. Pour

Conversation la nuit

connaître nos armes et mieux en user à la première occasion, nous examinions sans complaisance chaque centimètre carré de nos deux personnes. Nos jeux étaient souvent impudiques, mais innocents. Nous ne nous en tenions pas aux comparaisons anatomiques. Blanchette, selon des recettes de montagne, réalisait de subtils mélanges destinés à affiner le grain de la peau, à en exalter l'éclat. Elle dépensait une part importante de ses maigres gains en eaux de rose et de fleur d'oranger, cire d'abeille, huile d'amande douce, de bergamote, de néroli et autres décoctions. Je m'y étais mise à mon tour. Nous confectionnions des mixtures secrètes et passions des heures à nous les appliquer sur toutes les parties du corps. Pour éclaircir notre teint, je m'en souviens, nous avions une préparation d'esprit-de-vin, de benjoin et de borax. Pour le cou, les bras, la poitrine, plusieurs crèmes de beauté que nous appelions indifféremment « cold creams ». Nos mains s'évertuaient à leur faire pénétrer notre peau nue. Il nous arrivait de boire à l'excès de notre porto arrosé d'eau. Nous riions beaucoup. Nous parlions de Londres, la plus grande ville d'Europe selon Blanchette, de ses horloges biscornues, du vieux lord richissime et asthmatique que Maria Blanca Ariztegui y séduirait et épouserait un jour prochain. Il nous arrivait de nous endormir l'une contre l'autre. Je n'ose imaginer ce qui se serait produit si on nous avait ainsi surprises. Heureusement, Blanchette et moi avions été reléguées au troisième étage, sous les combles. Nous étions d'un autre monde, d'une autre espèce. Il ne serait venu à l'idée de personne d'aller voir ce qui se passait dans ces hauteurs oubliées. Si maman était montée une seule fois et nous avait trouvées nues dans le même lit, pour moi c'eût été l'exorcisme, pour Blanchette l'autodafé. Oui, cette petite Blanchette, je l'aimais, je l'aimais beaucoup, vois-tu, Philippe, je n'ai aucune honte à le dire... »

Je n'entendais plus le bruit de l'eau s'écoulant goutte à goutte dans l'évier, ni la rumeur qui continuait à s'infiltrer par le fenestron de la cuisine. La lumière électrique avait des sautes d'intensité qui nous obligeaient à cligner des yeux. Ma fatigue s'était évanouie. Il semblait que maman, comme moi, se sentît bien dans la main tiède de la nuit finissante.

« Et qu'est-elle devenue, cette Blanchette ?
— Oh! je vais te raconter... C'est une pauvre histoire, simple et compliquée parce que mêlée à mon histoire, à celle de ma famille. J'ai enfoui tout cela si profondément que... Mais ne te méprends pas, je me fais plaisir à moi aussi. C'est comme un jeu. J'agite mes souvenirs dans un kaléidoscope et je les regarde. Je les regarde avec toi, Philippe. Comme c'est curieux! Je ne veux plus être une mauvaise mère. Tu ne m'as jamais demandé plus que je pouvais te donner. Tu m'as toujours facilité la vie. Je peux bien te raconter l'histoire de Blanchette, et la mienne. Elles sont mêlées, confondues. Deux ans de cette amitié, de cette confusion, puis nous nous sommes perdues de vue, ou plutôt Blanchette a disparu...
— Disparu? Qu'est-ce que tu veux dire?
— Nous étions en 1935. C'était avant la guerre, celle d'Espagne. Gisèle était sur le point de monter à Paris, puis dans le nord du pays, pour son beau mariage. On ne parlait que de ça. Moi, j'en avais plus qu'assez des études et de toute cette affaire d'Etat. J'avais décidé de tout plaquer. Je voulais être active, gagner ma vie. A l'époque, de tels désirs chez une jeune fille étaient mal vus. J'en avais si peu conscience que c'est à mon père que j'en parle d'abord. Contrairement à ce que j'aurais dû attendre si j'avais eu deux doigts de jugeote, il reste calme. Maître de lui. " C'est d'accord, dit-il, à une condition... — Laquelle? — Que tu apprennes un métier, quelque chose de concret. " Pour la première fois de mon existence, je venais de trouver un terrain d'entente avec lui. Ce fut oui sur-le-champ. A l'hôpital, pas très loin de la maison, on donnait une formation d'infirmière aux jeunes filles d'un niveau scolaire suffisant. J'entrai donc à l'hôpital. Les cours étaient théoriques le matin, pratiques l'après-midi. Nous apprenions les principes élémentaires de l'hygiène, des rudiments de biologie, de médecine et de pharmacie. Nous devions savoir tirer les draps d'un lit de malade, lire une feuille de température, glisser un bassin sous une paire de fesses, piquer intramusculairement et intraveineusement, désinfecter une plaie, appliquer des compresses, tirer le sang et toiletter un cadavre... Bref, c'était amusant, et il me semblait apprendre des actes concrets et

Conversation la nuit

utiles. J'étais bien notée. Les filles qui suivaient les cours étaient pour la plupart plus jeunes que moi de deux ans et originaires des villages des environs de Toulouse. Je faisais figure de sœur aînée. Elles étaient simples et gaies. Mais aucune n'avait pour moi le charme de Blanchette. Elle seule était mon amie. Chaque soir, durant ces deux années, j'ai éprouvé le même plaisir à la retrouver, à lui raconter ma journée à l'hôpital et à partager avec elle nos heures de liberté. Rien ne changeait entre nous, au contraire, notre lien se fortifiait. Vivant parmi les médecins, les malades, j'avais des anecdotes drôles ou sinistres à lui raconter. Elle me rapportait ses disputes avec maman au sujet des frais de marché ou des pommes de terre qu'elle avait laissées brûler... Nous nous consolions de ces mesquineries par l'élaboration de nouveaux projets. Blanchette avait pris la décision de correspondre avec un gentilhomme espagnol, avec un véritable hidalgo. Elle irait à Madrid, elle y épouserait son hidalgo. Dans sa maison, elle donnerait des ordres à un bataillon de dames de cuisine et de compagnie, à une armée de chambellans, de valets de pied... L'éponge, le torchon et le panier de ménage, elle laissait le tout à d'autres. La pauvre Blanchette ne savait pas qu'il n'y avait plus d'hidalgos outre-Pyrénées depuis belle lurette et qu'en outre ils étaient gueux parmi les gueux. J'étais peu à peu devenue plus consciente des obstacles que la réalité pouvait opposer au rêve, et pourtant les nobles projets de Blanchette me semblaient tout à fait légitimes. A sa place, qu'aurais-je pensé, souhaité? Je comprenais sa hâte d'échapper à l'état de domesticité. J'étais redevenue gaie. La vue quotidienne des malades, des mourants, ne pouvait m'attrister profondément. Non que je fusse insensible, mais je voyais la vie comme elle était, jusqu'à son terme parfois. A la maison (où je passais fort peu de temps), les rapports en étaient facilités. Père et mère ne s'intéressaient que de loin à mes nouvelles activités. Je respirais. Je ne me sentais plus harcelée ni entièrement méprisée. J'étais active, insérée dans le courant de la vie. On m'épargnait certaines corvées ménagères.

« Le mariage de Gisèle avait enfin pris tournure. Le jeune homme était " vraiment très bien ". Cela ne disait rien et tout à la fois. Ma sœur devait nous quitter, c'est-à-dire quitter père et mère. Maman, pendant toute une semaine, avait eu les yeux rouges et la lèvre tremblotante. Papa n'avait pas desserré les dents. Quel chagrin! J'y allais de ma larme lorsqu'on me regardait. Tout le monde y croyait, même Gisèle. La pauvre dinde s'imaginait que j'allais la regretter. A vrai dire, ce départ me tracassait pour ce qu'il représentait dans ma propre existence : ma sœur allait mener sa vie, entrer dans un univers que je ne connaissais pas. Elle devenait femme et, ce faisant, me laissait en première ligne. J'allais le devenir à mon tour. D'un autre point de vue, son mariage allait m'ouvrir les voies d'une liberté absolue. Papa et maman la suivraient, c'était inévitable, où qu'elle allât. Ils se tiendraient à distance, les jeunes mariés doivent jouir de leur indépendance, mais pas trop loin, qu'elle ne s'imaginât pas qu'indépendance et liberté se confondent. Ils trouveraient bien le moyen de partir avec elle, par la même voiture, par le même train... Je n'avais aucune inquiétude.

« On se demanda néanmoins ce que l'on ferait de moi. Fallait-il m'emmener? Fallait-il que j'abandonne des études pratiques commencées in extremis? J'avais même entamé une modeste carrière. Quatre nuits par semaine, on m'employait à l'hôpital. J'y secondais l'infirmière de garde en distribuant des rafraîchissements aux malades insomniaques. Je gagnais de cette façon une maigre rétribution. Il fut décidé, dans un premier temps, que je resterais sous la garde de Blanchette. Douce garde! Le bail de notre appartement toulousain courait encore sur trois années et nous pouvions très bien y vivre toutes les deux, dans nos chambres, tandis que l'atelier et le logement du premier seraient sous-loués à un artisan. Il apparut qu'il était inutile de continuer à payer un salaire à Blanchette dès lors que ceux qui sous-louaient étaient illico chargés de ma surveillance et de mon entretien. Blanchette serait donc renvoyée chez elle, à Aïnhoa. Papa lui annonça la nouvelle. Elle pleura et je lui en fis le reproche. N'était-ce pas l'occasion, pour elle aussi, de conquérir sa liberté? N'allait-elle pas trouver son chemin de liberté? Il nous suffisait de dresser nos plans.

« A quelques jours du départ de Gisèle, Blanchette fit mine de quitter l'appartement avec ses certificats et sa valise. Elle alla directement à l'hôpital où, avec la complicité de l'infirmière en chef, elle put dormir plusieurs nuits dans une salle de repos. C'était le printemps. Au matin, elle laissait son lit de fortune et partait traîner dans les rues de la ville. Elle fit du tourisme pour la première fois de son existence. Les Jacobins, Saint-Sernin n'avaient plus de secrets pour elle. A la fin de mes cours, je la retrouvais, soit aux environs du pont Neuf, soit sur les berges du canal du Midi. Nous ne nous faisions aucun souci. Les pièges, les embûches étaient improbables. Encore si loin. Nous tirions une inépuisable énergie de nos certitudes éphémères. Les aventures étaient terres promises. Nous n'avions que l'embarras du choix. Finalement, nos regards s'étaient tournés vers l'Espagne. Tout nous y conduisait. Blanchette parlait la langue. Elle m'en avait appris quelques rudiments. Au bord de notre canal, nous imaginions nos nuits dans le Barrio Chino, à Barcelone; nos radieuses matinées dans les jardins du Generalife ou sous les orangers de Valence. Nous vivions dans une éternelle carte postale. De beaux cavaliers nous courtisaient avec des raffinements d'amabilité surannée. Nous ne connaissions pas de difficultés matérielles. Ces messieurs subvenaient à nos besoins, prévenaient nos moindres souhaits. Il ne manquait pas un rayon de soleil éclatant et, la nuit, nous nous allongions au pied des murailles pour dormir les mains enlacées. Nous traversions la Vieille-Castille, campions sur les contreforts de la sierra Nevada et atteignions Séville, et Cadix, où nous vivions parmi les gitans avant de nous embarquer pour l'Amérique... Le monde, la vie, tout s'ouvrait à notre désir. Nous allions partir. Nous partions... »

De fatigue, la voix de maman s'éteignait. Elle paraissait heureuse de retrouver ses souvenirs et de me les donner en partage. Je lui proposai un petit déjeuner tout en exigeant la suite, et la fin, de l'histoire de Blanchette. Le parfum corsé du café envahit la petite cuisine. C'était, pour moi aussi, une impression d'enfance retrouvée. C'était comme à cet instant où, avant mon départ pour Louis-le-Grand, maman me préparait un grand bol de café fort. Il fallait me réveiller à tout prix, me mettre en état d'affronter l'interrogation de mathématiques ou de latin. Le même cocon de silence enveloppait l'immeuble, nous prenait aux épaules.

J'avais extrait d'un sachet de cellophane quatre tranches de pain d'une consistance spongieuse. Elles s'effritaient dans mes doigts.

« Je te les fais griller?
– Non, merci. Un peu de beurre, c'est tout. »

Je m'étais mis à rire en songeant, je ne savais par quelle association inconsciente, aux deux ivrognes.

« Pourquoi ris-tu?
– Pour rien vraiment. Je pense aux deux ivrognes qui nourrissaient leur fils d'un bol de vin chaud avant de l'envoyer à l'école. Le pauvre gamin arrivait dans un état de surexcitation incroyable qui durait une heure, puis il s'effondrait sur son pupitre. Le maître a fini par comprendre qu'il était ivre...
– Oui, je connais cette histoire. C'était dans les années de l'après-guerre. Mais je ne vois pas le rapport...
– Il n'y en a pas.
– Ah! très bien. Peux-tu me beurrer une tranche de pain de mie, s'il te plaît? »

Je devais être attentif à ne pas crever le cœur mou de la tranche de pain car le beurre durci ne s'étalait pas facilement. L'opération était longue et délicate. Maman tenait entre l'index et le majeur une cigarette qu'elle ne songeait pas à allumer. Je déposai trois tartines dans une assiette. Elles étaient couvertes de lames jaunes qui ressemblaient à des écailles. Maman en prit une dont elle trempa le coin dans le café.

« Quand ils sont partis, vois-tu, Philippe, quel soulagement! »

Il y eut un silence. Puis maman replongea:

« Papa, maman et Gisèle décidèrent de prendre le train qui, par Paris, les conduirait à Lille. Le matin du départ, la future mariée resplendissait. Ses yeux brillaient. Ils avaient l'éclat impénétrable de deux boutons de bottine.

Elle se déplaçait, émerveillée d'elle-même, avec des airs nobles et ridicules. Nos adieux furent empreints de cette tristesse feinte dont les familles ont le secret. Maman versa deux larmes et remit son mouchoir dans son sac à main. Elle me recommanda de ne pas abandonner mes études et de veiller à ce que l'évier de la cuisine restât propre en attendant l'arrivée des sous-locataires. Papa marcha le long du quai avec cette expression vide et anxieuse des jeunes pères relégués derrière la porte de la salle d'accouchement. C'est que Gisèle naissait à la vie pour la seconde fois. Il se préparait à l'événement ou voulait en donner l'impression émouvante. Un avenir de promesses et d'incertitudes s'ouvrait devant elle, et lui, qui sans contredit était son père, se devait d'être présent pour parer à toute éventualité. Après tout, le " jeune homme très bien " qu'elle allait épouser, on ne l'avait vu qu'en photographie. Par conséquent il n'avait pas encore d'existence réelle. Le père de la mariée savait mieux que quiconque à quelles mauvaises surprises était exposée une jeune fille innocente comme l'était Gisèle. Et puis, ne fallait-il pas subvenir aux premières dépenses du jeune ménage, l'aider à s'établir, le conseiller, le guider?... Les affaires allaient médiocrement, mais elles devaient reprendre. Il se faisait fort de les remonter sur un autre pied, de leur donner une ampleur qu'elles n'avaient jamais pu connaître dans cette ville étriquée que tous ils quittaient sans regret. Sa démarche déterminée, la noble opiniâtreté de son mutisme indiquaient suffisamment la gravité de la situation et les exceptionnelles qualités qu'il mettait en œuvre pour y faire face. Un train finit par entrer en gare.

« Ils s'en allèrent à la recherche de leur wagon et de leur compartiment le long de l'interminable convoi. Avec force gestes, valises brandies et cris apeurés, ils réussirent à ameuter le personnel de la gare et un quai de voyageurs. Je n'étais pas dupe de ces simagrées. Quelles que fussent les circonstances extérieures, ils devaient rester l'axe du monde. Quand ils furent installés dans leur compartiment réservé, ils me firent des signes derrière la vitre et se calèrent sur les banquettes. Maman agitait une main. Père se levait pour glisser un colis dans le filet porte-bagages.

Le train ne se décidait pas à partir. Ils recommençaient leur manège. Lorsqu'il s'ébranla enfin, maman ressortit son mouchoir, l'agita à la portière. Elle pensait que c'était un geste indispensable pour qu'un départ fût réussi. Juste avant de disparaître, Gisèle et papa m'adressèrent une dernière grimace.

« Par un simple phénomène de modification de la perspective, la colonne de wagons se rétrécissait à vue d'œil dans la première courbe. D'autres personnes, comme moi, étaient restées les regards fixés sur le convoi jusqu'à ce qu'il eût disparu. J'éprouvai une sorte de malaise, mais je remarquai que mes yeux étaient secs. Je ne me le reprochai pas longtemps et me dirigeai vers l'appartement où il était convenu que Blanchette m'attendrait. Je reçus, deux jours plus tard, une vue intérieure de la gare Montparnasse et une autre de la façade monumentale de la gare du Nord. Paris était grandiose. Ils pensaient bien à moi.

« Blanchette m'attendait, dans la rue, avec sa valise. Je l'installai dans ma chambre. Nous avions trois semaines à nous. Trois semaines pour disposer de tout l'appartement, des ateliers et même du magasin. Trois semaines pour mettre au point notre plan. Les sous-locataires – un cordonnier d'Albi et sa famille – ne devaient arriver qu'au terme de ce délai. Nous avions décidé de partir avant leur arrivée. Il fallait cependant que je passe les épreuves du premier niveau qui, si je les réussissais, me donneraient le titre d'aide-soignante grâce auquel je pensais gagner notre vie à toutes deux. En attendant, le salaire que je recevais de l'hôpital nous permettait de ne pas crever de faim. Blanchette s'occupait de nous obtenir des passeports pour l'Espagne et de nous constituer un bagage léger et peu encombrant. Nous nous préparions méthodiquement à l'aventure et savions qu'il ne fallait pas nous encombrer de lourdes valises. Deux havresacs d'alpinistes soldés firent notre affaire et ces trois courtes semaines furent très heureuses.

« Le cordonnier d'Albi avait annoncé son arrivée. Il était contraint d'avancer son départ de quarante-huit heures. Nous allions l'avoir sur le dos. Je réussis mon examen avec les meilleures notes en hygiène, en biologie

Conversation la nuit

et en soins aux malades. Je fus reçue deuxième. Le lendemain, nous partions.

« Blanchette nous avait confectionné une tenue de voyage fort seyante avec des chutes de serge bleue abandonnées dans les tiroirs du magasin. Nous étions ravies de nos jupes amples, prévues pour la marche, de nos blouses munies de poches nombreuses et de tout notre matériel. Blanchette avait aussi façonné des chapeaux de toile à bord large et nous avait acheté, sans lésiner, de robustes sandales de cuir. Nous n'avions pas de tente, et pas les moyens de nous en offrir une. Nous dormirions à la belle étoile. Notre viatique se montait à quelques centaines de francs, fruit de mes économies et des deux derniers salaires de Blanchette qui n'avait plus rien envoyé à la ferme paternelle. Nous pouvions atteindre la frontière sans difficulté. Après, il nous faudrait aviser. Nous imaginions que nous trouverions l'occasion de travailler, moi dans un hospice ou un dispensaire, Blanchette dans une auberge, jusqu'à ce que nous ayons gagné de quoi poursuivre notre voyage.

« Nous laissâmes les clefs de l'appartement à la concierge de l'immeuble d'en face, avec ordre de les remettre au savetier d'Albi lorsqu'il se montrerait. Je me rappelle les yeux que faisait la brave femme en nous voyant dans sa loge, équipées de pied en cap et dans une tenue qui évoquait les exploratrices de cinéma : " C'est-y que les petites demoiselles partent en voyage ? Et toutes seules encore ? En voilà des affûtiaux ! "

« Il fallait mentir, la rassurer. Ces choses-là ne se faisaient pas. Ses petits yeux noirs restaient fixés sur nous. Pour l'endormir et lui faire accepter les clefs, nous inventâmes une excursion de deux jours, une date et une heure précises pour notre retour... Elle nous crut, ou fit semblant. Nous déposâmes les clefs sur la toile cirée et prîmes le large. Mais sa méfiance n'était pas éteinte. Sur le pas de sa porte elle criait encore après nous. Elle voulait savoir si mes parents étaient au courant.

« A huit heures, le soleil dans le dos, nous sortions de Toulouse par la route de Tarbes. Notre projet était de gagner l'Espagne par Saint-Jean-de-Luz et Hendaye. Ce n'était pas la voie la plus directe, mais Blanchette m'avait assurée que l'on passait en Espagne par le seul Pays basque, les autres chemins n'étant connus que des contrebandiers. Il faisait très chaud en cette fin juillet 1935. Nous étions heureuses et confiantes. Rien ni personne ne semblait pouvoir se mettre en travers de notre route. A midi, nous avions parcouru dix-huit ou vingt kilomètres. Nos jambes étaient lourdes, nous avions faim. Nous étions en vue de Muret, en amont du confluent de la Garonne et de l'Ariège. Dans la ville, nous trouverions la Louge, elle aussi descendue des montagnes. Allongées au bord de l'eau, nous fîmes un sort à notre viatique de pain et de chocolat. Nous ne nous étions pas encombrées de nourriture et les problèmes d'intendance se posaient après une matinée de marche. Nous décidâmes de vivre au jour le jour, nous fournissant dans les villages et les villes où nous passerions. La vue des vergers et des potagers que nous rencontrions nous donna l'idée de chaparder. C'était la vie facile. La région était généreuse et les habitants peu regardants. Nous mangions des légumes crus, des fruits et même du blé que nous amassions en égrenant les épis dans nos mains.

« Nous avions calculé qu'à raison de vingt-cinq ou trente kilomètres quotidiens, il nous faudrait environ neuf jours pour atteindre la frontière. Bien entendu, nous ne cessions de prendre du retard sur ce vague tableau de marche. Nous nous aidions d'une carte sommaire des trois provinces : Gascogne, Béarn, Pays basque. La pauvreté des renseignements fournis était l'occasion de surprises, agréables ou non. Villages sans nom, lovés dans les vignes et les champs de céréales. Filets d'eau claire où nous rafraîchir. Torrents qu'il nous fallait remonter jusqu'au premier pont. Bois sombres, aux avant-postes de la grande forêt située à mi-pente du massif montagneux. Virages aplatis les uns sur les autres, en coudes serrés, que nous passions par le travers des fourrés.

« Après Muret, nous avions obliqué vers le sud, laissant Lombez et le Pays armagnac sur notre droite. Nous suivîmes le cours de la Louge un temps, avant de traverser la Save, la Seygouade, la Gimone et d'autres rivières aux eaux claires ou obscures, selon l'heure et le lieu. Nos peines étaient plus que compensées par de

Conversation la nuit

perpétuels émerveillements. Le sentiment de notre liberté était d'une force oppressante à certains moments. A d'autres, il laissait éclater ses flocons dans nos poitrines et nos têtes.

« Il fut question de prendre un de ces autobus qui, de village en village, sillonnent le Lannemezan. C'était aux environs de Montréjeau. Nous y avions renoncé, moins pour épargner que pour jouir de cette liberté toute neuve, de cette splendeur de terres, de végétations, de cultures et de rochers. Le soir, nous cherchions un abri sur un coteau, à l'aplomb d'un hameau, ou sur le surplomb d'une route, d'un chemin. Nous voulions voir et ne pas être vues. Le plus souvent c'était un creux de rocher que nous aménagions avec des feuilles ou du foin, ou une cabane de cantonnier, une grange à l'abandon, un coin de bergerie encore odorant du suint des bêtes pâturant dans les hauteurs. Nous nous roulions dans nos couvertures, nous serrant l'une contre l'autre. Au milieu de la nuit, il arrivait que le froid fût très vif. Chaque matin les fauvettes et les geais des chênes nous éveillaient avant les coqs des vallées. Nous allions aussitôt à la recherche d'un ruisseau où nous baigner, où laver notre linge.

« Après quatre jours de voyage, nous étions fort près de Castelnau, non loin d'un village nommé Saint-Loup. Nous en avions traversé un autre qui s'appelait Boulogne. Plus d'une fois il nous arrivait d'obliquer et de mettre le cap sur une bourgade dont le nom, lu sur un poteau indicateur, nous paraissait amusant, prometteur, beau, inquiétant... Galan. Castelbajac. Tournay. Mouledous... Avec méthode nous évitions les routes nationales et virions de bord dès que nous en rencontrions une. Les rares épiceries et boulangeries du chemin nous fournissaient en pain, en chocolat et en sardines.

« Parfois, un gendarme, un vieux bonhomme aux allures de garde champêtre ou une fermière apparemment occupée à biner ses plants de tomates posait sur nous des yeux troubles et surpris. Notre étrange liberté nous pesait alors sur les épaules et sur les reins. C'était de toute évidence le regard du gabelou sur le faux saunier, celui du propriétaire sur le voleur de poules. Ces âmes honnêtes posent un œil sur tout ce qui bouge, sur ce qu'elles aperçoivent pour la première fois. Peut-être nous croyaient-elles évadées d'une maison de correction? La concierge de la maison d'en face, ne nous voyant pas revenir au jour dit, n'avait-elle pas donné l'alerte? Dans ce cas notre signalement était déjà dans chaque gendarmerie, de Perpignan à Bayonne. Nous étions recherchées, suivies à la trace... Une armée d'uniformes était sur notre piste. On nous attendait à un carrefour, à la lisière d'un bois.

« Ces perspectives aventureuses ajoutèrent un piquant nouveau à notre pérégrination. Nous bifurquions tantôt au nord, tantôt au sud, et nous ingéniions à ne jamais suivre une route droite et régulière. Nous contournâmes Tarbes sur le sud, par Bagnères, Ordizan et d'autres endroits dont j'ai oublié le nom. Cette marche en zigzag ralentit encore notre progression. Mais nous n'en avions plus aucun souci. Nous nous étions prises au jeu de la poursuite imaginaire.

« Notre temps s'était élargi soudain, à la mesure de l'espace sans limites des chemins, des gaves, des parois rocheuses qui montaient pour mourir dans des édredons de brume, des cultures sagement établies à flanc de colline, aux creux des vallons, des couloirs mystérieux s'ouvrant en delta sur des plaines aimables, des rafales de vent et de pluie croisant l'espace partout au-dessus et autour de nous, cet espace que nous parcourions mètre après mètre et dont nos corps chétifs de gamines prenaient la mesure. Je n'ai plus jamais retrouvé ces impressions que dans le souvenir et l'imagination. Les voyages que j'ai faits par la suite ne m'en ont pas procuré de pareilles. Seuls aujourd'hui peuvent les éprouver avec la même intensité l'alpiniste gravissant un sommet encore inviolé, le contrebandier traversant un désert sous la lune, le navigateur solitaire s'il se guide sur les étoiles... Le temps avait acquis une consistance moins oppressante et définitive. Il avait changé de nature. Il marchait avec nous et non plus contre nous. Les minutes, les heures nous étaient secourables; chaque matin, nous portions une angoisse plus légère. Après quelques jours de cette errance, nous vivions hors du temps, c'est-à-dire avec lui. Il devenait indifférent que nous décidions de nous remet-

Conversation la nuit

tre en route à onze heures plutôt qu'à sept, ou de nous reposer un après-midi au pied d'un châtaignier, dans un pré à l'ombre fraîche. Nous avions obtenu l'amitié du temps.

« Un autre agrément de ce voyage, je devrais dire de cette traversée, c'étaient les changements qui s'opéraient dans mon amitié avec Blanchette. Les dernières marques de notre relation de jeune maîtresse à jeune domestique qui, pour imperceptibles qu'elles fussent, subsistaient encore à notre départ de Toulouse, s'étaient gommées naturellement. Mes points de supériorité supposés, liés à l'école, à la vie citadine, à la classe et à l'argent, n'avaient plus cours au milieu des montagnes et des vergers. Ils y étaient démonétisés, obsolètes. La véritable supériorité, cette fois-ci, appartenait à Blanchette. C'était elle la fille de la montagne, pas moi. C'était elle qui, à trente pas, savait reconnaître la girolle ou le « rosé » dont nous agrémentions notre ordinaire. Elle qui savait sonder un gave et découvrir le gué au milieu des remous qui me terrorisaient; elle qui, le bras plongé dans les trous d'eau, caressait les truites sous le ventre et les ramenait dans le creux de la main comme elle l'avait vu faire aux garçons de son village. Elle qui distinguait au premier coup d'œil l'innocente couleuvre de la vipère grise ou brune. Elle qui, d'un tronc mort, tirait des rayons de miel. Elle savait encore arrêter une hémorragie avec un emplâtre d'achillée, donner à notre haleine la saveur fraîche et piquante de la menthe sauvage... Chaque jour, Blanchette m'offrait une surprise, une nouveauté. Elle m'enseignait ses connaissances essentielles et j'avais plaisir à les apprendre.

« Nous avions traversé le gave d'Ossau aux environs d'Izeste. A ce moment du voyage, nous survivions par nos seuls moyens car il n'y avait plus ni épiceries ni boulangeries. Nous évitions les villages et grimpions vers les hauteurs. Nous faisions récolte d'épis à l'abri d'une lisière ou d'un chemin creux. Quand nous avions assez de grain, nous l'écrasions entre deux pierres et fabriquions une sorte de pâte que nous mélangions à du miel et cuisions sur des feux de brindilles. Cette nourriture était à la fois délicieuse et indispensable. Nous complétions le menu par des mûres et des framboises. Nous avions le sentiment exaltant de ne plus dépendre que de nous-mêmes. Nous ne faisions plus aucun compte des jours et des nuits qui s'écoulaient. Il nous arrivait d'oublier le but du voyage. L'Espagne était terre sûre et lointaine. Elle était devant nous, comme un horizon qui toujours est présent et toujours recule.

« La chasse, la cueillette étaient les vrais jeux. Ils étaient notre nouvelle vie, telle que nous ne pouvions en rêver une autre meilleure. Chaque soir était une fête. J'avais appris à ne plus craindre le chahut du vent dans les futaies, les tressaillements du feuillage mort dans les sous-bois, les coulées brusques, les poursuites sauvages dans la profondeur opaque des fourrés, la présence de gros animaux... celle même, toujours possible, de l'ours brun à qui nous volions son miel. Sur un surplomb rocheux et abrité, ou derrière un enclos de berger, nous allumions notre feu; nous tendions nos couvertures sur un matelas d'herbes et de feuilles. Tout en pétrissant, en grattant, en écorçant... nous parlions comme se parlent deux sœurs. Blanchette devenait chaque jour un peu plus ma sœur, et j'imagine qu'à l'inverse, pour elle, je n'étais plus seulement Ginette Lacaze, fille de ses patrons enfuis, monsieur et madame Lacaze. Nous étions heureuses de ce nouvel état de choses. Nos deux corps se rapprochaient pour se le dire. Nous restions des heures adossées à des rochers chauffés par le soleil et qui nous rendaient cette douce chaleur. Ou nous tirions sur nous deux la couverture. Nous nous tenions la main, la taille. Plus parfaitement et simplement que dans la mansarde de Toulouse, nous vivions un état amoureux. Nos lèvres, encore imprégnées des sèves de la menthe, se touchaient et restaient pressées l'une à l'autre. La Blanchette que j'ai connue dans les montagnes n'était pas celle de Toulouse. Nous étions compagnes et égales. Nos lèvres s'aimaient et nous étions nues toutes les deux au bord des torrents. Pour ne pas mentir, Philippe, je dois avouer que je n'ai jamais rien connu de tel auprès d'un homme, auprès d'aucun amant...

« Mais la fin du jeu approchait. Elle ne devait ressembler à rien de ce que nous aurions pu imaginer. Nous

Conversation la nuit

avions laissé Issor derrière nous, et Aramits. A Etchebar, que nous avions contourné, nous avions décidé de rejoindre le sentier muletier qui, par les cols de Burdin et d'Aphanice, nous permettrait d'arriver aux environs de Saint-Jean-Pied-de-Port. C'était le début d'août, avec des journées déjà bien raccourcies. La hauteur des pics, aux alentours, allait de mille deux cents à mille quatre cents mètres. Le froid était si vif à la nuit tombante que nous avions décidé de marcher entre neuf heures et six heures du matin, et de dormir, le jour, sous le soleil. L'obscurité ralentissait notre marche. Nos provisions étaient presque épuisées et la montagne, dans cette partie, n'avait rien à nous offrir. Les pentes, dépourvues de végétation, étaient hostiles. L'eau elle-même, si abondante jusqu'ici, faisait maintenant défaut. Elle coulait beaucoup plus bas, derrière d'énormes mamelons de roches et de broussailles, ou plus haut, très haut, dans les parages des sommets invisibles.

« Un après-midi, nous nous étions allongées à mi-pente d'un grand talus pelé. La chaleur réconfortante du soleil nous pénétrait jusqu'aux os après une nuit glaciale. A force de poussière et de lavages, nos jupes bleues avaient blanchi par endroits. Nous restions immobiles, comme des lézards, chaque jour plus proches de l'épaisseur grise de la terre. Seul l'œil d'un aigle ou celui, exercé, d'un montagnard aurait été capable de s'arrêter sur les deux paquets informes que nous étions devenues.

« Je m'étais éveillée la première. L'après-midi était déjà bien avancé. Le calme était tel que j'entendais distinctement la respiration lente et légère de Blanchette. Elle dormait sur le côté, un bras replié sous la tête, l'autre parallèle à son corps tranquille. Je contemplais ses boucles d'acier bleu, ses paupières dépliées sur je ne savais quels rêves, ses dents que laissaient voir ses lèvres entrouvertes. J'étais étonnée. J'allais me laisser émouvoir par cette beauté et cet abandon lorsqu'il me sembla entendre, diffusé à travers plusieurs couches d'air, un tintement de sonnailles. Je prêtai une oreille plus attentive; cela venait, cela repartait : là-haut, quelque part, des vents tournants nous apportaient et nous reprenaient la musique incertaine des troupeaux.

« Je considérai longtemps la pente qui se dressait devant nous. Elle s'élevait en douceur, mais après les premiers vallonnements, des bois jetés en fichus verts autour de gigantesques talus dessinaient une frontière velue entre les abords de notre sentier et les prairies énigmatiques. Plus haut, c'étaient des parois brunes, obscures et tristes, comme elles ne le sont que dans les Pyrénées. Je fouillai la ceinture veloutée des pâturages à la recherche des bêtes et de leurs gardiens. J'avais beau scruter les replis du terrain, chaque bouquet d'arbres en lisière des bois, je ne voyais ni homme, ni bête. Peu à peu le timbre cristallin s'était évanoui. Peut-être l'avais-je rêvé? Peut-être n'y avait-il aucun troupeau dans les parages? J'étais sur le point d'abandonner mes observations lorsque j'aperçus une tache grise à la frange supérieure de la zone des hêtres et des sapins. C'était une toiture minuscule. Celle d'une grange ou d'une bergerie. J'imaginai que s'il y avait un bâtiment là-haut, même à l'abandon, nous aurions quelque chance d'y trouver de l'eau. Nous en avions grand besoin. Nous n'avions rien bu depuis près de vingt-quatre heures et nous voulions nous laver et laver notre linge. Si nous nous mettions en route aussitôt, nous pouvions arriver avant la nuit et nous abriter sous un toit. Je réveillai Blanchette, lui montrai la minuscule bâtisse perchée à deux mille mètres. En une minute nous fûmes sur pied, notre balluchon fut rassemblé et l'ascension commencée.

« Nous avions franchi sans difficulté les premiers gonflements de terrain disposés en bourrelets parallèles, escaladé une pente et dévalé dans un creux sans que la forêt parût se rapprocher de nous. Le sol était pierreux et cendré. Le soleil féroce. Il nous fallut plus d'une heure pour atteindre les arbres qui, vus d'en bas, paraissaient à portée de la main. C'étaient de gros châtaigniers, des hêtres splendides. Des seigneurs hauts et touffus, assez espacés cependant pour laisser pénétrer sous le couvert une lumière tamisée et également répartie. En nous rapprochant de notre but nous l'avions perdu de vue, et c'est au jugé que nous décidâmes de la direction à prendre. Blanchette m'effraya en m'apprenant que dans cette partie de la montagne nous pou-

Conversation la nuit

vions rencontrer un lynx ou un ours. Nous avancions donc prudemment, et le plus silencieusement possible. De loin en loin, nous contournions des blocs solitaires, des entassements de rocailles brunes et moussues autour desquels, comme des gardiens de mausolée, se dressaient des fûts aux bras géants et entremêlés. Quelle émotion si un caillou roulait sous nos sandales! Si un oiseau invisible filait au-dessus de nos têtes en claquant des ailes et froissant les feuillages! Nous nous figions sur place. Notre cœur se serrait et chacune pensait, sans oser le dire, que le mieux eût été de rebrousser chemin, de retrouver les sentiers balisés et la proximité des lieux habités. Mais une froide excitation était en nous. Nous ne pouvions abandonner. Et nous commencions à découvrir partout des buissons de myrtilles. C'était une chance qu'elles fussent déjà mûres, d'ordinaire on ne peut les cueillir qu'après la mi-août. Nous en fîmes une abondante provision.

« Aux hêtres avaient succédé des conifères, impressionnants eux aussi. Nous avancions entre leurs troncs gris-bleu, sur un tapis d'aiguilles. Notre marche devenait élastique et légère. Nous zigzaguions cependant car la pente était raide. Après un temps impossible à mesurer, nous débouchâmes sur l'océan vert des herbages. Le soleil était bas. Ses rayons obliques répandaient de grandes taches d'ombre partout où ils butaient sur des reliefs un peu accusés. Mais de cabane ou de bergerie, point.

« Nous scrutions en vain toute l'étendue de la prairie. Nous ne savions plus où nous diriger. Il était évident que notre avancée aveugle à travers la forêt nous avait fait dévier. De combien? Dans quelle direction? Comment retrouver nos repères? L'abri entrevu d'en bas était-il maintenant sur notre droite ou sur notre gauche? Et l'eau? Pas trace du moindre ruisseau. La solution était de grimper encore, suffisamment pour avoir une vue plus large et dégagée. Mais il fallait faire vite. La nuit n'allait plus tarder. Je calculai qu'un gain de cent cinquante mètres en altitude devait me permettre de retrouver le toit gris et brun. Blanchette avait mal supporté l'intense chaleur. Elle était presque épuisée. Elle resta à la lisière des bois tandis que j'entamai l'ascension. Je filai tout droit, en courant. L'herbe, épaisse et courte, ne fatiguait pas la cheville ni le mollet. En à peine plus d'un quart d'heure j'avais atteint une hauteur qui me découvrait une très ample portion du paysage, et, à une distance d'un bon kilomètre, dissimulée par un repli herbeux, à droite quand je me tournais vers le bas, une construction de petite taille dont je distinguai la porte basse et la meurtrière.

« Blanchette était aussi minuscule qu'une fourmi. Je lui fis signe de prendre la direction de ce qui semblait être une bergerie tandis que je descendais en prenant la pente par le travers. En quelques minutes nous nous étions rejointes. En nous approchant, nous vîmes une sorte d'abri de montagne. Cela ressemblait aussi à un relais de douaniers.

« La lumière virait au rose et au mauve. Autant la chaleur avait été accablante dans le bois, autant le froid se faisait brutal et mordant sur le plateau. Nous fîmes une inspection sommaire des lieux. Le toit était couvert de lauzes qui, dans la pénombre crépusculaire, avaient pris une teinte sanglante. Les murs étaient hauts et épais. Sur un pan s'ouvrait un portillon accroché par un seul gond et fait de planches que le temps, les pluies, la lumière lunaire avaient argentées. Dans les trois autres murs n'avait été pratiquée qu'une seule et mince ouverture.

« Il fallut pousser la porte de toutes nos forces réunies. A l'intérieur, obscurité presque totale. Nous n'étions pas fières. Comment entrer dans ce boyau où l'on ne voyait pas à un mètre devant soi? Nos yeux s'étant habitués, nous pûmes discerner une sorte de couloir encombré de ballots de paille ou de foin, d'une chaise estropiée, d'un banc et d'une table. Une échelle menait à l'étage où d'autres balles de foin étaient entreposées sur un plancher qui occupait les deux tiers de la surface de l'édifice. Nous étions un peu rassurées. Il s'agissait d'un grenier sans doute fréquenté au retour des transhumances. Nous prîmes la décision de dormir en haut, dans l'herbe sèche. Avant que la lumière ne tombât complètement, nous allâmes à la recherche de la source ou du point d'eau que la présence de cette construction isolée devait indiquer. C'était une petite fontaine. Elle n'était pas loin, à deux

Conversation la nuit

cents mètres. L'eau sourdait d'un amas de roches cassées et se répandait dans un fouillis d'herbes drues et serrées comme un tapis de laine. Nous poussions des cris de joie en y frottant nos pieds échauffés et douloureux.

« Le ruisseau était glacial. Nous bûmes et remplîmes nos gourdes. Nous nous lavâmes le visage et les jambes. Plus bas, le filet d'eau rejoignait une coulée pour nous invisible. Le froid, plus que l'obscurité, nous obligea à retourner à la bergerie.

« Loin du sol, blotties dans le foin rempli d'odeurs, nous eûmes chaud cette nuit-là. Avant de fermer les yeux d'épuisement et de plaisir, nous nous étions promis d'explorer les environs, au matin, et aussi de nous établir quelques jours dans l'abri accueillant si nous trouvions de quoi nous nourrir. Nous n'eûmes pas la force de parler longtemps. Ce fut une nuit sans rêves, dans le silence des herbes et des pierres. Quand je m'éveillai, le soleil était haut et Blanchette n'était plus à mon côté. La vue de son sac à dos me rassura. Je l'imaginai marchant dans les prés, en quête de baies ou de champignons.

« Je me rendormis. Longtemps. Ou quelques minutes seulement, je ne pourrais te le dire, Philippe. Des cris éloignés traversèrent l'épaisseur de mon second sommeil. Des cris que je ne compris pas tout d'abord. Puis j'eus la certitude qu'il s'agissait de Blanchette. C'étaient des plaintes furieuses mêlées à des ordres rauques, à des voix d'hommes. Je ne pouvais deviner le nombre de ces hommes. Il y eut un bref silence, puis le bruit des pas dans l'herbe.

« La porte de la bergerie fut poussée brutalement. Ils jetèrent Blanchette sur le sol. Ils lui crièrent : " Putain ! Sale petite putain ! " Elle avait une joue en sang et serrait sa jupe dénouée autour de son ventre. Elle pleurait en étouffant ses larmes. A leurs rires, je compris qu'ils étaient deux. Ils l'avaient surprise à la fontaine. Soudain Blanchette se rebella. Hurlant de rage, elle lança vers les agresseurs le pied cassé de la chaise, puis du foin à poignées. Ils se ruèrent sur elle.

« Moi, j'étais privée de sens et de sentiment. Le corps tétanisé. Muette. Incapable d'un geste, d'un mot.

« C'étaient des hommes jeunes et vigoureux. L'un était

très grand. Ils avaient des regards obstinés, dévorés de curiosités. Ils étaient accoutrés de loques et de ficelles. Vagabonds plutôt que bergers. Le grand avait saisi la jupe de Blanchette pour la lui arracher. Elle le mordit, de toutes ses forces sans doute, car il poussa un hurlement effrayant. Il devint enragé et fit pleuvoir sur elle une volée de coups de poing. Elle s'était recroquevillée. Elle gémissait à peine. Ses pauvres mains ne suffisaient plus à parer les coups assenés à tour de bras. Le petit s'était redressé le premier. Accoté au mur, il regardait la scène avec intérêt. La punition dura longtemps, très longtemps. Aucun son ne sortait plus de la bouche de Blanchette. Pas une seule fois elle ne m'appela à son secours. On n'entendait que le ahan forcené de la brute à chaque coup porté. Il finit par s'arrêter, hors d'haleine, et dit : " M'a mordu, la salope. L'a pas volé. "

« Blanchette n'était plus qu'un amas de chair, de cheveux, de toile bleue et de paille. Elle ne bougeait plus. Non, plus rien ne bougeait en elle. Son tortionnaire se tenait devant elle, frottant les nœuds osseux de son poing serré. "L'en veut plus", dit le petit. Je crus qu'il l'avaient tuée. "L'en veut plus", dit encore le petit en s'avançant à son tour. Il écarta les brins de paille qui la recouvraient. Il lui retira sa jupe des mains avec des gestes lents, appliqués. Les doigts de Blanchette ne serraient plus rien. L'homme avait des cheveux sombres et bouclés. En la saisissant par le bras et par la jambe, il la tira contre lui, comme font les éleveurs des animaux qu'ils vont marquer. Il l'installa sur le lit de paille. Il lui ouvrit les jambes. C'était au tour du grand de regarder maintenant. L'autre avait baissé son pantalon. Sa verge était dressée, c'était une arme épaisse et sale. Il s'allongea sur Blanchette mais n'arriva pas à la pénétrer. Le grand, tandis qu'il s'arc-boutait, prit son membre pour le guider. Le violeur exprimait son plaisir par des soubresauts, des raclements de gorge, des éructations. Il dégorgea son rut. Il me semblait que j'étais morte au milieu de ce cauchemar. Après s'être relevé et reboutonné, il dit à l'autre : " L'est étroite. " Le grand sourit et défit son pantalon.

« Je crus que, dans l'état où elle était, Blanchette

n'avait plus conscience de ce que ces brutes lui faisaient subir. Je me trompais. Le petit avait à son tour guidé le grand dans la chair ouverte. Celui-ci s'activait avec des mouvements saccadés de tout le corps, mécanique folle, silencieuse, à l'inverse de la précédente. Soudain la plainte de Blanchette monta jusqu'au toit. Elle remplit tout le réduit de la bergerie. Cri humain et inhumain d'enfant martyrisée, cri venu de l'au-delà inconnu de la souffrance. Je retombai dans la paille, avec ce cri planté dans le cœur et la tête. Je perdis connaissance. Lorsque je sortis de l'évanouissement, la nuit était retombée sur la bergerie silencieuse.

« En bas, rien ne bougeait. Je risquai un regard au fond du puits d'ombre. Des formes vagues montaient dans l'obscurité, puis des éclats de lumière insoutenables. Sur le sol gris, contre le tas de paille, était allongée une silhouette immobile, comme plongée dans le sommeil. J'appelai. Ma voix était si faible. Blanchette ne répondait pas. Son corps était gris, tassé contre la muraille de paille. Je devais prendre une décision. Sortir de ma torpeur et de ma lâcheté. J'empoignai les montants de l'échelle et descendis. Le frottement de mes pieds sur la terre battue produisit un vacarme énorme. Et si les deux brutes étaient là, à dormir de l'autre côté du mur? Et si elles m'entendaient? Et si elles entraient maintenant? J'attendis. Rien ne se produisit. Blanchette, je la voyais. Elle n'avait pas changé de position. Ses jambes étaient relevées, ramenées sur son ventre. Ses bras, ses mains et ses doigts écartés tentaient de protéger son visage ensanglanté. Je lui caressai les cheveux, les doigts, espérant la tirer de sa douleur et de son humiliation. Sa peau, je le remarquai en même temps que m'assaillait la conscience de ma lâcheté, était d'une fraîcheur étonnante. Par son silence obstiné elle avait voulu me protéger. La chair de ses épaules restait obscure et figée sous mes caresses. J'appelai encore. Puis je compris. J'eus la certitude du mal absolu. Je tentai d'ouvrir les deux bras raidis. Soudain mes mains s'imprégnèrent d'un liquide visqueux. Blanchette était morte, mais ce n'était pas du double viol. C'était si clair maintenant. Elle, si résistante, il avait fallu autre chose pour l'étendre comme une petite bête des bois... Entre l'incrédulité et la terreur, je cherchais. Que lui avaient-ils fait EN PLUS? Cette vérité pouvait-elle ne pas être encore cette vérité-là? Blanchette! Blanchette!... J'écartai les mains du visage. Les yeux ouverts ne me voyaient pas. La poitrine était noire de sang. Blanchette était couchée dans sa propre vie déjà noircie. La paille et la terre l'avaient bue. Elle avait au cou une large balafre. Une entaille obscure faite par une lame tranchante comme celle d'un rasoir; c'était le grand, j'en étais certaine. Blanchette! Je hurlai son nom dans le vide. De ma bouche ne sortait aucun son. Ma voix était coupée, prise dans une gangue de nuit. Nous étions seules, l'une et l'autre. Moi, je me sentais presque morte, et atteinte de stupidité... Je ne pouvais rester auprès du cadavre, ni fuir. Je n'appartenais plus au temps mesurable, j'étais devenue une pierre de la montagne éclairée par les rayons froids de la lune. J'étais accroupie. Le corps détruit s'enfonçait dans l'ombre. Seuls les yeux brillaient encore comme des pierres songeuses. Je regardai au-dehors, vers la glaciale nuit d'été. Dehors, où il faisait beau. Dehors, où le ciel était limpide. Je ne parvins pas à abaisser les paupières sur les yeux, comme je croyais qu'il fallait le faire. Elles résistaient. La tête glissa de l'épaule qui la portait, sembla s'en détacher d'un coup. Les yeux, qui étaient tournés vers le bas, avaient perdu leur éclat. Je fus lentement délivrée. Pour la première fois, le silence à l'entour me parut rassurant. Que fallait-il faire?»

Maman s'était tue. Notre café s'était refroidi. Entre nous deux, les tranches beurrées de pain de mie, les cigarettes. Peut-être ne les mangerions-nous pas, ne les fumerions-nous pas. Et aussi cette question : que fallait-il faire? Question qu'elle s'était posée à elle-même. Non. Qu'elle avait posée au commissaire de police, à Saint-Jean-Pied-de-Port. On l'avait interrogée, évidemment. Le corps? Resté là-haut. Où exactement? Elle ne savait pas, dans une espèce de cabane au-dessus d'un bois, près d'un ruisseau... Qu'avait-elle entendu, après? Avait-elle touché au corps? Avait-elle essayé de le dissimuler? Après, rien. Non. Elle avait fui. Non, elle avait d'abord jeté de la paille sur le corps. Pourquoi? Parce que. Elle ne savait plus. A cause des bêtes qui rôdent. Il ne fallait pas qu'elles le trouvent. En pleine nuit elle avait traversé la forêt. Elle avait failli tomber cent fois dans les éboulis, dans des trous noirs. Elle s'était imaginée poursuivie. Le corps? Etait-ce si important, maintenant que Blanchette était morte? Oui, dans une enquête sérieuse, tous les détails, même les plus anodins, pouvaient revêtir un sens décisif pour la recherche des coupables. Parce qu'il était nu, bien sûr. Parce qu'il n'y avait rien d'autre à faire. Parce que le froid mordait la chair morte. Elle ne savait plus ce qu'elle pensait. Après ce qu'elle avait vu. Après cette rumeur de culpabilité, de mauvaise conscience qui avait rempli sa tête.

« Vous n'avez rien à vous reprocher, mademoiselle. Si vous vous étiez manifestée, ces hommes vous auraient fait subir le même sort.
– Mais ne comprenez-vous pas que Blanchette s'est sacrifiée, elle? Que c'est pour moi qu'elle s'est sacrifiée?
– Nous comprenons, mademoiselle. Il faut vous calmer maintenant. Pourtant, à première vue, il semble que vous n'auriez pas dû vous trouver dans ces parages, loin de tout. Vous devez nous expliquer. Où alliez-vous?
– En Espagne.
– En Espagne? Mais ce n'est pas la route, mademoiselle!... Et vous voyez ce qui est arrivé. Pourquoi n'êtes-vous pas restée chez vos parents? La place des jeunes filles est chez leurs parents. Parlez-nous de ces hommes. A quoi ressemblaient-ils? »

Elle les avait décrits, avec minutie. Les indices étaient faibles et peu nombreux. Le grand et le petit. Ils parlaient français. Pas espagnol. Ni basque. Elle ne connaissait pas le basque. Deux hommes maigres et bruns. Avec des ficelles autour des chevilles et à la ceinture de leurs pantalons. Avaient-ils l'allure de bergers? Elle ne savait pas. Elle n'en avait jamais vu. Sauf dans les livres, sur des gravures représentant Jésus nouveau-né entouré de bergers aux pourpoints de laine bouclée, aux jambières maintenues par des lacets entrecroisés... Non, ils ne ressemblaient pas à des bergers. Des vagabonds, alors? Des contrebandiers? Oui, des vagabonds. L'enquête promettait d'être difficile, peut-être impossible. On n'avait

pas les moyens de quadriller la montagne, de lancer une traque gigantesque.
« Saviez-vous que vous étiez recherchées?
– Non. Enfin, oui. »
Elles imaginaient qu'on avait donné l'alerte.
« Exactement, mademoiselle. Une concierge, à Toulouse. Vous deviez rentrer d'une excursion de deux jours. Elle a alerté nos services. Elle a aussi prévenu vos parents par notre intermédiaire. Ils se sont fait un sang d'encre. Nos patrouilles n'ont rien trouvé, pas la moindre trace. On vous a signalées jusqu'à Montréjeau, plusieurs personnes ont déclaré vous avoir aperçues, après, plus rien. Expliquez-nous votre disparition. Vous contourniez les villages? Vous évitiez les grandes routes? Vous vouliez être libres. Malheureusement, vous voyez où cela conduit de vouloir être libre! »
Les gens s'étaient montrés gentils, compatissants. Le commissaire s'était radouci. On avait trouvé à la loger chez un médecin, pendant la durée de l'enquête. C'était un brave homme. Il lui avait administré les calmants nécessaires dès le premier soir. Elle avait dormi. Joué aux cartes avec la plus jeune fille de la maison. Comment avait-elle pu jouer aux cartes? L'enquête avait commencé. Des équipes avaient ratissé les hauteurs, entre le pic Athabura et celui des Escaliers. On avait découvert la bergerie, le corps saigné. Déjà, à cause de la chaleur de la journée, il avait gonflé. Mais, des deux meurtriers il n'y avait pas trace. Plus de trois jours avaient passé, ils étaient loin. Ils s'étaient fondus dans le paysage, pour toujours.
Un menuisier façonna un cercueil de peuplier. Les restes de Blanchette furent transportés à Aïnhoa. Maman fut mise enfin dans un train à destination du Nord. Elle rentra dans le rang. Elle n'aurait pas dû en sortir.
« Là-haut, entre ma sœur enfin casée et ma mère aux yeux injectés, j'ai été reçue comme tu penses. J'étais la folle, la fille dénaturée. La malfaisante. Je n'avais personne à qui parler. Folle, j'allais sûrement le devenir. J'étais traitée comme telle, consignée dans un réduit. La ville s'appelait Armentières. Il me revient l'odeur écœurante des pommes de terre bouillies qui montait de la

cuisine. Le carillon cristallin du beffroi. Ils mangeaient des tubercules hollandais : c'était plus économique. L'argent allait à l'atelier, qu'il fallait remonter, et au ménage de Gisèle. Pour elle (pour eux) on se serait saigné aux quatre veines sans proférer une plainte. On aimait cette cruauté contre soi-même. On aimait les pommes de terre. Je mangeais seule, dans la mansarde. On ne voulait plus de moi à table. J'étais une sorte de déshonneur vivant. Je faisais peur. On m'apportait du pain et de la purée. Je finis par ne plus manger. Mes forces déclinaient. Je constatais ma maigreur. La disparition de mes règles. Je ne me levais et ne me lavais plus. Grabataire j'étais. Papa déclara que je ne méritais plus d'être appelée sa fille. Il se figurait sans doute que je l'avais été. En outre il me déshéritait. C'était presque amusant.

« Mon amaigrissement devint tel qu'il fut évident que j'allais mourir. J'atteignais le stade dit musulman. Passion de la respectabilité et crainte du scandale firent qu'on se décida à alerter un médecin. C'était un vieux bonhomme à cheveux longs qu'on avait déniché dans la lointaine banlieue. Rien de ces horreurs dont je m'étais rendue coupable ne devait s'ébruiter. Il monta par le petit escalier. Bien que les excréments eussent été enlevés pour la circonstance, il me trouva dans l'ordure. Ordure au milieu de ses ordures. Il eut un haut-le-corps et demanda à rester seul avec moi pour m'examiner. Il me parla avec douceur, me dit que j'étais en danger de mort. Je ne me souviens que d'une seule parole : " Mademoiselle, il faut vous laisser soigner. On va vous emmener dans une maison où l'on prendra soin de vous. N'ayez plus peur, maintenant." Ils lui avaient donc laissé croire que je refusais les soins. Il les rappela.

« " Il faut la placer, aujourd'hui même, dit-il.

« – D'accord, répondit mon père, et que ce soit loin d'ici."

« Ce fut loin. Près de Paris. Une maison de cure et de retraite dont le vieux médecin connaissait la directrice. Pour tout arranger, il obtint un rabais sur le prix de la pension. »

Nouveau silence. J'allumai la cigarette en attente, derrière le bol, et la glissai à maman. Elle la prit du bout des doigts, la porta à ses lèvres et, après avoir exhalé la première bouffée, resta les yeux fermés une longue minute. Son visage s'était détendu, pacifié. Sa bouche semblait sourire, mais je n'aurais pu le jurer. J'attendais. Je laissais touner la noria des souvenirs, et cette minute si chèrement acquise.

C'était l'heure où la cité allait sortir de son assoupissement. Nous entendions le chant du vent chassant dans le couloir du fleuve, sous les ponts, frôlant les façades aveugles, les remparts, les pavés humides. Ecoulement de l'eau sombre. Respiration de maman mêlée aux froissements du vent. Dehors, dedans. Etrange osmose. Sage comme un enfant, je n'avais pas bougé. Cinq heures trente, disait ma montre.

« Drôle d'histoire, n'est-ce pas, Philippe? J'ai vécu un an dans cet asile de vieillards proche de Senlis. Oh! je n'avais pas à me plaindre. Le personnel était attentionné, compétent. Les pensionnaires? Plutôt bien. Une minorité étaient venimeux, acariâtres. Rien à faire avec ceux-là. Je les écoutais parler cependant. La vie avait été méchante avec eux, mais le plus souvent elle avait été trop douce. D'où leur amertume chaque matin réactivée. Après les jours de sucre et de soie, la fin proche, et toutes ces misères du corps. Ils ne comprenaient pas. Ils en voulaient à l'univers qui ne les comprenait pas davantage. A ceux-là, personne ne parlait. Ils menaient ensemble le restant de leur existence dénigrante. Les autres étaient des doux, des pacifiques, des rieurs, des rêveurs, d'aimables gamins. Ou la vie les avait polis, ou ils avaient été de bonnes natures. A leur manière ils faisaient front. Ils m'aimaient, me redonnaient confiance. Eux, si près de disparaître, m'ont rendu le goût de vivre.

« Comme toujours dans ce genre d'établissement, les moyens étaient limités, les bonnes volontés appréciées. Après six mois de soins et de repos, je m'étais rétablie. Je voulais aider, payer ma dette. Mes récentes études, ma qualité d'aide-soignante inexpérimentée étaient des motifs suffisants pour que la direction de l'asile acceptât mes services. De pensionnaire, je devins salariée. J'eus ma chambre personnelle dans une aile du grand pavillon. Au service de médecine, on m'encouragea à acquérir une qualification plus grande. Je suivis des cours à l'hôpital de Senlis, et d'autres par correspondance. La vie que je menais m'apparaissait mienne chaque jour davantage. J'étais rentrée dans l'existence.

« La fréquentation des vieillards m'apprenait que l'homme le plus exceptionnel n'a jamais fait que ce qu'il a pu. On ne se dépasse pas. J'apprenais à vivre, en somme. L'asile m'était devenu si familier que, pareille à l'enfant heureux, j'y voyais un nouveau cadre d'échanges et de bonheurs. J'avais partout des parents très âgés, à commencer par le docteur Enjalmin. Il avait dans les soixante ans et une minceur de liane due à l'absorption répétée de tisanes de sa composition. Il passait le plus clair de son temps à des recherches de botanique entièrement secrètes dont les résultats étonnants ne devaient paraître qu'après sa mort.

« De toutes les personnes qui, à cette époque, composaient mon entourage, ma préférée était une vieille dame toute menue, aux cheveux de neige et à la voix frêle, toujours égale. Elle s'appelait Hortense Louise Maréchal, veuve Archer. Ta grand-mère, mon petit Philippe. Elle s'était attachée à moi dès mon arrivée à l'asile. Le docteur Enjalmin me l'apprit, elle avait veillé sur mon sommeil délirant et chaotique des premiers temps. Ses yeux étaient petits, ovales. D'un bleu grisé apaisant. Des yeux qui ne regardaient pas à côté. Des yeux qui ne regardaient pas sans voir. A chacun de mes réveils ils fixaient sur moi un sourire d'hiver, plus chaud que tous les autres. Elle pensait et me disait que la vraie vie n'était pas ce que j'avais vécu, que je devais penser à demain. »

Ma grand-mère Hortense Louise, je ne la connaissais que sous forme de traces. J'avais deux mois quand elle mourut. Les traces d'elle : deux photos gisant dans la tombe cartonnée de l'album. Elles ne me semblaient pas correspondre à la description que maman venait de m'en donner. C'était une autre femme. Plus jeune. Entre quarante et cinquante ans. Des traits figés, comme par un sourire forcé. Une certaine fixité du regard lui ôtait toute apparence naturelle. Ce regard, au rebours de ce qu'avait dit maman, n'allait nulle part, ne s'arrêtait sur rien.

« Elle avait un fils. Charles Evariste Eugène. Chaque fin

de semaine, ponctuellement, il rendait visite à sa mère. Charles Evariste n'était plus un jeune homme, mais un homme encore jeune qui, entre-temps, s'occupait de ses ateliers de tissage et de confection. Il était de stature moyenne, plutôt beau garçon. Brun. Il n'utilisait pas la gomina qui permettait aux hommes une approximative ressemblance avec Rudolph Valentino. Ses yeux étaient d'un vert intense qui nous semblait extraordinaire, à sa mère et à moi. Il fut évident que Charles Evariste ne m'était pas indifférent. Hortense Louise s'en réjouit et encouragea ce qu'elle appelait mes " honnêtes intentions ". Elle me conseilla. Je devais avancer par approches prudentes. Son fils n'était pas timide, mais il s'était toujours comporté de façon incompréhensible avec les femmes. Il avait eu des velléités de mariage, mais il ne s'était pas déclaré. Les quelques jeunes filles pressenties s'étaient lassées. Hortense Louise fondait donc ses espérances sur moi. Sa hantise était de voir son fils s'enfoncer dans le célibat et de n'avoir pas de petits-enfants. Charles Evariste (ainsi nommé en raison du culte particulier que Hortense Louise vouait au père de Foucault et de celui que feu son mari, féru de sciences exactes, rendait aux mânes du mathématicien Evariste Galois) avait remarqué mon émotion lorsque, le dimanche, je le croisais dans le parc de l'asile se promenant avec sa mère, et peut-être davantage la rougeur qui montait au visage de la vieille dame à mon approche.

« Il avait quelque chose de mou dans les joues et le menton. Les lèvres étaient minces et sinueuses. Cela me déplaisait, mais ce qui rachetait le tout, c'était ses yeux verts. Il accorda moins de temps à sa mère, qui en fut ravie. Ce fut moi, bientôt, qu'il emmena à Senlis dans sa voiture de marque Peugeot. Je vis de lui (il me les montra) des photos où il apparaissait en tenue d'aviateur. Elles avaient été prises à l'aérodrome du Bourget (certaines en plein vol, à bord d'un Breguet-deux-ponts). Je fus éblouie.

« Nous étions en pleine période de troubles. 1936. Fabriques, usines, grands magasins, tout était aux mains des ouvriers. " Pas les Ateliers Archer, me disait-il. Nous n'avons rien à craindre. J'ai déjà accordé satisfaction à

Conversation la nuit

plusieurs revendications. Nous travaillons avec l'étranger et devons continuer à tourner pour que nos contrats ne soient pas dénoncés. " Il ne semblait éprouver aucune animosité à l'égard de ses ouvriers qui l'avaient contraint à des concessions.

« Un jour, Hortense Louise me confia que le moment était venu où je devais parler à Charles Evariste. Il ne fallait espérer aucune déclaration de sa part. La solution du problème était entre mes mains. Au besoin, je devais le pousser par les moyens qui me sembleraient les plus adaptés. Hortense Louise était aussi un esprit pratique. Bien qu'elle sût que je n'étais pas une fille intéressée, elle ne se sentait pas le droit de me laisser ignorer ce que j'avais constaté, savoir que Charles Evariste était plus qu'un parti intéressant, un parti exceptionnel. J'appris tout du chiffre d'affaires de la maison Archer et, partant, de mes assurances de bonheur et de sécurité. Je parlai donc à Charles Evariste. Cela fut suffisant pour qu'il me proposât, au cours de l'une de nos sorties à Senlis, d'entrer dans un hôtel. Ce ne fut pas une partie facile. Nous étions novices tous les deux. Moi, niaise, avec le souvenir de Blanchette. Lui, je dois le dire quel que soit le respect dû à ton père, sans dons particuliers. Je fus déclarée enceinte dans les deux mois. Le mariage fut célébré en l'église Notre-Dame-des-Champs. Tu es né quatre mois après cette cérémonie, dans une clinique de banlieue. Prématuré. Gratifié de plusieurs jours en couveuse. Je n'avais pas le droit de te voir. Quand ils ont fini par te déposer sur mon lit, tu portais deux bracelets sur lesquels étaient inscrits ton nom et ta date de naissance, preuve administrative que tu étais bien mon bébé. Je n'ai pas osé te prendre dans mes bras. Il a fallu que je m'habitue.

« Hortense Louise est venue une fois à la clinique. Charles Evariste était allé la chercher en auto et devait la raccompagner le soir même. Elle est montée te voir, à l'étage des incubateurs. Elle était très fière que tu sois un garçon. Elle m'a embrassée, et félicitée : " Ma chère petite, si vous saviez combien je suis heureuse pour vous et pour Charles Evariste! Tout s'arrange maintenant. Je peux mourir en paix. " Elle pleurait et j'étais très émue.

« Nous ne l'avons revue qu'une fois. C'était encore un dimanche, dans cet appartement où Charles Evariste avait installé une chambre de style Directoire. Ce dimanche-là, tu as dormi toute la journée et Hortense Louise s'est désolée de n'avoir pu te prendre dans ses bras. Le mercredi qui suivit, elle eut une rupture d'anévrisme. Elle mourut dans la nuit du jeudi au vendredi, sans avoir repris connaissance. Il y eut l'enterrement. Je ne me souviens pas avoir vu Charles Evariste pleurer.

« Les Ateliers Archer lui prenaient tout son temps. Les affaires n'étaient pas faciles. Il passait ses journées à Villeneuve-le-Roi. Moi, ici, je m'ennuyais. La lecture, le piano et l'éducation d'un jeune enfant ne suffisent pas à remplir la vie d'une femme. Le deuxième et quatrième samedi du mois, nous recevions des amis. Ces gens-là ont disparu avec la guerre. Le dimanche, nous allions en excursion à Fontainebleau, ou dans les environs de Malesherbes. Il y avait aussi des présentations de couture, des salons automobiles ou des concours d'élégance au Pré Catelan, à l'hippodrome ou ailleurs... Les amis de ton père vivaient dans les beaux quartiers. Quand nous sortions, tu restais sous la garde de madame Perrin – tu ne te souviens pas d'elle, j'imagine –, celle qui a précédé cette ivrognesse de madame Loiseau qui ne nous a pas fait deux ans. Madame Reyne n'est arrivée qu'ensuite. C'était une bien brave femme que cette madame Perrin, et qui t'aimait beaucoup. Lorsque Charles Evariste avait déclaré que nous passerions notre dimanche à Houlgate, ou à Deauville, on ne revenait pas là-dessus. J'aurais aimé t'emmener. Il n'en était pas question. Charles Evariste était un homme doux qui n'admettait pas la moindre opposition à ses volontés. Je cédais à tout, à vrai dire sans trop de difficultés. Je n'avais pas de désirs particuliers. Cette vie était si nouvelle pour moi. J'étais satisfaite, y compris de mon enfermement dans les quatre murs de l'appartement. Le cauchemar des Pyrénées se dissipait, mais en moi, un ressort essentiel était brisé. J'avais saisi Charles Evariste comme le naufragé agrippe la planche qui passe à sa portée. Je m'étais laissé emporter par les courants. Nous dérivions, Charles Evariste et moi. Il le savait aussi bien que moi.

« Je lui ai résisté fermement sur un seul point. Il insistait pour que je reprenne contact avec mes parents. Il voulait que notre mariage, ta naissance leur fussent annoncés. Dans le milieu bourgeois, des liens familiaux au moins apparents semblent indispensables. Sur cette question, la lutte a duré des mois. Il voulait que j'écrive. Il me proposait même son aide pour rédiger ce courrier. Malgré mes explications, ma peur et ma haine n'étaient pour lui que les effets excessifs d'un caractère enfantin. L'asile de Senlis ayant fait suivre mon courrier, une lettre de mon père arriva ici. C'était en avril. Le lundi qui suivit les funérailles d'Edouard Branly. Mon père se plaignait de n'avoir reçu aucune nouvelle après des années d'attente et d'angoisse, lui qui avait tant fait pour moi. Il disait aussi s'être renseigné à mon sujet auprès de la directrice de l'asile. Elle avait seulement consenti à l'informer de l'amélioration de ma santé et à transmettre son courrier. Il trouvait scandaleux, immérité, un tel traitement. Il me pardonnait néanmoins cette mauvaise action qui consistait à dresser des obstacles entre son amour paternel et ma personne. Dans ces conditions, et compte tenu des bruits de guerre circulant partout en Europe, il m'enjoignait de lui communiquer mon adresse dans les plus brefs délais et de prendre mes dispositions pour rentrer dans le sein d'une famille qui n'avait pas un seul instant cessé de m'aimer. Je devais savoir, en outre, que le nouveau magasin de confection avait enfin pu s'ouvrir grâce aux efforts et aux sacrifices de ma pauvre mère, et que l'on avait besoin de moi : pour certains travaux de confiance, il n'était pas possible de s'en remettre à un personnel appointé. C'était, d'ailleurs, le moins que je pouvais faire pour effacer la très mauvaise impression produite par mes agissements de l'été 1935. Mais on était prêt à tout pardonner (on n'avait donc pas pardonné) et à oublier le passé (on ne l'avait pas oublié). Ma mère, atteinte de cataracte, ne lui était plus une aide suffisante. (J'étais requise pour les travaux de comptabilité et de facturation, outre ceux du ménage.) Gisèle allait bien. Son mari se portait bien lui aussi. Il m'embrassait. Il signait : " Ton père. "

« J'étais dans une fureur désespérée. On ne pouvait se

sentir plus humiliée. Charles Evariste, tout en reconnaissant que les sentiments exprimés dans cette lettre n'étaient pas dépourvus d'une certaine ambiguïté, voulait y voir la marque de l'intérêt que mon père me portait en dépit de tout. Intérêt. En dépit de tout. Le choix des termes était pour le moins malheureux. Je reprochai à Charles Evariste sa constante soumission aux normes de la vie sociale. Son conformisme. Ce fut notre première scène. Il y en eut d'autres. Sur le point précis de la remise en ordre de mes liens familiaux, je ne cédai pas. Charles Evariste finit par s'incliner. Son silence me signifiait toutefois sa profonde incompréhension.

« Notre vie conjugale a pris fin à cette époque-là. Juin 40. Tous les fronts enfoncés au nord, à l'est et même à l'ouest. Les Anglais ont rembarqué. A Paris, on attend. Les actes de la vie quotidienne ressemblent chaque jour un peu plus à un rêve. Les nouvelles que l'on reçoit ont l'air d'être celles d'un autre pays. Les réfugiés, les blessés, les fuyards encombrent les routes et les gares. Un seul cri déferle sur la France : les Boches arrivent! Le gouvernement vient de quitter Paris. Envolé, dispersé, le gouvernement. Le 14, il paraît que les Boches sont dans Paris. Je ne le croyais pas, figure-toi. Mais leurs camions sont passés sous nos fenêtres. Le lendemain, ils défilaient. *Horst Wessel Lied*. Ils étaient déjà dans les ministères, à l'Hôtel de Ville, à la Préfecture... Charles Evariste était effondré. Avec ses quarante-deux ans, il se trouvait trop vieux. Il se trouva trop vieux pendant plus d'un an. L'occupation était une entreprise méthodique. L'esprit allemand ne laissant rien au hasard, les ateliers de Villeneuve-le-Roi, qui pourtant ne présentaient qu'un faible intérêt stratégique, furent réquisitionnés. Ils tournaient désormais pour le Reich. Charles Evariste s'en désintéressa. Il passait des journées entières dans l'appartement à écouter la radio anglaise et à lire les insanités collaborationnistes publiées chaque semaine par Jacques de Lesdain et Robert de Beauplan. Il finit par sortir de son état de prostration. Il déclara qu'il fallait faire quelque chose. On ne pouvait rester ainsi les bras croisés à se lamenter sur la situation. Le mot " Résistance " n'existait pas, pour la bonne raison qu'il n'y avait pas encore de résistance, nulle part en France, ou alors sous des formes si ténues et fragiles qu'elle passait inaperçue. Charles Evariste voulait seulement faire quelque chose. Je n'avais aucune intention de m'opposer à lui. Tout plutôt que de le voir s'étioler jour après jour. Je voulais que pour toi, pour nous, il fît preuve de prudence. C'est ainsi que tout a commencé, ou que tout s'est terminé, avec des mots de tous les jours. Charles Evariste avait mijoté son plan : " J'ai réfléchi, me dit-il. J'ai une bonne couverture. Je dirige un atelier qui ne travaille que pour l'Allemagne. Je joue consciencieusement, ouvertement, mon rôle de petit industriel collaborateur. J'en rajoute. Je fais valoir mes services. J'obtiens mes grandes et petites entrées au M.B.F.[1], le plus près possible de von Stülpnagel. Si tout marche bien, je réussis à entrer en relation avec un de ces types qui fricotent avec l'Abwehr. On ne peut pas me soupçonner, je cherche seulement à augmenter mon chiffre d'affaires. On me connaît bien, j'ai signé des contrats avec les autorités d'occupation. Bref, je fais mon petit trou, et alors, je trouve quelque part la faille... le moyen de me rendre utile. "

« C'était, eu égard aux circonstances, un bon plan, et qui tenait debout. Il comportait des risques, mais toute action en comporte. Charles Evariste était prêt à les assumer et, pour la première fois peut-être, j'ai éprouvé de l'admiration pour lui. Il alla plus régulièrement à ses ateliers de Villeneuve-le-Roi. Jusqu'à quel point s'est-il compromis, je n'en sais rien. Il restait avare de confidences, par prudence disait-il. Je tirais de lui de rares observations comme : " Mon plan se développe. Tout va bien, ils n'ont jamais assez de drap avec le front de l'Est. " La suite, tu la connais. En 42, nous ne le voyions plus qu'une fois par mois. Il faisait du renseignement radio. Nous ne manquions de rien, bien entendu. Puis, il n'est plus rentré. La dernière fois, c'était en mars 43. Je savais qu'il était membre d'un réseau très organisé. Impénétrable, à vrai dire. Aucun de nos amis d'avant la guerre ne semblait en faire partie. Je ne pouvais obtenir de nouvel-

---

1. *Militärbefehlshaber in Frankreich* : Commandement militaire allemand en France occupée. (N.d.A.)

les de ce côté. La police? Pas question. Je n'ai jamais voulu y recourir. D'ailleurs il écrivait régulièrement. Mes réponses étaient transmises par les ateliers, où il ne venait qu'à l'improviste. Il n'est jamais rentré depuis. Après la Libération, il nous a envoyé Toni Soan.
— Toni Soan...
— Je sais que tu ne l'aimes pas. Il t'a un peu servi de père. Il s'était attaché à toi. Il était naturel qu'il remplît le vide. Je n'ai pas honte d'avouer qu'il a été mon amant. Tu sais, Philippe, que je ne suis pas de ces mères qui, frustrées, se jettent sur leur fils toutes griffes dehors, se l'approprient, le dévorent à belles dents. Ce n'est pas mon genre. Je me suis défendue de cette tentation. J'ai été dure avec toi. C'était mon devoir de mère de te protéger de ta mère. Toni Soan m'y a aidée. Il m'a empêchée de glisser sur la pente facile des liens privilégiés. Empêchée de t'emmener avec moi, très loin, comme je le désirais... dans la montagne suisse par exemple. Nous avions l'argent. J'aurais choisi un chalet isolé, à cette altitude où l'air est si pur que les poumons y peuvent guérir. Nous aurions vécu, seuls et heureux, dans notre île de verdure. Je t'aurais élevé comme un enfant libre, dans la nature. Nous aurions tout su des fleurs, des eaux, des insectes, des mammifères et des oiseaux, des vents, de la neige, des saisons... Nous aurions acheté des livres que nous aurions lus ensemble. J'aurais été ton initiatrice. Tu aurais eu huit ans. Tout eût été possible... y compris le pire, l'impossibilité, pour toi comme pour moi, de revenir à la vie véritable qui ne ressemble pas à ce rêve. Toni Soan ne m'a peut-être pas aimée comme j'aurais voulu. Je ne lui en veux pas. Pour toi, au moins, il a fait ce qu'il devait. Il t'a épargné de sombrer dans la névrose maternelle. Il ne mérite pas que tu sois si sévère à son égard. »

Maman semblait être arrivée au bout du rouleau des souvenirs et des pensées de la nuit. Je me taisais. Nous n'étions pas beaux à voir, sans doute, avec nos traits bouffis, notre peau jaune. Nous formions un étrange couple lunaire. Il y eut encore une brève discussion sur l'opportunité d'un véritable petit déjeuner. Ayant constaté que les dernières tranches de pain de mie avaient moisi, elle déclara qu'une vieille bête comme elle pouvait

Conversation la nuit

bien les manger, qu'elle n'avait plus rien à craindre et, devinant ma gêne à ces propos, elle ajouta qu'elle s'aimait si peu qu'elle avait l'intention de léguer ses restes à la science qui, du reste, ne saurait rien en tirer.

Je la reconnaissais dans ces bravades qui n'étaient que des agressions déguisées. Elle revenait à sa forme ordinaire et quotidienne. Fumant sa énième Craven, elle aspirait lentement toute la fumée. Le brouillard mortel descendait dans ses poumons, imprégnait les capillaires, se diffusait en elle. Il était inutile que je lui fisse remarquer qu'elle se détruisait en connaissance de cause. Elle m'aurait répondu que je n'avais pas à lui faire la morale, et que, de toute façon, elle n'avait pas le courage de se tirer une balle dans la tête...

Un sourire bizarre errait sur son visage. Le jour avait acquis la certitude d'un ciel pâle. Notre plafonnier blanchissait de minute en minute. Le fleuve, lié à ses rives, cessait de faire entendre sa voix discrète, de flotter dans la brume rêveuse de sa nuit. Il retournait au silence que peuplaient les pas des marcheurs, le tapage déchirant des engins motorisés... Il somnolait dans le calme de ses eaux sales. Je regardai la déroute des nuages, mais le charme était rompu.

« A quoi penses-tu, Philippe ? »

Sa voix était tendue, rauque.

« A ta respiration. Je l'entendais sans le vouloir.

– Tu seras toujours un idiot, Philippe. Ne me réveille pas quand tu rentreras. »

III

Hiver comme été, l'appartement reste plongé dans la pénombre. Les épaisses tentures des fenêtres à double vitrage en sont la cause. On ne les ouvre jamais car le trafic est incessant sur les deux berges du fleuve. Aux heures de pointe, les longs panneaux de verre vibrent continûment et bourdonnent à tel point que toute conversation est inaudible.

Paula Rotzen aime notre appartement en raison de ses particularités et bizarreries. Elle y vient désormais plus souvent. Maman apprécie sa douceur et sa distinction. Le péché de poésie a été pardonné, et ce d'autant plus aisément que son dernier recueil a reçu de nombreux témoignages de satisfaction de la part de la critique. Il arrive à maman de s'étonner que Paula et moi n'ayons pas l'intention de nous marier. Selon elle, je trouverai difficilement mieux. C'est vrai, mais comment lui expliquer que nous n'avons pas pour projet de nous engluer dans les liens du mariage?

Le rire de Paula est transparent, communicatif. Il lui ressemble. J'aime l'entendre lorsque, dans ma chambre, assise devant le bureau ou allongée sur le lit, elle est plongée dans quelque lecture. Depuis qu'elle y a dormi, je ne vois plus cette chambre de la même façon. Mon entassement de bibelots, mes rayonnages de livres m'apparaissent pour ce qu'ils sont, une sorte de vieux musée de province sans réel intérêt. Il faudrait balayer tout ça, nettoyer, repeindre, aérer... Pourtant, je me garde bien d'épousseter, et pour rien au monde je ne voudrais qu'un chiffon rendît son éclat à la glace en trumeau qui, de la tablette de la cheminée, me renvoie au réveil le filet trouble du jour naissant qui se coule par les interstices des rideaux. Une même pellicule filtrante (Paula Rotzen a remarqué qu'il s'agissait de poussières et de crasse accumulées) recouvre la pendulette, les cartes postales décolorées que j'ai glissées dans le cadre du miroir et la plupart des objets qui composent mon décor. Cette couche protectrice est pour moi le gage du temps ralenti. Paula s'est aussi plainte de l'odeur de cantonnement mal tenu qui règne ici. J'aurais dû aérer, paraît-il. Il n'en est pas question, évidemment. Il est essentiel que l'air ne soit changé que très lentement. C'est vrai, et Paula l'a très bien compris car c'est elle qui a inventé cette jolie expression de « parfum des heures immobiles » pour désigner la senteur sui generis de ma chambre. Je lui ai offert mes deux bouddhas, qu'elle trouvait admirables. Ils trônent désormais sur la table basse de son studio du boulevard Pereire, l'antithèse de ma caverne pour l'impression d'espace et de lumière.

ARCHER TISSAGES. Villeneuve-le-Roi. Les nouvelles machines étaient arrivées. Lesquelles ? A vrai dire, la question de l'organisation des ateliers ne tenait aucune place dans mes préoccupations. Toni Soan voulait que je les voie. Cela ne me semblait pas trop compromettant. Faudrait-il que je donne mon avis sur ces mécaniques dont j'ignorais tout ? Cela n'avait aucun sens. Etait-ce pour une signature ? Maman m'avait récemment délégué une procuration. Oui, c'était ça. Sans doute.

J'avais en tout cas une raison plausible. Je pouvais sans crainte descendre dans les boyaux du métro. Bien que ne faisant rien de particulier, il ne m'était pas permis d'aller sans savoir où ni pour quoi. Je pensais à Paula Rotzen tout en marchant le long du quai. Il faut battre le mot quand il est chaud, me disait-elle. Ou : les mots doivent être taillés, rabotés, découpés... il faut les travailler à même la chair. La chair des mots. Je n'ai pas la prétention de toujours bien comprendre ce que me dit Paula Rotzen.

Il faisait froid. C'était tôt le matin, à l'heure où l'on sait que les premiers employés, aux stations Opéra et Chaussée-d'Antin, sont éjectés sur les trottoirs par essaims compacts. De Passy à Bercy, des nuages ventrus se bousculaient. Un seul coup d'œil là-haut suffisait pour savoir que cette journée serait un désastre.

La rue Séguier était un couloir semé de crottes de chien. Chaque époque fait ce qu'elle peut pour améliorer la qualité de la vie. Le tout est de n'y pas tremper sa semelle.

Les portes de chêne du lycée Fénelon étaient closes. J'imaginais cette espèce de couvent (tout lycée a une mine conventuelle) peuplé de bonnes sœurs redoutant ou espérant l'assaut des goliards et autres trotte-planète. Mais on ne voyait âme qui vive. Il était trop tôt. Nulle jeune fille bien mise et la bouche remplie de mots orduriers, comme on les fait aujourd'hui. Pas l'ombre d'un professeur à veste poudreuse, au cartable efflanqué, comme j'imaginais que devait être Marcel Jouhandeau remontant la rue de Passy à la rencontre de l'élève Démon.

Boulevard Saint-Germain. Changement de décor. Des foules de plus en plus denses affluaient vers les officines, les bureaux, les fringueries, les petits cafés minables et prétentieux. Moi, en sens inverse de ce dégorgement des masses. Descente dans le boyau; direction gare d'Austerlitz, changement à Jussieu. La ligne 10 n'a pas été rénovée. Caisses grises, ferraillant sur leurs rails. Ce n'est pas une ligne prestigieuse, mais travailleuse. Impression atroce. Partout des visages jaunes, fermés. Sur le quai, une main avait tracé : JE SORS DE PRISON. JE N'AI PAS DE TRAVAIL. Têtes lourdes, dodelinantes. Défilait le conduit crasseux, avec ses jets d'urine et de publicité. Une faible lumière jaune pénétrait dans les rames à chaque station. Des yeux s'ouvraient, clignaient, se refermaient. Ligne 7 maintenant. Petit Versailles souterrain. Bleu des voitures miroitantes dans le nirvana électrique. Elles s'approchaient, flottant sur le caoutchouc, s'arrêtaient dans un souffle de bête volante. Sur une affiche, parmi les graffiti, au

stylo-feutre noir : IL Y A 20 000 ANS VOS ANCÊTRES ETAIENT DES NOIRS.
A Vitry, je pris l'autobus. Les mêmes encres dégoulinaient des nuages. Embouteillages mous. Mains crispées sur les volants. Villeneuve-le-Roi. Avenue du Maréchal-Joffre, rue Lyautey, rue du Général-de-Gaulle. De l'utilité des guerres, des colonisations dans la toponymie urbaine. Aux frontières d'Ablon, des murs jaunes sortaient de l'ombre. Des lucarnes haut perchées où tremblotaient des néons mauves. Je pensai que j'aurais dû venir plus souvent. Entre les blocs de ciment gris jetés au sol comme des météorites (le bric-à-brac banlieusard), on apercevait des talus miteux peuplés de moineaux et de chats et, par-ci, par-là, un pavillon de meulière aux allures de gare de campagne. Par-dessus les toits, la coulée métallique, rassurante, de la Seine bouclée dans ses rives de ciment effritées. Couvrant le tout planait une mouette, et son cri exotique. L'enseigne ATELIERS ARCHER brillait en lettres rouges au ras du ciel lavé.

Arrivée du personnel. Hommes à gabardine et à casquette. Femmes entre deux âges, aux manteaux élimés, parapluie sous le bras ou dépassant du sac de ménage. Le portail, une ancienne mécanique attachée à deux piliers de brique, grinça. Je déclinai mon identité à la loge du concierge qui fit mine d'ôter sa casquette et dit : « J'avais bien reconnu Monsieur. »

Le gravier de la cour était d'une couleur indéfinie, quotidienne, celle des jours de travail. Je pris la bande de ciment qui menait aux bureaux de la direction. Sur une porte, au lieu de lire *Réception,* je lus *Déception.* J'entrouvris : c'était bourré de dossiers et de classeurs rangés sur des étagères de métal peint. Ici, autrefois, j'avais échangé de vagues caresses avec la petite Simone. Qu'était-elle devenue, Simone? Il me fallut faire effort pour me rappeler ses traits, sa voix... On avait enlevé les longues feuilles de verre qui servaient de toiture. Maintenant, sous des tuiles mécaniques, il y avait un plafond laqué de blanc.

Les ateliers se remplissaient, mais les bureaux étaient vides. Les employés administratifs avaient pris l'habitude d'arriver plusieurs minutes après les ouvriers et les ouvrières. Question de standing, sans doute. Seul le bureau de mademoiselle Lhéritier était éclairé. Je frappai à la porte et entrai. Mademoiselle Lhéritier déposait son renard roux dans l'armoire qu'elle réservait à cet usage exclusif. La mode des renards roux s'était éteinte depuis trente ans, mais elle ne semblait pas s'en être aperçue. Elle me salua et m'invita à m'asseoir. Nous nous félicitâmes mutuellement de notre extrême ponctualité. Elle me dit que je n'allais pas attendre longtemps monsieur Soan, qui avait d'ailleurs demandé à me voir dès mon arrivée. Elle prit des nouvelles de maman avec cette courtoisie professionnelle, froide et concertée, dont elle s'était fait une seconde nature. Après quoi, elle mit en marche les radiateurs électriques. Elle portait un tailleur de lainage vert à fines rayures blanches. Sa taille un peu débordante – quel était son âge? – était maintenue par une large ceinture de buffle dont l'élégance discutable avait sans doute pour objet d'en masquer la fonction orthopédique.

Toni Soan ne tarda pas. Le pas s'était alourdi, le visage aussi. Il donnait le change par un sourire de style juvénile, un serrement de mains d'une vigueur un peu trop appuyée. Mais il ne pouvait m'échapper que les joues s'étaient empâtées sous les yeux, et aux coins de la bouche. Il fit observer, sur un ton d'ironie, que nous ne nous étions pas rencontrés depuis longtemps et qu'il se réjouissait de ce que j'eusse répondu à son invitation. Que voulait-il? Que j'exprime des regrets? Me mettre d'emblée en situation d'infériorité? Je passai dans son bureau où le premier objet qui frappa mon regard fut l'écritoire de marbre sang de bœuf dont un coin était cassé. Toni Soan s'assit devant moi, droit dans son costume gris. Il posa ses deux mains sur le bureau. J'attendis. Il avait son visage sévère et paternel d'autrefois. J'eus envie de rire et de m'en aller. « J'ai des choses importantes à vous communiquer », me dit-il.

Il fut d'abord question des Ateliers Archer. Leur santé était des plus satisfaisantes. Bien placés sur plusieurs marchés nationaux et internationaux, ils étaient ce qu'il est convenu d'appeler une entreprise compétitive. Toni Soan ne s'attribuait pas le mérite de cette réussite. Il s'était contenté de gérer, comme il avait toujours agi, au mieux de nos intérêts à ma mère et à moi. S'il était intervenu en personne dans le domaine des améliorations techniques, il ne l'avait fait qu'avec l'aval d'ingénieurs qualifiés et des responsables de la comptabilité. Rien n'avait été laissé au hasard. Pas plus le changement de poste et de rémunération du modeste employé que d'autres décisions engageant l'avenir de la production, comme celle, récente, d'installer des machines informatisées à programmation pour la composition et le dessin des tissus. Il était conscient, ajouta-t-il sans transition, de ce que mes sentiments à son égard n'étaient plus ceux qu'il avait connus lorsque j'étais enfant. On ne pouvait rien contre ces choses-là. C'était la vie. C'était le temps.

Je manifestai mon accord avec cette façon de voir les choses. Il reconnaissait de bonne grâce que j'aurais eu des reproches à lui faire. Il désirait vider l'abcès avant de se retirer, car c'était de cela aussi qu'il était question. Il pensait avoir mérité quelques années de repos. La Vendée l'attendait. Côté griefs, il savait mieux que personne que sa tentative de paternité par délégation avait échoué. Il regrettait le temps où nous nous promenions dans les jardins du Luxembourg.

Avec maladresse, il en convenait, il avait voulu m'imposer la soumission à un ordre moral désuet. L'affaire de la petite Simone n'avait servi qu'à envenimer nos rapports. Entre lui et moi se trouvait mon père, et contre ce manque absolu, les stratagèmes, les tentatives de substitution étaient voués à l'échec. Enfin, il y avait eu ma mère et lui, et, entre eux, une aventure exceptionnelle dont il n'ignorait pas que j'avais souffert malgré l'extrême discrétion de leurs relations qui appartenaient, je devais l'admettre, à l'exercice de sa liberté et de celle de ma mère. Je songeai aux petites orgies du vendredi soir : pour la discrétion, on pouvait difficilement faire mieux. Là encore, les circonstances, la vie avaient décidé. Il désirait me parler d'homme à homme. Il avait adopté le ton de la conviction sereine. Les événements, la destinée... Les lois générales de l'existence qu'on découvrait en leur obéissant. Le vieux père prêcheur était de retour. Il ajouta que, pour ne pas abîmer le souvenir de cette aventure exceptionnelle, il n'avait plus fréquenté que des prostituées. Cela, au moins, ce n'était pas un mensonge. Je revoyais les paupières rougies de maman, j'entendais ses invectives contre les filles... Toni Soan me regardait droit dans les yeux. Parfois, sa main droite posée à plat devant lui se levait et allait jusqu'à son cœur, où elle restait appuyée quelques secondes. Ainsi s'exprimaient toutes les apparences de la vérité.

« Et vous, Philippe, qu'allez-vous faire ? »

Toni Soan avait tiré masqué. La botte était la question de la fin, le seul sujet de l'entretien, à vrai dire. D'abord, le vouvoiement appuyé, pour m'indiquer et la distance et les égards. Ménagements dus au vieux jeune homme qu'il s'agissait d'épingler une fois pour toutes dans la boîte aux papillons. Et mon prénom, dit avec la voix caressante d'autrefois. Un temps de silence, indéfiniment, puis :

« C'est une question difficile, n'est-ce pas? Mais il faut bien se la poser un jour ou l'autre, et lui apporter une réponse. »

Je choisis de jouer franc-jeu :

« Je n'ai pas la moindre idée de ce que je vais faire.

– Cela, au moins, ne veut pas dire que vous ayez l'intention de ne rien faire.

– Ni l'un, ni l'autre. »

Je le laissai méditer ma réponse sibylline.

« C'est très dommageable, oui, très dommageable. »

Il avait parlé à ma mère, et devait à la franchise nécessaire dans un entretien de ce genre de ne pas me le dissimuler. Elle ne lui avait pas laissé beaucoup d'illusions sur ma volonté de lui succéder. Là, il ne mentait pas, maman aurait bien voulu que je me montre à la hauteur et, en même temps, n'avait qu'une crainte : que je conduise notre fabrique à la banqueroute, au dépôt de bilan. Mais elle avait confiance que je saurais mesurer la noblesse et l'intérêt des lourdes charges du directeur d'entreprise. Il fallait encore tenir compte des joies qu'apportait la réussite. Mon avenir et celui des Ateliers étaient entre mes mains. Bien entendu, et quoi que ce ne fût sans doute pas la solution à envisager en premier lieu, il était possible de recruter un nouveau gestionnaire diplômé. Toni Soan s'était attaché à la maison Archer, à ses intérêts, et il en était fier, à la façon d'un bon serviteur. Il n'avait fait qu'obéir à mon père, en somme. Enfin, il était convaincu que les apparences étaient trompeuses en ce qui me concernait. Je m'étais raidi, craignant les ingérences, les trappes sournoises sous mes pas. Comme je laissais une fois de plus le silence s'installer, il donna quelques signes de nervosité et m'accusa de ne pas être commode, de n'y pas mettre du mien. Mes capacités n'étaient pas en cause, il avait suivi mes études et connaissait ma valeur. Ce qu'il y avait? Un blocage peut-être. Une paralysie momentanée du sens du devoir. Nouveau silence. Je ne lui donnai aucune prise. Il était prêt, bien entendu, à me mettre au courant de tout avant de se retirer. Il ne me demandait pas de réponse immédiate. Je plaçai mon attaque à ce moment :

« Mon père vous a-t-il chargé lui-même de me faire ces propositions? L'avez-vous vu récemment? Comment est-il? Pourquoi ne se déplace-t-il pas? Pourquoi n'écrit-il pas? Ne vient-il pas? Pourquoi ne me demande-t-il pas d'aller le rencontrer là où il est? Et d'ailleurs, où est-il? Où se cache-t-il? Est-ce de la lâcheté? Est-il victime d'un empêchement? Est-il encore en vie? J'aimerais lui apprendre moi-même que je n'ai aucun goût pour les affaires, que je ne fais rien de ma vie et ne veux rien en faire. Que ma tête est occupée à des choses sans importance. Et vous, Toni Soan, pourquoi vous contractez-vous? Pourquoi êtes-vous soudain sur la défensive? Que voulez-vous? Qu'avez-vous tenté en m'appelant ici? Qu'espérez-vous de moi? »

Dans l'émotion et la colère, les mots se pressaient en rafales dans ma gorge. Il s'était levé, s'était approché de moi. Non, je me trompais. Il ne voulait rien. Il n'avait rien tenté à travers moi. Il avouait qu'il avait donné satisfaction à ma mère en organisant cet entretien. Je n'avais aucune obligation. Je devais prendre le temps de la réflexion. Les questions matérielles finissaient toujours par trouver leur solution. Au sujet de mon père, il ne lui était pas interdit de m'apprendre qu'il était vivant. Pour le reste, il était tenu au devoir de discrétion.

« Où est-il? »

Il pâlit et se déplaça, avec l'intention visible de mettre fin à la conversation. Il m'assura que je perdrais mon temps à chercher ce lieu, cette maison qui d'ailleurs n'existait plus et ne figurait dans aucun annuaire. Il ne pouvait m'en dire davantage.

Il mit à ma disposition une voiture de fonction. Je me fis déposer à la porte d'Orléans.

Il faut marcher. Tout marche autour de moi. Les passants, les employés, les ouvriers, les Parisiens. La pensée qui jamais ne repose. Que jamais je ne rejoins. La pensée de ma vie. Guère satisfaisante. Destin? Ecoulement insignifiant. D'un destin l'opposé. Mais tout marche.

Je marche avec le tout. Pris, englué dans la gangue des murs noircis, dans la masse molle de l'air pollué. Le tout, moi avec lui, imparablement s'avance. Mouvement tourbillonnaire, fourmilleur, inframoléculaire et protonique des êtres humains dans la cité. Pure illusion. Question de perspective. Depuis longtemps (très exactement depuis le 28 décembre 1895, jour où eut lieu la première projection cinématographique au Grand Café, boulevard des Capucines), on s'est habitué à observer ce branle brownien à travers la lunette rectangulaire de l'écran. Sous forme de reflet aplati et mobile. Mais l'image est fausse. C'est une abstraction qui, même en mouvement, fixe la vie, la réduit. La circulation vraie, l'impulsion sans faille, les grandes manœuvres de l'individu et de la foule ne peuvent être saisies par l'œil de verre de la caméra, même aidé et soutenu par les techniques du travelling, de la plongée avant, du contrechamp et de la prise de vues sous les eaux limpides des mers tropicales... Elles ne peuvent surtout pas être restituées par la projection sur écran plat, aux dimensions arbitrairement fixées, dans une salle baignant dans l'obscurité entre telle et telle heure, selon les exigences de la rentabilité commerciale. La durée moyenne du film moyen n'a pas été fixée par hasard à une heure trente. Au-delà, l'attention moyenne du cinéphile moyen ne peut être ranimée que moyennant l'octroi d'une récréation appelée entracte, de rafraîchissements, de bonbons, de sandwiches et de bavardages cinéphilotechniques. La circulation vraie, l'impulsion sans faille, les grandes manœuvres de l'individu dans la foule ne sont perçues dans leurs vivantes vérités, leurs quatre dimensions (trois habituelles plus le temps) et leur sinistre et palpable épaisseur que dans l'exercice épuisant de la marche de l'individu et du tout liés, ensemble immergés dans la cadence, la compacité tautologique du tout et de l'un passant d'une seconde à la suivante, d'une microseconde à la suivante... Pas étonnant qu'à force de tout regarder dans la lunette aplatissante et réductrice tout semble tourner (on tourne les films, n'est-ce pas?) et inlassablement se mordre la queue, de sorte qu'il est impossible d'en voir la fin. La fin de tout.

Pas d'autre solution. Je marche. Je me déplace. Je vais d'un point à un autre, pas toujours par le plus court chemin, et les autres avec moi. Les autres. Connus. Inconnus. Tous dans cette vraie dimension qu'on veut aplatir, sur le sentier fuyant que les poètes appellent destin, et que d'autres disent être leur simple, inégale et soluble existence.

Il pleut. Bientôt décembre. Le trottoir est lisse, impénétrable et miroitant. Il coule lui aussi sur toute sa longueur. Avenue du Général-Leclerc. Derrière moi j'ai laissé la place Victor-Basch, confluence d'avenues où éclate le chancre de l'église Saint-Pierre (chancre architectural, veux-je dire), comme si de ma vie je ne devais repasser par là. Etrange impression de dernière fois, inexplicable, dépourvue de toute causalité, mais comme il m'arrive souvent lorsque je rencontre de jolies passantes, inconnues connues à qui je dérobe un geste, un regard furtif, un éclat d'œil ou de dent, un froncement des lèvres, un haussement du sourcil, et sans qu'elles paraissent en prendre conscience. Peut-être vrai. Peut-être faux. Il faut jouer le jeu, marcher. Tout le monde joue. Et lorsqu'elles sont passées, je ne me retourne pas. Je les éloigne de moi plutôt qu'elles ne s'éloignent. C'est une mise au tombeau. Drôles de plaisirs, mais plaisirs tout de même! Cette rage idiote de se croire le seul à éprouver tel ou tel sentiment, fût-il quintessence du sentiment! Bon. C'est comme ça. Je ne comprends pas. C'est ainsi que j'éprouve le mouvement de mon être misérable, lié, soudé à l'être de l'univers. Mon être infime est mouvement dans le mouvement, et voilà... Mais l'image que je préfère (non enfermée dans un rectangle blanc) est celle, vivante, balancée de séduction féminine menacée, de la ville. Tout ici est image. La ville est un corps de femmelle qui se pare avec deux *m*. Il n'a que cela, ses parures. Il obéit, fidèle, aux modes successives. Sous son apparente frivolité, il est la plus fragile création des hommes.

Il pleut. Je ne suis pas seul à marcher. Déjà le bas du boulevard Saint-Michel tant de fois arpenté. Près de chez moi où Ginette Lacaze (qui est Ginette Lacaze?) repose, solitaire, dans son appartement du quai des Grands-Augustins. Il fait grand jour encore, un grand jour humide et froid. Elle dort, son fils marche et tourne dans les rues voisines. Il ne sait où aller. Il entre dans son sommeil. (Mais qui est son fils?) La ville s'engourdit dans cette circulation de l'éveil au rêve : c'est cela sa vie, un rêve éveillé, songe de poupées et de falbalas. De ces poupées, les unes travaillent, les autres jouissent. Puis le mouvement s'inverse, celles qui jouissaient s'appliquant à des travaux en apparence utiles, celles qui travaillaient se mettant à jouir de l'atroce souffrance qu'est le plaisir de soi-même, dans ce temps impalpable qu'elles appellent loisirs, congés, vacances, fêtes nationales, fêtes du travail (celles où la confusion atteint le comble de la cruauté), week-ends, croisières, promenades dominicales...

A moins qu'elles ne continuent de jouir à proportion exacte de leur autre peine, le travail qui les nourrit. On ne comprend bien ces choses que lorsque, comme moi, l'on mène une existence de rentier, lorsque l'on bénéficie du recul qui permet de juger.

Non, je ne suis pas seul. La ville est là, qui marche sur elle-même. On y rentre comme dans un moulin. On en sort de même. Le grand corps frivole respire. Pompe aspirante et refoulante. On la fuit davantage, dit-on. Pourtant, on y réserve sa concession, sa niche au columbarium pour n'être plus jamais seul, pour être bien au chaud, pris dans la multitude honteusement chaleureuse des poupées travaillantes et jouissantes. Il pleut. Il ne cessera plus de pleuvoir jusqu'au prochain printemps. C'est une impression, et ici on ne peut vivre que d'impressions. Il pleut tellement que le fleuve a débordé. Son odeur imprègne l'air qu'on respire, ce que je remarque à l'instant où je passe sous mes propres fenêtres aux volets fermés. Je reconnais leur peinture écaillée, les traînées de crasse sous les têtes de bergères. Me vient cette pensée incongrue, révoltante et délicieuse, qu'ils sont pareils à ceux des immeubles attenants, et à mille autres, indiscernables en tout cas de leurs voisins immédiats, ceux de Ginette Lacaze.

J'ai envie de crier : « Ginette Lacaze, réveille-toi. Lève-toi, viens avec moi. Cesse de vieillir, de mourir. Redeviens cette jeune fille, puis cette enfant des photos. Cesse ce sale jeu qui consiste à me donner des peurs mortelles. Si tu voulais, tu pourrais t'extirper du tout en marche, tu plongerais dans la fontaine polie où le muscle redevient souple et ferme, l'œil brillant et le cheveu lumineux. Je serais séduit, sauvé. Mais tu ne le veux pas. Ginette Lacaze, vas-tu sortir de là ? Pourquoi ne viens-tu pas à mon secours ? »

Je ne crie pas. On se retournerait. On appellerait Police secours. De nos jours, les insensés ne sont pas tolérés. On les soupçonne de menées violentes et puis, on ne supporte pas le bruit. Surtout le bruit de la souffrance. A l'égal du silence de la mort, que l'on ne veut pas entendre non plus. Alors, pour les déments, c'est Marmottan. Perret-Vaucluze. C'est où vous voudrez, mais pas chez nous. Pas dans cette ville. Surtout pas ici. Comme je n'ai pas l'intention de défigurer le paysage de notre belle cité déjà si menacée par toute cette pluie, ce coton sale et humide qui l'enveloppe depuis le matin, je me tais. Je marche le long du fleuve. Derrière moi je laisse cette jolie passante, connue inconnue, Ginette Lacaze, épuisée de m'avoir parlé toute la nuit.

Reste le fleuve. Le fil conducteur. Sa lame plate et grise tranche la vallée citadine. Vue d'ici, elle est rectiligne. Du ras du sol, où je suis, on ne peut apprécier les courbes et les méandres qu'elle fait en réalité. Elle tranche le corps de la cité comme le sillon tranche le sexe féminin. Bien sûr, et quoi qu'on en ait de l'image, elle est d'une saleté repoussante, avec toutes les apparences de la propreté. C'est une lame d'acier. De cet acier mort d'aujourd'hui, dont on fait le fer à béton, les batteries de cuisine, les carrosseries des automobiles. Je marche à l'unisson du tout où je suis plongé et ferme les yeux sur cette misère. Je l'imagine autrement, autremonde : sous une fin d'automne, ses deux rives bordées de feuillages rougeoyants. Le roux et le brun se reflètent dans ses eaux. Je m'arrête. Je contemple son sexe ouvert où coule un sang annuel. Dans un vertige, le paysage s'éploie sous le ciel, se replace lui-même dans l'ensemble de l'un et du tout, dans le frétillement de la genèse citadine : il donne naissance et vie aux poissons d'abord, et aux oiseaux, aux renards, aux rats, aux biches, aux poules d'eau, puis aux barques, aux pêcheurs... Vient le printemps. Le rouge sanglant des feuilles s'est éteint. Vient le vert tendre et cru. Viennent les chasseurs, et derrière eux les ponts de bois, les bittes d'amarrage, les moulins à aubes, les demeures fragiles, puis les premières maisons de pierre dont les pieds trempent encore dans la boue, les rues fangeuses que l'on pave, la foule des promeneurs, archivistes, prospecteurs, prostituées et banquiers (un certain Law, prononcez comme hélas, hélas!), les trottins, les dentellières, les sergents de ville, puis les premiers palais où les rois, naïfs, pensaient vivre heureux au milieu de leur peuple, les places à roue et à guillotine, les gares, les usines, les aéroports, les H.L.M... Tout cela entre dans le branle universel, se répand autour du sexe que chacun peut regarder à loisir, pour peu qu'il le désire et n'ait pas honte de son désir.

A l'entrée du quai d'Orsay, j'ouvre les yeux. Je retrouve la lame froide accordée aux trottoirs, à la chaussée lisse, au ciel de bourre infecte. Pour étancher le sang, la tristesse. Dans la première cabine téléphonique j'appellerai Paula Rotzen.

J'avais sonné. Reconnu son pas sur la moquette du couloir. Paula Rotzen se déplace légèrement, effleurant l'air, les meubles, comme les chats. Elle m'avait ouvert.

J'étais trempé de ma traversée parisienne, jusqu'aux os. Son corps m'était apparu mince, dans l'encadrement de la porte. La flexible minceur : particularité de Paula Rotzen, si différente de tant de jeunes filles d'aujourd'hui que l'abus de nourriture et d'exercices sportifs a rendues difformes.

« Un vrai naufrage. » Puis, salutation d'usage : « Bénis, trois fois bénis soient votre père et votre mère qui vous ont faite telle que je vous vois. »

Elle sourit. Il avait fallu s'affairer aux premières tâches de renflouement. L'eau, de mes cheveux et de mes vêtements, perlait sur le tapis. Après le déshabillage et le passage sous le séchoir électrique de la salle de bains, je m'étais allongé sur le tapis du studio.

« Je ne vous dérange pas, j'espère ?
– Vous ne me dérangez jamais. »

C'était un tapis de haute laine couleur de sable, semé de fins ajoncs sur son pourtour. J'y étais comme dans le lit asséché d'une rivière. Mes deux bouddhas me regardaient avec des mines énigmatiques. Je m'étais recouvert entièrement du dessus-de-lit, un rectangle de laine et de soie où dominaient le vert et le roux, conscient d'avoir introduit mon désordre essentiel dans le monde mesuré et clair de Paula Rotzen.

Elle n'écrivait pas à ce moment. Impuissance passagère. Pour meubler l'attente, elle avait lavé tout son linge. Une manière comme une autre de tuer dans l'œuf cette angoisse des heures vides. J'exagérais, en agissant comme je faisais, ou plutôt en n'agissant pas comme je l'aurais dû. Tout autre que moi eût trouvé au moins quatre mots agréables pour se faire accorder l'hospitalité. Il eût louangé la beauté de l'hôtesse. Il eût remarqué l'éclat de son regard à l'instant où elle le découvrait, battu de pluie et de vent, sur son palier, et il se fût enchanté du grain si fin de la peau de ses bras qu'elle n'avait pas passés autour de son cou... Tout autre que moi, depuis Homère. Quelle rage de tirer un trait sur trente siècles de civilité!

Paula portait un peignoir de bain sans manches et de couleur mauve. Ses yeux bruns, dans le contre-jour, avaient des lueurs d'eaux profondes. Une clarté venue du centre des globes oculaires. Sa chevelure sans entraves (pas de bigoudis, d'élastiques, de barrettes, de rubans) se répandait jusque dans l'échancrure du peignoir, avec une grâce trop fluminienne pour ne pas exercer sur moi une persistante fascination. D'abord, j'avais reconnu mes torts : ne pas m'être manifesté depuis plus de huit jours, me présenter presque à l'improviste, avec des allures de vagabond et dans un état qui rendait le sauvetage obligatoire... Paula n'était pas capable de ressentiment. Elle jouait des mots parlés comme des mots écrits, de la tendre voix du faux reproche et de la complicité :

« Avez-vous encore froid ?
— Non, plus maintenant, avec le dessus-de-lit.
— Vos vêtements ne seront pas secs avant le milieu de la nuit.
— J'attendrai. On est bien chez vous.
— Avez-vous sommeil ?
— Non, pas vraiment. »

J'avais regardé le plafond blanc. Il était décoré en son centre d'une rosace alambiquée, une sorte de double conque dans laquelle un petit Eros piquait de sa flèche une Psyché aux seins blêmes. Son périmètre était souligné d'une frise mince, trop grêle quand on la rapportait au motif central, ouverte aux quatre coins par des coquilles en forme d'éventail. Il ressemblait à une plage figée dans les neiges de l'écume. La porte-fenêtre, dont je n'apercevais que la partie supérieure, laissait entrer le jour grisaillé qui, filtré par un fin rideau de mousseline, se transformait magiquement en lumière dorée recueillie et réfléchie par le papier vert pastel des murs.

Paula s'était gardée d'encombrer son studio. Outre le lit bas, il y avait une commode de palissandre clair dans laquelle elle rangeait son linge. Chaque tiroir de cette commode était pourvu d'un bouton de cuivre brillant. Au-dessus traînaient quelques livres, mais le gros de sa bibliothèque était sur de hauts rayons dans l'entrée. La cuisine était étroite, contiguë à la salle de bains. Avec le fourneau et le réfrigérateur, elle était meublée d'une table ronde et de deux chaises de paille. Pour écrire, Paula utilisait de petits carnets à couverture cartonnée et s'asseyait sur son lit dans la position du tailleur.

Elle s'était allongée à ma gauche, entre le lit et moi. Nous

nous taisions. Rien ne semblait nous manquer. Les yeux clos, je rêvai un instant au tapis de sable semé d'ajoncs et à la lumière, pour moi presque surnaturelle, de cet appartement qui m'apparaissait comme hors du temps en dépit des seuls bruits audibles, nos respirations superposées à la rumeur continue du boulevard Pereire. Paula Rotzen avait la première rompu ce silence imparfait :
« Votre mère ?
– J'imagine qu'elle dort, ou qu'elle lit. Nous avons parlé jusqu'au petit matin, la nuit dernière.
– Parlé ?
– Oui. Elle surtout.
– Pourquoi elle ? Vous n'aviez rien à lui dire ?
– Non, rien.
– Et elle, qu'avait-elle à vous dire ?
– Elle m'a raconté des choses de son enfance, de celles qu'on appelle des souvenirs. Et d'autres plus récentes, qui concernent mon père. Mais je n'ai rien appris, ou peu de chose.
– Que vouliez-vous savoir de plus ?
– Je ne sais pas. Je cherche. J'ignore ce que je pourrais découvrir, et s'il y a même matière à découverte. Peut-être le hasard est-il le seul maître, ou la seule cause, de cette vieille histoire.
– Moi, je vous ferai rencontrer mon père. Il pourra, je le sais, vous aider.
– Votre père ?
– Il donne une fête, dans deux jours, et vous êtes invité. Il sera très heureux de vous connaître... »
Nos voix très basses, nos corps étendus n'eussent pas été reconnaissables. Pourtant, c'étaient nos voix et nos corps, et nous, nous étions comme des complices, ou de jeunes amants consanguins jouant on ne savait trop quels rôles dans un film de Marguerite Duras. J'étais heureux et de trouver la paix dans ce lieu retiré et d'être invité par Paula à une fête tout ce qu'il y a de profane, improvisée selon la fantaisie de son père, hors des contraintes du calendrier. J'avais senti le grain laineux du tapis aux ajoncs s'incruster dans mes épaules. Nous avions eu chaud. Paula avait dénoué sa ceinture, entrouvert le peignoir mauve. Je voyais la courbe enchaînée de sa

poitrine, de son ventre, de ses cuisses. Ma main avait parcouru ce chemin de collines, s'était posée sur la toison. Paula avait murmuré : « Laissez-la, ne bougez pas. » Puis : « Non, pas maintenant. »
La nuit était tombée sur Paris. Nous avions fini par glisser dans le sommeil, sommeil léger qui s'estompa sur le coup de minuit. Nous étions affamés. Il y avait du cidre et on pouvait fabriquer une omelette. Je téléphonai à maman qui, bien entendu, après avoir dormi toute la journée, ne pouvait fermer l'œil. Je lui avais expliqué que je ne rentrerais pas cette nuit-là. Elle le prit très bien. Après notre repas impromptu, Paula Rotzen me lut des haïkaï de Buson. Celui-ci, surtout, m'est resté en mémoire :

> *Un rat tombe*
> *Dans le baquet d'eau*
> *Froide est la nuit*

Puis, dans le lit cette fois, nus l'un contre l'autre, nous avions passé la nuit en frère et sœur.

Plongée dans l'écume de cette nuit. Il doit être quatre heures. Pelotonnée, elle respire, tournée vers moi. Son souffle frôle mon avant-bras. Souffle violet, à la tranquille persévérance. L'insomnie a ceci de commun avec le sommeil qu'elle efface les frontières : plus de dedans, plus de dehors. Plus de lieux même : tous les lieux possibles. Plus d'idées. Plus d'organisation de la pensée. Divagation des chiens du rêve à portée de fusil de la raison. Mais le coup ne part pas. Nous dormons finalement, l'un près de l'autre.
La ville s'est tue. Dans l'ombre, c'est comme si je la voyais. J'avance dans telle rue, sur telle place. Je reviens sur mes pas. Je m'arrête. Je passe d'une maison à l'autre, d'une rue à l'autre, d'un quartier à l'autre, d'un arrondissement, d'une rive à... et l'idée se fait claire maintenant, et évidente : je suis, comme tout un chacun, en perpétuel déplacement sur les cases d'un gigantesque jeu de l'oie. Le

pont : rendez-vous à la case 12. L'hôtellerie : vous y passez la nuit. Le puits : restez-y ou faites un 6. L'escalier : vous vous êtes cassé le col du fémur, à votre âge ?... Le labyrinthe : la ville, vous tournez en rond, vous tournez en rond. La prison : nul n'est censé ignorer la loi. Le tombeau : retournez au départ. Le château de l'oie : vous êtes sauvé, l'ogre vous mangera. Etrange jeu, absurde jeu, où tout dépend du dé que l'on vous a mis dans la main pour mieux vous tromper.

Le souffle s'est déplacé. Il touche, fluide, le bout de mes doigts. Je me demande si j'ai mérité ce plaisir paisible, qui semble devoir durer toujours. Je n'éprouve même pas l'inquiétude que cette question éveillerait en moi si j'avais les yeux ouverts. Paula Rotzen dort et respire dans sa nuit, une nuit plus large où la mienne est incluse. En a-t-elle conscience ?

Dans la main ouverte de la ville marchent les hommes. De tout temps ils ont déambulé entre ses murs, sous les fenêtres aveugles. Ils vont à leurs tâches violentes et ignobles. Vol. Guet-apens. Viol. Egorgement. Pose de bombes. Tortures au fond des caves. Ce sont leurs bonnes œuvres de la nuit, depuis toujours dans ma mémoire. Travaux farouches encore : résistances. Le Héros est présent à tous les carrefours. L'imaginaire, dans ma tête, le dispute à de maigres souvenirs. Les murs s'écartent et révèlent le temps. Ils ouvrent le temps.

Le Héros était-il souriant ? Peut-être ne l'était-il pas. Peut-être ressemblait-il à l'époque qui ne l'était guère : pluie, murs noirs et guérites protégées par des sacs de sable à chaque portail de ministère. Soldats au visage fermé, au visage gêné dans la dernière boucherie archaïque du siècle. Surtout, de très beaux hivers, et si froids avec leur neige parfaite, comme on ne les imagine que dans les légendes russes ou nordiques. De non moins superbes printemps, avec lilas et mimosas, ces fleurs passées de mode. Le Héros devait porter en lui toute cette pluie, et ces soldats, et cette neige, et ces fleurs.

Il marche, lui aussi, dans le souvenir, comme le souvenir marche en moi. Là-haut, dans le salon, derrière ma fenêtre, je guette son départ pour les besognes de ténèbres. Je me précipite au carreau dès que la clef tourne dans la serrure. Maman actionne le verrou supérieur, puis l'inférieur. Je regarde de tous mes yeux le quai désert. J'attends. Je compte les secondes. Il traverse enfin : son raglan et son chapeau sont du même gris incertain de ce temps-là. Il s'accorde à l'époque, se fond dans sa grisaille générale et sa brume. Couvre-feu : interdit magique qu'il transgresse froidement. Il marche, Poucet le Héros, à pas serrés et rapides, parce que ce n'est pas un homme de grande taille. Cela me fait peur aussi qu'il ne soit ni un athlète ni un géant. Ce sont des hommes très grands, incroyablement grands, qui descendent des automitrailleuses à croix gammée. J'ai confiance pourtant. Il se dégage de sa personne une telle assurance. Affectée ? Je devine sa fragilité. S'ils le prenaient et le torturaient... J'en ai les larmes aux yeux. Il mourrait, bien sûr, sous les couteaux, sous les barres de fer. Il ne parlerait pas. Ils lui briseraient les dents, mais il ne parlerait pas. Déjà il s'éloigne sur le trottoir opposé, se dissout dans la nuit. Et ses pas résonnent dans ma tête, comme si j'allais à ses côtés, comme si...

Paula Rotzen s'est tournée. Mouvements inexplicables des chairs suivant ceux d'une pensée, ou d'un songe, dont on n'a aucun souvenir au réveil. Elle est couchée sur le dos. Ses bras sont sagement alignés le long de son corps. Elle a poussé un soupir. Son souffle s'est remis à courir, plat, inlassable. De son visage je connais la moindre aspérité et jusqu'à ces petites imperfections qui me le rendent unique. Dans le sommeil il n'est pas effleuré par le plus fugace tressaillement. C'est un visage de gisant. Pierre et sommeil. Je pense : elle pourrait être morte. Puis j'écarte cette idée et me la reproche comme une méchanceté.

La nuit va finir. Les pensées mortifères s'effacent, comme d'habitude, difficilement. Dans le branle-bas de mes agitations nocturnes, une voix finit par me dire quelque chose. Evidemment, je n'y comprends rien, et le bouillonnement incontrôlable reprend le dessus. J'ai la conviction que je suis fou, que je ne suis rien, ni personne, ni grand-chose, et peu désireux de devenir quelque chose, quelqu'un ou grand-chose. Ces certitudes déprimantes me donnent sans doute un visage d'assassin.

Un visage d'assassin peut n'être que celui de l'homme qui dort mal.

La lumière interstitielle du boulevard Pereire, le roulement gélatineux du premier autobus ont gommé le souffle de Paula Rotzen. Je pourrais croire que mes pensées absurdes se sont réalisées. J'effectue un quart de tour sur la gauche et pose ma main sur son avant-bras. J'éprouve la chaleur de sa vie, la réalité du matin.

Paula Rotzen avait garé son Austin dans une rue étroite de l'île Saint-Louis.

« Vous verrez, mon père est très gentil. »

Elle percevait chez moi une sorte d'incertitude peureuse. C'était voir juste. Inutile d'essayer de la duper en lui demandant, par exemple, d'un air innocent, ce qu'elle se figurait de mes pensées au sujet de son père. J'y allai de ma piètre explication : « Vous savez que je ne suis pas à l'aise avec les pères. » Réponse à bout portant : « Vous n'êtes à l'aise avec personne, Philippe. Il va falloir vous habituer. »

Nous étions à la pointe des eaux fuyantes. Pendant que Paula pianotait sur le décodeur de l'immeuble, je me disais qu'il n'était pas indispensable que je participe à cette fête. Nous n'étions pas encore dans l'entrée que je me donnais de mauvaises raisons pour faire demi-tour : d'abord, qui étais-je pour qu'on m'invitât? A quel titre? L'ami de Paula, certes, mais depuis peu de temps. Non, je n'avais aucun motif pour m'immiscer dans l'existence de sa famille, laquelle aurait toutes les raisons, elle, de ne m'accorder que l'attention polie et sans conséquence que les juifs réservent aux goys de mon espèce. La peur peut rendre stupide, et injuste, mais elle reste la peur. Un dernier coup d'œil au ciel gris et rose, la remontée, comme bulles du fond des eaux mortes, de quelques réflexions antisémites entendues autrefois dans la bouche de maman, tout contribuait à ce qu'un étrange malaise, étrange parce que violemment ressenti, mais invisible, s'emparât de moi. In extremis, j'avais pensé à mon père. C'était lui qui, au fond, m'avait fait accepter l'invitation de Paula. J'étais ici pour lui d'abord. L'ascenseur montait vite. Je me reprochai mon inconséquence. Je me demandai quel genre d'homme j'étais, si peu en état d'accomplir naturellement les actes ordinaires et simples de la vie. Peut-être n'avais-je aucune raison particulière d'exister. Mais le fait était là, et bien sûr je n'en éprouvais aucune fierté. Nous étions sur le palier. Le contentement de vivre était un sentiment légitime que j'aurais dû éprouver. Mais je n'en étais pas capable. J'avais les apparences du plus grand calme et du contrôle de moi lorsque s'était ouverte la porte des Rotzen.

Il régnait dans l'appartement une brillante atmosphère de raout. Le bruit des voix, inaudible du palier, se faisait tonitruant dès l'entrée dans les lieux. Cela tenait à la foule rassemblée dans un espace restreint. Les deux portemanteaux, de part et d'autre de la porte du salon, étaient surchargés de capes et de chapeaux qui leur donnaient des allures d'animaux fabuleux et bigarrés. Celui qui nous avait ouvert était un jeune homme de grande taille, il s'était penché sur Paula et l'avait embrassée avec effusion. Il était aussi blond qu'elle était brune.

« Mon frère, Nicolas. »

« Nicolas, voici Philippe. »

J'eus droit à un serrement de mains d'une sportive énergie. Dans le salon on était ébloui par les feux éclatés de trois lustres de cristal. Trop de lumière, mais aussi un agglomérat luxueux de visages, de corps et de bruits de conversation. Paula me poussait devant elle. De loin, j'aperçus le buffet installé sous le lustre central et d'abondance garni de mets multicolores. Des bras invisibles, comme dans une énorme baratte, y conduisaient, en un incessant carrousel, des essaims d'invités, les en éloignaient et les y ramenaient. Nous progressions dans le magma humain selon les lois insaisissables du mouvement des particules. Paula Rotzen saluait au passage des personnes qui semblaient la connaître. Parfois, elle me présentait. Je serrais subrepticement les doigts de messieurs, âgés pour la plupart, parfois ceux de leurs femmes, en m'efforçant de ne pas renverser leurs assiettes de petits fours. Certains souriaient à mon visage inconnu qui souriait à son tour. Des bouches se tortillaient une seconde pour laisser échapper une formule de politesse convenue à laquelle je répondais par une formule de politesse factice. D'autres émettaient, parce que pleines ou occupées à de longues mastications, un bredouillement que j'étais censé interpréter à mon avantage. D'inconnu en inconnue, de groupe en groupe, nous avions traversé le salon dans toute sa longueur. Nous avions aussi contourné des îlots inaccessibles, soit parce que les cénacles qui les composaient étaient impénétrables, soit qu'ils étaient formés de ces gens dont on devine que le plaisir unique est de clore sans cesse le cercle limité de leurs amis choisis.

Le père de Paula avait réuni autour de lui quelques amis. C'était un homme corpulent qui, d'une voix retentissante, déchaînait les rires d'un chœur de courtisans en leur racontant des histoires juives, de ces histoires où Salomon ou Moshé toujours se tirent à leur avantage des pièges que leur tend la malice ou l'intérêt. Celle qui déclenchait une vague d'hilarité était la suivante, de toute évidence venue des anciennes communautés de Pologne ou de Galicie : « Un jour Abraham se rend chez son ami Moshé et lui demande de lui prêter son âne. " Et pourquoi veux-tu mon âne? lui répond Moshé. – Je le voudrais pour aller à la foire, dit Abraham. – C'est malheureusement impossible, Abraham : mon âne est aux champs. S'il était ici, je te l'aurais prêté avec grand plaisir. " A peine a-t-il achevé de parler que l'on entend l'âne braire avec force dans l'étable voisine. " Tiens, dit Abraham, c'est bizarre : ton âne est aux champs et on l'entend braire ici! – Je n'aurais jamais cru, rétorque Moshé offensé, que tu avais plus confiance en l'âne qu'en moi! " » Paula avait applaudi à la bonne histoire, qu'elle connaissait sans doute. Son père en raconta d'autres, obtenant à chacune un véritable succès. Tout ce qui m'était familier chez Paula, le front allongé, les yeux bordés de cils noirs recourbés, les lèvres rouges et plutôt charnues, je le retrouvais sur le visage de cet homme débordant de vitalité. A notre arrivée le chœur s'était ouvert. Des mains s'étaient tendues. Il y eut une accalmie au cours de laquelle Paula me présenta. Son père se leva et me salua si chaleureusement que, pour la première fois, je cessai d'éprouver ma présence à cette soirée comme une incongruité.

Il avait passé son bras autour de mes épaules pour m'entraîner vers le buffet. En homme bon et expérimenté, il essayait de me mettre à mon aise, comme on dit : « Monsieur Archer, je vous mentirais si je vous disais que vous êtes un inconnu pour moi. Ma fille Paula nous a parlé de vous, et plus d'une fois. J'ai cependant grand plaisir à vous rencontrer en personne... Venez, je vais vous présenter à nos amis, et à ma femme. » Nous avions d'abord fait halte auprès d'un fauteuil où pérorait une vieille dame couverte de bijoux et à l'accent russe. Plus loin était un noyau d'artistes peintres non moins antiques. Ils échangeaient des recettes techniques mêlées de plaisanteries d'artistes peintres, c'est-à-dire d'une bêtise consternante. « Une autre raison pour laquelle vous n'êtes pas tout à fait un étranger, c'est que j'ai bien connu votre père à une certaine époque, Paula vous l'a peut-être dit... Oui, c'était à ces moments terribles de la guerre. Vous en aurez conservé quelques souvenirs. Je vous parlerai de lui, si vous le désirez. Je dois avouer qu'il y a entre Charles Evariste et vous plus que de la ressemblance... Vous êtes plus grand que lui, mais c'est la même expression du visage, surtout lorsque vous êtes sérieux et attentif. C'est vraiment frappant. Myriam ! Myriam !... »

Il s'animait tout en parlant. Nous progressions vers le buffet.

« Myriam est ma femme. Elle aussi sera enchantée de faire votre connaissance. Venez, suivez-moi. »

Il fallut écarter un dernier rideau de convives.

La mère de Paula était occupée à transvaser des boissons multicolores dans des verres à cocktail. C'était une femme grande et droite. A l'appel de son mari, elle avait levé la tête, qu'elle avait noble et belle en dépit de l'âge. Je pensai aussitôt qu'elle avait été une jeune fille d'une beauté exceptionnelle.

« Myriam (il l'avait prise par le bras), te souviens-tu de Charles Evariste ? Eh bien, voici son fils, Philippe. » Nous avions échangé les civilités d'usage et pour ma part, j'avais tenté de ne pas me montrer trop emprunté. Elle se souvenait de Charles Evariste, qu'elle regrettait de n'avoir pas revu depuis la guerre. Cette époque répugnante avait bouleversé la vie de mille façons imprévisibles. On ne pouvait savoir ce que la guerre avait fait. Les uns avaient été exterminés, anéantis. Les autres avaient disparu, dont on ignorerait probablement toujours s'ils étaient encore en vie, quelque part sur la planète. Les uns étaient restés bons, ou l'étaient devenus. D'autres étaient restés mauvais, ou l'étaient devenus. On ne pouvait porter de jugement sur personne sans risquer soi-même de se montrer injuste. Je comprenais ce qu'elle voulait me dire à demi-mot dans le brouhaha du salon. Il émanait de toute sa personne une grande bonté. J'en eus une autre preuve lorsqu'elle me demanda de venir plus souvent puisque je m'étais lié à sa fille, m'épargnant ainsi la désagréable impression de ne participer à cette fête qu'à titre de relation trouble. Elle me tendit une main lisse, sans autre ornement qu'au poignet un fragile anneau de platine. J'eus un instant l'envie de la porter à mes lèvres, mais je me contentai de la serrer, plus par timidité que par conformité aux mœurs sans grâce de notre temps.

« Venez. » Et il m'entraîna avec lui. « Nous allons nous réfugier dans mon repaire, loin de la foule. » Nous avions entrepris une ultime traversée du salon, écartant les rideaux brouillés des conversations, heurtant des vagues de coupes où tremblait le champagne. Le repaire en question se situait dans la partie opposée de l'appartement et il fallut encore passer par le couloir, ce qui me permit d'entrevoir une cuisine à l'ancienne avec des pots de faïence bleue disposés sur des étagères. J'étais assis sur un canapé Empire tapissé de soie verte à minuscules motifs de couronnes. Le cabinet de travail était meublé dans ce style cérémonieux. Le père de Paula m'avait fait remarquer avec fierté l'authenticité de son mobilier. « J'ai couru les antiquaires pendant plus de dix ans. C'est ce qui m'a demandé le plus de démarches. Ce fauteuil que vous voyez ici (il m'en montra un que rien ne distinguait des autres) vient de la Malmaison. On me l'a certifié. On n'imagine pas combien il est difficile de rassembler des pièces signées. » Dans un secrétaire à dessus de marbre et à cornières ouvragées d'aigles de bronze, il prit un carnet de petites dimensions. C'était un album de photographies.

Paula Rotzen

« Ce que je vais vous montrer devrait vous intéresser. » La couverture était de cuir havane, les pages d'un papier fort et cartonné de couleur brune. Sur la première, à la gouache blanche, étaient écrites ces deux dates : 1935-1945.

« Monsieur Archer, vous pouvez constater que je suis ordonné et méthodique. Je range mes souvenirs par périodes de dix ans. Je procède de la même façon pour ma correspondance. C'est d'ailleurs cette manie de la méthode qui nous a tous sauvés pendant la dernière guerre, je veux dire ma famille et moi-même.

« Celles-ci (il me signalait les photos de la deuxième page) ne vous concernent pas directement, au contraire de celles qui viendront après. Mais je tiens à ce que vous les regardiez attentivement. Elles ont été prises en Orient, en avril et mai 35. Celle que vous voyez ici, à Istanbul, dans le quartier des tanneurs, et celle d'à côté, à Smyrne... Les maisons paraissent neuves : c'était quelques années après le grand incendie de 1922. La ville avait été reconstruite. Vous entretenez des liens personnels avec ma fille, et vous ne savez rien de son père ! Apprenez que je ne suis qu'un simple marchand de tapis. J'allais au fin fond de la Turquie pour acheter des tapis d'Iran, de Syrie et d'Irak. Ce sont les tapis qui ont fait ma fortune. »

Les vues, soigneusement collées sur les pages de l'album, étaient des format 6 × 9 à bord dentelé. Elles le représentaient en compagnie d'inconnus vêtus de complets noirs et de chemises claires. Tous ces gens souriaient au photographe. C'étaient des commerçants qui faisaient de bonnes affaires. A l'arrière-plan, des ballots de tissu, des tapis accrochés à des fils tendus ou à des perches placées à la devanture de magasins...

« Je connaissais très bien tous ces gens. C'étaient de braves garçons. Chacun avait ses petites manies. Celui-ci, par exemple (un gros bonhomme à mine de cavalier tartare), m'emmenait rituellement boire le raki, dans des bouges connus de lui seul, me semblait-il, avant toute discussion d'affaires. Cet autre, que vous voyez ici, eh bien, c'est moi ! Je leur ressemblais un peu. Je m'habillais comme eux. J'avais vingt-deux ans. A cette époque-là, un jeune homme de vingt-deux ans devait ressembler à un homme de quarante ans s'il voulait réussir. »

Le jeune homme, méconnaissable, était affublé du sinistre costume masculin qui fut en usage jusqu'à la Seconde Guerre mondiale. Il était grand et mince, avec l'air sérieux, affairé, de celui qui sait où il va. Il avait tous ses cheveux et le nez était fin sous un regard vif et brillant.

« 1936. Tournons la page. Une belle année. J'étais avec mes parents. La France entière semblait partir en vacances. Nous, comme presque chaque année à cette saison, nous allions sur la côte. Mon père avait une Talbot Lago verte qu'il me laissait conduire. Quel fabuleux engin! Nous montions à cent cinquante. Impression d'extraordinaire liberté. Jamais nous n'avons retrouvé cela. Nous faisions étape à Sens, et le lendemain à Aix. Cette dame, c'est ma mère. »

La vue avait été prise au bord d'une route abritée de platanes. C'était une pose, comme on aimait les faire à l'époque. Il était au volant de la Talbot Lago, souriant avec franchise, et peut-être ce sourire proche du rictus était-il dû au soleil qu'il recevait en plein visage. Sa mère, assise à sa droite, semblait avoir dans les cinquante ans. Des mèches claires s'échappaient du foulard dont elle s'était couvert la tête. Une main gantée pendait négligemment, ou élégamment, par la portière.

« Ma mère a toujours été une femme jeune. Jeune de corps, et jeune d'esprit dans le bon sens du terme, c'est-à-dire sans rien, quoi qu'il lui arrivât, du caractère rechigné et hargneux de certaines personnes âgées. Je peux dire sans crainte de me tromper qu'elle n'a jamais été vieille. C'était une femme superbe. Elle adorait notre descente annuelle à Saint-Raphaël. Nous y avions une villa qu'elle aimait. En 1938, elle s'y est réfugiée avec mon père. Puis-je vous offrir un whisky? »

Il me versa un verre de Dewar's.

« Nous avons vendu cette villa il y a quatre ans, aussitôt après la mort de mes parents. Pour nous, la côte est trop loin. Et puis elle a beaucoup changé. Nous conservons notre maison de Normandie. Pourtant, je n'y vais jamais. A vrai dire, je ne peux vivre ailleurs qu'à Paris. Je ne sais même pas dans quel état se trouve notre refuge normand. Oui, c'est ainsi que je vois cette maison.

On ne sait jamais, n'est-ce pas? Et puis, elle est à deux heures de navigation des îles Anglo-Normandes. Nous, les juifs, nous avons l'obligation de nous ménager une porte de sortie. C'est l'escalier dérobé, comme au théâtre. J'ai demandé à Paula d'y aller un de ces jours pour me faire un état des lieux. S'il y avait des réparations à entreprendre, il faudrait s'en occuper. Monsieur Philippe Archer, accepteriez-vous de l'accompagner là-bas? »

Je lui expliquai que je n'avais ni obligation ni activité qui pussent m'en empêcher et que par conséquent j'étais prêt à accompagner Paula Rotzen en Normandie quand elle le voudrait.

« C'est très gentil à vous. Vous comprenez, j'étais inquiet à la pensée de la savoir seule là-bas. Vous n'aurez pas la vie facile. L'eau et l'électricité ont peut-être été coupées. Mais c'est un endroit magnifique, comme vous le verrez, et la route de Normandie un enchantement. Revenons à l'album. En voici une que j'ai prise en mai 36. Très curieuse photographie, et qui situe assez bien l'atmosphère de l'époque. C'était rue Raymond-Losserand, dans le quatorzième arrondissement. Regardez ces ouvriers. Ils sont rassemblés dans la rue, face aux bureaux de leur entreprise, une cimenterie ou quelque chose de ce genre... Regardez ces dix, là, perchés sur la vespasienne. Ils lèvent le poing. Ils chantent tour à tour *l'Internationale* et *la Carmagnole*. Et en face, aux fenêtres supérieures de l'immeuble de la direction, les cols blancs accoudés. Ils ne font pas partie du même monde, du monde d'en bas. On s'invective d'un bord à l'autre. Ce contremaître en blouse grise, je m'en souviens très bien, hurlait : " Elle est jolie, la France! Elle est fichue, la France! Vos congés payés... une bonne guerre que vous allez récolter! " Les autres entonnaient à pleine gorge :

L'insurgé, son vrai nom c'est l'homme
Qui n'est plus la bête de somme,
Qui n'obéit qu'à la raison,
Et qui marche avec confiance
Car le soleil de la science
Se lève rouge à l'horizon...

« Les insulteurs des étages supérieurs ont été les premiers à se lasser. Les autres avaient la force du nombre et l'énergie de l'espoir. Celle aussi que procure l'alcool, il faut le dire... »

J'avais scruté cette photo. Sur le toit arrondi de la vespasienne, quelques ouvriers tenaient des bouteilles. Le contre-jour rendait plus éclatantes leurs dents qui semblaient vouloir dévorer le ciel. Je demandai au père de Paula quelle était son opinion sur les troubles de cette époque.

« J'en prenais des vues, comme d'un phénomène naturel dont on sait qu'il ne se reproduira pas avant longtemps. J'en conclus que c'était pour moi quelque chose d'un peu exotique. Je n'avais pas d'idées politiques très arrêtées. Je ne me situais ni d'un côté ni de l'autre parce que je croyais ne pas pouvoir prendre parti. En tant que juif, je m'interdisais, par je ne sais quelle sotte idée de ma place dans ce pays, de me mêler aux conflits politiques et sociaux dont je pensais qu'ils ne me concernaient pas. Mon père m'avait répété mille et mille fois : " Où que tu sois, ne te mêle de rien ; occupe-toi seulement de tes affaires. Qu'ils se débrouillent entre eux. "

« J'ai longtemps suivi cette règle de vie, jusqu'à la guerre. Pourtant, à défaut d'intervenir, j'essayais de comprendre. D'un point de vue sentimental, je savais que les ouvriers ne voulaient plus être des esclaves. Ils avaient raison, tellement raison qu'ils ont conquis, en une année, des droits que personne n'a depuis songé à leur retirer. Certains voudraient les rogner, ces droits, mais ils ont tort. On ne peut rien entreprendre de solide et de véritablement humain si l'on excite perpétuellement les classes les unes contre les autres. Je le pensais déjà à cette époque-là. En même temps, je voyageais, je rencontrais des hommes d'argent et d'affaires. Tout ce monde-là voyait d'un très mauvais œil le changement social, le plus petit souffle de vent qui pût agiter la vieille Europe. Leur vision du monde était celle d'une terre immobile où seules rouleraient les charrettes du grand négoce. Je ne partageais pas ces opinions égoïstes, mais en raison de mes nombreux contacts avec l'Allemagne, j'étais bien informé de ce qui s'y passait, et il m'aurait été difficile de donner tort à cet ingénieur ou à ce contremaître qui criait que la guerre était pour bientôt. C'est que les ouvriers, comme les patrons, ne s'occupaient que de leurs affaires. Dans ce pays du moins : congés payés, heures de travail. Le reste, la marche du monde, ne les intéressait ni les uns ni les autres. Pourtant, je savais qu'il y aurait la guerre et que l'Allemagne la déclencherait. Pour ne pas le voir, il eût fallu être sourd ou aveugle. Les Français et les Anglais ne voulaient parler que de paix. J'entends encore le cri de cet homme : " Une bonne guerre que vous allez récolter ! " Mais ce que je n'aurais pas dit, moi, aux ouvriers, c'est qu'ils allaient avoir la guerre et que ce serait tant mieux, parce qu'elle allait balayer leurs nouveaux goûts de vacances et de raffinements de vie; parce qu'elle allait étouffer leurs syndicats, leurs revendications, et leurs propres personnes qui voulaient cesser de n'être personne. Non, cela, je ne l'aurais pas pu. Je leur aurais dit ceci, aux ouvriers : vous allez avoir la guerre. Nous allons avoir la guerre. Ouvrez donc les yeux et les oreilles. Nous ferions mieux de réfléchir à ce que nous pouvons faire pour éviter ce malheur, et si nous ne trouvons pas le moyen de l'éviter, de quelle façon nous préparer à lutter. C'est tout cela qui a manqué, y voir clair d'abord, se mettre en état de résister ensuite. Il faut toujours lutter, n'est-ce pas? On ne doit pas accepter par avance de se soumettre à la tyrannie. C'est le vrai malheur de ce siècle que la soumission à la violence d'où qu'elle vienne, et quelle que soit sa forme. Les individus s'asservissent à l'État, à la terreur d'État. Les masses humaines étant composées d'individus, elles se plient à la terreur physique et à la terreur idéologique. Les masses nationales à la terreur nationaliste. Les masses allemandes à la terreur national-socialiste. Les masses soviétiques à la terreur national-staliniste. Les masses juives à la terreur des deux autres nationalismes réunis, et à celle, plus ancienne, de la fatalité d'un destin de pogromes.

– Etait-il possible, sous l'occupation, de ne pas se soumettre?

– Certains ont prouvé que oui. De gros poissons ont traversé les mailles étroites du filet. Ils ont résisté, modestement au début, parfois individuellement et passivement. Puis en s'alliant à des forces qui n'étaient pas passées sous le joug, et de plus en plus activement par la suite. Certains ont eu cet incroyable courage d'accepter qu'on les dise traîtres et lâches. Ma conviction est que chaque individu, là où il est, peut et doit opposer une résistance, si infime soit-elle. Cette résistance sans poids apparent, sans effet visible, est le gage qui préserve la petite flamme vive des regards du tyran. La multiplication de ces gestes isolés aboutit à des courants puissants. Ils heurtent l'obstacle sans arrêt, et l'obstacle à la fin doit sauter.

« Je voudrais que vous tourniez les pages de cet album. L'année 42 fut une année clef. Voici des documents sur les rues de Paris. Des photographies que je prenais à la sauvette. Des soldats défilant, les invraisemblables carrioles qu'utilisaient les Parisiens pour leurs déplacements. »

1942. Les photos étaient régulièrement rangées, quatre par page. Elles n'avaient pas l'apparence de vues du temps de la guerre. Beaucoup avaient été prises dans des lieux clos et leur qualité technique était nettement supérieure à celle des précédentes. Le père de Paula m'expliqua qu'il avait fait cette série de clichés avec un appareil Leica acheté chez Tiranty, dans la rue La Fayette. On voyait sur la plupart d'entre elles, dans des intérieurs luxueux, des civils et aussi des gradés allemands sablant le champagne en compagnie de jolies femmes. Tout ce petit monde arborait les signes de la gaieté la plus insouciante.

« Vous êtes ici à l'ambassade du Reich à Paris, rue de Lille. D'où ces uniformes. Je reconnais que ces photos n'ont pas l'air de témoigner en faveur de la Résistance. Pourtant, à mes yeux, elles en sont la plus indiscutable des preuves. Ceux qui n'ont pas vécu cette sinistre époque ont encore beaucoup à en apprendre. Tout n'a pas été consigné dans les livres d'Histoire.

« Regardez cet homme (il me montrait un homme maigre et glabre qui, coupe en main, se tenait près d'une porte avec, sur le visage, une expression indéfinissable). Son nom était Julien Rambert. Un de mes amis : chez les Allemands, lors de leurs petites sauteries, pour recueillir le maximum de renseignements; avec les cheminots, la nuit, pour faire dérailler les convois. Il s'est fait prendre dans un guet-apens. Exécuté à la mitraillette. Notre réseau, dont votre père faisait partie, s'était spécialisé dans l'obtention et la transmission de renseignements. Julien Rambert était souvent à l'ambassade parce qu'il parlait l'allemand couramment et qu'il était l'ami de Rudolf Schleier. Il lui était facile de jouer le double jeu.

« Celui-là, c'est Abetz, l'ambassadeur. N'a-t-il pas l'air heureux de vivre à Paris? Il ne sait pas encore que Berlin va le rappeler. Celui-ci, c'est Ebert. Son ange gardien. Il l'aidait à garder en mémoire certaines vérités d'évidence, à savoir que la France n'était peuplée que de communistes, de nègres et de juifs, tous ennemis du Reich; que la valeur de la France ne se mesurait qu'à l'aide de deux critères : le champagne et les femmes. Et celui que vous apercevez dans ce coin, c'est Grimm. Le célèbre professeur. Plus radical qu'Ebert, il enseignait que tous les Français étaient de race nègre. Du joli monde, comme vous voyez. Quelques collaborateurs connus aussi. L'ambassade en était pleine. Et moi, là, je prenais, tranquille, des photos.

« Vous auriez le droit, monsieur Archer, de me demander comment, en tant que juif, je pouvais aussi facilement prendre des photographies des réceptions allemandes au lieu de rouler en wagon plombé et de partir en fumée dans le ciel paisible et serein d'un petit village nommé Auschwitz. La question mérite d'être posée. Je me la pose à moi-même bien souvent, sans trouver de réponse. Pourtant, je voudrais vous aider à comprendre ce que l'enfant que vous étiez alors ne pouvait pas comprendre. Charles Evariste, votre père, était mon ami. Je dis « était », parce que depuis ce que l'on pourrait appeler sa volontaire disparition, il ne m'est pas permis de parler de lui autrement qu'au passé. S'il apparaissait en cet instant, je lui dirais : " Tu es mon ami. "

« Nous nous étions rencontrés à Nice, avant la guerre bien entendu, à l'occasion d'un congrès d'exportateurs. Nous avions aussitôt sympathisé. Nous nous étions revus à Paris. La guerre éclate. Paris et la moitié du pays sont envahis. Nous étions parmi les personnes les plus directement menacées. Charles Evariste sera notre sauveur. Il avait ses entrées à la Préfecture et, grâce à lui, ma famille et moi avons pu changer d'identité. Du même coup, nous avons aussi changé de métier et de domicile. Rien n'était laissé au hasard et Charles Evariste nous a été un guide précieux dans le maquis administratif. Nous étions garantis et en règle bien avant que la Wehrmacht ne défile sur les Champs-Elysées. Et aussi avant l'exposition anti-juive du palais Berlitz. Nous avions ces fiches à notre nouveau nom dans chaque lieu névralgique. Sur les fiches désormais périmées figurait la mention : " Emigré aux U.S.A. "

« Votre père nous a permis de survivre, nous et bien d'autres. C'était notre première tâche que d'aider les juifs, et pour moi, dans les premiers temps, la plus urgente et la seule. Nous ne pouvions ignorer la volonté d'extermination de l'ennemi, ni sa cruauté; il fallait bien comprendre quel était son projet; il fallait lui opposer une autre volonté et employer tous les moyens à notre portée. Les nôtres, peu à peu, sont devenus le renseignement, la liaison et la contre-propagande. Nous n'avons rien fait de particulièrement glorieux ou héroïque. Ma connaissance de certains marchés internationaux et des lois du commerce a été mon cheval de Troie. Grâce aux affaires, toujours si urgentes et utiles en temps de guerre, j'ai pu pénétrer à l'hôtel Lutétia et avoir un œil ouvert en permanence sur le Devisendeutschkommando.

« La guerre coûtait cher aux Allemands. Leurs usines, pas plus que celles des pays occupés, ne suffisaient à leurs besoins militaires. Je m'étais chargé de procurer des fournisseurs étrangers à la Wehrmacht. Ainsi elle recevait un peu de cuir argentin, un peu de tabac turc... Tout ce trafic se faisait par l'intermédiaire des magasins Otto. C'était le prix à payer pour rester dans la place, au-dessus de tout soupçon. Des ceinturons, des chaussures pour leurs soldats du front de l'Est, du tissu pour les capotes et les culottes, c'était le salaire pour les vies épargnées, les résistants avertis à temps du coup de filet en préparation, les juifs prévenus la veille de la rafle du lendemain à l'aube dans leur immeuble, leur quartier... Comprenez-vous ? »

Oui, je comprenais. La question était posée, comme si, après tant d'années, le calcul ne paraissait plus aussi clairement juste : du cuir, de la toile, des lacets, de la matière inerte contre de la vie et de la conscience. Je comprenais. Pour être et rester un homme, ne faut-il pas faire ce qu'il faut faire ? Quoi qu'il en coûte ? Il y eut, entre le père de Paula et moi, un silence.

Alors je lui parlai de ce temps-là, que j'avais connu, moi aussi, de la fin de la guerre, qui avait laissé une trace profonde dans ma mémoire. J'étais devenu un enfant très conscient. Rien jamais ne me ferait oublier l'atmosphère sinistre de l'occupation. Je me souvenais de la peur. Peur de ma mère, bien plus terrible que la mienne, parce que je n'avais aucune prise sur elle : peur pour mon père, pour moi, pour elle-même, pour tout, pour le lait, pour le pain, pour la viande et pour les balles perdues... Il y avait eu le proche exemple d'une petite fille de nos amis qui, revenant du parc de Montsouris, avait reçu une balle dans la région des reins. Elle n'avait été sauvée que par une sorte de miracle. Et le froid de ces hivers parfaits de l'occupation, un froid qui n'en finissait pas.

Je lui parlai aussi de mon père. Du souvenir pénible de ses départs dans la nuit, du mystère et de notre solitude. J'étais heureux pourtant, d'un bonheur malheureux, qu'il participât au combat.

« Vous avez raison, monsieur Archer. On ne peut se déterminer que dans une circonstance particulière, et si l'on est pris soi-même dans le faisceau des événements. Dans la toile de l'araignée, la mouche se débat jusqu'à ce qu'elle meure ou s'échappe. Pour nous, c'était le combat contre l'araignée. Je ne crois pas aux déterminations absolues. Elles se transforment le plus souvent soit en foi aveugle, soit en lâche fidélité... Elles représentent le principe de l'esclavage de la conscience, cet abaissement incroyable auquel se sont soumis, par exemple, sous prétexte d'anticommunisme, la plupart des nationalistes français à l'ancienne mode. Le même que celui des post-staliniens d'aujourd'hui, qui reproduit cette figure de l'aveuglement et de la soumission. S'il n'y avait eu que les idéologues de la peur, tout aurait été simple et facile. Mais la vie quotidienne nourrissait un terreau vermiculaire, un grouillement de petites crapules au jour le jour. Trafiquants et gangsters. Hommes à triples, quadruples et multiples visages. En premier lieu, ceux qui dénonçaient les juifs pour faire main basse sur leurs biens qu'ils revendaient aux Allemands à prix de gros. Et les honnêtes artisans de la boucherie en tout genre : quartiers de bœufs, quartiers d'hommes et de femmes. Rien qui ne ressemble plus à un abattoir qu'un autre abattoir, n'est-ce pas ? Je ne risquais pas de devenir une de ces crapules, bien entendu, mais ce que je risquais chaque jour, c'était d'être confondu avec elles. Cela aussi était, pour moi, le prix à payer.

– N'étiez-vous pas protégé par votre pseudonyme ?
– C'était une protection efficace, mais mince et fragile. Georges André. Commerçant. On ne pouvait pas trouver plus passe-partout. Les artifices, les lunettes d'écaille dont je m'affublais, la décoloration de mes cheveux... étaient des protections dérisoires dont la valeur résidait surtout dans la certitude qu'elles vous donnaient de ne pouvoir être démasqué. Mais j'étais à la merci d'une rencontre. Une vieille connaissance d'avant-guerre m'eût reconnu au premier coup d'œil, et comme on ne pouvait savoir qui était qui... Il était indispensable de se méfier de tout le monde. Les bactéries national-socialistes pourrissaient les gens de l'intérieur, tout en préservant leur apparence de fraîcheur. Nous étions tous suspendus à un fil, exposés à un regard un peu perspicace, sous la dépendance de notre voix que nous ne savions pas toujours déguiser. »

J'avais tourné la page. Il n'y avait que deux photos de l'année 1943.

« Reconnaissez-vous votre père, monsieur Archer ? »

Je le reconnaissais, bien que son visage et son corps fussent ceux d'un homme jeune, presque d'un jeune homme, si je les comparais à l'image que j'avais gardée de lui. Si différent du petit homme gris que la pensée d'une double personnalité s'était soudain imposée à mon esprit. Mais c'était lui, de toute évidence. Je ne pouvais me tromper sur l'expression ironique du regard, sur cette façon de paraître fixer quelque chose derrière moi qui me donnait envie de me retourner. Ni sur la main gauche qu'il appuyait à sa hanche, même quand il était assis. Sur la photo de droite, il avait les jambes élégamment croisées et le chapeau mou incliné d'arrière en avant, à l'inverse de ce que faisaient au cinéma les gangsters américains. Il portait la main droite à sa joue. Ses doigts étaient posés sur un point situé entre la commissure de la bouche et le creux de la joue. Je me rappelais lui avoir vu ce geste autrefois. Sur les deux photographies de 1943, il portait ainsi sa main droite à son visage.

« Pourquoi ce geste de la main? demandai-je au père de Paula.

– Je ne sais pas exactement. Il avait quelque chose sur la peau. Un petit problème dermatologique qu'il devait dissimuler par coquetterie.

– Le faisait-il souvent?

– Il le faisait toujours. »

L'une des photos avait été prise au bord d'un chemin en sous-bois. Les branches étaient mal revêtues d'un feuillage transparent et minuscule. Ce devait être au printemps. Une femme blonde que je n'avais jamais vue figurait sur la photo. Elle regardait mon père en souriant pendant qu'il fixait, lui, l'objectif.

« A quelle occasion avez-vous pris ce cliché?

– C'était dans les bois de Buc. La lointaine banlieue. Nous installions un poste émetteur mobile. Par une belle journée de mai. »

La femme était jeune, trente ans au plus. Elle avait une vague ressemblance avec ma mère. Elle portait une gabardine claire sur un corsage sombre, bleu ou gris selon toute probabilité, et une jupe à losanges fortement contrastés. Ses yeux étaient bleu pâle. La lèvre supérieure débordait sur la lèvre inférieure, lui donnant une expression de ruse innocente. Elle était petite sans doute, puisque de la même taille que mon père. Je regardai attentivement les arbustes qui servaient de décor à la scène. Le sous-bois était clairsemé et pauvre. Loin derrière, je distinguais deux troncs plus épais. Tout était l'opposé de la forêt que mon imagination d'enfant avait donnée pour refuge à mon père.

« Vous imaginez, monsieur Archer, que ce genre de photographie est exceptionnel. Il n'était pas vraiment prudent de tirer le portrait aux membres d'un réseau. Nous ne le faisions jamais, sauf lorsque la sécurité nous paraissait assurée à cent pour cent. Mais regardez ceci. »

C'était une photo qui représentait mon père, seul, en bras de chemise, dans un intérieur éclairé par une puissante lampe à abat-jour. Il s'était tourné vers le photographe. Ses traits exprimaient une fatigue sourde, visible aussi dans l'éclat fiévreux de ses yeux. Il portait un casque et, à sa droite, on voyait un appareil de radio. En regardant bien, je constatai que l'intérieur où il se trouvait n'était qu'un minuscule réduit agrandi par la lumière électrique.

« J'ai développé ces photos moi-même. Il n'était pas facile de se procurer les produits. Je les rangeais dans une cache tout à fait sûre. Vous voyez que Charles Evariste était radio. Un spécialiste et un excellent bricoleur. (Je me fis la remarque que j'ignorais tout de mon père, et en particulier qu'il fût un spécialiste de la radio et un bricoleur.) Ce jour-là, nous étions dans une de nos installations les moins mobiles. L'appareillage lourd que vous voyez ici permettait des communications rapides et sûres. Aussi nous ne l'utilisions que pour nos messages les plus importants. Il nous est arrivé de devoir déménager tout ça en moins d'une heure. Les services radiogoniométriques allemands étaient aux aguets. Cette installation se trouvait dans les combles d'un bordel du seizième. La maison existe toujours et elle a gardé la même discrétion. Elle a à peine changé de mode de fonctionnement, je crois. Au lieu d'officiers allemands, les clients sont aujourd'hui des messieurs de la meilleure société. C'est une bâtisse triste établie dans un parc, une maison particulière peu différente de celles qui l'entourent. Vous vous demandez sans doute pourquoi nous nous étions installés dans un bordel pour officiers. Parce que c'était un lieu sûr. Parce que c'était aussi un bon centre d'information.

« Les Allemands soupçonnaient les Français de vouloir véroler la Wehrmacht. Pour eux, la vérole était notre arme secrète. Ils avaient donc réorganisé le monde de la prostitution de façon à se protéger. Les dames étaient visitées deux fois par semaine par deux médecins, un Français et un Allemand. Sur le front de la réglementation, quatre établissements sur dix étaient exclusivement réservés aux soldats occupants; à la porte des six autres on lisait l'inscription : " Das Betreten dieses Lokals ist deutschen Soldaten und Zivilpersonen strengst verboten ". Les gradés quelque peu délicats s'étaient un temps réservé l'usage de quelques maisons comme le One Two Two, ou le Sphinx, et, finalement, las de la cohue et des tentatives d'infiltration en tout genre, ils s'étaient repliés, en civil, sur des maisons moins apparentes, comme celle-ci. Ils tentaient d'y oublier la guerre, l'exil, la peur de la victoire, la peur de la défaite, la haine et l'ordure...

« Dans cette maison, les filles étaient toutes très belles, triées sur le volet. Certaines d'entre elles travaillaient pour nous. Leur spécialité : la confidence sur l'oreiller. Rien de plus efficace que le spleen du soldat pour recueillir des renseignements sur les convois en partance pour l'Allemagne, sur leur chargement et leur destination. Il était aussi très utile de connaître les déplacements des chefs du Militärbefehlshaber, de la Feldgendarmerie et parfois même de la Gestapo. Il est arrivé que des filles nous informent à l'avance de coups de filet, de descentes de police planifiés à l'hôtel Lutétia ou dans les locaux du Quatrième Service de l'avenue Foch. Nous nous protégions. Les personnes visées leur filaient entre les doigts. Par le même oreiller informateur nous revenaient des échos de la rage de l'occupant. Lorsque les renseignements étaient de première importance, il suffisait à votre père de monter au grenier, de faire glisser deux panneaux de bois dissimulés derrière une armoire pour retrouver son piano. Il transmettait aussitôt. Deux fois, après avoir joint son correspondant. Puis il laissait l'émetteur en sommeil plusieurs jours de suite. S'ils pouvaient capter le message, les Allemands n'avaient pas le temps de localiser le lieu d'émission. Leurs camions de repérage restaient longtemps dans les rues du voisinage. Nous n'émettions plus et ils finissaient par se lasser les premiers. »

Je regardai l'image de cet homme jeune et malade

d'épuisement. Il me sembla rencontrer le regard acéré et sombre du Héros. Qu'il fût assis me faisait oublier sa petite taille. Le mince fil d'une moustache assombrissait sa lèvre supérieure, droite, inexpressive, et non pas empreinte de sournoise méchanceté, comme peut-être j'en avais le souvenir, comme peut-être je me l'étais figuré. Dans l'exercice de ses fonctions guerrières, Charles Evariste Archer donnait la plus rigoureuse impression de sérieux. Il devait être à coup sûr, comme prétendait le père de Paula, un excellent spécialiste. La photo avait une autre particularité : le visage de mon père n'y était pas masqué par une main, ou par une ombre. Une tache noire, de la dimension d'une pièce de monnaie, apparaissait à mi-chemin de la commissure droite et de la partie creuse de sa joue.

Le père de Paula écrivit quelques lignes sur un bristol qu'il glissa dans la pochette de ma veste.

« Réfléchissez. Je vous donne l'adresse. La dernière connue. Ce sera à vous de décider. Allons, finissons notre whisky. »

Ainsi prit fin la fête chez les parents de Paula Rotzen.

La vie se différencie de la fiction en ce qu'elle propose et impose les plus grandes invraisemblances. C'est son privilège que tout un chacun, pour peu qu'il prenne conscience de ces rencontres auxquelles un statisticien n'accorderait qu'une chance infinitésimale de se réaliser, les accepte comme de ces phénomènes naturels surprenants, certes, mais naturels, avec pour tout commentaire, un simple *c'est la vie* ou un : *dans la vie, il faut s'attendre à tout*. Qu'un homme, par exemple, vive pendant vingt ans dans l'immeuble voisin de celui où réside son frère qu'il a perdu de vue depuis l'enfance, que ces deux hommes ne se rencontrent jamais ou, s'ils se rencontrent, qu'ils ne se reconnaissent pas, qu'ils ne se parlent pas, c'est dans la vie de tous les jours une situation qui s'est déjà produite et se produira encore. Cela nous amuse, nous attriste, nous étonne, mais ne nous surprend pas véritablement. Qu'un scénariste porte cette histoire à l'écran, et nous ne la croyons plus. Qu'un romancier imagine un père richissime dont le fils, incapable du moindre effort, se ruine au point de tomber peu à peu dans la misère la plus crasse, dans les bas-fonds les plus boueux, il ne trouvera aucun éditeur pour publier cette biographie – dont pourtant on pourrait citer quelques exemples bien connus –, non parce qu'elle est triste, mais parce que, dans cette société où n'importe quel fils de famille piètrement doté par la nature s'en tire haut la main grâce aux relations familiales, elle sera déclarée tout à fait invraisemblable. Se raconter est, d'une façon générale, une entreprise d'une parfaite niaiserie : les destins individuels n'ont que par exception le relief et la vigueur qu'il faut. Quant aux destins hors du commun, leur récit n'offre d'intérêt qu'abstrait, lointain, et reste en définitive hors de portée de la compréhension du commun des mortels. Vouloir s'en approcher est pure simagrée. Il n'est donc pas question que je pense seulement à me mettre en scène au cœur d'un quelconque récit, et s'il arrivait que je fusse capable de raconter quoi que ce fût, j'éviterais à tout prix de me placer au milieu du tableau où, à proprement parler, je ne serais rien de plus significatif qu'un centre géométrique. Je ne pourrais y figurer, au mieux, qu'à une place seconde, en retrait, et par hasard. Il est évident, je l'avoue (et me l'avoue), que je ne comprends rien à la peinture et à l'art. Il me semble normal que ma propre existence me soit un objet de préoccupation. Elle est jalonnée de faits, d'événements en apparence absurdes. Ils m'obligent à penser que dans la vie, où il n'arrive jamais rien, je puis m'attendre à tout moi aussi. Que j'en sois réduit à me morfondre, aujourd'hui, en plein hiver, dans une chambre d'hôtel, en Engadine, cela est en soi invraisemblable, et pourtant cela est. Que ma mère, avec qui je partage tout : cette insipide période de vacances et, depuis ma naissance, un appartement parisien, me soit une presque étrangère avec laquelle je n'aurais eu qu'une seule vraie conversation, une nuit de cet hiver, n'est-ce pas tout aussi invraisemblable ? Et encore : que mon père m'ait été si longtemps inconnu ? Qu'il m'ait nourri, puis abandonné ? Que je ne puisse que rêver son existence et le rêver lui-même ? Qu'est-ce que ce père failli, ce père évanoui qui, même lorsque je le vois, me demeure une énigme absolue ? Et cette rencontre avec Paula Rotzen, fille d'un ami ancien de mon père, puis avec cet ami ? Serais-je un être de rencontre ? Le jouet des circonstances ? Je ne peux répondre à ces questions. Ou je n'ose. Je l'avoue.

Des ombres grisâtres et lavées bondissaient, nous éclataient au visage. C'était un matin de pluie. Nous étions sortis de Paris par la porte de Saint-Cloud. La petite Austin noire roulait depuis près d'une heure. Paula et moi n'avions échangé que quelques paroles sur le plein d'essence et l'état de la circulation. L'autoroute de l'Ouest dépliait son ruban gris sous le ciel gris. Les arbres, les usines, les bâtiments à usage industriel, des pans de villes entiers (Mantes-la-Jolie, Evreux...) se distinguaient à peine du ciel bourré de crachin et de cendre.

Paula Rotzen conduisait vite et calmement, comme à son habitude. Chacun de ses gestes était simple, efficace. Elle prenait les trajectoires les plus serrées dans les amples méandres de la vallée de Seine. Elle changeait ses vitesses et rétrogradait à bon escient, sans brutaliser la mécanique. Le compteur oscillait entre 120 et 130. Parfois des jets d'eau éclaboussaient le minuscule habitacle. Etrangement, je me sentais en sécurité.

Après Evreux, les maisons s'étaient espacées. A intervalles réguliers une ferme éloignée se rapprochait, tournait autour de nous avant de disparaître. Des chiens se poursuivaient dans un pré. Un cavalier, seul sous l'averse, nous avait fait signe puis s'était perdu derrière nous.

Je songeais à la nuit précédente. Tout avait été simple et surprenant. J'aurais dû savoir ce que je devais faire, le père de Paula me l'avait fait comprendre : « Ce sera à vous de décider. » Mais j'hésitais. L'hésitation fait partie de ma nature depuis si longtemps que je ne devrais plus en être gêné. Plutôt que vers les côtes normandes et le Cotentin, c'est vers l'Ile Enchantée (le nom figurait sur le petit bristol) que j'aurais dû me diriger. Or, je m'en éloignais à toute vitesse. Cette faculté d'aller à contresens me procure une sensation de vertige insupportable. J'avais donc ri franchement, avec toute la franchise de la dissimulation. Paula Rotzen ne s'y était pas trompée, qui connaissait bien mes ruses, mes défenses de faible. J'admirais son profil au nez busqué, ses lèvres boudeuses, la beauté qui émanait de son visage tendu par l'attention, et la pose de ses mains sur le volant. Par l'effet de la fatigue, ses gestes se faisaient plus secs, moins déliés.

« Vous devez prendre votre temps, Philippe. Réfléchir. Là-bas, vous pourrez. C'est un endroit tranquille. Une petite ville à l'écart et qui sommeille hors de la saison. Par beau temps, on aperçoit les îles Anglo-Normandes et les plages sont splendides, surtout en ce moment. La maison est sur une hauteur. »

« La maison est sur une hauteur. » Cela voulait dire que nous aurions vue sur la mer et sur la ville. Que nous y serions bien. Que nous y serions heureux. En cette matière du bonheur, le doute est toujours l'attitude la plus raisonnable. Pourtant, je préférais penser que Paula ne pouvait se tromper en rien, qu'elle était mon guide et savait où elle m'emmenait. J'étais (je suis) un malade que son malaise ne laissait pas en repos et qui ne pouvait oublier qu'il n'était pas comme tout le monde, sain et insouciant. Je me laissais emporter. Je fermais les yeux pour ne plus voir les prés reliés les uns aux autres par de fins réseaux de fil de fer barbelé, les rideaux d'arbres, les bâtisses ramassées sur leur coin de bosquet, entre deux mamelons semblables à mille autres mamelons, les hautes collines, les voies rassemblées en faisceaux, tout ce paysage rectiligne, domestiqué, rassurant et menaçant parce que boqueteaux et innocents coteaux peuvent encore cacher chauffeurs et écorcheurs de tout poil. Je tâchais d'organiser le paysage français, que caractérisent la minutie du détail, la finesse subtile de ses nuances de couleurs, ses ciels voilés, changés de minute en minute, en un autre paysage plus reposant encore, avec des routes très larges, s'enfonçant dans les terres du côté de la terre, jaillissant vers les baies mauves et vertes du côté de la mer... Partout de blancs bâtiments allongés au toit rouge vif composaient une harmonie fulgurante avec les collines verdoyantes de l'Est et la pierraille de l'Ouest. L'Austin roulait quelque part entre un pays authentique, civilisé, avec des restes cachés de sauvagerie, et un autre, plus vaste et calme, où, pour me rappeler je ne savais quels hommes à machines, se rapprochait à toute allure une station-service ESSO rouge et blanche. La voiture ralentissait. J'avais ouvert les yeux. Nous avancions, dans le tapage de ses quatre cylindres surchauffés, sur un parking immense encombré de véhicules et de caddies. Il pleuvait. Les ombres chinoises de larges parapluies dansaient entre les voitures brillantes. Il y avait une pompe où l'on débitait de l'essence à prix réduit.

« Où sommes-nous ?

– Devant un supermarché. Si nous voulons survivre dans cette maison, il nous faut faire quelques emplettes.

– Vous pensez que notre séjour va se prolonger ?

– Je ne sais pas. Le temps qu'il faudra. Cela dépendra de vous, de moi.

– Oui, c'est cela, le temps qu'il faudra », avais-je répété d'une voix neutre.

Paula Rotzen se regardait dans le rétroviseur. Elle remettait de l'ordre dans sa coiffure. Je respirais à pleins poumons l'air neuf que je voulais croire déjà chargé d'effluves marins. Façon d'aider au changement. Je la plaisantai sur ses boucles brunes qu'elle remettait avec minutie dans leurs plis artificiels. On ne risquait pas de la prendre pour une fille de ferme. J'avais (j'ai), comme cela, des pensées idiotes. La comparaison de Paula avec une fille de ferme ne s'imposait pas. Et puis, que savais-je des filles de ferme, moi qui n'étais pratiquement jamais sorti de mon sixième arrondissement ? Outre qu'elles peuvent être d'une grande beauté, il doit y en avoir très peu. Elles ont fui les lourds travaux. Elles se sont réfugiées dans les villes accueillantes.

« Avez-vous prévenu votre mère de notre escapade ?

– Non. Pas encore.

– Faites-le. Vous devez le faire. Il y a une cabine téléphonique près de l'étal de la fleuriste. Allez-y et rejoignez-moi à l'intérieur. »

Elle s'engouffra dans le supermarché en poussant un caddie avec énergie. J'avais pris la direction de la cabine, sans me presser, malgré la pluie. En marchant, j'imaginais le dedans du temple et ses diverses cérémonies, choix, consigne, procession entre les rayons, attente des files muettes, passage aux caisses et rituel musical petit-bourgeois. Les chariots remplis de boîtes de macaronis et de barquettes d'œufs calibrés. J'avais un haut-le-cœur à l'idée de cette consommation standardisée, massive, dont je savais bien qu'elle était indispensable si l'on voulait que les prix fussent à la portée de la plupart des bourses.

La cabine était ouverte aux quatre vents. Le combiné pendait à l'extrémité de son câble gainé et l'annuaire présentait une apparence crasseuse et délabrée. Sans doute le genre de machine qui, non contente de ne pas vous mettre en relation avec votre correspondant, gardait obstinément la moindre pièce avalée. A la première tentative, j'eus maman au bout du fil. J'essayai de lui expliquer que j'étais en compagnie de Paula, quelque part entre Evreux et Lisieux, dans l'enceinte d'un supermarché. Que nous allions visiter sa maison du Cotentin. Qu'elle n'avait pas à s'inquiéter. Que je ne pouvais lui dire quand nous rentrerions. La voix de maman n'était ni triste ni gaie. C'était une voix sans intonation, comme de quelqu'un que j'aurais éveillé d'un sommeil profond. Cela expliquait peut-être sa soumission ou son apparente sérénité. D'ailleurs, maman sait que je déteste téléphoner. Elle n'accroît que très rarement le supplice par une mauvaise humeur ou des récriminations préméditées. Oui, elle m'attendrait. Non, elle ne se ferait aucun souci. Aucun. Oui, elle pensait que ce séjour au bord de la mer me ferait du bien car l'air du large est vivifiant. Oui, elle aimerait recevoir un petit mot ou un autre coup de téléphone si nous devions y rester longtemps. Oui, elle comprenait que je n'avais pu la prévenir plus tôt. Non, cela n'avait pas grande importance. Elle se débrouillerait seule, d'ailleurs elle avait l'habitude. Oui, Toni Soan était passé. Il allait mieux. Il avait été réellement malade. Elle regrettait de l'avoir mal jugé. Ils avaient parlé des Ateliers et des mesures à prendre dans un proche avenir. Oui, nous en discuterions à mon retour. Tout était bien. Non, elle n'avait besoin de rien. Oui, je pouvais rentrer quand je voulais. J'avais une seconde fois promis d'écrire. Oui, j'enverrais régulièrement de mes nouvelles.

En sortant de la cabine, je ne pus me défendre d'un sentiment de ridicule. Je me sentais comme un enfant, pour la première fois envoyé en colonie de vacances et à qui, d'une voix que l'on veut impassible, on exprime toute la confiance que l'on met en lui. A la fleuriste dont l'étal résistait à la giboulée et au vent, j'achetai un bouquet d'œillets rouges en boutons. L'œillet est une fleur que j'aime. Elle a mauvais genre, paraît-il. On ne l'offre pas dans certains milieux. C'est une fleur pour les foires et les filles de la rue. Maman ne voudrait pas que je lui en apporte. Pourtant, quel contraste entre le vert pâle des fines tiges tendues comme pennes de flèches et le rouge incisif pointant à l'extrémité des pétales resserrés, promesses éclatées de tendres froissements de jupons parfumés. Je les offris à Paula Rotzen, retrouvée entre le rayon des alcools et celui du matériel de pêche. Elle avait rempli un caddie de provisions de bouche diverses et en traînait un autre derrière elle. J'avais placé le bouquet entre les paquets de riz et les boîtes de lait concentré.

« Alors, avez-vous eu votre mère ?
– Oui. Tout va bien. J'ai mon billet de sortie.
– Philippe, vous vous conduisez comme un enfant. Ces choses-là ne se font pas. Vous auriez dû avertir votre mère la veille.
– J'ai encore beaucoup à apprendre.
– Heureusement que j'aime les œillets. J'espère que nous trouverons un vase dans la maison.
– Nous pourrions en acheter un.
– Ici ? Si vous voulez. Mais il nous faut aussi de la vaisselle et des boîtes de thon à l'huile. Papa m'a dit qu'il ne restait plus rien dans les placards. Il nous faudrait aussi des sacs de couchage. »

J'éprouvais une sorte de vertige. Nous étions devant le rayon du matériel de camping. Paula était affairée et, semblait-il, très à l'aise. Elle avait entassé dans le second caddie deux sacs de couchage à l'épreuve des grands froids.

« Nous en aurons besoin, le chauffage est sans doute hors d'usage. »
Ils avaient aussi l'avantage de pouvoir s'accrocher l'un à l'autre pour former un seul sac de type conjugal.
« Et le vase?
– Là-bas.
– Ils ne sont pas très beaux.
– Prenons celui-ci. Il n'est pas si mal. »
C'était un vase long au col étroit. Exactement ce qu'il fallait pour accueillir les tiges frêles des œillets. Nos deux chariots étaient remplis à ras bord. Nous étions passés à la caisse et avions rejoint la voiture. La pluie avait cessé. Dans le supermarché et sur l'aire de stationnement, des haut-parleurs répandaient les notes de *Dark Side of the Moon*, un air connu des Pink Floyd.
CAEN 30 KM, indiqua un panneau planté à un carrefour. Nous roulions depuis un quart d'heure.
« Vous savez, dit Paula, nous avons du foie gras.
– Du foie gras! Vous me donnez faim. Où pourrions-nous nous arrêter? »
Des yeux, nous cherchions le chemin de traverse, le bouquet d'arbres qui nous abriterait. Celui-là. Non. Celui-ci. Nous tournions dans les environs de villages et lieux-dits, Bellengreville, Chicheboville, Secqueville, Conteville... Nous atteignîmes une tranquille clairière après avoir suivi des routes départementales et des chemins vicinaux. Paula Rotzen avait engagé la voiture dans un chemin semé d'ornières. Le plancher de l'Austin tapait contre les monticules d'herbe et de terre collante. Les doigts de Paula étaient crispés sur le volant. Elle me dit qu'elle détestait les petites auberges de campagne bourrées de notaires et de maquignons et que, tout bien considéré, mieux valait prendre le risque de s'enliser. Je priai pour que nous ne restions pas, comme de vulgaires explorateurs d'Amazonie, plantés dans une mare boueuse.
« Vous ne trouvez pas que c'est charmant ici? »
Elle s'était arrêtée à quelques centimètres d'un ruisseau où stagnait un bouillon verdâtre.
« Oui, je reconnais que l'endroit est ravissant. Loin du bruit et de l'agitation. »

Je me mis à rire en pensant soudain à un roman de Jerome K. Jerome lu dans mon enfance et qui me rappelait des situations aussi désespérées que celle où nous nous trouvions.
« On dirait que vous n'êtes pas à votre aise. Pourquoi avez-vous tellement envie de retrouver l'asphalte des grand-routes ? Enlevez vos chaussures et vos chaussettes.
– Pourquoi ?
– Enlevez-les. Sortez et allez ouvrir la malle. Vous prendrez le foie gras dans un sac, à droite, et la bouteille de sauternes. L'ouvre-boîtes est dans ma sacoche bleue.
– Comme ça, nu-pieds ? Jamais de la vie !
– Bon, c'est moi qui irai.
– J'y vais. Mais c'est novembre tout de même. »
Je fis le tour de la voiture. Le contact de l'herbe où le givre matinal s'était transformé en rosée de jour n'était pas désagréable. La première sensation était une chaleur piquante et frénétique qui me grimpait dans les jambes. Le contact de mes orteils avec la boue fraîchement triturée était aussi nouveau et plaisant. Je remuai mes extrémités dans la matière craquante et glacée que ma propre chaleur rendait à sa plasticité originelle. Paula Rotzen ouvrit la portière et se pencha pour me regarder. Elle me félicita, comme font les adultes extasiés pour quelque audacieuse bêtise de l'enfant timoré dont on attend qu'il se dégourdisse. Je me sentais heureux d'être ainsi, comme enraciné au milieu du chemin, dans la terre et les débris végétaux, tandis que le rire de Paula se tournait en hoquet étranglé. Elle me réclama à boire et à manger. Le sauternes, le foie gras, tout était rangé comme elle l'avait dit. J'apportai aussi du pain de seigle. De retour dans l'habitacle, je constatai que nous n'avions pas de couteau pour étaler le foie sur le pain. Je voulus ressortir, mais Paula déclara que c'était à son tour d'y aller, qu'elle en avait envie. Elle alla patauger quelques minutes, retroussant ses jupes à mi-mollets. Elle enfonçait ses pieds dans les cavités remplies d'eau brune que les miens avaient creusées. Elle pétrissait la terre meuble, par-dessous.
Je la voyais dans le rétroviseur et, en même temps, je pouvais contempler le paysage devant moi. Quelques

arbres, je n'aurais su dire lesquels, étaient restés habillés d'une maigre parure de feuillage mangée de taches obscures. Les bois à l'entour n'étaient pas entièrement dépouillés. Les branches portaient un duvet rendu plus délicat par le frémissement qui l'agitait en permanence. L'endroit, si nous n'y avions ri et parlé, eût été parfaitement silencieux. Les oiseaux l'avaient déserté, peut-être à cause de notre présence inquiétante, ou simplement parce que ce n'était déjà plus la saison des oiseaux. Les champs entrevus derrière un écran de buissons étaient eux aussi déserts. Il semblait qu'il n'y eût pas d'agriculteurs, que la campagne ne fût qu'existence végétative, trompe-l'œil, pur décor.

Paula Rotzen réintégra l'abri de la voiture. Ses pieds, comme les miens, étaient chaussés de bottillons brillants qui montaient aux chevilles.

« Philippe, vous ne m'avez pas encore dit que nous allions nous enrhumer. Seriez-vous en train de changer ? »

Nous mangeâmes de bon appétit. Que voulait-elle ? Avait-elle un projet ou n'en avait-elle aucun ? Après tout, je ne tenais pas à le savoir. « Seriez-vous en train de changer ? » Les questions directes sont des agressions, si l'on veut bien en juger. Et comment aurais-je pu nier la nécessité pour moi de changer ? Pouvais-je être satisfait de cette vie encoquillée qui était la mienne ? Et, aujourd'hui encore, puis-je être satisfait ? On ne se change pas si facilement.

Paula Rotzen ne semblait pas partager mon sentiment pénible au sujet de la campagne déserte. Elle paraissait heureuse d'être là. Le sauternes nous avait un peu grisés et nous avions décidé de mettre nos pieds une dernière fois dans la terre meuble, là où elle était tendre, ou jonchée de branchettes, de cailloux et de feuilles pourrissantes. Le sable, ce serait agréable sans doute, mais moins noble, moins sensuel.

Nous avions pénétré sous le couvert, repérant chaque variété de sol à ses aspérités tranchantes ou piquantes, à la suavité de ses mousses, à la souplesse de son humus. Nous allions de-ci, de-là, dans une marche pressée, à la recherche d'un tapis de feuilles, d'une herbe détrempée, d'un terrain raboteux... C'était un jeu nouveau. Un jeu si passionnant qu'il finit par nous essouffler. Il fallut arrêter. Paula s'adossa à un arbre couvert de lichens et se laissa couler jusqu'à terre sans se soucier du frottement de sa veste bleue contre le tronc humide. Elle releva sa jupe sur ses cuisses blanches et lisses. J'approchai la main et la caressai comme la bise d'hiver effleure la neige fraîchement tombée. Une buée fragile s'échappait de sa bouche. Son souffle était le seul bruit que l'on entendît. Ses jambes serrées et pliées ne tremblaient pas dans le froid. Je déposai un baiser sur la chair ferme, frémissante, qui se hérissait de petites pointes pareilles aux graviers du sol. Nous fîmes des gestes imprévus, cérémoniels. Des gestes remplis de silence et d'amour, qui n'étaient pas ce qu'il est convenu d'appeler les gestes de l'amour. J'atteignais ses lèvres et sa langue atteignait ma langue. Je touchais ses seins et elle touchait mon sexe qu'elle dégageait vivement des épaisseurs chaudes du tissu. Sa main glacée le parcourait d'une caresse infiniment lente. Ma main brûlait le mamelon, l'étirait puis le repoussait avec tendresse. « Non, Philippe, non », murmurait-elle lorsque je tentais en vain de m'ouvrir un passage. La fête dura des minutes longues qui avaient perdu leur mesquine épaisseur de minutes. Ses doigts remontaient par vagues élastiques de la verge au gland et s'arrêtaient lorsque la tension devenait trop forte. « Philippe, non, je vous en prie. » Nous étions tombés sur le flanc, muscles tétanisés, allongés côte à côte sur la terre humide. Nous nous étions caressés jusqu'à l'épuisement de toute énergie, de toute sensation. La glace du sol hivernal nous avait saisi le corps, jusqu'aux hanches. Il fallut se relever. Se rajuster. Avec peine, haletants, anéantis.

Regagner le sentier où nous attendait l'Austin fut une sorte de chemin de croix. Cette fois, le moindre gravillon tranchait comme un rasoir, les ronciers nous lacéraient les chevilles sans aucune pitié. Paula Rotzen, dépenaillée, marchait devant. Elle avait l'allure de ces gamines qui, au début du siècle, s'ébattaient dans les fortifications. En la regardant, je savais à quoi je ressemblais moi-même. Nous étions de ces enfants endimanchés qui, au fond du jardin, livrés à l'instinct et à la solitude, s'ingénient à effacer d'eux-mêmes les oripeaux de la civilisation.

Claquement des portières. Rugissement des pistons qui reprenaient goût au mouvement. Sortie du sentier sous un ciel verdâtre. La hâte soudain. Il nous fallait arriver avant la nuit. Défilement, à droite et à gauche, des tas de pierres, des haies vives. La voiture gémissait sous les accélérations de plus en plus brutales. CAEN, 10 KM.
« Cigarette ?
— Cigarette.
— Vous vous dévergondez, monsieur Philippe Archer. Je me demande comment tout cela va finir.
— La seule chose dont nous soyons sûrs, c'est que cela finira un jour. Et plus tôt que vous ne pensez si vous continuez à cette vitesse absurde.
— Vous ne changerez jamais, monsieur Philippe Archer. Nous pouvons être sûrs que vous ne changerez jamais. »

Craquement des allumettes (contre toute attente le tableau de bord n'était pas équipé de l'habituel allume-cigares électrique). L'odeur du soufre emplit l'habitacle, et bientôt celle de la fumée. Il fallut baisser une vitre. Au cours de la manœuvre, Paula Rotzen parvint à éviter un poulet aux intentions suicidaires. Nous avions retrouvé la route de Bayeux et de Carentan. Le vent, soufflant en bourrasques, balayait la crasse céleste. L'espace s'entrouvrait vers le haut.

« Philippe, avez-vous déjà apprivoisé un animal sauvage ?
— Pensez-vous qu'une souris blanche soit un animal sauvage ?
— Sans doute, si elle n'a pas eu ou n'a eu que très peu de contacts avec l'homme.
— Dans ce cas, j'en ai apprivoisé un.
— Racontez.
— Je dois vous avouer que, lorsque j'étais enfant, j'avais hérité, à la suite de je ne sais plus quel échange avec un petit voisin, d'une souris entièrement sauvage. Je veux dire par là qu'elle était si près de sa naissance qu'on lui voyait le rose partout sous le poil. Elle était l'innocence même. Elle ne savait rien, sauf ronger une feuille de salade ou une croûte de pain, ce que sait naturellement toute souris à peine sevrée. Cette petite bête était une sorte de bon sauvage.

– Et comment l'avez-vous corrompue?
– En l'apprivoisant. Par la bonne éducation que je lui avais inculquée. A elle, qui grignotait spontanément son pain sec, j'avais appris à gagner ce pain. A vrai dire, ce qu'elle préférait, c'était un cube de fromage. Pour le conquérir, elle devait grimper le long d'une cordelette, puis se rétablir sur une planchette que traversait le cordonnet. Elle accomplissait sa tâche à merveille, ainsi que d'autres exercices, comme se tenir immobile sur le guidon de ma bicyclette lorsque, le soir, on me permettait de circuler sur les trottoirs du quai des Grands-Augustins. Elle pouvait aussi s'endormir dans n'importe laquelle de mes poches, ou passer la nuit au fond de mon lit. C'est ce qui l'a perdue. Ma mère, ayant secrètement constaté cette habitude contre nature, décida d'y mettre le holà. Un soir, en rentrant du collège, je n'ai retrouvé que la boîte de carton ajourée qui lui servait d'hôtel pendant la journée. Tout de suite j'ai compris. Maman s'était débarrassée de cet animal qu'elle croyait répugnant. Elle m'a juré ses grands dieux qu'elle n'y était pour rien, que ma souris s'était échappée parce que son instinct lui avait commandé de rejoindre ses congénères. Bien sûr, je n'ai rien cru de ces discours. Je savais qu'elle avait lâché la petite bête sur un de ces rebords de fenêtre où traînait en permanence l'un ou l'autre chat de la concierge de l'époque. Et vous, Paula, avez-vous apprivoisé un animal sauvage?
– Non. J'en ai approché un seulement. Je ne peux pas dire que j'aie réussi à l'apprivoiser. Je n'en ai pas eu le temps. C'était après la guerre. Ma mère et moi passions nos vacances dans le Midi. La propriété où nous nous trouvions était immense. De la rocaille, des garrigues. Partout des petits bois traversés de sentiers. Nous allions souvent en promenade, pour cueillir du thym dont nous faisions une sorte de thé, de tisane appelée farigoule. Une buse avait été blessée par un chasseur, ou un braconnier. La région était infestée de porteurs de fusils. L'oiseau battait des ailes mais ne pouvait s'envoler. Il s'était remparé contre un tronc d'arbre pour me faire face. Il prenait son appui sur une patte et me présentait les serres menaçantes de l'autre. Le bec était ouvert, prêt à m'arra-

cher les chairs de la main. J'admirais le courage avec lequel il affrontait le monstre que j'étais pour lui. Je voulais le sauver, mais comment le saisir? L'idée m'est venue de retirer ma veste de promenade et de la jeter sur lui. C'était le bon stratagème car, dès qu'il a été plongé dans l'obscurité, il n'a plus offert la moindre résistance. Je l'ai emporté et installé à la cave, dans un cageot garni de paille. Le silence, la pénombre l'avaient tranquillisé. Je vins plusieurs fois l'observer à la lumière d'une bougie. Il s'est habitué peu à peu à ma présence, à ma voix. Son œil d'or se fixait sur moi. C'était une bête magnifique : le dessous des ailes était d'un gris perlé très pur, le dos et le jabot couverts de plumes brunes. Pour lui redonner des forces, je lui faisais avaler des boulettes de viande hachée, et boire de l'eau à la petite cuiller. Les premiers temps, je m'étais approchée de lui les mains gantées, mais très vite je compris qu'il ne ressentait plus ma présence comme un danger. Il s'agitait pour me montrer son contentement lorsque je descendais à la cave. J'ai donc pu le toucher à mains nues, lui ouvrir le bec avec les doigts pour introduire de petites quantités d'eau et des boulettes de bœuf. Je restais de longs moments à lui parler, à le caresser. C'était beau et émouvant. J'imaginais qu'il s'attacherait à moi, que je n'aurais aucun mal à l'apprivoiser. Le repos et la nourriture lui rendaient son énergie. Il se dressait sur le bord du cageot et remuait les ailes comme pour les éprouver ou les exercer. Dix jours ont suffi, non seulement à lui rendre ses forces, mais à le guérir de sa blessure. Je l'ai découvert, un matin, perché sur des bouteilles. Il était sauvé. Il volait à nouveau. Je décidai de le nourrir encore quelques jours pendant lesquels je fus partagée entre le désir de le garder, de parfaire son apprivoisement, et celui de lui accorder la liberté. Je réfléchis à cette envie de m'approprier un animal qui n'avait jamais appartenu qu'à lui-même. Je compris que je ne pouvais être digne de la confiance qu'il me témoignait en se laissant prendre et caresser qu'à la condition de ne pas trahir celle-ci en le transformant en un être servile et ridicule. Quand j'eus la certitude qu'il s'était remis, je le plaçai dans un sac et l'emmenai, au coucher du soleil, à l'heure où les chasseurs sont rentrés, dans la montagne environnante. Sur la hauteur, j'ai doucement ouvert le sac. L'oiseau tremblait dans l'air piquant du soir, comme s'il pressentait dans cette fraîcheur, dans les bruits atténués de la campagne, la toute proche liberté. J'ai relâché davantage les cordons du sac. Il s'est dégagé de mes mains avec une violence sans retenue. En trois coups d'ailes il glissait vers la pente qui mourait dans les creux flous et obscurs de la vallée, puis, comme aspiré par la colonne d'air, il s'est élevé brusquement. Il est parti de son vol lent vers le sud, dans la direction de la mer. Quand il eut disparu à l'horizon, je redescendis. J'éprouvais un bizarre mélange de peine et de bonheur. »

Ma souris blanche ne faisait pas très sérieux en comparaison du bel oiseau de proie. En fait de liberté, elle n'avait connu que la dent du chat. J'avais proposé à Paula Rotzen de la relayer au volant. Mais elle ne se sentait pas fatiguée, elle voulait continuer. Nous longions la mer qui n'était que rarement à plus de cinq ou six kilomètres, comme l'indiquaient les panneaux de signalisation. Pourtant, nous ne la voyions jamais. Elle nous était cachée par des haies, des prés qui s'élevaient vers elle. Ce pays semblait dissimuler le trésor de ses eaux. Même notre passage au-dessus de l'estuaire de la Vire nous laissa sur notre faim. Après, c'était Carentan et la traversée du Cotentin. Nous nous enfoncions dans les terres. Le jour baissait, lent, dur. A l'ouest, une lueur glacée. De nouveau, des ombres grisâtres bondissaient, nous éclataient en plein visage. Parfois un arbre, une cabane, des parcs à bestiaux, tout un village frileusement niché. La pluie avait cessé.

La mer, invisible, battait faiblement, comme si elle eût voulu taire sa présence. Elle léchait le granite et le béton de la jetée, sous nos pieds. Son halètement nous disait que la bonne bête couchée vivait encore. Une vapeur obscure s'échappait de son corps et se mêlait à la nuit. Nous étions arrivés.

« Vous voyez, c'est ici qu'on embarque pour les îles. »

Paula Rotzen

On y voyait très mal, justement. Je me dirigeai vers l'extrémité du môle. Des ampoules nues jetaient une lumière réduite sur une casemate surmontée de parapets et de mâts. Ce n'était pas une construction militaire mais l'appendice où, à marée haute, s'accolait la coupée des navires pour les débarquements et les embarquements. Dans la nuit hivernale, il n'y avait trace d'aucune activité humaine. Le vent, par bourrasques, projetait des paquets de vapeur contre les lampes jaunes. La bête, paisible, nous rappelait qu'au-delà de ce paysage misérable elle possède un empire, et que sa force est incommensurable.

« La maison est là-haut. »

Paula Rotzen m'avait montré un point gris noyé dans une confusion végétale. C'était sur le promontoire, du côté de la terre. En bas, on devinait la présence des maisons aux volets clos (la saison s'était terminée il y avait deux mois), de hangars, de chalutiers au radoub étayés par des pieux. Un chien errait entre les coques noires. Tout, même le chien, s'appuyait contre une énorme masse rocheuse sur laquelle un chapelet de perles vertes signalait un chemin grimpant en lacet vers la hauteur. Il n'y avait aucune odeur. Ni iode, ni sel. Pas de senteurs d'écailles ou de coquilles. L'humidité glaciale les avait absorbées.

Dans les phares de l'Austin passèrent des façades fermées, l'enseigne d'un café de marins, le panneau indiquant la direction de Cherbourg, les yeux phosphorescents d'animaux de la nuit. Nous montions en suivant les perles vertes. Paula arrêta la voiture devant un portail de fer. Il était doublement clos par sa serrure et par des chaînes cadenassées. Le père de Paula lui avait recommandé de traiter avec douceur les mécanismes grippés, à commencer par celui de la grille. Jambes salies de boue, jupe froissée, elle s'escrimait depuis plusieurs minutes dans la lueur des phares. Le cadenas finit par céder et la serrure ne résista que pour l'honneur. « Vous auriez tout cassé, me dit-elle, si je vous avais laissé faire. » La chaîne glissa contre l'acier avec un grincement aigu. Un chien, quelque part, donna de la voix. Il se mit à gueuler à pleins poumons quand les battants s'ouvrirent sous notre poussée.

Paula conduisit l'Austin jusqu'à une sorte d'appentis enseveli sous les feuillages. Je la suivis dans l'allée envahie d'herbes et de mousse. A droite, et à gauche, on devinait un jardin retourné à l'état de forêt vierge. Au bout de l'allée, la maison, bloc de pierre et de brique entièrement aveugle. Elle avait deux étages, et un toit de hauteur disproportionnée en forme de chapeau pointu. Mes yeux, s'habituant à l'obscurité, avaient distingué une tourelle que surmontaient un clocheton ouvragé et une girouette brillante dont la flèche perçait le vent. Le perron était impraticable. Ses marches disparaissaient sous un emmêlement de branchages que nous eûmes les plus grandes difficultés à écarter pour accéder à la porte. C'était un lourd panneau de chêne fait pour inspirer confiance. La clef joua facilement dans la serrure.

« La façade est orientée au nord-est. De l'autre côté, il y a une terrasse qui donne sur la mer. Demain, je vous ferai visiter. »

Il fallut découvrir le compteur électrique caché sous l'escalier. C'était une boîte noire et démodée, avec une manette qu'on abaissait. Tout fonctionnait très bien. La lumière, ou ce qu'en distribuaient des ampoules d'avant-guerre obscurcies par les chiures de mouches, tomba sur un couloir aux murs gris et rose couverts, une fois pour toutes, d'un papier à motif végétal (feuilles et fleurs d'acanthe) destiné à braver les siècles. Çà et là, des plaques de moisissure avaient éteint la vivacité de ses couleurs. Je fus frappé de l'extrême pâleur du visage de Paula. Son regard courait d'un endroit à l'autre. Elle n'avait pas l'air heureux. Je le lui fis remarquer. Mais je me trompais. Elle était heureuse, tout à la joie de retrouver la maison de son enfance. Elle humait, dans les escaliers, dans les chambres, une odeur de sable et d'algues mêlée à celle, si particulière, des toiles défraîchies par la succession des hivers, par l'obscurité et l'humidité.

A l'étage, elle marcha dans les chambres désertes, ouvrit et referma portes et volets. Elle essaya, en vain, de

tirer de l'eau d'une robinetterie récalcitrante et geignarde.
Je déchargeai nos bagages et les réunis dans le couloir. Tout était redevenu tranquille et silencieux. La façon dont nous allions vivre, ou survivre, dans ce mausolée ne m'inquiétait pas. Le suprême inconfort de notre résidence n'était pour rien dans le sentiment d'abattement qui s'était emparé de moi. Une question se posait brusquement : qu'avais-je à faire ici? Pourquoi étais-je venu dans cette maison inconnue, et qui ne m'était rien? Accompagner Paula Rotzen pouvait, à la rigueur, passer pour une raison suffisante. Mais je savais qu'il y en avait une autre, nécessaire celle-là, que je ne parvenais pas à discerner. C'était la cause de mon vertige. Que nous soyons venus pour rouvrir la vieille bicoque et dresser l'état des lieux n'était qu'un prétexte. Mais quoi? La seule certitude était qu'il importait peu que je fusse ici plutôt que là. Ici plutôt qu'à Paris. Que nos séjours n'ont pas le pouvoir magique de modifier le destin, ni même de l'éclairer. Qu'ils ne nous aident en rien à nous déchiffrer nous-mêmes. On les subit.

Les cris de joie de Paula m'avaient tiré de cette perplexité. Je montai la rejoindre. Elle avait retrouvé dans un placard deux photographies et un roman. *Une vieille maîtresse,* de Barbey d'Aurevilly, dans son tome premier, à la Librairie Alphonse Lemerre, 23-33, passage Choiseul. Une édition de 1928. Elle feuilleta le livre avec enthousiasme, puis me lut, ravie, les premières lignes : « Une nuit de février 183., le vent sifflait et jetait la pluie contre les vitres d'un appartement, situé rue de Varennes... » Il y avait aussi des phrases totalement incompréhensibles qu'il suffisait de pêcher au hasard : « Ce bouillonnement d'un sang qui arrosait si mystérieusement ce corps flave, et qui trahissait tout à coup sa rutilance sous le tissu pénétré des lèvres; ce trait héréditaire et dépaysé dans ce suave et calme visage, était le sceau de pourpre d'une destinée... » J'avouai mon ignorance du sens de « flave ». Mais quel délicieux charabia! Paula était enchantée.

« J'ai lu tout cela autrefois. Evidemment, je n'ai jamais trouvé le deuxième tome. »

Elle se souvenait avec émotion de ces pages moutonnantes de mots choisis, de ces chapitres marins qui, vague après vague, l'avaient aidée à s'endormir.

« Et savez-vous qu'il n'y a pas de nature chez Barbey d'Aurevilly. C'est un sujet qu'il effleure à peine, une pure convention. Tenez, quand il dit : " Il faisait un clair de lune perçant et glacé ", cela lui suffit pour suggérer la promenade nocturne du vicomte de Prosny. Il plante un décor, et voilà tout.

– Et les photos, que disent-elles?

– Celle-ci représente mon père en tenue de plage; à la mode de 1935. Je n'étais pas née. Et celle-là, une vue de la côte de Carteret, dans la direction de Port-Bail. Regardez ces vagues arrêtées au vol... Cela me fait toujours un effet bizarre de regarder la mer photographiée, la mer qu'on a figée un instant. »

Elle me montra sa chambre. L'endroit où se trouvait le lit. Ce lit et les autres meubles avaient disparu. Elle ne savait pas comment cela s'était fait. C'est le sort des meubles que d'entrer et sortir des maisons, comme c'est celui de leurs habitants. J'avais pu débloquer le robinet d'arrivée d'eau. Nous avions fait un brin de toilette dans une eau perçante et glacée comme la lune aurevillienne, et avions mangé dans la cuisine où, à côté d'un antique fourneau, subsistaient une table, quelques tabourets et les éléments dépareillés de plusieurs services de vaisselle. Puis nous étions montés nous coucher, comme un vieux ménage, avais-je dit, dans la chambre qui surplombait la terrasse de laquelle, par beau temps, on voyait les îles. Paula avait ajouté que nous ne les verrions certainement pas en cette saison, à cause des brumes persistantes. La chambre était vaste. Nous y avions tiré un vieux lit, ou plutôt des sommiers de mailles d'acier sur lesquels nous avions étendu nos sacs de couchage. Comme l'atmosphère était glaciale et humide, nous ne nous étions pas déshabillés, et ce fut dans les bras l'un de l'autre, pelotonnés, ramassés comme une seule boule doucement réchauffée, que nous nous laissâmes tomber dans notre fatigue.

Il faudrait des heures de réflexion pour comprendre ces événements simples qui nous touchent chaque jour. Comprendre, par exemple, comment ce qui nous affectait hier au point de nous couper le souffle, de nous ôter toute forme de pensée cohérente, nous laisse aujourd'hui dans la plus froide indifférence. Nous n'avons pas oublié pourtant ce qui nous tourmentait. Nous pourrions poser les termes de la question, ou redessiner les contours de notre angoisse. Mais nous n'en avons même pas le goût. C'est comme si, étrangers à tout cela, nous allions aborder des terres nouvelles. Nous nous élançons vers cette nouveauté. Nous la désirons de toutes nos forces. Paula Rotzen dormait encore et je réfléchissais à ces questions. La veille au soir, dans le froid couloir, je m'interrogeais sur l'apparente absurdité de ma présence dans cette maison, et voilà que je m'éveillais sans question, sans malaise. L'esprit se dégage comme un ciel traversé par les vents imprévisibles. Je me mis à rire en silence. Les lieux n'ont d'importance que si notre état d'esprit, ou d'âme, leur prête cette importance. Sinon, ils ne comptent pas. Le silence du petit matin était absolu. Paula était restée lovée contre moi et sa chaleur me plaisait. Je me remémorais avec étonnement le rêve que j'avais fait cette nuit-là.

La surface au bord imprécis est immaculée. Plutôt que ses frontières, c'est sa blancheur qui la définit le mieux. Elle fait penser à un écran de cinéma. Blancheur molle, sans grain, ouateuse. Elle est immatérielle et somptueuse, au point d'engendrer un début de nausée dont on ne sait si elle s'évanouira ou s'amplifiera jusqu'au vomissement. Les comparaisons avec la neige, le pelage sans tache de l'hermine, le lait, le linge fraîchement repassé, le rohart sont au-dessous de la vérité. Elle est intacte et ne vibre pas comme d'autres matières blanches qui réfléchissent la lumière avec des palpitations de leur être intime. Elle ne brûle pas non plus les yeux comme fait le soleil. Elle attire le regard, au contraire. Il voudrait rester fixé sur elle, s'y assouvir, mais il ne le peut pas.

Le rêveur se surprend à s'en approcher. Il remue son torse raide et ses jambes. Par instants, il lui semble qu'il progresse par sauts, à d'autres, en nageant comme un poisson. Une force le jette contre elle de toute façon. Le mouvement est au-dedans de lui comme au-dehors. C'est comme si, partout, s'écartaient des corps aériens qu'il palpe et qui le palpent. La crainte, le sentiment d'un malaise imminent se sont éloignés. La seule pensée d'une gêne dans ses évolutions serait déjà une souffrance. Son esprit est inoccupé (mais non pas vide), et sa liberté de mouvements infinie. Il a conservé le sens du bas et du haut, de l'avant et de l'arrière, et l'aptitude à s'orienter dans l'espace sans s'y dissoudre. C'est un lac qu'il voit au loin. Il se dirige vers l'eau blanche grâce à une ondulation de tout son corps. Mais il n'a pas l'impression de s'en rapprocher, pas plus qu'il n'éprouve le sentiment d'un déroulement ou d'un écoulement du temps. Ses repères disparaissent. Il est dans un présent immobile, gelé. Il désire se baigner, là-bas, dans la blancheur qu'il voit.

C'est maintenant comme s'il marchait au fond de la mer. Ses gestes ont la lenteur exaspérante de ceux d'un scaphandrier. Mais il ne se sent ni lourd ni emprunté. Il ne lui semble pas produire d'effort. Il n'éprouve donc aucune fatigue. Bien mieux, plus il s'agite, plus ce qu'il ressent s'apparente à la détente de l'appareil musculaire dans les minutes qui précèdent l'entrée dans le sommeil. Il se meut, d'une manière très intense, mais il ne pourrait prétendre qu'il se déplace, avance ou recule. La surface immaculée ne se rapproche ni ne s'éloigne de lui. Il n'éprouve aucune frustration. Aucune angoisse. Mais il sait les avoir éprouvées dans le monde de l'éveil, lequel ne s'est pas entièrement effacé de sa conscience.

La blancheur absorbe violemment une lumière dont la source est inconnue, laissant s'altérer sa texture de tissu ouaté. Elle devient lisse, brillante. Elle prend un grain qui jusqu'alors lui faisait défaut. Un grain localisé. Quelques points épars ici et là. On les dirait portés à l'incandescence. L'un d'eux, ayant sans doute accompli sa combustion, imperceptiblement grisaille. Le rêveur sait, ou plutôt ne doute pas, qu'il sera bientôt immergé dans le lac. Retour de la connaissance du temps : le point gris commence à s'étendre. Il noircit en son centre. Ce noir l'envahit, se répand et se diffuse sur toute la surface. Le rêveur comprend qu'il lui faudrait vite trouver le moyen d'enrayer ce processus d'obscurcissement dont il pressent l'ampleur et l'incontrôlable expansion. L'inquiétude s'empare de lui. Il sent que se rapproche un monde qu'il avait quitté et où il lui faudra renaître. Il se crispe dans le sommeil. Ses regards restent accrochés à la surface encore blanche par endroits. Il est dans la plus totale impuissance.

Plus aucun espace vierge maintenant. Et cela continue. Le gris, partout étalé, se fait sombre et épais. Les regards du rêveur errent en vain d'un point à un autre, ils s'égarent, cherchent blancheur et limpidité. Quête impossible. La surface entière passe du gris éteint aux premières nuances de l'obscur, et cela avec une implacable régularité. Lui, il s'est figé. C'en est fini des suaves navigations, des tendres fusionnements. Il éprouve sa consistance gélatineuse, ses limites, son unicité. Il est conduit à une attente immobile, bien que de toute la violence furieuse de son désir il veuille écarter le voile funèbre. Il sait qu'il ne va pas tarder à être comme séparé.

Rien ne s'oppose à ce que la surface d'ombre s'épaississe. On dirait de l'encre se dégorgeant sur du papier. On dit aussi « noir comme de l'encre ». Viennent les premières sueurs, et une incroyable difficulté à respirer. Sa volonté est impuissante à desserrer l'étreinte, à repousser les parois invisibles qui l'oppressent de toutes parts, les hoquets annonciateurs de la montée des vomissements. Ce n'est pas fini. Il se sent prisonnier. Il se débat et lutte avec cette force qui le nie et le pousse en avant. La surface est maintenant tout envahie, gagnée par une lèpre de nuit. C'est une gangrène qui n'a pas laissé subsister le moindre atome de chair saine. L'aspect du lac est celui d'un bloc de houille fripé, avec une multitude d'aspérités, de replis, d'arêtes, d'éclats, d'anfractuosités, d'excroissances... Son regard se fait désert. Folie. Il voit ce qui ne peut être contemplé, l'insoutenable, l'obscène éclat de la nuit. Il s'éveille, trempé de sueur. Sa bouche est grande ouverte, son visage contracté. Dans sa gorge éclate le cri rouge de l'éveil.

Je m'étais assoupi sur ce rêve, puis mes yeux s'étaient rouverts sur une pénombre ocrée, vaguement dorée, qui réchauffait l'air de la chambre dénudée. Le temps devait être au beau, malgré la saison. Paula Rotzen dormait, paisible, la tête enclose dans son bras replié. Ses paupières blanches captaient les faibles rayons de lumière. Son souffle tiède, rythmé, venait se poser sur ma main. Elle avait les lèvres à demi ouvertes et m'offrait de la couronne de ses dents une vue parfaite, comme si, d'un sommet, j'eusse contemplé le chemin de ronde d'une forteresse des siècles passés. Tout était tranquille, comme ce souffle, comme la lumière étrange qui se frayait un passage par des dizaines d'interstices. Mon inavouable paix intérieure répondait à la paix de la maison, à celle des maisons environnantes, des plages et de la mer, si proches et invisibles.

La terrasse (j'avais fini par en découvrir l'accès) était de ce granite gris du pays breton que le soleil dore ou rosit selon l'heure. Les dalles étaient assemblées à joint vif et, comme dans cet énorme appareil de pierre du Cuzco, on n'aurait pu introduire une lame entre elles. L'entablement de la balustrade qui en marquait les limites était porté par une rangée de colonnettes au ventre gonflé. Aux extrémités et aux angles étaient scellées des vasques de bronze coiffées d'un amas végétal calciné. Orientée à l'ouest, cette terrasse ne recevait pas encore les rayons d'un soleil, je ne m'étais pas trompé, généreux et presque chaud. Elle était bleue. Elle répandait dans l'air, sur les murs, son bleuissement. Dans sa partie sud, elle était fermée par une serre, elle-même montée sur un appareil de maçonnerie et à laquelle on n'avait accès que de l'intérieur.

Le jardin, en contrebas, était une sorte de forêt vierge qui, en pente drue, glissait jusqu'au port et à la mer. Les risées du matin créaient de soudaines turbulences dans ses feuillages et ses bois morts. Des arbustes se changeaient en convulsionnaires. Après chaque rafale, la végétation redevenait garenne, mince épaisseur de verdure séchée sur la croûte du sol. Une colonne de fourmis montait de ses profondeurs jusqu'à la terrasse. Transhumance ou simple déménagement, elles transportaient des débris de toutes sortes, et des œufs. La troupe longeait la balustrade et, par une anfractuosité, redescendait au jardin. Elle semblait avoir soutenu une guerre ou avoir échappé à quelque cataclysme aux dimensions fourmilières.

Il pouvait être neuf heures. J'avais laissé ma montre dans la chambre et devais me fier à la vivacité de la lumière pour évaluer l'écoulement du temps face à la mer. La terrasse avait été construite de façon à offrir aux occupants de la maison le spectacle des vagues. Le temps se dissolvait dans cet espace, et je m'y serais dissous moi aussi si je ne m'étais obligé à une observation précise, soucieux de ne rien ajouter et de ne rien retirer à ce que je voyais. Je voulais m'éloigner du narrateur de *la Recherche* qui, s'éveillant dans sa chambre de Balbec – ainsi du moins était mon souvenir –, regarda la mer de sa fenêtre et la vit « nue, sans ombrages », d'abord, puis éblouissante, avec des vagues d'émeraude à crête neigeuse et des vapeurs bleuâtres de glacier... Au paysage réel s'était peu à peu substitué un autre paysage, mi-réel, mi-imaginaire, où me semblait peinte une mer intérieure et fantomatique. Celle que je regardais avec attention se présentait sous les apparences d'une mince plaque d'acier mat, immobile. Plaque impénétrable posée contre l'horizon, sur un grand tapis jaune. Elle était vide comme un désert. Les seuls êtres en mouvement étaient dans le ciel, ou plutôt, le ciel semblait en mouvement. Une brise vigoureuse chassait sans discontinuer de gros nuages blancs vers l'intérieur des terres. Ils glissaient mollement, puis ils étaient soufflés d'un coup, aspirés par le continent. Ils passaient au-dessus de ma tête à toute vitesse.

Mon inspection exacte du paysage s'était muée en contemplation. Je n'avais pu m'empêcher d'y trouver de l'acier, un tapis jaune, un désert. Non, décidément, il sera toujours impossible à l'observateur de ne pas s'inclure dans le champ de son regard. Accoudé à la balustrade, j'étais d'ailleurs installé dans ce champ, et un autre contemplateur, situé plus loin, ou plus haut, m'y aurait obligatoirement inclus. Je cherchai un instant autour de moi cet invisible et possible contemplateur qui m'eût pris dans une image en abyme et ne trouvai personne.

Je tentai de revenir à un exercice plus sain de l'observation. Au pied de la garenne qui cernait la maison étaient disséminées des maisonnettes au toit de tuiles rouges. De certaines cheminées s'échappait une maigre fumée grise, indice de présences humaines. On n'entendait ni appels, ni coups de marteau, ni bruits de moteurs. C... était une ville morte. Sur le toit de la casemate du quai d'embarquement flottait un drapeau décoloré par le contre-jour. Pas une voile n'était apparue sur la mer. Dans les jardinets minuscules, où pourtant on a toujours à faire, on ne voyait pas âme qui vive. L'explication était-elle dans cette mince bande littorale battue des vents, dans le contact mortel et désespérant avec l'étendue liquide? Il n'y avait ni poésie, ni beauté de la mer. Pour l'homme qui habite là, sur la digue, sur le promontoire, il n'y a rien à regarder sur la mer, et la mer n'est rien. Peut-être même ne veut-il pas la voir. Il reste chez lui. Il ne fait aucun bruit, aucun mouvement. Il se met à l'unisson.

Les îles ne sont plus visitées en cette saison. Le trafic maritime entre elles et le continent est arrêté. Le quai est à l'abandon. Le drapeau flottera tout l'hiver et les vents d'équinoxe en auront, d'ici là, fait de la charpie.

Le temps de la marée basse et étale était passé. Le vent s'était levé avec plus de vigueur. Il dilacérait les nuages joufflus, les émiettait, les éparpillait en fins lambeaux dentelés, les atomisait à toute vitesse. J'entendais son souffle d'asthmatique. Il semblait que la mer se fût avancée. Imperceptible mouvement, là-bas, de son magma opaque. La barre de métal bleu s'était épaissie. Elle était bordée de fins lisérés blancs, parcourue de fugitifs reflets lumineux. La mer s'éveillait.

Le soleil s'était dégagé des brumes et des nuages divagants. Au nord et au sud filaient des plages sablonneuses, fin ruban d'or, ourlé d'améthyste d'un côté, d'émeraude de l'autre. L'herbe des dunes, le sable et l'eau s'étaient une fois de plus transmutés en pierres et en métaux précieux. L'esprit humain, même le moins talentueux, est un étrange alchimiste.

Les trois premiers jours s'étaient écoulés sans histoires. Nous vivions sur la terrasse. Nous nous y installions pour le petit déjeuner, que nous aimions prendre devant la mer, quel que fût le degré de fraîcheur de l'air. Notre principal sujet de conversation était les poèmes que Paula Rotzen écrivait, chaque après-midi, sur une table de jardin que nous avions découverte dans la remise. C'étaient de courts poèmes. Leur sujet, un caillou, un brin d'herbe, un chant d'oiseau... Paula désirait que parlent les objets inanimés. Elle énonçait, ou tentait d'énoncer leur forme, et rien de plus. La courbure de l'herbe sous la main du vent, les striures en éventail d'un coquillage à demi enfoui dans le sable... Elle avait récemment ajouté à sa galerie naturaliste un galet, une plume d'albatros ramassés sur la plage. Elle voulait être au plus près des choses, et elle l'était. J'admirais ses poèmes, mais prétendais que c'était un hypocrite détour que de prendre la parole au nom des formes existantes, lesquelles n'avaient pas besoin de mots humains pour s'exprimer. Paula admettait mon point de vue, mais soutenait que le propre de l'homme est de ne rien comprendre au monde qui l'entoure et que la seule approche possible est qu'on se donne d'abord l'illusion de le comprendre en le disant avec nos mots. J'admettais, quant à moi, que le monde me fût inconnaissable. Que sur les questions de langage, il eût fallu mettre en doute les chiffres de la science, les plus complexes comme les plus usuels : le zéro degré à partir duquel gèle l'eau pure par exemple, le nombre pi, la vitesse du son et celle de la lumière... car tout cela n'existe que dans la bouche des hommes, dans un système d'explication qu'eux seuls comprennent et qui peut être mis au rancart pour un oui ou pour un non...

Paula Rotzen (et c'était un autre sujet de controverses entre nous) en avait assez de donner la parole aux hommes qui ne savent que se plaindre. Certains – et je ne pouvais la contredire sur ce point – s'étaient fait une spécialité rentable du gémissement acharné, des larmes sanglantes que rien ni personne n'aurait jamais le pouvoir de sécher dans les yeux des victimes. Celles-ci, qui n'avaient connu que tortures, humiliations et mort affreuse, ne devaient à aucun prix goûter la paix et le repos de l'oubli. Ces poètes étaient (et sont) les ennemis de l'oubli. Ni les morts, ni les vivants, ni même ceux qui ont par miracle survécu ne peuvent espérer vivre une seconde, un dixième de seconde de leur vie vivante sans que l'horreur passée leur soit rappelée, non par leur conscience, mais par la voix du poète ennemi de l'oubli, et cela précisément en ce dixième de seconde où ils ont cru l'avoir enfin oubliée. Ces poètes, avec l'aide de la logique et des leçons de l'Histoire, s'efforcent de leur redire à chaque instant que les mêmes tourments les attendent dans un proche avenir, et que le pire est toujours et encore prévisible. Ces poètes ont, dans la lutte acharnée contre l'oubli, leur conscience pour eux. Et même leur bonne conscience. Ils sont connus, célèbres, autant que peuvent l'être des poètes dans le monde d'aujourd'hui, c'est-à-dire un peu moins que des champions cyclistes, et consciencieux. Ils remplissent page après page, occupent les antennes et les écrans, diffusent cette matière sonore et toujours rentable : les râles et les cris d'épouvante des victimes. Avec la satisfaction de la tâche accomplie, ils vident leur stylo de la dernière goutte de leur sang. Ils appellent cela : témoignage contre l'oubli. De San Francisco à Séoul, de Paris à Melbourne... ils déversent la sainte parole. Du sang! Du sang! Prenez garde. L'ennemi est proche. Peut-être est-il déjà en vous, le monstre assoiffé de sang humain? Peut-être est-il vous? Ainsi, personne ne vit plus et ne vivra plus de vie paisible et simplement humaine.

« Et pourtant, tu es juive, lui dis-je.

– Justement parce que je suis juive, je réclame qu'on enterre les victimes, qu'elles aient enfin la paix, et que les vivants se mettent à vivre, seule condition pour qu'il n'y ait plus de victimes. Et pour vivre, il faut que la vie soit une vraie vie, neuve et innocente. Pour la toucher, pour en donner ne serait-ce que l'idée, il me faut commencer par parler le langage des pierres, des algues, des nuages et de l'air. Ou ce que je crois être leur langage. Je veux repartir de zéro. Laisser de côté le vieux monde sanglant du passé. Les victimes n'ont plus besoin de moi, mais c'est moi qui ai besoin d'elles. Je veux oublier, effacer de ma mémoire les mots dégouttant du sang des égorgés. Je veux parler avec d'autres mots qui me donnent la vie. »

Le galet, par exemple, nous ne l'avions pas choisi. C'était, à proprement parler, le premier galet venu. A première vue, rien ne le distinguait des millions d'autres galets de son espèce que les grandes marées avaient amoncelés de place en place. Mais, à le regarder de près, tout changeait. Il était ce galet unique, vibrant entre le bleu et le blanc, délicatement veiné de courants sombres et parallèles qui couraient en anneaux de plus en plus étroits de sa base à son sommet. Il avait la forme d'une pyramide usée pour s'être frottée pendant des siècles aux vents et aux sables. Ces courants qui le traversaient prenaient naissance à sa base (pas absolument plate) dans une seule artère qui s'ouvrait sur la forme parfaite de la lettre upsilon. Il fut donc le galet Upsilon. Sa surface était lisse comme une peau de femme ou d'enfant. Son grain était d'une extrême finesse, et quand nous le faisions tourner dans le soleil, en deux endroits opposés, apparaissaient de minuscules points brillants.

« Ses yeux ?

— Vous devriez savoir, Philippe, que les pierres n'ont pas d'yeux. Vous êtes bien peu poète. »

Je reconnaissais volontiers mon incapacité en ce domaine comme en bien d'autres.

Je m'étais chargé des provisions, ménageant à Paula Rotzen des plages de solitude qu'elle mettait à profit pour écrire. Inapte à entreprendre et à réussir quoi que ce fût, j'avais au moins l'intime satisfaction de me rendre utile à la poésie en me chargeant d'obscurs mais nécessaires travaux. Le supermarché se trouvait sur la route de Cherbourg. J'y allais avec l'Austin.

Nous avions organisé notre existence dans la maison de façon très satisfaisante. J'avais même réussi à tirer quelques calories d'une antique chaudière abritée dans les sous-sols. Si nous n'avions pas vraiment chaud, nous n'étions plus gelés. Il n'était pas question de rentrer à Paris. J'évitais de parler de cette éventualité. Je me sentais bien à C..., dans une sorte de vie suspendue. Paula ne m'avait-elle pas conseillé de prendre mon temps, de réfléchir?

J'écrivais à maman. J'utilisais, pour cela, une collection de cartes postales anciennes découvertes chez un libraire. C'étaient deux vues d'époque à la douce couleur terre de Sienne.

La première représentait le montreur d'ours Nicolas Flament, lors de son passage dans les rues de C..., le 14 août 1909. Le bonhomme portait un chapeau conique décoré de rubans entrecroisés, une veste serrée, un bissac accroché à son épaule par une cordelette, des chausses bouffantes de marcheur des bois, tenues serrées aux chevilles et aux genoux par de la grosse ficelle. Il fixait fièrement le photographe, avec cette assurance tranquille de celui qui, exerçant un métier hors du commun, s'estime lui aussi un être hors du commun. Ses ours, animaux sages, portaient convenablement, l'un la veste courte (sorte de boléro qu'arboraient les turcos, qui sur les champs de bataille de 70 s'étaient tant fait craindre des uhlans) et la chéchia; l'autre, un long paletot ceint d'un baudrier et d'un sabre de bois, ainsi qu'un couvre-chef fait d'une boîte métallique sur laquelle son maître et dresseur avait assujetti une pointe. Un regard attentif permettait de lire que Nicolas Flament était entouré de ses fidèles compagnons Chassepot et Bismarck. A droite et à gauche de ce groupe central, des enfants – galoches de bois, culottes à mi-mollets, robes longues – formaient une garde d'honneur immobile et empressée. Leurs yeux brillaient de fierté et de plaisir. Ils avaient la double chance d'assister à un événement exceptionnel immortalisé par un objectif photographique. Des pêcheurs, des ménagères, des paysans contemplaient la scène avec une raideur un peu solennelle. Mais, dans le fond de l'image, une silhouette s'éloignait à grands pas.

La seconde était d'un caractère tout différent. C'était l'embarquement pour les îles au début du siècle. L'incertitude de la date créait à elle seule autour de cette image une atmosphère de mystérieuse nostalgie. On y reconnaissait l'embarcadère où nous nous étions arrêtés à notre arrivée. La présence de quelques badauds – une femme en particulier, jupe longue, large chapeau fleuri qui maintenait son visage dans l'ombre – ne rendait pas les lieux moins désolés. Le mystère de cette carte, c'était cette femme au visage caché. Je l'imaginais beau et fin, ému peut-être, car elle levait la main. Etait-ce pour saluer un voyageur en partance? Un ami? Un mari? Un frère? Un amant?... Etait-ce seulement pour se protéger d'un soleil éblouissant? Cette photographie qui, de toute évidence, n'avait été prise que pour éterniser un cadre composé de la jetée, de la mer, du ciel et d'une fort jolie goélette, n'existait pour moi qu'en raison de la présence de cette femme qui, élément hasardeux et contingent du décor, venait y occuper la place centrale. Etait-elle encore en vie? Une très vieille dame retirée au sein de sa famille, ou dans une maison de retraite? Etait-elle morte, cette femme dont la silhouette disait les trente ans?... La vraie question était : qui était-elle? Quelle vie avait été la sienne?

Du haut de la terrasse, je cherchais des yeux l'endroit exact où elle avait posé ses pieds. Je peuplais le vide de son image, et j'en étais saisi jusqu'au malaise. Cette fascination avait quelque chose d'infantile, je le savais et ne pouvais m'en défendre. Je cherchais l'ombre, la trace. Je n'avais plus besoin de contempler la photographie pour voir son bras relevé, et sa main qui, peut-être, allait saisir le bord de son chapeau. Et aussi le jabot clair de son corsage qui formait un contraste avec son élégante veste étroite. Celui ou celle qu'elle saluait était invisible. Peut-être admirait-elle seulement la fastueuse goélette posée entre ciel et mer. Une pensée m'irritait : que je ne fusse pas le seul propriétaire de cette vue et de ce qui, pour moi, en était le sujet principal. J'avais, bien entendu, acheté tout le lot de ces cartes, mais il était fort probable qu'il en existât d'autres, ailleurs, chez d'autres libraires, chez des collectionneurs. J'aurais aimé, en somme, qu'elle ne fût qu'à moi. Paula Rotzen l'aimait aussi, mais pour d'autres raisons : l'embarcadère était tel qu'elle l'avait connu; le grain épais et incertain de l'ancien cliché donnait à la mer un aspect lointain, presque irréel; l'élégance désuète de la femme inconnue et celle de la goélette composaient une sorte de tableau. A maman, j'écrivais tous les deux jours, sur la carte au montreur d'ours exclusivement.

En revenant du supermarché, je m'arrêtais à la plage, près de la vieille église, pour de longues promenades durant lesquelles je ramassais des débris de toutes sortes que je destinais à Paula Rotzen. L'hiver était proche. La côte s'étendait jusqu'à un infini de brumes. Elle était balayée par un souffle acide qui la prenait par le travers. Les eaux, quand elles s'étaient retirées, semblaient ruminer dans les lointains. Elles s'y estompaient en un ruban pâle, flottant, obscur. Je marchais une heure, ou plus. Le sable me collait aux semelles, et les immondices, vestiges des étés précédents, éparpillés sur des kilomètres : cordages rongés, sachets de matière plastique, tubes de crème solaire, capsules, baleines de parasol aux articulations soudées par la corrosion, lunettes, soutiens-gorge, sandales, bigoudis, épingles de nourrice, débris de journaux, lanières, courroies, restes d'un trépied de photographe, sandwiches cartonneux, piquets de tente, bouées, lambeaux de filets, manches de pelle, bidons, flacons, pneumatiques craquelés, plumes, tessons, boîtes de conserve, mégots, préservatifs, paquets de cigarettes vides, chiffons, pochettes de disque, fil de fer, jouets éventrés, écume savonneuse, clefs, un volume broché à la couverture d'un rose écœurant (le dernier roman de Rita Chérie-Othin), mouchoirs déteints, roues de bicyclette, un tuyau de pipe veuf de son fourneau, la page de couverture d'une revue pornographique représentant l'arrière-train offert et cambré d'une demoiselle dont le visage devait offrir si peu d'intérêt que le photographe avait jugé bon de le faire disparaître derrière un large pan de jupe troussée, débris de cageots, serviettes-éponges, fragments d'une partition

Tempo di Valza

Vil-le ché-ri-e O ma pa-tri-e, Fais, je t'en pri-e, Par-ler les flots; Et qu'on me ren-de c

assiettes et gobelets de carton, gants de caoutchouc de ménagère, gants de poissonnier, bouteilles vides ou à demi remplies de liquides douteux, papier argenté, serviettes hygiéniques maculées, une carte à jouer (l'inexpressif valet de carreau), raquettes, volants de badminton, ballons crevés, pelures d'orange noircies, briquets Cricket hors d'usage, un bracelet-montre, divers bonnets de bain... L'homme s'est répandu sur la plage. Deux fois par jour, la mer, consciencieuse, lèche, ronge, use, absorbe, élimine ces détritus, sans venir à bout des matières plastiques et synthétiques. Elle les repousse au pied des dunes où elles finissent par dessiner une couronne bigarrée, imputrescible.

Je ramassais aussi des plumes. Plumes de macareux et de mouettes. Celles-ci, je les observais souvent. Elles allaient par bandes nombreuses, silhouettes grêles et argentées posées sur les bâches brillantes abandonnées par la marée descendante. Immobiles et comme endormies sur leurs pattes fines. Si j'avançais vers elles, à cinquante pas, la plus proche tirait de long pour aller se poser, silencieuse, sur l'aile opposée de leur formation. La suivante, avant de s'envoler, attendait qu'entre elle et moi s'établît la même distance de cinquante mètres en deçà de laquelle elle s'estimait menacée. Elles se gavaient grassement en suivant la vague en fuite. Elles s'agglutinaient sur les moulières. Lorsque le reflux leur découvrait quelque prometteuse anfractuosité, elles poussaient une plainte brève, discordante.

Elles laissaient sur leur passage des tronçons de petits crabes verts. Les crustacés n'avaient contre elles aucune chance. C'était la curée au bord des cuvettes. D'un coup de bec infaillible elles les jetaient au sec, sur le dos. Je les imaginais (car de si loin il ne m'était pas possible de les bien voir) brandissant leurs pinces inutiles. Je me les figurais se démenant avec une ridicule frénésie. Peut-être s'engourdissaient-ils soudain, convaincus de l'inutilité de tout effort. Peut-être gesticulaient-ils à l'aveuglette, jusqu'au bout. Un second coup de lance les transperçait. Ils gigotaient encore un peu, ultime défense. Avaient-ils peur? Et elles, éprouvaient-elles une sorte de plaisir à ces assassinats? Parfois elles s'y mettaient à deux pour s'en disputer un seul. A grands coups d'estoc et de taille elles se le chicanaient et, finalement d'accord, le dépeçaient. Ne restaient qu'extrémités et carapaces cornées, dépouilles du combat inégal parmi les empreintes tridactyles.

A Paula Rotzen j'apportais un petit membre brisé, une pince, et curieusement me revenaient à la mémoire ces mots de Froissart, que notre professeur d'histoire de quatrième nous lisait, la voix cassée par l'émotion : « Cette bataille du samedi, entre La Broie et Crécy, fut moult cruelle et très horrible... » Je revoyais, comme je les avais imaginés le jour du récit, les gros chevaliers du roi Philippe, empêtrés dans leurs armures, s'empaler sur les trois batailles impeccablement ordonnées des Anglais.

Il m'arrivait, en marchant sur la plage, de remonter à des temps plus effacés. A ces temps qui n'eurent pas d'historiens et où des hommes à peine vêtus et munis de couteaux de silex parcouraient les grèves. Des hommes qui se nourrissaient de coquillages à la belle saison. Ils regagnaient l'intérieur des terres aux premiers froids. Là où je me trouvais, de quelle façon étais-je le plus sûrement relié à eux? Par cette marche dans le sable mou? Oui, sans doute, mais c'était là une faible émotion. Par le regard porté sur les vagues qui jouaient avec le ciel? Ils ignoraient l'existence de terres transocéaniques, et cette masse liquide jamais en repos devait leur paraître une créature effroyable, mugissante, brutalement agitée de fureurs frénétiques. Le vent! La voix de la bête. Sa parole. C'était cela! Le vieil homme à peine vêtu marchait en l'écoutant. Elle s'enflait dans son oreille. Elle jetait ses hauts cris, puis s'amenuisait jusqu'au pianissimo, jusqu'au clapotis et au vagissement. Elle lui parlait doucement alors. Il s'arrêtait et restait à l'écouter. Elle berçait son rêve comme elle berçait le mien. La même voix : vent et chute sourde des vagues.

Il y avait encore les odeurs, tellement âcres qu'elles nouent la poitrine d'un fil d'acier. Odeurs apportées et reprises par les embruns. Piquantes, épicées, salées. Poivrées aussi, et humides. Algues brunes et vertes : parfums des prairies sous-marines, senteur affolante du sexe géant. Sables : effluves âpres ou capiteux des coques rouillées, des gréements décomposés. Relents d'écailles, de tripes de poisson, de spermaceti. Rien que matière vive arrachée à la matière vive, déjà pourrissante.

Là-bas, les îles, auxquelles on aborde après deux heures de navigation pour la plus éloignée, n'avaient pas de parfum en cette saison de végétation morte. J'imaginais leurs arômes printaniers. Senteur agressive du lilas, et celle, plus subtile, des roses cultivées par des mains de jeunes femmes anglaises. J'étais libre, n'est-ce pas, d'imaginer des mains de jeunes femmes anglaises. De chercher d'autres îles aussi, de plus lointaines, de plus odorantes, qui venaient à moi par bouffées successives : cannelle, papaye, melon d'eau, caoutchouc brûlé, chair laiteuse et blanchie des naufragés, piment-oiseau, chevelure, sueur, gingembre, fruit de la passion, cacao, pain de l'arbre à pain, roseaux pourris, poisson frit dans le miel, barbacoa, manioc grillé, fumée des brûlis, orchidée, réséda, vin de palme et résiné... Le vent Soliman m'apportait les fragrances de l'ouest. Je n'irais jamais dans ces îles. Je le savais. Je n'en éprouvais aucun regret, ni même aucune envie. Imaginer me suffisait.

Le vent d'hiver me donnait témoignage de la constance et de la force de son souffle dans les pins, assez rares, qui avaient tenu, accrochés à la côte. Leurs troncs maigres étaient inclinés vers le continent. Ils avaient poussé ainsi, toujours sous la férule. Le vent pouvait aussi être court et méchant. Il soulevait des colonnes de sable, qu'il avait un malin plaisir à casser comme fétus. Il faisait un raffut infernal. Avec des retours imprévus sur lui-même, il prenait les vagues de front, les écrêtait et les renvoyait au large. Elles étaient alors chargées de pollens, de capsules, de graines et de poussières fécondes, de tout ce qu'il poussait devant lui avec la paille, la poudre d'os, la poudre de diamant des longs jours. La mer s'ensemençait encore de la matière vivante, proliférante, qu'au-delà des dunes on accumulait dans les décharges : tout commençait et recommençait sous mes yeux. Il n'y avait plus que cette odeur de vie. J'essayais de la goûter, puis de m'en remplir les poumons. D'en imprégner mon corps de citadin. J'y arrivais, ou croyais y arriver parfois. Mais j'éprouvais le plus souvent, et sans trop de tristesse, mon impuissance à être du parti de la vie.

À Paula Rotzen j'apportais la délicate spirale d'un coquillage de nacre et de rose, le froissement soyeux d'une plume où le gris bleuté s'ourlait de noir. Elle prenait ces objets, les faisait virer et flotter dans l'air, les soumettait à l'épreuve de la lumière et de l'eau, les caressait et s'en caressait. Ils semblaient naître dans ses mains magiciennes. « Bientôt, tu parleras », leur disait-elle. Je reconnaissais l'illusion et y prenais plaisir. Ils avaient l'inquiétante beauté des choses qui sont et ne s'effraient pas de disparaître. Et un autre trait commun : la dissymétrie. Les demi-cercles de l'abri du bernard-l'hermite formés autour de l'axe partant du sommet de la coquille, comme les barbes de la plume autour de la hampe, s'épandent en deux parties d'inégal volume. Je me satisfaisais d'observations de ce genre, davantage que d'impressions et de sentiments. Paula Rotzen ne semblait pas m'en vouloir de mon incapacité poétique.

Dans la maison restaient bien des objets et des détails à découvrir. Autant pour moi, qui suis fasciné par les lieux clos et abandonnés, que pour Paula, chez qui ils ranimaient sans cesse de nouveaux souvenirs. Bien sûr, il n'est ni agréable ni très utile (sauf si l'on prépare quelque mauvais coup) de se faire décrire des lieux inconnus où l'on ne se rendra jamais. De telles descriptions engendrent une fatigue inouïe. Comme si on nous obligeait à une longue marche dans les vastes salles d'un musée de la sculpture, par exemple, et comme si la sculpture était justement cette branche de l'art qui ne nous aurait jamais inspiré la moindre émotion. Un tel musée serait pour nous une immense maison vide, aussi nous épargnerons-nous une promenade de ce genre.

L'intérêt de la maison n'est pas dans son architecture qui, à défaut d'un beau mobilier, pourrait être captivante. Si elle est ce qu'il est convenu d'appeler une belle villa, rien cependant ne la distingue, hormis sa position élevée, des milliers de villas similaires, construites le long des côtes françaises sur des plans identiques et dans les mêmes années vingt. Non, il est, je le reconnais aujourd'hui que tout cela s'est éloigné de moi, dans l'accumulation de détails inattendus que nous dénichions chaque jour lors de nos explorations. Il y avait eu la photographie de son père et celle de la côte de Carteret. Il y avait eu la *Vieille Maîtresse*. De celle-ci, chaque soir avant de nous endormir, je lisais quelques pages à Paula. Nous en étions au chapitre intitulé « I PROMESSI SPOSI. » Nous y trouvions des portraits démodés et ravissants, comme celui de Mlle de Polastron, qui « avait en toute sa personne quelque chose d'entrouvert et de caché, d'enroulé, de mi-clos, dont l'effet était irrésistible et qui la faisait ressembler à une de ces créatures de l'imagination indienne, à une de ces belles jeunes filles qui sortent du calice d'une fleur, sans qu'on sache bien où la fleur finit, où la femme commence! ». Il y avait encore ceci qui, je ne savais pourquoi, me faisait penser à maman : « Prématurée en tout, fleur et fruit en même temps, elle était allée de bonne heure dans le monde, conduite par la marquise de Flers. Les jeunes gens qu'elle y vit passèrent sous ses yeux et ne les fixèrent pas. » J'avais fini par emporter le livre chaque jour à la plage.

Dans la grande pièce du rez-de-chaussée (autrefois salle à manger ou salon), qui s'ouvrait par trois grandes baies sur le jardin (autrefois civilisé), avaient été laissés une table au piétement en forme de nacelle et divers objets que personne ne s'était donné la peine d'emporter avec les autres pièces du mobilier. Tous n'étaient pas de valeur négligeable. J'aimais la pendule de cheminée, toute de marbre rose veiné de gris et ornementée de bronzes tarabiscotés dont le sujet dominant (au sens propre comme au figuré) était ce David de Donatello dont la coiffure, la chevelure, les formes et la pose sont si délicieusement ambiguës et provocantes. Il est étonnant qu'une figure si peu martiale, en dépit du jeune âge de David, puisse prétendre illustrer le sauvage épisode biblique. Le bel adolescent au corps huilé, souple et alangui, s'appuie sur le yatagan confisqué de Goliath. Avec nonchalance, il gouverne le temps, ou le monde que, sous ses pieds, figure un cadran d'horloge.

Il y avait encore, décroché du plafond et bizarrement abandonné sur la table comme une pieuvre sur le sable, un lustre aux transparences éteintes. Mais, ce qui m'enchantait plus que tout, c'était une coupe de pâte de verre débordant de fruits d'agate, de marbre, d'onyx et de porphyre. Des pêches et des poires aux couleurs éternelles étaient ainsi mélangées à des grappes de raisin dont les feuilles étaient tissées dans un film de verre coloré que l'on osait à peine caresser du doigt. Nous prenions ces merveilles d'un autre âge pour les contempler et les faire briller dans la lumière parcimonieuse. Autour d'elles se recomposait tout un décor disparu de dessertes et de fauteuils, de paysages de jardins impressionnistes, de nappes brodées et d'après-midi de silence lorsque les enfants sont à la plage.

« Vous souvenez-vous de ces fruits ? De ce David ? » avais-je demandé à Paula.

Non, elle ne se les rappelait pas. C'était étrange, car la mémoire reste d'ordinaire frappée de ces objets qui jouent à ressembler à la réalité sans cacher leur jeu. Avaient-ils appartenu à ses parents ? Ce n'était pas absolument certain. Avaient-ils été apportés, et par qui, après que la villa eut été délaissée ? On pouvait le penser, l'imaginer. La vérité : tout pouvait être imaginé. Ce n'était pas un des moindres charmes de la villa.

Paula Rotzen se souvenait, en revanche, des papiers de chacune des pièces qui, dernier élément visible des décors disparus, avaient pris d'eux-mêmes toute l'importance et tout l'espace. Le plus beau était celui d'un boudoir situé entre le précédent salon et la serre qui prolongeait la terrasse. Sur un fond blanc que le temps avait jauni, mêlées de fils d'argent, s'entrelaçaient les volutes et les arabesques d'une végétation inventée, luxuriante, dont les frondaisons n'avaient ni commencement ni fin. Les branches aux larges feuilles dentelées, recourbées, étaient d'un bleu doux et profond. Une partie du sol de ce boudoir était surélevée à la manière d'une estrade de salle de classe. Des tapis élimés au point de n'avoir plus ni couleurs ni motifs définissables étaient restés cloués au parquet. Par endroits, l'une ou l'autre lame affleurait sous la trame. La lumière n'entrait là que par l'imposte, haut placée au-dessus d'une porte capitonnée donnant sur la serre. C'était une lumière filtrée, appauvrie par des branchages qui, de l'autre côté, montaient et se pressaient contre la vitre, comme s'ils eussent voulu pénétrer dans la pièce. Le tout donnait une impression d'intimité exotique fort séduisante. Nous avions décidé que ce serait là le lieu où nous ferions l'amour lorsque, pendant la journée, nous en aurions envie. Sur l'estrade, nous avions traîné un matelas découvert au grenier, et quelques coussins. En poussant le chauffage dans ses derniers retranchements, nous obtenions une température ambiante presque favorable.

Depuis le jour de l'arrivée, où nous avions marché dans la boue et nous étions caressés dans l'herbe glacée du bois, nous avions dormi en frère et sœur, dans la chambre du haut. Chaque matin, la lumière y jetait son or liquide. Ce n'était pas le moindre des plaisirs que de trouver dans l'embrassement de nos corps la seule source de chaleur véritable, et d'écouter, dans l'obscurité, les menus bruits de la mer. Nous menions une vie saine, et, n'eût été le boudoir dont la découverte remit notre règle en question, véritablement monacale.

« Philippe, rappelez-vous pourquoi vous êtes ici, me conseillait-elle parfois. J'espère que cela est clair dans votre esprit. »
Cela n'était pas clair dans mon esprit.
« N'oubliez pas. Pensez-y, sinon vous n'en sortirez jamais. »
Oui, je devais m'en sortir. Mais comment ? Je ne voyais pas d'où me viendrait la salvation.
« Philippe, vous souvenez-vous de cet oiseau dont je vous ai parlé ?
– La buse ?
– Oui, la buse.
– Je ne suis pas une buse, et cette maison n'est pas votre cave. Je partirai d'ici quand je voudrai, ou quand vous me le demanderez.
– Quand vous voudrez, Philippe. Encore faudra-t-il que vous le vouliez. »

Il y avait assez d'ironie dans la voix de Paula Rotzen pour que n'importe qui, sauf moi, eût plié bagage dans l'instant, mais aussi une tendresse patiente qui rassurait. Je l'avais plusieurs fois priée de venir à la plage avec moi. Elle avait refusé. Je devais me promener seul dans les rues de C..., marcher seul sur ses grèves. Vivre seul. Apprendre à vivre par mes propres moyens.

Ces moments de confrontation avec moi-même donnaient d'autant plus de prix à ceux qu'ensemble nous passions dans le boudoir. Notre amour était sans retenue. Paula Rotzen n'aimait pas à moitié. J'apprenais à être comme elle. Je croyais y parvenir. Nous allions sans hésiter jusqu'à la douleur, jusqu'aux caresses insupportables et toujours jusqu'à l'épuisement de nos forces. Après, nous nous enfouissions dans le sommeil de l'enlacement paisible. Je n'y repense pas sans une amère nostalgie.

Que l'amour pût être tout autre chose que ce que je connaissais alors, c'était fort probable, mais je n'en savais rien. Je ne prétendais pas définir l'indéfinissable. A maman, j'avais dit simplement que j'aimais Paula Rotzen. Je voyais mon ignorance et je désirais apprendre. Je réfléchissais. L'amour était soumis à la durée : il mourrait avec nous, et je pouvais le définir de cette façon négative. Je n'écrivais ni ne produisais rien qui pût en prolonger le souvenir. Eveiller son écho lointain dans l'âme d'autres êtres amoureux. Peut-être apparaissait-il dans quelques poèmes de Paula (hypothèse de pure fantaisie). Mais si beau que fût le poème, l'amour s'en échapperait comme le parfum d'un flacon trop ancien. Il n'en resterait, au mieux, que de la cendre de mots. L'étrange, c'est qu'il me semblait plus directement soumis encore à l'espace. J'aimais et croyais être aimé davantage ici que là. Ma chambre de Paris (où nous nous étions si peu retrouvés finalement) n'était pas le lieu où j'éprouvais les sentiments les plus intenses. Je m'y sentais limité dans l'esprit et le cœur. Ma chambre, c'était mon enfance, la guerre, et ma longue dépendance qui ne prendra sans doute jamais fin. Le vrai lieu de l'amour, c'était le studio lumineux de Paula, sur le boulevard Pereire, avec son plafond ouvragé et sa clarté de plage grecque d'avant la mort du grand Pan. De ces plages où s'endormaient les héros épuisés. Notre imagination, notre sensibilité chargent ces espaces de temps, d'autres temps. C'est ainsi que je m'étais expliqué ces différences.

La villa était, elle aussi, un lieu favorable à l'amour. Mais pour des raisons opposées. Elle n'était chargée que de très lointains souvenirs pour Paula Rotzen, et d'aucun pour moi. Nous y vivions sans que rien pesât sur nous. Ce n'était pas un lieu neutre pourtant, mais privilégié, où le temps se créait avec nous. Notre temps, et notre amour. Du moins en avais-je le sentiment. Tout semblait facile.

Plusieurs fois, nous avions voulu pénétrer dans la serre par la porte qui donnait dans le boudoir et dont la clef était introuvable. Epaisse et capitonnée, elle avait résisté à toutes nos tentatives d'effraction. Nous étions condamnés à passer par le jardin en écartant d'épaisses broussailles. En contrebas, nous voyions l'intérieur de la serre sans pouvoir y entrer. Ses longues vitres étaient plus translucides que transparentes; certaines étaient cassées et leur armature de métal avait été rongée par l'atmosphère saline. Dedans, c'était une exubérance pétrifiée : des formes enlaçaient la fragile dentelle des anciennes frondaisons desséchées, peaux de serpents foudroyés dans leurs visqueuses copulations. Paula Rotzen m'avait assuré qu'autrefois il y avait eu un billard parmi les plantes. Elle n'avait vu personne y jouer. Nous ne prîmes pas longtemps intérêt à contempler ce jardin interdit. Mais, la nuit, il m'arrivait de m'y promener en rêve.

    Paula avait terminé le poème de la coquille de nacre et de rose. Celui de l'algue brune. Celui de la poignée de sable fin. Celui du galet Upsilon. Celui de l'astérie, et d'autres encore. Elle était satisfaite, non de ce qu'elle avait écrit, mais de ce que ce fût écrit. C'était, selon elle, le plus que l'on pouvait demander en matière de satisfaction littéraire. J'avais envoyé deux autres cartes à maman en évitant de lui donner l'adresse exacte de la villa, ce qui, bien entendu, m'avait interdit de lui demander des nouvelles de sa santé. Paula m'avait fait comprendre qu'elle appréciait ma ferme attitude. Ne m'étant pas senti coupable, j'en avais conclu, à tort, que quelque chose avait vraiment changé. Nous pouvions donc quitter la villa et envisagions chaque matin notre retour à Paris.

    Pour une dernière promenade, je m'étais dirigé vers la plage la plus au nord, celle qui est protégée par les ombres jumelles du phare et de la vieille église. On l'appelle « la vieille église » parce que ses murs ne sont que de misérables ruines. Quant au phare, c'est un moignon de phare, une maigre tour carrée surmontée de sa lampe. Je longeais la mer. Rien qu'un voile gris argenté. Les vagues semblaient accourir à ma rencontre et s'enfuir au dernier moment. Des paquets de nuages filaient d'un bord à l'autre du ciel. J'aurais aimé écrire, comme Paula, afin de peindre la beauté de cette mer à cet instant. Il eût été possible d'en faire une belle description, de celles dont on pense que les enfants détestent les rencontrer dans leurs recueils de morceaux choisis. Moi, elles ne m'ennuient jamais. Je les admire comme j'admire les paysages qu'elles représentent. Pour l'heure, j'en étais réduit à mes regrets stériles tandis que la lumière déclinait. L'eau s'affolait sous le vent qui chargeait sans défaillir. A grands coups de boutoir, il la soulevait en collines et en massifs qui offraient toutes les nuances changeantes du vert et du gris. Si le soleil d'hiver parvenait à forcer la barrière de nuages, il se jetait tout entier dans la brèche et, au ras de l'eau, dessinait un cercle d'émeraude ourlé d'écume. Autour de ce cercle magique, tout devenait transparent et s'illuminait.

Un couple s'approchait, accompagné d'un chien sautillant et aboyant. L'homme et la femme étaient encore loin. Ils venaient du port et effectuaient sans doute leur promenade hygiénique. Ils longeraient la plage sur plusieurs kilomètres puis rentreraient chez eux. Ils penseraient à leur circulation sanguine, à leurs poumons, à l'agilité de leurs jambes... Ils ne me verraient pas. Le chien lui-même ne flairerait pas ma présence ou n'y prêterait aucune attention. J'éprouverais alors un incroyable sentiment de liberté. Je serais un pur esprit. Je me saurais invisible et inodore.

Je les voyais mieux. Ils marchaient côte à côte, d'un bon pas de sportifs. La cadence était tenue : celle d'un couple uni, déterminé. Ils ne se donnaient pas un instant de répit. Ils regardaient fixement le sable. Le chien suivait, ou les précédait en gambadant. Il courait d'une flache à la suivante et parcourait cinq fois la distance. L'homme le sifflait sans se retourner. Puis il criait : « Viens, Bobby ! Ho ! Ho ! »

Le chien accourait. Il bondissait vers l'homme. Dressant la tête et les oreilles, il lui démontrait qu'il le reconnaissait. A chaque fois, il prouvait sa joie de retrouver son maître, le maître de toujours. Il ignorait sans doute que ce qu'aimait cet homme, c'était cette preuve et cette démonstration, et non pas la joie de son chien. C'était un doberman, quelle dérision ! une bête magnifique aux couleurs noir et feu. « Viens, Bobby ! Ho ! Ho ! »

Mon attention fut attirée par la peau de l'homme. Extraordinairement jaune et fripée, par endroits tout à fait noire, cette peau gâtée au point d'en être répugnante sur un individu d'apparence vigoureuse était un curieux paradoxe. Pour effacer la déplaisante image, je m'étais rappelé la peau blanche et rose de Paula Rotzen, la vêture de neige de ses bras ; celle, duveteuse, de son cou ; celle de ses seins et de la face interne de ses cuisses, lisse et élastique velours de pêcher.

Le chien n'obéissait plus à l'appel. Il galopait au loin, assez malin pour faire la sourde oreille en se prévalant de la rumeur des vagues. L'homme l'appelait avec moins de conviction. Sa peau défraîchie était toute grise, d'un gris de cendre et de contre-jour. Le couple s'éloigna, le doberman très loin derrière, comme une puce rouge. Ils étaient devenus trois points sur l'horizon, dans une argenture d'écume. Il faisait plus froid. Les oiseaux étaient rentrés dans leurs niches invisibles. La marée ramenait les eaux par rouleaux puissants qui grondaient en s'abattant. Le vent s'était levé, vif et décidé. De sa caresse brutale, il rebroussait partout papiers et vieux chiffons. La plage se hérissait d'immondices et de giclées de sable. Sous de fins rubans de nickel giclait la lumière glacée du dernier soleil. Puis, l'encre de la nuit, soudaine. L'exécution du jour. Je restai encore un peu à écouter le bruit des déferlantes qui venaient mourir sur les amas de coquillages.

« Si tout dans le monde a son théâtre, le bord de la mer est bien réellement celui que Dieu créa pour l'amour heureux... »
Paula Rotzen était allongée à côté de moi. C'était la nuit. Je lui lisais le dernier chapitre du volume d'*Une vieille maîtresse* que nous possédions, intitulé « Un nid d'alcyon ». Les phrases élégantes et surannées de Barbey se propageaient dans le silence de la chambre vide. Le charme venait en partie de ce que l'action du roman se déroulait à l'endroit même où nous nous trouvions, Paula et moi, et, comme dit le narrateur, c'est « un des points les plus pittoresques et les plus originaux de la côte de Normandie », qu'il ne décrit que « pris dans la perspective d'une longue absence et colorié par le souvenir ». Je lisais lentement, d'une voix claire, et donnais aux passages que j'aimais – les évocations de la mer – une profondeur que peut-être ils n'avaient pas : « De ce point élevé, on domine la mer et la grève dont la jaune arène, découpée par les irrégularités du flux et du reflux, offre à l'œil les sinuosités d'une ligne, dentelée d'écume bril-

lante... A un certain moment de leur course, les pieds des chevaux firent jaillir autour de la voiture l'écume d'une eau qu'ils crevaient avec bruit, en y entrant... La mer semblait rouler un varech de roses dans l'albâtre de ses écumes, sous cet air empourpré qui pénétrait tout de sa nuance victorieuse, qui circulait autour de tout, comme le sang ému de la nature immortelle. »

Le livre se terminait sur les promenades d'Hermangarde et de son mari dans les anses secrètes ou au faîte des falaises, sur leurs parties de pêche dans de fragiles coquilles de noix pilotées par les descendants des pirates normands. Paula Rotzen s'était endormie. Je pouvais impunément contempler son visage apaisé, confiant, et, sous la lumière crue d'une ampoule dénudée, la blancheur absolue de ses paupières. Elle m'eût paru morte (je m'en voulais de ne pas chasser ces pensées morbides) si, à hauteur de sa poitrine, le sac de couchage ne s'était élevé et abaissé avec régularité. Les lèvres, qu'elle avait rondes et légèrement bombées, étaient ce qu'il y avait de plus joli dans son visage. De la couleur des violettes pâles, elles brillaient, entrouvertes et liées l'une à l'autre par le pont de cristal d'un filet de salive. J'entendais distinctement son souffle y monter. Je repensais à ce que m'avait dit maman : « Très bien cette petite, trop bien pour toi, comment peut-elle s'intéresser à toi, mon pauvre Philippe ? », et ne pouvais m'empêcher de croire qu'elle avait raison.

Au-delà : l'espace vide de la chambre, le cercle jaune et blanc que l'ampoule projetait au plafond, et, dans un coin, près de la fenêtre, la table sur laquelle étaient rangés les poèmes de Paula. Elle en avait constitué plusieurs piles de feuillets de petit format. La première donnait la première version de chaque poème, la deuxième, la deuxième version, et ainsi de suite. En passant d'une pile à la suivante, on retrouvait le même poème élagué d'un mot ou d'une phrase, limé d'une conjonction, allégé d'un adjectif, d'une virgule, et parfois, plus rarement, augmenté de l'un ou l'autre de ces éléments. C'était là son procédé de composition : les décantations successives. Elle prétendait que, de cette façon, elle travaillait avec le temps et qu'il arrivait que le temps travaillât pour elle.

220 *Valet de nuit*

J'avais éteint la lampe. Notre dernière nuit à C... Nous avions pris la décision de rentrer à Paris. La respiration lente de Paula Rotzen était couverte par les rafales venues de l'ouest. J'avais mis longtemps à m'endormir.

IV

Nous étions sortis de Paris sous la pluie battante. Nous y revenions dans la nuit épaisse et neigeuse. Je n'avais pas éprouvé d'émotion en laissant les rivages de C..., la grande villa dépeuplée. J'avais hâte, seulement, de revoir la ville qu'au fond de moi-même je n'avais pas quittée.

Nous roulions en silence, bercés par le battement cadencé des essuie-glaces. Des giclées d'eau sale retombaient sur le capot de l'Austin dans un tapage de tôle froissée. Les camions, lorsque nous les croisions, déversaient sur notre minuscule coquille d'acier de véritables déferlantes.

Paris approchait, et nous allions de plus en plus vite. On ne sait pas ce qui attire à l'approche de la ville, ni pourquoi les véhicules s'élancent vers elle à la manière de l'eau jetée dans un entonnoir. Paula maintenait le pied au plancher quels que fussent les obstacles qu'elle évitait au dernier instant par un petit coup de volant vif et précis. Le compteur oscillait entre le 130 et le 140. J'aurais dû avoir peur, et je n'avais pas peur. J'aurais dû protester, car c'était une véritable patinoire que l'asphalte, mais je ne protestais pas. Mon immobilité, mon silence valaient acquiescement. Paula prenait plaisir à tirer du petit moteur un hululement féroce.

Ce qui comptait (je le comprends aujourd'hui), c'était l'ivresse froide du déplacement rapide le long d'un ruban de bitume appelé route. C'était le défilement monstrueux, à droite et à gauche, d'un paysage informe, illisible.

C'étaient le volant brillant, les cadrans semés de chiffres verts et d'aiguilles rouges, le jaillissement des feux arrière des autres véhicules, cette sarabande de sons et de couleurs, la ville déjà, qui nous procurait ce sentiment d'invulnérabilité au moment où nous frôlions les plus grands dangers. Nous étions comme anesthésiés. L'homme des villes vit naturellement de tels assentiments. Il marche sur des lignes de crête étroites comme des lames de couteau.

Je pensais à tout ce vide que j'avais trouvé à C... Seules les caresses que nous avions échangées, et notre tendresse, n'appartenaient pas à cette sphère blanche et abandonnée.

Paris n'était plus éloigné. Je le savais à la façon dont les maisons, les immeubles, les cités, les villages se soudaient davantage les uns aux autres. Il est, avant les banlieues proprement dites, une prébanlieue, tout un pays qui n'est ni ville ni campagne, ni chair ni poisson. La nuit, le territoire de ce pays est délimité par un halo jaunâtre. Dans les trous d'ombre, les phares de la voiture détectaient un champ fraîchement labouré, un rideau de peupliers, les yeux phosphorescents d'un chien vagabond, une cabane de jardinier, un pylône d'E.D.F.

Je comprenais que mon séjour à C... avait été profitable, malgré tant de vacuité. Être brusquement plongé dans un tel espace, c'est se retrouver face à soi-même. Je n'y étais pas habitué, ayant à Paris mille occasions de divertissement. J'ai assez de lucidité pour reconnaître n'avoir jamais aimé les séjours profitables. Ils ont cette vertu, ou cet inconvénient, de mettre les choses au clair : face à moi-même, je ne m'étais pas ennuyé une seconde, et j'étais libre d'être tout à moi, c'est-à-dire de n'être pas là où j'étais. J'avais donc eu tout le loisir de constater que ce moi-même, que je savais n'être rien, était en réalité moins encore. Moins que rien.

Paula avait les deux mains sur le volant pour lutter contre les remous d'une circulation difficile. Son regard restait planté dans le faisceau jaune, droit devant elle. Elle désirait fumer. Elle prétendait que fumer l'empêchait de s'endormir, car elle était alors obligée d'accomplir des gestes inhabituels. Comme toujours, elle avait raison. Elle

Valet de nuit

avait une terrible faculté d'avoir raison. Le paquet de Philip Morris se trouvait dans la boîte à gants. J'en avais allumé une et la lui avais glissée entre les lèvres au moment où nous doublions un camion jaune des Déménagements Desfontaines.
　Le trafic s'accélérait par les effets irrésistibles d'un gigantesque phénomène d'aspiration. Les conducteurs s'accrochaient à leur volant, aux commandes de leur véhicule. Les muscles de leur visage se crispaient quand les pleins phares de ceux qui venaient en sens inverse les aveuglaient, ou quand ils doublaient eux-mêmes un autre véhicule. Plus se rapprochait la porte de Saint-Cloud, plus s'accroissait la vitesse.
　Nous étions à 145. L'Austin émettait un hurlement où se mêlaient le registre suraigu du moteur et l'agrippement furieux du vent aux tarabiscotages des tôles. Nous avions laissé derrière nous un amas d'arbres serrés, une forêt où avait été tracé le sillon droit de l'autoroute. Si proches, ils donnaient l'impression de fantômes dans un décor de théâtre. A certains endroits, le mur végétal se fendait en un éclair, et je me rendais compte qu'il n'était qu'une mince cloison entre nous et un agglutinement de constructions composites, immeubles, pavillons, hangars, abris, fabriques, ponts, viaducs, baraquements, palissades et manoirs. La banlieue en somme, bric-à-brac insensé, illusion, petit paradis logé aux portes de l'enfer.
　La nervosité des conducteurs devenait palpable, électrique. Elle se propageait d'un véhicule à l'autre. Crochets brusques, queues de poisson, reprises farouches et coups de frein désespérés. Elle était la promesse de notre prochaine arrivée. Mais, signe plus émouvant encore : se rapprochait cette coupole de lumière dont on voit de très loin se couronner la ville, le halo jaune et incertain des agglomérations périphériques, avec sa lueur d'urine trouble. Un globe opalescent aux reflets bleutés, sphère posée sur la terre et qui, très haut, irradiait vers le ciel, annonçait la ville d'aujourd'hui comme autrefois la flèche des abbatiales, émanation même de l'ensemble urbain, produite par des milliers de fenêtres éclairées, par le déplacement fiévreux de centaines de milliers de phares, par la gueule des fours industriels et les yeux pâles des chats errant dans les cimetières.

Mais plus nous nous approchions de la source de lumière, plus le globe s'estompait. Il est une distance idéale pour le bien voir, distance en deçà de laquelle on pénètre comme le papillon dans le cercle aveuglant. Celui des hauts murs de plexiglas. Celui du miroir tremblant et fumant du fleuve. Là, tout était possible. Ni Paula ni moi ne savions ce qui nous attendait. Déjà nous roulions à une vitesse considérable le long de la voie sur berge, avant de remonter vers le Châtelet. Je voyais se mouvoir la silhouette noire du Palais de Justice qui, sur la droite, profilait ses toits pointus. Nous traversions le Pont-au-Change. Il était un peu plus de minuit. Paula Rotzen me déposa devant chez moi et fila vers la Concorde.

L'appartement me parut désert. Il n'y avait aucune raison pour que maman m'attendît. Elle dormait sans doute. Je savais qu'elle me reprocherait de ne pas l'avoir prévenue de mon retour. Tout s'organiserait de la façon prévue. Les événements ne sont pas aussi ingouvernables qu'ils le paraissent. Je laissai mon imperméable bien en vue, pour qu'elle sût que j'étais rentré.

« Philippe, j'ai à te parler. »
J'ouvre l'œil. Maman et ses fanons sont au-dessus de mon lit. Elle est engoncée dans sa robe de chambre bleue. Le ton est impérieux, chargé de l'angoisse coutumière :
« Il faut te décider, Philippe. »
Je ne vois pas quelle est la décision à prendre. Cela ne fait rien. Je me redresse contre mes oreillers et lui demande de s'asseoir sur le lit. Elle se frotte les mains nerveusement. Il ne lui vient pas à l'esprit qu'elle me prend au dépourvu, au sortir d'une nuit pénible qui m'a laissé bouche pâteuse et membres endoloris.
« Tu ne sais pas ce qui se passe. Tu n'es pas là quand on a besoin de toi, Philippe. Tu n'es jamais là, Philippe... »
Oui, bien sûr, je ne sais pas ce qui se passe. A tout

Valet de nuit

hasard, je lui réponds que je vais me décider ce matin même, que je suis déjà pleinement décidé.
« Alors, tu iras aujourd'hui, n'est-ce pas?
– Où ça?
– Aux Ateliers. Il est parti, comprends-tu? Toni Soan est parti. Tu dois faire quelque chose. »
Il y a de la détresse dans sa voix. Cette fois, je comprends tout. Je donne mon accord. Oui, j'irai aux Ateliers. Pour qu'elle cesse de se tordre les mains de cette façon.

Je me renseigne. Il y a déjà huit jours qu'il est parti et elle ne pouvait pas me joindre puisque j'envoyais mes cartes sans faire figurer d'adresse. Elle a cru devenir folle. Elle pleurniche. Je tente de la rassurer, de lui promettre que je ferai le nécessaire. J'essaie de trouver une formule réconfortante :
« Nous trouverons une solution, maman. »
Elle bondit, comme si je l'avais piquée.
« Non, pas moi! C'est toi qui dois le remplacer. Moi, je ne veux pas m'en mêler. Je suis trop vieille, trop fatiguée. Tu te débrouilleras, Philippe. »

Elle m'interroge : pourquoi m'a-t-il fait ce mal? Tout ce mal?
C'est en vain que je lui rappelle que le départ de Toni Soan était prévu et annoncé. Qu'il n'était qu'un employé, après tout, pour qui la loi prévoit un droit à la retraite. Mais il n'y a rien à faire, maman s'imagine qu'il n'a fait valoir ses droits que pour lui infliger une ultime vexation. Elle se lève, puis se rassied. Les larmes coulent. Elle sait que je déteste ces scènes d'hystérie. Qu'essaie-t-elle de provoquer? Ses yeux se fixent sur moi à travers un voile brumeux. J'apprends qu'il a laissé des instructions, mais que je dois aussi rencontrer mademoiselle Lhéritier.
« Tu dois y aller ce matin, Philippe. Il le faut. Tu ne peux laisser les affaires dans le vide. Pourquoi est-il parti de cette façon, en me laissant tout sur les bras? »
Je suis exaspéré. Elle m'apporte l'enveloppe où figure

mon nom dactylographié. Je l'ouvre d'un ongle impatient. Quelques lignes nagent dans l'immensité blanche :

Villeneuve-le-Roi,
ce 17 novembre.

Mon cher Philippe,

Il ne m'est plus possible de différer mon départ, et, en votre absence, j'ai tenu à en informer votre mère. Prenez, je vous prie, contact avec mademoiselle Lhéritier, qui vous remettra de ma part les documents et instructions que je crois indispensables. J'ai prévu pour vous des tâches limitées mais nécessaires qui assureront, je l'espère, la continuation et les succès futurs des Ateliers Archer.
Votre Serviteur attentionné,

TONI SOAN.

Je rougis. De honte. Maman veut savoir. Je lui fais remarquer que Toni Soan désirait ne pas la mêler à ces complications et respecter sa tranquillité. Elle acquiesce, mais le doute persiste. Je lui relis donc la lettre en insistant sur la dernière phrase, qui ne me laisserait aucune illusion sur mes capacités, s'il était possible que j'en eusse. Maman fait celle qui n'a pas compris, comme d'habitude.
Je sais bien qu'elle n'a aucune confiance en moi. Il ne me reste qu'à téléphoner à mademoiselle Lhéritier, à me conformer autant que possible aux ordres de Toni Soan. Le peu que je ferai suffira à maintenir les Ateliers Archer dans le fil du courant. N'est-ce pas l'essentiel ? Le reste ne regarde que moi. Quoi qu'il arrive, cela sera sans conséquence.

Contrevenant à toutes nos habitudes, maman a dressé la table du petit déjeuner dans le salon de lecture. Le chaleureux arôme du café se répand dans l'appartement. Cette nouveauté m'a un petit air d'autrefois sur lequel je me garde de proférer la moindre remarque. Les tasses blanches sont sagement posées sur une nappe de couleur paille. Nous sommes assis l'un en face de l'autre. En

raison de la faiblesse de la lumière du jour, une lampe illumine cette scène intime. Je dis à maman que nous avons eu tort de délaisser un endroit si agréable. Elle me répond que désormais nous y prendrons nos repas.
« Comme autrefois, dis-je.
– Oui, comme autrefois. »
Je m'interroge en silence sur ce retour au passé. Le Pleyel, dans la lumière électrique, n'est plus ce cadavre monstrueux et encombrant qu'il fut tant d'années. Comme un vieux cheval, il pourrait encore travailler.
« Te remettras-tu au piano?
– J'en ai envie, parfois. Mais c'est si loin de moi... Mes doigts sont rouillés. Et est-ce que je sais encore lire les notes?
– Tu devrais reprendre des cours.
– Pourquoi pas? Oui. Pourquoi pas? »
Elle paraît contente. Je le suis moi aussi. J'éprouve un bien-être croissant que rien ne semble pouvoir diminuer ou menacer. Nous roulons soudain vers un abîme inconnu de bonheur. Mais j'ai flairé le piège à temps. Pour un peu je me laissais glisser dans cette douillette chaleur qui porte le nom de *vie de famille*. Maman a failli réussir son coup.

Elle me sourit. Je l'abandonne à son illusion d'une forme d'existence possible, supportable, sous les oripeaux d'autrefois. J'ai été ému, un instant, mais je ne me laisserai pas séduire, réduire au triste rôle de membre de la famille. Soudain, elle s'inquiète. Le charme menaçant se brise.
« Tu ne me parles plus?
– Non. Je réfléchis.
– Si toutefois je ne suis pas indiscrète, puis-je connaître l'objet de tes réflexions?
– Je pense aux Ateliers. C'est ce qui est important, n'est-ce pas? La seule chose digne d'intérêt. »

Le taxi file vers Villeneuve-le-Roi. Pas le temps de flâner. Je pense aux manœuvres qui vont me libérer des responsabilités du chef d'entreprise que, de toutes parts, on voudrait que je devienne. En mon for intérieur, je sais que Toni Soan a raison de douter de moi. Oui, ce que je veux, c'est n'être rien. Quelle dérision que de souhaiter être quelque chose! Le vouloir, oui, peut-être, cela suppose que la bête est forte et aveugle. Mais le souhaiter... Mieux vaut n'avoir aucune ambition.

Le jour est cotonneux. On dirait un pansement sale encore imprégné d'éther. Le chauffeur du taxi, un petit homme à couronne blanche, ne parle pas, ne manifeste aucun sentiment de contentement ou d'humeur à l'égard de son passager ou des autres automobilistes. Je pense que je lui ressemble. Il paraît indifférent à ce qui l'entoure. On peut admirer sa conduite sûre et patiente. Cet homme n'a pas de nerfs. Il me sait gré, je le devine, de ne pas l'ennuyer par ma conversation.

J'ai foi en l'avenir. Je pense aux instructions que Toni Soan aura laissées pour moi. Il connaît mieux que personne mon peu de goût pour les affaires. Il aura tout organisé en conséquence et ne m'aura laissé que l'enveloppe des choses, celle que l'on colle, jette à la boîte et oublie. Peut-il en être autrement? Non, bien entendu. Ma vie en serait changée de manière insupportable.

Je hais les changements. Le pire est celui qui, au fil des ans, s'attaque à mon intégrité physique. J'étais un adolescent au corps svelte et souple, et bien que de taille moyenne, j'avais une silhouette élancée. Ce n'est plus le cas aujourd'hui. J'ai quelques rondeurs, que je dois plus à l'inactivité physique qu'à la gourmandise. Mon front se dégarnit aux tempes. Dans les escaliers, il m'arrive de m'essouffler. Tout cela n'est pas encore irrémédiable. Il me reste des moyens de donner le change : allure dégagée, costume ample et coiffure étudiée. Je m'imagine que les autres n'y voient que du feu et que moi seul me connais sous mon jour véritable, avec mes petits secrets intimes, ces dents qui me manquent dans la bouche, cette hémorroïde intermittente, bref ce qui sent le vieillard, la descente irréversible. Il me faut croire en un avenir où tout restera à sa place, et me battre pour que rien ne change.

Nous voilà arrivés. Mes pensées m'ont rendu un peu de courage et d'énergie. Le chauffeur du taxi, en partant, m'a salué d'un signe de tête. Je reste planté sur le trottoir, devant la porte de fer des Ateliers Archer. Je regarde un instant la Seine, si belle, si étrange derrière son rempart de toits rouges que la grisaille du ciel assombrit. Le concierge, comme je m'y attendais, ne m'a pas reconnu. Il s'est excusé avec une feinte humilité. La voix de mademoiselle Lhéritier a un son métallique que je ne lui connais pas. Elle me salue avec un accent d'autorité nouveau, dû probablement au départ de Toni Soan. Je remarque qu'elle a encore augmenté de volume depuis ma dernière visite. Elle est tout sourires et s'affaire parmi les dossiers amoncelés. Elle me remet plusieurs documents qui semblent essentiels à notre entretien et au bon déroulement de ma visite. Je suis frappé soudain par la couleur de ses yeux. Ils sont d'un vert bleuté rare et délicat, tel que je ne puis m'empêcher de penser que mademoiselle Lhéritier fut une jeune fille très belle et une jeune femme sublime.

« Monsieur Soan m'a bien recommandé de vous présenter ces dossiers. Il y a aussi cette enveloppe. »

Elle me regarde bizarrement. Je lui parais idiot, c'est sûr. Ce n'est pas plus mal, après tout. J'ouvre l'enveloppe et en tire deux feuillets couverts de la fine écriture de Toni Soan. Le vert du tailleur de mademoiselle Lhéritier détonne avec la nuance délicate de ses yeux. Elle n'a pas de goût. Je lis :

Villeneuve-le-Roi,
ce 16 novembre.

Mon cher Philippe,

Je ne m'étendrai pas sur les raisons qui m'ont conduit à me retirer plus rapidement que prévu. Elles sont liées à l'état de santé de ma mère et au mien, mais aussi à la volonté de clarifier une situation dont je me sens comptable à votre égard et à celui de votre mère.

Les choses sont simples. Dans l'hypothèse où vous prendriez la décision de diriger personnellement les Ateliers, ce que pour ma part j'approuverais et applaudirais, il vous suffirait d'ouvrir l'enveloppe marquée du chiffre 1. Vous y trouveriez, outre mon point de vue sur l'état actuel de l'entreprise et ses possibilités de développement à court et à moyen terme, la date et le lieu de votre prochain rendez-vous avec nos conseillers bancaires. Vous auriez alors à présider cette séance de travail au cours de laquelle, si toutefois vous le souhaitiez, je vous apporterais une dernière fois le concours de ma connaissance des dossiers.

Dans l'hypothèse contraire à la précédente, l'enveloppe marquée du chiffre 2 vous instruira sur la meilleure façon de recruter le gestionnaire compétent qui sera appelé à me remplacer. Si tel était le cas, je vous conseillerais seulement d'engager une personne expérimentée, et pour cela de lui proposer une rémunération nettement supérieure à ce qui est offert pour de telles responsabilités. Là encore, le cas échéant, je reste à votre disposition pour l'étude des dossiers de candidature et pour le choix définitif.

Quelle que soit votre décision, il est indispensable que mademoiselle Lhéritier vous communique le dossier des signatures urgentes. Il s'agit essentiellement de nos créanciers que nous devons honorer, de devis à fournir et de commandes à prendre pour éviter les ruptures de stocks. Vous pouvez vous reposer entièrement sur mademoiselle Lhéritier pour ce qui est des affaires courantes, elle mérite toute votre confiance.

Je vous prie de croire, mon cher Philippe, à mes sentiments très cordiaux,

TONI SOAN.

Je reste songeur et observe mademoiselle Lhéritier du coin de l'œil. Elle applique de furieux coups de tampon sur des feuilles blanches, fourgonne dans ses tiroirs. Je sais ce qu'elle pense : va-t-il se décider? Vais-je devoir travailler désormais sous les ordres de cette chiffe molle, de cet incapable qui n'a pas mis les pieds ici quatre fois en dix ans? Je considère la porte du bureau de Toni Soan. Oui, je pourrais être enfermé là-dedans pour des mois, pour des années... Avec cette lumière grise et jaune. Auprès de cette demoiselle dont chaque geste exprime la piètre estime en laquelle elle me tient. Non, mademoiselle Lhéritier, je ne vais pas vous causer un pareil déplaisir. C'est, bien entendu, l'enveloppe 2 que nous ouvrirons. Vous l'aviez prévu sans doute. Vous aurez un beau patron tout neuf. Nous vous le choisirons actif, expérimenté, compétent, bref, un modèle de patron, qui ne vous donnera que des satisfactions.

Tout cela est cousu de fil blanc. Toni Soan doute assez de moi pour savoir que je ne prendrai pas sa succession. Sa lettre est claire : tout est dans le subtil passage du conditionnel au futur. Et puis, comme s'il ignorait que maman, quoi qu'elle dise et feigne de penser, mourrait de peur si elle me voyait maître des destinées de l'entreprise familiale. Mon devoir est tout tracé.

Je commence par lire à mademoiselle Lhéritier les dernières lignes de la lettre de Toni Soan. Elle fait mine de rougir et nous passons aux choses sérieuses :

« Mademoiselle Lhéritier, suivant les instructions de monsieur Soan, nous ouvrirons l'enveloppe numéro 2 et... (elle relève la tête et me regarde avec des yeux poissonneux qui se veulent sans doute la traduction la plus neutre du sarcasme)... et les Ateliers Archer auront très bientôt un nouveau directeur. Je vous laisse le soin de rédiger l'offre d'emploi et de la diffuser dans la presse. Il nous le faut quadrilingue allemand, anglais, espagnol et, bien entendu, en activité. Nous le décrocherons d'une autre entreprise. Pour cela, nous allons l'appâter en lui proposant le double de ce que gagne monsieur Soan...

– Le double !

– Oui. Soixante mille. Il faut savoir ce que l'on veut, mademoiselle Lhéritier. Ce que nous voulons, vous et moi, c'est un véritable directeur, prêt à se charger des responsabilités financières, administratives et commerciales. Il y a plus de dix ans que les Ateliers somnolent. Cela a assez duré. Celui qui remplacera monsieur Soan doit être capable de donner le coup de fouet nécessaire et, s'il le faut, un grand coup de balai. »

Elle ouvre des yeux épouvantés.

« Et les nouvelles machines, monsieur, vous les oubliez !

– Croyez-vous, mademoiselle Lhéritier, que des machines, même électroniques, même venues des Etats-Unis, soient un élément propre à relancer une entreprise engluée dans la routine ? Non, mademoiselle Lhéritier, ce sont les hommes qui comptent, et les femmes, bien sûr. (Elle paraît un instant rassurée.) S'il le faut, nous licencierons, mademoiselle Lhéritier. Les compressions de personnel, n'est-ce pas, ce n'est pas fait pour les chiens.

– Monsieur...

– Oui, je sais ce que vous allez me dire, nous n'avons pas licencié depuis des années. Et alors ? Pensiez-vous que je l'ignorais? Ce n'est pas ce que nous avons fait de mieux!

Elle reste bouche bée, stupide. Je ne me lasse pas du plaisir trouble que je prends à la terroriser et poursuis d'une voix glaciale :

« Nos concurrents réduisent leurs effectifs, diminuent leurs charges. Pendant que nous traînons la patte, ils avancent. Ils nous écrasent. A la fin, ils auront notre peau, croyez-le bien, mademoiselle Lhéritier. Pfft! Le dépôt de bilan. Le licenciement total... Si l'on veut survivre, il faut faire la part du feu. Nous devons avancer du même pas que les autres. Pensez-y, mademoiselle Lhéritier.

— Mais, monsieur Archer, vous aurez toujours besoin de... d'une... enfin, je veux dire qu'il vous faudra toujours une secrétaire de direction, n'est-ce pas? »

Dans ses yeux vitreux dansent les éclats de l'angoisse. Je sais ce qui se pense derrière le crown-glass de son regard : licencie qui tu voudras, mets sur la paille les hommes et les femmes qui triment aux machines, les fileuses, les tailleuses, les contremaîtres, les ingénieurs, les concierges, ceux qui ont des enfants et ceux qui n'en ont pas, mais moi, garde-moi. Que tous les autres soient dehors et moi dedans. Ses lèvres tremblent. Elle grille sur son fauteuil tournant. Je dis :

« Je n'ai jamais imaginé, mademoiselle Lhéritier, que nous puissions nous passer d'une secrétaire de direction, et moins encore de vos services, que je sais indispensables à la bonne marche de l'entreprise. »

Elle se tortille d'aise. Elle me rend grâce et merci de tout son être.

Je réclame le dossier des signatures qu'elle en oubliait de me présenter, fais remettre à deux mois la conférence des conseillers bancaires que je n'ai pas l'intention de présider, et fixe à trois semaines l'examen des premières candidatures au poste de directeur. Je laisse enfin tomber une observation d'intérêt général sur l'atmosphère glacée et humide propre à la saison. J'éprouve toute la dimension de mon insignifiance.

Je marche. Il faut marcher. Avancer. Un homme est comme une entreprise, il avance ou est failli. Je marche

Valet de nuit

depuis la porte d'Orléans, où je me suis fait déposer par un taxi. Arpenter les rues anarchiques de la banlieue sud n'aurait aucun sens. La banlieue est un territoire intermédiaire, bâtard et littéralement amorphe. Je marche, sans autre impulsion que ma pensée qui jamais ne repose, jamais ne me rejoint. L'être sans pensée peut-il exister? Il serait lui-même une sorte de banlieue sans structure et sans loi.

J'aime retrouver la ville prise dans ses murs, limitée par ses frontières, portes, remparts et grands boulevards. Elle est la plus humaine des images. La forme même de l'humain. Corps, âme et visage. Elle est née de trois huttes de branchages plantées à la jonction des fleuves, à celle des millénaires.

Venus nul ne sait d'où, des hommes, des femmes, une harde tout au plus, se sont arrêtés là dans la froidure de l'hiver. De loin, on aurait vu leurs respirations s'élever en buées blanches s'il avait été quelqu'un, trappeur ou sédentaire, pour les regarder. Ils ont creusé les faibles fondations de la cité future. C'est un étrange paradoxe que les véritables fondations d'une ville soient des constructions fragiles, à la merci d'un feu mal éteint ou de la crue du fleuve. Ils ont bâti et rebâti. Ils ont éloigné les cabanes les unes des autres pour que l'incendie ne les prenne plus toutes ensemble. Ils inventent la première allée, la première rue. Ils agrandissent l'espace et c'est déjà la première place, le cœur battant d'un monde nouveau. Ils retournent au fleuve, chaque jour. Ils tassent la terre de ses rives, l'élèvent, la façonnent en digue. Plus tard, ce seront les quais et les môles.

Grâce à eux, grâce à leur acharnement séculaire, il devient facile de penser ou de ne plus penser dans cet espace bien délimité. Il accueille aussi généreusement celui qui est pourvu de pensée – celui qui peu à peu contribue à son édification – que celui qui en est dépourvu et qui dort, ou rumine, ou maudit.

La place Victor-Basch est devant moi. J'y arriverai puisque je marche. L'avenue (autrefois d'Orléans) est pour moi comme un sentier connu. Je vois sans déplaisir l'église Saint-Pierre de Montrouge défigurer l'horizon. Je me sens délivré de toute peur. Les passants se sont faits plus rares. Quelques personnes arpentent encore les trottoirs à pas pressés, le nez plongé dans l'encolure du manteau. Chacune est précédée d'un petit nuage blanc intermittent. Bientôt il neige.

L'espace s'amenuise et s'assombrit. Après le lion, l'avenue se change en couloir dont tout un côté est occupé par des édifices noirs : deux hospices, dont celui des Enfants-Assistés, la maison des Jeunes-Filles-Aveugles et celle des Dames-de-la-Visitation. Ici, une foule de gens se voue au bien de l'humanité. De grands arbres bordent les deux trottoirs. Ils ont perdu leurs feuilles et, du même coup, leur identité (un citadin reconnaît mal un arbre à la nature de son écorce, à la forme de ses branches). Ils se sont effacés contre les hauts murs gris des maisons de bienfaisance et des jardins de l'Observatoire. Les rafales de neige redoublent de violence. J'avance contre un vent de glace, seul dans le corridor sans lumière. Loin encore, j'entrevois la clarté du fleuve, cette région de l'eau marquée par la frontière naturelle des boulevards du Montparnasse et de Port-Royal.

Je l'atteindrai. D'abord, les larges trottoirs du boulevard Saint-Michel, les grilles du jardin du Luxembourg. Je vais tomber dans le berceau liquide. L'effort est épuisant. Mais à quoi sert-il de se plaindre? Il faut se débattre comme un mauvais nageur. Avancer. Ne s'arrêter sous aucun prétexte.

Mon élan m'entraîne jusqu'au Pont-au-Change. J'échoue sur le grand bras de la Seine. Je m'accoude, je la regarde. Oh, ce n'est pas l'Orénoque, ni même le Danube ou le Rhin! Ce n'est que la petite Seine. Elle coule, humble et modeste, au pied du monolithe impénétrable du Palais. Si lente qu'elle semble immobile. Et le ciel, d'un gris mat infranchissable, ne joue pas avec elle à ses habituels jeux de lumière. Le vent déchaîne un carrousel de flocons sur l'eau noire. Accoudé au parapet, malgré le froid qui me transperce, je songe à ces Américains que j'ai un jour entendus faire de désobligeantes comparaisons avec le Mississippi, et d'autres cours d'eau moins majestueux comme le Minnesota ou l'Illinois. Ils ne comprenaient rien de ce qui fait l'importance réelle d'un fleuve comme celui-ci, qui ne s'écoule pas par hasard à travers une ville. L'un et l'autre se sont choisis. Ensemble, ils ont créé une façon d'être et de vivre. Un esprit qui ne souffle nulle part ailleurs. Et l'air prend le goût de la pierre lavée, érodée par les eaux. Les nez les plus fins y perçoivent aussi l'ozone qui émane de millions d'appareils électriques en fonctionnement, le parfum de poussière et de grenier des pages tournées des livres, le fumet âcre de l'encre d'imprimerie et celui de la poussière des derniers rayons des grandes bibliothèques, ceux où les livres sont si haut perchés qu'ils ne seront plus lus par personne. Mais c'est impossible. Aucun livre ne peut être oublié s'il a rencontré la ville et le fleuve.

Je cherche la naissance. Cette seconde naissance qui me sera donnée par cette ville et par ce fleuve. A l'incohérence et au chaos de mon esprit, ils opposent l'image de leur ordre profond, de leur union pérenne, toujours triomphante des éructations de l'Histoire : invasions, révolutions, terreurs, émeutes, folles journées, nuits sanglantes, paniers de son, barricades, galliffetteries et versaillades...

Le fleuve pousse mollement l'eau noire entre les quais chapeautés de neige fraîche. Sur les boîtes des bouquinistes, au sommet des parapets, se dessine le faire-part infernal du fleuve.

La nuit descend sur le Pont-au-Change. Le vent du nord redouble de mordant. Mes regards plongent dans le flot éteint, là-bas, au fond de son puits. Les premières lumières éclatent, petites étoiles de fête, du côté du Pont-Neuf et du pont des Arts. Je les imagine sur le pont Alexandre-III, sidérantes au point qu'on ne se lasse pas d'en éditer des cartes postales en couleurs.

Je retourne à l'ombre liquide. Je pourrais m'y abîmer, m'y noyer, ici, à deux pas de chez moi, presque sous les fenêtres de Ginette Lacaze, qui ne l'apprendrait que le lendemain, ou plus tard, lorsqu'on retrouverait le cadavre. On parlerait d'accident. Ou on n'en parlerait pas du tout. Mais je ne commettrai pas une pareille folie. Cette surface en mouvement, là, sous mes pieds, si charbonneuse, si close, si brillante, sa densité dépasse infiniment celle de ma chair et de mes os. Elle m'est impénétrable. L'opération s'achèverait en ridicule et répugnant écrabouillement de chairs. Et puis, il faut porter en soi le poids de suffisamment de vie et de sens pour qu'il y ait quelque signification à l'acte de les supprimer. Ce serait, dans mon cas, de l'art pour l'art. Je n'ai pas le désir de défier la raison, et il n'est pas dans mes habitudes d'agir dans une intention purement esthétique.

Ginette Lacaze attend le compte rendu de ma conversation avec mademoiselle Lhéritier. Ce n'est pas moi qu'elle attend, mais celui qui devrait prendre les commandes de la vieille machine souffreteuse et la remettre sur ses rails. Le départ de Toni Soan est le signe prémonitoire d'une catastrophe sans nom dont elle espère que je la protégerai. Vais-je abréger son supplice? Non, bien sûr. Mon cœur est particulièrement tendre, et c'est en raison de cette disposition désastreuse que j'en suis arrivé à ce point de dureté. Il faut se défendre, n'est-ce pas? Par tous les moyens s'endurcir. On ne peut aller loin dans la vie sans un solide blindage. On ne lance pas sur un champ de bataille un char de théâtre fait de planches et de toiles peintes, pas plus qu'il n'est possible de forcer sa nature profonde à ce qui lui répugne : je m'approche de la cabine téléphonique de la place du Châtelet.

Ginette Lacaze décroche au tintement de la sonnerie et je comprends, à son premier mot, qu'elle campait à deux pas de l'appareil : Alors? Les deux syllabes claquent à mon oreille comme une voile que le vent déchire. Déjà, je sais que je ne peux plus rien contre elle, sinon, une fois encore, l'endormir de demi-vérités. Je sais tout ce que veut dire sa question brutale : tu as disparu plus de huit jours avec la petite Paula sans m'avoir avertie de tes projets; ce soir, tu ne rentres pas, est-ce que cela recommence? Et pour les Ateliers? Es-tu seulement capable de prendre une seule décision dans ton existence?... Laisser se prolonger le silence au-delà de la seconde nécessaire à m'éclaircir la voix serait courir le risque d'une seconde question. Par exemple : qu'allons-nous devenir si personne ne veut se charger de nos affaires? Ou : vas-tu jouer encore longtemps avec mes nerfs? Est-ce que cela t'amuse de me laisser dans l'incertitude, de me persécuter par ton silence? Ne sais-tu pas qu'il me faut du repos, rien que du repos?... Non. Pas question que je lui laisse le champ libre...

Valet de nuit

« Alors ? »
Elle halète plus qu'elle ne parle. Il faut répondre.
Pour l'apaiser, je lui dis que les instructions de Toni Soan ont été suivies.
Quelles instructions ?
Qu'elle ne s'en soucie pas. Mademoiselle Lhéritier et moi avons tout organisé. Mademoiselle Lhéritier est digne de notre confiance. Rien ne lui échappe...
Mais il s'agit bien de mademoiselle Lhéritier ! Voyons, c'est de notre avenir qu'il s'agit, de nos moyens d'existence...
Oui. Je sais.
Non, je suis étranger à l'angoisse, à la solitude qui sont les siennes. Vais-je, une fois pour toutes, cesser de la lanterner ?
Est-ce que je la prendrais pour une imbécile, par hasard ? Mon silence lui en dit plus long que tout. Inutile de prolonger cette comédie ridicule. Aucun homme ne sait mentir, et moi moins que personne. Que je lui dise la vérité, si j'en ai le courage. Que je n'espère pas la tromper...
Je lui fais remarquer ce que ses paroles ont d'injurieux à mon égard, et qu'il n'a jamais été dans mes intentions de lui mentir et encore moins de la tromper. J'attendais d'être à l'appartement pour l'informer avec précision de tout ce qu'elle désire savoir. D'ailleurs, tout est simple. Qui va diriger les Ateliers ? Pas moi...
Elle s'en doutait. Elle avait cru... sincèrement cru que j'aurais fini par prendre mes responsabilités, que je lui donnerais cette joie. Cru que j'allais enfin devenir un homme... Mais il était à prévoir que je ne pouvais que la décevoir. Il est dans la nature masculine d'être décevante. Je n'échappe pas à la règle. Je la mène au bout de ses illusions. Elle me remercie. Elle sait ce qu'elle me doit maintenant.
Elle se fait mal. Elle me fait mal. Elle s'énerve. Qu'elle me laisse placer un mot, un seul. Je joue mon atout maître : mon directeur miraculeux, la campagne de petites annonces, le salaire faramineux, notre certitude que les meilleurs mordront à l'appât, que nous n'aurons que l'embarras du choix...

Quel directeur! Ai-je la naïveté de penser que n'importe qui puisse être placé à la tête d'une entreprise comme la nôtre? Les hommes capables de remplacer Toni Soan pousseraient-ils sur les trottoirs de Paris comme les rêves dans ma tête?...
Un silence. Elle reprend son souffle. Je lui fais observer que cette idée est de Toni Soan, pas de moi, ce qu'elle sait très bien. Je crois la tenir. Erreur. Elle repart de plus belle.
Les meilleurs? Ils travaillent, les meilleurs! Ils ne perdent pas leur temps à lire les petites annonces. Ils sont installés. Ils ont fait leur pelote, nous ne les intéressons pas...
Elle devient vulgaire lorsqu'elle perd le contrôle d'elle-même. J'en éprouve amertume et répulsion. Seul me parvient le son affaibli, crépitant, de sa voix.
Ne lui ai-je pas fait assez de mal?...
Mes regards traversent la place du Châtelet. Des lumières violentes clignotent au fronton des deux théâtres. La place est déserte. Je renoue le fil.
Je l'ai bel et bien trompée. Le matin, elle était encore dans l'illusion. Dans son esprit, le doute n'était pas de mise. Je devais reprendre l'affaire. Je l'ai donc trompée. Tous les hommes l'ont trompée...
Un taxi s'arrête devant le Théâtre de la Ville. Un couple, la soixantaine bien conservée, en descend et disparaît dans l'aquarium illuminé du rez-de-chaussée. La voix de maman ronronne à mon oreille. Je serai toujours l'enfant qui ne fait pas bien les choses. L'enfant qu'on ne quitte pas de l'œil, que l'on remet dans le droit chemin. Il me semble revenir en arrière de vingt-cinq ans. Le flot ne tarit pas. Je recolle à l'écouteur. Elle ne m'en veut pas. Elle s'est laissé emporter. Elle le reconnaît. Que peut-elle contre son tempérament, contre cette angoisse qui la mine jour après jour? Elle avait espéré, rien de plus (je flaire le parfum singulier du mensonge maternel), que je m'établirais dans la vie et lui donnerais la seule satisfaction de son existence. Elle sait, oui, qu'elle ne peut m'imposer des tâches supérieures à mes forces. Je me retiens de lui dire que les tâches de gestion de nos biens et de nos intérêts ne me semblent pas au-

Valet de nuit

dessus de mes forces et que je ne les refuse pas pour les raisons qu'elle imagine. Elle pleure. Elle souhaite que tout aille bien et que je lui pardonne. Je ne veux pas me donner la honte et le ridicule de pardonner à ma mère l'amour qu'elle me porte. Elle espère que Paula Rotzen et moi saurons...

Silence. Elle attend une réponse. Je laisse le silence se prolonger.

Oui. Paula est juive. Mais les temps ont changé. Les juifs sont aussi français que les Français, n'est-ce pas?...

Silence.

La perspective d'avoir une belle-fille juive ne la dérange pas du tout. Bien au contraire. Il faut que je sache le fond de sa pensée. Paula est une fille charmante. On peut admettre aussi qu'elle écrive de la poésie, puisque cela lui plaît. Il est malheureux que les poètes soient si peu lus de nos jours. Ai-je des espérances, au moins? Je suis sommé de répondre.

Encore une mise en demeure. Des espérances? Que répondre? Il faut mentir. Je ne sais pas bien. Aucun homme, maman me l'a dit, n'est capable de lui mentir sans se trahir.

Je prends ma voix assurée, légère, lumineuse, presque désinvolte. Oui, j'ai des espérances. De solides espérances. D'ailleurs, serions-nous restés si longtemps ensemble, Paula et moi, si nous n'avions pas envisagé de... (contrairement à la croyance ordinaire, le deuxième mensonge coûte autant que le premier, et le troisième autant que le deuxième)... de nous unir, de fonder un foyer comme on dit? Maman soupire au bout du fil.

« Oh, Philippe, comme tu me fais plaisir! Si tu savais comme tu me fais plaisir... »

Je suis allé plus loin que je ne voulais. Mentir, c'est accepter de courir ce risque. Mais tout est bien, cette nuit, elle dormira. Dans la foulée, je lui annonce que je ne rentrerai pas.

« Tu vas la rejoindre? »

Au point où j'en suis...

« Oui, nous dînons ensemble ce soir. Après, nous verrons... »

Je la sens heureuse. Rassérénée. Je ne suis pas très fier de moi.

Je me jette dans la brasserie Sarah-Bernhardt, celle qui fait le coin de l'avenue Victoria, m'assieds, commande un café-crème. Puis, des cigarettes. N'importe lesquelles. Sans les voir, je regarde les consommateurs qui m'entourent, foule de visages superbement jaunes et violets, avec des reflets verts. Ces faces exsangues, hivernales, sont belles, et ces mains pâles comme des plantes dont le froid a absorbé toute vie liquide.
Je lutte sur tous les fronts. Les visages, tel un piège, et les circonstances de la journée se referment sur moi. Je les regarde mieux. Leurs cheveux douteux m'inspirent de l'horreur. Les cols parsemés de pellicules, le mascara, le rimmel appliqué par touches maladroites, les faces hâves ou avides de sortie de bureau dessinent un paysage expressionniste. Parfois ils rient avec des éclats violents. Dans leurs yeux passent des lueurs d'idiotie. Il doit être dans les neuf heures. Il me faut affronter la nuit qui s'ouvre.
Tout est beau. D'une terrible beauté glacée, malgré les couleurs chaudes : le rouge et le jaune. Les tables, le comptoir et les murs ornés de glaces se renvoient leurs images à l'infini. Tout semble avoir été recouvert d'un vernis vitrificateur, d'une colle solidifiée et brillante et baigne dans une mélasse luxueuse. L'intérieur de la brasserie est d'une beauté sans cesse grandissante, toutes les couleurs sont surexcitées, comme sur ces diapositives violemment éclairées qui tapissent la devanture des restaurants chinois. On peut y contempler la granulation de la boulette de viande, le satiné glaireux de la sauce, l'éclat soyeux de la carapace du homard. Je baigne dans les images coupe-faim. Images à vomir. Dans une sauce écœurante et limpide. Il faut fuir. Je me fraie un passage jusqu'à la porte vitrée. Les visages sont plats et lisses. Ils refluent dans un grand bruit de conversations.
Je suis dans la rue. Il faut marcher.

Du Châtelet à l'orée du bois, le plus court chemin, c'est la rive droite, jusqu'au pont de l'Alma. Au long du fleuve ami. Au bord du miroir posé à plat sur le cœur de la ville. Un temps très bref, je cherche ma voie d'asphalte qui se fait fleuve par temps de pluie, lorsque les phares brillants, les ombres des passants et les enseignes se dédoublent sur la chaussée polie. Ce soir, les sources lumineuses, mobiles ou immobiles, baignent dans un halo trouble. Les contours s'estompent. C'est l'époque où la saison hésite à devenir elle-même, glaces et frimas. Les premières chutes de neige peuvent n'être qu'un signe trompeur. Les brumes de la nuit se lèvent, incertaines, prêtes à s'évaporer au premier souffle. Des rafales brusques caracolent dans les rues. Elles se délitent contre l'angle vif que font, à chaque carrefour, les hautes constructions bourgeoises des beaux quartiers, et refluent dans un désordre que l'on devine à la danse des nuages, à celle d'un sachet de plastique qui tourne comme un fou dans une porte cochère. On est transi, puis on a chaud. On ne peut être sûr de rien.

Place de l'Alma. Les grandes avenues ouvrent leurs perspectives. Elles n'ont rien qui puisse donner envie de s'y élancer. Quelle angoisse pour l'extraterrestre qu'un sort contraire aurait privé de son moyen ordinaire de locomotion et placé, à la nuit tombée, à la confluence des avenues du Président-Wilson, Marceau, George-V et Montaigne. Moi, au moins, je sais où mes pas me conduisent. Je file par la première de ces quatre galeries creusées dans la nuit. Après le Trocadéro, ce sont les avenues Georges-Mandel et Henri-Martin. Cette dernière me rappelle le jeu du Monopoly, où, comme dans la réalité, c'est un signe de réussite que d'y posséder des immeubles. A cette heure-ci, elles ne sont que ravins desséchés, morts. Ces voies superbes ne sont pas boutiquières, ni promenantes, ni passantes. Elles ne sont que très bourgeoises, avec des allures d'allées de cimetière.

Elles ont aussi un terre-plein central qui a été récemment rentabilisé. Chaque travée de cette banquette est fermée de barrières. Les voitures entrent par un bout, s'y garent pour un temps donné et ressortent par l'autre bout, où un homme installé dans une minuscule guérite prélève sur chaque automobiliste la somme correspondant à la durée de stationnement de son véhicule. Aucun mètre carré de ce terrain n'est exempté du devoir de rapporter de l'argent. Je marche. Il est licite, et vraisemblable, que les sommes remises chaque jour, chaque semaine, chaque mois, chaque année à l'homme de la guérite finissent par tomber dans la poche de l'un ou l'autre des habitants du quartier. Parce que rien ne se perd et rien ne se crée.

Je marche. L'avenue du Président-Wilson est derrière moi. Elle reste attachée à un souvenir agréable. Un jour que je la descendais dans notre Delahaye, la circulation fut bloquée et je fus arrêté sur la voie descendante. Un homme en gabardine brillante ouvrait la portière de sa voiture garée sur le terre-plein central. Il était de dos, mais quelque chose dans sa démarche avait attiré mon regard. En prenant place sur son siège, il se retourna. Je reconnus Jean-Louis Barrault. C'était à l'époque où son théâtre de l'Odéon, pour de sordides raisons politiques, avait été exilé à la gare d'Orsay, sur le quai Anatole-France. Il venait d'y donner *le Soulier de satin*. Je lui avais spontanément adressé un salut de la main, comme s'il allait de soi qu'il répondrait au geste d'un inconnu. L'étonnant fut qu'il m'adressa un signe accompagné d'un sourire avant de démarrer. Ce n'était rien au fond, une simple rencontre, mais de celles qui ne peuvent se produire qu'à Paris, sur une artère pourvue d'un terre-plein central rentabilisé.

L'avenue Henri-Martin, dans ses cinq cents derniers mètres, effectue deux courbes très amples qui la mènent à la jonction des boulevards Suchet et Lannes. Elle vire d'abord à gauche, puis, comme prise d'un remords, repart à droite. C'est par ce tortillement inattendu, presque humain, qu'elle me charme et me plaît.

Le courant métallique, vrombissant, lumineux et vaporisé du boulevard Lannes me saisit. La maison où je vais est adossée au bois, quelque part dans une de ces allées vouées aux maréchaux et aux hommes politiques du second rayon. Je ne cherche pas longtemps. Les indications que m'a fournies le père de Paula Rotzen sont précises. Il y a, d'abord, de grands murs que, de l'extérieur, on devine d'une épaisseur peu ordinaire. Pour paraître infranchissable, leur crête a été garnie d'une grille dont chaque barre, du diamètre d'un avant-bras, se termine par une courte lame de couteau. Derrière se dessinent les silhouettes des catalpas et des ormes décharnés. Ces derniers ont été taillés, dans l'espoir sans doute de les sauver de la mycose qui, depuis quelques années, les tue les uns après les autres, de telle sorte qu'ils ont l'allure de crayons plantés en terre.

Le parc est nu. Hivernal. On y entre par un portail d'acier dans lequel une porte basse d'un seul battant ne résiste pas à la poussée. N'importe qui, semble-t-il, peut s'approcher du corps de bâtiment installé sur la pelouse centrale, parmi les sapins. J'entends à peine mes pas dans l'allée où la neige se mêle de gravier, de terre et de débris végétaux.

Des lumières brillent aux fenêtres du bas. Celles des deux étages supérieurs, sauf une, ne laissent rien filtrer. Le froid est moins intense dans cet espace de nuit protégé par de hauts murs. Le silence s'y épaissit. La ville recule, disparaît presque. Soudain, sans que rien l'ait annoncée, une pluie fine se met à tomber. Je cours jusqu'au perron et à la porte vitrée.

J'imprime une secousse brutale au timbre. Mon désir d'imposer d'emblée ma présence me semble trahi par le doux son de la clochette : do-mi-sol-ré. Une forme rose et blonde, comme dans les romans de l'entre-deux-guerres, se profile derrière l'imposte vitrée et grillée. On entrouvre. On me prie d'entrer, avec des intonations retenues que contredisent les ondulations du peignoir, la blondeur démodée de la chevelure, le tamisage des différentes sources de lumière. On m'introduit dans un salon.

Tout est dissonant dans cette maison : l'air d'innocence affectée et d'excessive jeunesse de la sœur tourière et l'élégance très XVIIIe siècle de cet ancien hôtel particulier; les hauts panneaux de bois décorés de guirlandes de fleurs et de fruits, et le rare mais luxueux mobilier de style Knoll International, et, dans le salon, les cheminées de marbre blanc aux motifs contournés, les tapis aux décors géométriques... Quelques mesures lointaines de *Sister*

Kate, par Claude Luter et ses Lorientais, s'opposent au silence sévère du parc. Je m'assieds sur un canapé, face à un guéridon et à quatre fauteuils crapauds.

La demoiselle au peignoir rose reparaît. Elle me prie d'excuser madame de Néry, qui ne va pas tarder à descendre. Je la remercie. Elle croit devoir souligner que madame de Néry est charmante et que je devrais m'entendre avec elle. Je juge moins compromettant, ou simplement moins ridicule, de ne pas lui demander sur quel sujet nous nous accorderons. J'ignore ce qui m'a fait venir le mot « sujet » au bout de la langue et combien il est d'un emploi adapté à la situation.

Le peignoir rose sourit. Il me demande l'autorisation de rester. La question est posée de façon à me suggérer qu'on aimerait bavarder.

« J'attendrai avec vous, si vous le permettez. »

Je n'ai aucune raison de refuser sa présence. J'espère en tirer quelque renseignement sur les habitudes de la maison. Elle s'assoit, visiblement ravie, non sans remonter le pan de son déshabillé sur ses genoux.

« Je ne voudrais pas me montrer indiscrète, mais il me semble que vous venez chez nous pour la première fois.

– Oui. Pour la première fois. Comment vous appelez-vous?

– On m'appelle Antoinette, dit-elle avec une brève hésitation.

– Un joli nom. On le porte peu de nos jours.

– Pour vous dire toute la vérité, ce n'est pas mon vrai nom. Le mien est plus ordinaire. »

J'essaie de me montrer aimable :

« Tous les noms ont leur charme, ne croyez-vous pas?

– Raymonde, vous trouvez que c'est un joli nom, vous? »

Je garde le silence.

« Et j'ai entendu dire qu'il n'y a même pas de sainte Raymonde. Seulement un saint Raymond. Un Espagnol. Un moine espagnol, vous vous rendez compte? »

Je ne sais trop que répondre, sinon qu'elle a peut-être raison de préférer son nom d'emprunt. J'essaie de me montrer plus pragmatique :

Valet de nuit

« Eh bien, Antoinette, que faites-vous dans cette maison?
– Je suis hôtesse d'accueil... »
Elle rougit, puis se reprend :
« Je n'aurais pas dû vous dire ça.
– Vous n'auriez pas dû? Et pourquoi donc?
– Madame de Néry nous rappelle sans arrêt qu'ici ce n'est pas un aéroport, ni même un hôtel ordinaire. Il n'y a pas d'hôtesses ici. Il n'y a qu'Antoinette et Barbara. Barbara, c'est la jeune fille qui vient du jeudi au dimanche. Nous travaillons en alternance.
– Ah, je comprends. Barbara et vous faites équipe.
– Oui, si vous voulez. Mais madame de Néry ne voudrait pas que nous employions cette expression.
– Faire équipe?
– Oui. Nous ne travaillons pas dans une usine ou quelque chose de ce genre. Ici, nous avons chacune un rôle... Nous sommes capables de soutenir la conversation sur n'importe quel sujet.
– Je vois. Il y faut de l'intelligence, et aussi de la sensibilité, de la prudence, avec un brin de diplomatie.
– Oui, de la diplomatie. Certains hommes sont si bizarres... »
Elle s'anime. Elle est heureuse. Dans son rôle. Elle porte soudain la main à ses lèvres, comme une enfant prise en faute, et se désole de ne parler que d'elle-même. Le sujet ne m'intéresse pas sans doute. Je m'empresse de la détromper.
La vérité est que je n'ai pour elle ni sympathie ni antipathie, pas d'autres sentiments qu'un peu d'amusement dissimulé et de cette admiration idiote qu'éprouvent la plupart des hommes pour les putains qu'ils croient au grand cœur. Son accoutrement est racoleur, mais elle joue sa partie de son mieux. Au moins est-elle trop jeune pour être cynique.
Antoinette se tortille sur son siège.
« Vous m'avez dit tout à l'heure que madame de Néry n'aurait pas aimé entendre prononcer des mots comme " hôtel ordinaire ", ou " faire équipe "... Pourquoi cela? Dites-moi qui elle est.
– Elle ne vous aurait pas repris, vous. Le client a tous

les droits. Mais à nous, elle ne passe rien. Les questions de langage, c'est une manie chez elle.
— Une manie ? Qui n'en a pas ! Mais cet hôtel dans lequel nous nous trouvons, et qui n'est pas en effet un " hôtel ordinaire ", comment l'appellerait-elle ?
— Là, vous vous moquez de moi. Vous voulez me faire marcher ?
— Non. Pas du tout. Savez-vous quel nom elle donnerait à cette maison ?
— Je ne sais pas, moi... Elle... C'est vraiment sérieux, votre question ?
— Tout à fait sérieux. Que dirait-elle ?
— Eh bien... elle... Madame de Néry dirait... »
La porte s'est ouverte derrière moi.
« Je dirais, pour répondre à votre question, que cette maison est un établissement sérieux. »
Nous nous sommes levés à l'entrée de madame de Néry. Entrée à la fois discrète et d'une majestueuse autorité. Elle poursuit, d'une voix assurée qui emplit tout le salon :
« Antoinette, je vous remercie d'avoir tenu compagnie à monsieur. Vous pouvez disposer maintenant. Retournez dans le hall, je vous prie. »
Le peignoir rose s'incline et s'efface.
« Permettez-moi de vous saluer, monsieur ?... »
Instant embarrassant et imaginé de longtemps. D'abord, la substitution des personnages a eu quelque chose de magique. Et puis, cette façon agressive de questionner en creusant un vide dans la phrase, vide que l'interlocuteur est tenu de combler sur-le-champ... Elle attend, debout, ma réponse. Un réflexe rapide me préserve de mentir d'entrée de jeu. J'aurai d'autres occasions, je suppose, et de plus utiles.
« Je m'appelle Archer. Philippe Archer. »
Elle ne cille pas. Elle se présente à son tour, Eliane de Néry, et se dit heureuse de m'accueillir chez elle. Le débit reste posé, naturel. Il y a de la distinction dans cette femme.
Je ne remarque pas la moindre modification du timbre un peu grave de sa voix. Est-elle plus fine mouche que je ne l'imagine ? Mon nom aurait dû la troubler. Tandis que

nous nous asseyons en vis-à-vis, je l'observe avec attention. C'est bien la femme que j'ai vue sur la photographie. Le maquillage soigné et les rides que le dernier lifting n'a pas entièrement gommées ne peuvent masquer ce détail aveuglant : la lèvre supérieure déborde sur la lèvre inférieure. Il y a aussi ce visage triangulaire, le menton en retrait. De plus, elle porte un chemisier de soie noire et une jupe-culotte claire : ses goûts n'ont pas changé.

« Oui, monsieur Archer, je me réjouis de votre visite, bien que les circonstances aient quelque chose... comment dire? Quelque chose d'un peu inhabituel...
— D'inhabituel?
— Comprenez-moi. C'est la première fois que nous nous voyons. Vous ne vous êtes pas annoncé... Mais rien de tout cela n'est bien grave. Vous êtes ici chez vous. Tous nos clients sont ici chez eux dès qu'ils ont franchi notre seuil. Nous ne leur faisons subir aucun interrogatoire, même s'ils sont nouveaux, et pourtant, pardonnez-moi, je ne puis me défendre d'une certaine curiosité à votre endroit...
— Je vous en prie. Rien de plus naturel, étant donné les circonstances.
— Eh bien, puisque vous me le permettez, je vous demanderai d'abord si vous êtes parisien, monsieur Archer. »

Attention, danger! Madame a commencé son enquête. Ne pas me laisser piéger.
— Je suis du Nord. Un provincial en quelque sorte, de passage à Paris. J'ai voulu connaître votre maison, dont j'ai appris l'existence par hasard, au cours d'une conversation. Des amis d'amis... Ce qui est gênant, je le comprends très bien, c'est de ne pas avoir été... comment dire?... présenté. »

Il me semble avoir débité assez de mensonges pour être à l'abri.

« Voyons, monsieur Archer. Vous n'avez nul besoin d'être parrainé. Il suffit de vous regarder pour savoir à qui on a affaire. »

Je sais que je suis découvert. Un bref éclair dans son regard. Je suis brûlé. Maman a raison. Aucun homme ne sait mentir.

« Vous avez eu raison, monsieur Archer, de vouloir nous connaître. Comme la petite Antoinette ne vous l'a peut-être pas dit, notre établissement est sérieux et de toute confiance. Nous nous inquiétons du bien-être de notre clientèle. C'est, avec notre discrétion absolue, ce qui fait l'essentiel de notre réputation. Suivez-moi, s'il vous plaît. »

Elle tire à elle un volume de la bibliothèque située à droite de la cheminée, et, comme dans les mauvais films d'espionnage, le pan de mur fait un quart de tour sur lui-même. Nous entrons dans un petit salon équipé d'un appareillage audiovisuel digne du studio professionnel le mieux outillé. La bibliothèque tournante se referme sur nous.

« Cher monsieur, vous êtes dans le saint des saints. »

Elle me prie de m'asseoir devant un écran de télévision.

« Quant à moi, je préfère appeler ce salon salle des fantasmes. Suivant vos goûts et vos tendances, vous allez pouvoir choisir ici votre sujet, ou vos sujets pour la nuit. Je vais vous présenter sur cet écran les jeunes personnes les plus désirables, et elles vous communiqueront elles-mêmes leurs goûts, ou leurs petites spécialités. Nous avons aussi des films, des images fixes et des bandes magnétiques... si vous le désirez. »

J'essaie vainement de la dissuader de mettre en marche cet important dispositif. Elle me propose un choix de cassettes. Blondes, brunes, rousses. Ai-je des désirs particuliers qui pourraient la guider ? Il serait dommage de ne pas profiter de toutes les possibilités de cette installation. La vérité est que je voudrais seulement continuer à bavarder avec la petite Antoinette. Mais comment formuler cela ? Acceptera-t-elle ?

« Les blondes, s'il vous plaît.

– Ah, les blondes, oui, j'aurais dû deviner. Vous avez bon goût, monsieur Archer. »

Se sent-elle incluse dans le cercle des beautés blondes ? L'accent est convaincu. J'ai pensé à la couleur des cheveux d'Antoinette, et qu'ainsi ma demande paraîtra tout à l'heure plus justifiée.

« Vous ne regretterez rien, monsieur Archer, croyez-

Valet de nuit

moi. Nos partenaires, comme vous allez le constater, sont toutes de merveilleuses jeunes femmes. Elles ont moins de trente ans. Elles aiment ce qu'elles font. Elles s'ennuient dans leur vie de tous les jours et, vous savez ce que c'est, elles veulent se distraire... Qui pourrait leur en vouloir? Comme il se doit, elles sont toutes en excellente santé. Nous y veillons de très près. Et, ce qui ne gâte rien, parfaitement éduquées, et très belles. Chacune avec sa note personnelle, bien entendu. Si vous avez un regret, nous vous ferons voir les rousses, ou les brunes... »

Je tente une manœuvre de diversion pendant qu'elle introduit la cassette dans le magnétoscope.

« En fait de blondes, chère madame, la petite Antoinette m'a fait une excellente impression. A vrai dire, elle me conviendrait pour ce soir. Il n'est pas nécessaire de vous déranger plus longtemps.

– Allons, vous ne me dérangez pas. C'est un plaisir pour moi que de regarder ces charmantes jeunes personnes. Ce qu'il y a de mieux, croyez-moi. Maintenant, si vous désirez retenir notre Antoinette (je perçois du mépris dans son intonation), vous l'aurez, bien que ce ne soit pas l'habitude. Soyez tranquille, nous ne vous la refuserons pas. »

Je suis soulagé. J'aurai ce que je veux. (Je parle des demoiselles de la maison comme de marchandises. La contamination, sans doute.) Je verrai quel est vraiment le caractère de cette Antoinette, et si elle se prêtera au jeu... En attendant, c'est à moi de me prêter à celui de l'hôtesse. Sur l'écran défilent de belles inconnues. A chaque apparition d'une nouvelle blonde (elles le sont toutes plus que nature), Eliane de Néry s'exclame que la petite en question est ou merveilleuse, ou exceptionnelle, ou pleine d'esprit, et toujours belle, si belle... Ces apparentes classifications selon des critères vagues n'ont évidemment aucun sens, mais Eliane de Néry se passionne pour ces images navrantes de filles qui s'offrent devant une caméra. J'affecte un intérêt soutenu pour ces étonnantes exhibitions et lui suggère l'emploi de l'ordinateur pour la sélection des images. Elle me répond, enchantée, que la question est à l'étude, la difficulté principale étant celle de la programmation. Sur l'écran, une certaine Olivia se

déshabille, avant de se jeter sur un lit. Eliane de Néry se tourne vers moi :
« Monsieur Archer, je me permets de vous recommander ce sujet. Notre Olivia est une personnalité remarquable. Hors du commun, devrais-je dire. Un caractère facile, un goût notable de l'expérimentation, et avec cela une conversation étincelante. Voulez-vous que je vous repasse sa monstration ? »
Je songe à l'étrange propriété du terme « monstration », si proche des monstruosités qui défilent devant mes yeux. Les blondes m'ennuient d'une façon générale, et davantage encore lorsqu'on me les présente sur un plateau, en quantité industrielle. L'image revient en arrière. Cette Olivia, dont rien ne laisse supposer la personnalité remarquable et la conversation étincelante, se rhabille avec des gestes saccadés, après avoir été projetée hors du lit, comme mue par un ressort. L'effet comique a quelque chose d'irréel et de sinistre. Et puis, une blonde ne peut s'appeler Olivia, c'est à la fois une invraisemblance et une faute de goût. Eliane de Néry s'affaire, fixe l'image, la remet en marche. La fille se déshabille de nouveau. Elle se couche. Se relève. Le spectacle serait d'une intolérable vulgarité s'il n'était, avant tout, ridicule. Elle est une fois encore nue sur le lit. Elle se tortille comme un ver avant d'annoncer qu'elle s'est fait une réputation incomparable dans l'art de la fellation.
Eliane de Néry semble avoir perdu de sa défiance initiale à mon égard. Est-ce une ruse ? Ou ai-je écarté je ne sais quels soupçons ? Soudain, alors que la blonde suivante fait son apparition :
« Vous m'avez bien dit être du Nord ? Je ne me trompe pas, n'est-ce pas ?
— C'est exact.
— Comme c'est curieux !... Votre visage est tellement ressemblant...
— Ressemblant ?
— Je veux dire que vous ressemblez à quelqu'un... à une personne que j'ai connue. Enfin, laissons cela. »
Oui, laissons cela. Je frissonne : serait-il mort ? Non. Impossible. Ce passé qu'elle a employé n'a d'autre but que de me dissuader de pousser mes recherches si je

suis venu jusqu'ici dans l'intention d'entreprendre une enquête.
 Je n'ai plus rien à cacher à Eliane de Néry. Elle m'a percé à jour. Tandis que le défilé des filles se poursuit sur l'écran, je me demande que faire. M'ouvrir à cette charmante vieille entremetteuse qui, d'une façon ou d'une autre a eu, a peut-être encore, partie liée avec mon père? Lui dire la vraie raison de ma visite? Il est tentant de lui avouer ce qu'elle sait déjà, que j'ai menti. Je la mettrais ainsi dans l'agréable obligation de m'excuser, de me pardonner. Les entremetteuses – mes lectures me l'ont appris – se rajeunissent volontiers en traitant comme des enfants des hommes déjà mûrs. Mais le risque est trop grand d'avoir à quitter les lieux aussitôt. Si elle m'a deviné et continue à me jouer cette comédie, c'est qu'elle n'a pas l'intention de tirer la situation au clair ni de me dire quoi que ce soit de mon père. Il faut donc poursuivre le jeu.
 « Chère madame, je ne voudrais pas abuser de votre temps plus qu'il n'est nécessaire. Ces demoiselles sont tout à fait charmantes et désirables, et cette Olivia, comme vous aviez raison, est un sujet de premier ordre... Pourtant, comme je vous le disais, ce soir je préférerais m'entretenir avec mademoiselle Antoinette, ce sera plus simple ainsi. Pour une autre fois...
 – Comme vous voudrez, cher monsieur. Mais, croyez-moi, il n'y aurait aucune difficulté à appeler mademoiselle Olivia, c'est son jour et elle est à notre disposition.
 – Je vous en prie. Une autre fois.
 – Très bien. Mademoiselle Antoinette est aussi très compétente.
 – Et c'est une blonde, elle aussi, n'est-ce pas? »
 Je lui adresse un sourire complice. Elle débranche le magnétoscope et nous repassons dans le grand salon. Elle appelle Antoinette, à qui elle demande d'aller se changer avant de me rejoindre dans la chambre 27, où elle me conduira elle-même. Comme il est visible que je ne comprends pas, elle m'apprend qu'elle veille en personne à l'esthétique des relations qui se nouent dans son établissement.

La première particularité de la chambre 27 est une corniche, soutenue par quatre télamons aux muscles herculéens et de taille presque humaine. Leurs torses, leurs bras de bois sombre brillent dans la demi-lumière dispensée par deux lanternes, l'une rose, l'autre orange. Leurs visages faunesques abritent des globes oculaires si prodigieusement vivants qu'on se défend mal de l'impression de les voir échanger des regards entre eux. Le lit occupe tout un pan de mur. Il y a aussi de grands placards et un cabinet de toilette attenant. Ses volets sont clos, ce qui m'empêche de situer la chambre dans la grande demeure.

Le couloir que nous avons emprunté, Eliane de Néry et moi, fait un coude inexplicable. Il se pourrait donc qu'elle ne fût pas située dans un angle de l'édifice, mais qu'il y eût, entre elle et cet angle, l'espace suffisant à une autre chambre plus petite, à un salon ou à un simple cagibi de rangement. J'ai aussi remarqué un escalier menant à l'étage supérieur. J'attends, assis sur le lit. On circule dans le couloir qui longe la chambre. On y court même. Des portes s'ouvrent et se ferment avec des claquements étouffés. Il est évident que mon intrusion, le fait de n'avoir pas mieux dissimulé mon identité (pourquoi n'ai-je pas eu la présence d'esprit ou le courage de m'inventer un nom?) ont déclenché une effervescence que l'on n'arrive plus à me cacher. Après tout, qu'importe? Je suis ici pour lui. Pourrai-je le voir, lui parler?

Des coups sont frappés à la porte. Antoinette s'approche, méconnaissable, coiffée d'une espèce de chéchia rouge sous laquelle elle a ramassé ses cheveux, et revêtue d'une gandoura blanche qui lui descend aux chevilles. Elle porte aussi des babouches. Mais ce carnaval semble très sérieux. Après une génuflexion, elle m'annonce qu'elle remercie son seigneur pour la confiance qu'il a placée en sa servante. Elle le servira selon ses volontés et ses désirs.

Elle est à la fois dans son rôle et dans sa fonction, et c'est là peut-être une chance dont je devrais essayer de profiter. Je lui demande de s'allonger sur le lit et ne peux m'empêcher de l'interroger sur cette mise en scène. Je me trompe. Il ne s'agit pas d'une mise en scène, mais des égards qui me sont dus.

« Et ce costume?
— C'est mon costume de fille du désert. Vous n'aviez pas remarqué?
— La fille du désert! C'est très réussi.
— Ne vous moquez pas de moi. Savez-vous ce qui est amusant? C'est de le déboutonner. Venez, je vais vous montrer. Approchez-vous. »

Je m'allonge à son côté. Sa voix est prometteuse et câline.

« Antoinette, écoutez-moi. J'ai à vous parler.
— Me parler? Mais ce n'est pas le moment. Il y a mieux à faire que de parler, ne croyez-vous pas?
— C'est sérieux, Antoinette. Ecoutez-moi.
— Attendez que nous ayons fait plus ample connaissance. Après, nous parlerons autant que vous voudrez.
— Justement, je ne suis pas venu ici pour faire connaissance avec vous, Antoinette.
— Mais ce n'est pas gentil du tout, ce que vous me dites là! Moi qui étais si contente... Je pensais que vous m'aviez remarquée, que je vous plaisais un petit peu.
— Il ne s'agit pas de cela, Antoinette. Je suis ravi... Vous me plaisez beaucoup, là n'est pas la question. Il y a autre chose...
— Autre chose? Vous avez peur.
— Peur? Mais non, ce serait ridicule.
— Si, vous avez peur. Il y a des hommes comme ça. Ils ont peur des femmes et de tout ça. Ils en crèvent d'envie et n'osent pas, pour ceci, pour cela... Pour les maladies, par exemple... C'est de ça, peut-être bien, que vous avez peur...
— Oui, j'en ai peur, comme tout le monde. Mais...
— Vous pouvez être tranquille. Nous sommes toutes suivies, comme pendant la guerre...
— Vous êtes trop jeune pour avoir connu la guerre. Pourquoi dites-vous " comme pendant la guerre "?
— C'est ce que nous dit madame de Néry: les filles

doivent être examinées, suivies régulièrement. Comme pendant la guerre, oui. Dans leur propre intérêt. D'après elle, le suivi médical était la règle des bonnes maisons. Les bonnes maisons doivent inspirer confiance. Il y faut des filles saines et belles. Et moi, je suis saine et belle. Mais je vois que mon seigneur ne veut pas faire l'amour parce qu'il n'a pas confiance en moi. Mon seigneur ne me trouve-t-il pas désirable?

— Vous me plaisez, bien sûr. Mais, comme je vous l'ai dit...

— Est-ce que mon seigneur me dirait vous si je lui plaisais?

— Antoinette, je veux bien vous tutoyer, mais il faut que vous sachiez... que tu saches que je ne veux pas faire l'amour ce soir.

— Comment pourrais-je comprendre un pareil langage, moi qui suis justement ici pour aimer? Moi dont c'est le métier et qui en ai très envie. Enfin, si tel est votre bon plaisir...

— Vous voilà un peu plus raisonnable.

— Attendez. »

Elle soulève la ganse qui dissimule les boutonnières de sa gandoura, lesquelles vont du col aux chevilles.

« Pour que mon seigneur ait la permission de ne pas faire l'amour avec moi, je poserai deux conditions.

— Lesquelles?

— La première, qu'il déboutonne lui-même le costume de la fille du désert.

— Et la seconde?

— Qu'il me dise, sans mentir, ce qu'il est venu faire ici.

— J'accepte ces conditions (je commence aussitôt le déboutonnage), mais dites-moi qui est Eliane de Néry. J'ai l'impression que vous ne l'aimez pas, est-ce vrai?

— Oui, c'est vrai. Nous ne l'aimons pas. Entre nous, nous l'appelons "la Néry". Après tout, c'est notre patronne! Vous en connaissez, vous, des employés qui aiment leur patron?

— A vrai dire, je n'en connais pas. Mais la société est faite de sorte que les gens se jalousent et se haïssent... Enfin, ce n'est pas le problème... »

Valet de nuit

Le problème est le neuvième bouton, juste sous les seins. Je n'arrive pas à l'extirper de sa boutonnière.
«Je vais vous aider. Quel est le problème?
— Merci. Le problème est, en premier lieu, Eliane de Néry, votre patronne.
— Est-ce que c'est une enquête policière? Je vous préviens que je ne vous dirai rien. D'ailleurs, je ne sais rien d'elle.
— Je ne suis pas un policier. Je mène une enquête, oui, si vous voulez, mais toute personnelle.»
J'arrive aux derniers boutons. Elle se tourne de mon côté pour me faciliter la tâche.
«Une enquête? Mais qui êtes-vous alors?
— Vous me demandez de quelle façon je gagne ma vie?
— C'est ça. Dites-le-moi.
— Eh bien... Je n'ai pas à travailler pour la gagner.
— Rentier?
— Si vous voulez.
— Patron?
— Si vous voulez. Mais je ne gère pas mes affaires. Ce n'est pas ce qui m'intéresse dans l'existence.»
Le dernier bouton vient de sauter de son logement. La gandoura bâille sur les seins d'Antoinette.
«Qu'est-ce qui vous intéresse?
— Cette enquête que je mène. Depuis des années, je crois... Une enquête qui n'aboutit jamais.
— Comme c'est intéressant! Ouvrez donc le manteau blanc de la fille du désert. Comment cette enquête qui n'aboutit jamais vous a-t-elle mené jusqu'ici?
— Je vous le dirai si notre marché tient toujours.
— Il tient. Mais ouvrez donc ma blanche robe.»
J'écarte un pan, puis l'autre. La gandoura s'ouvre sur le corps blanc et nu d'Antoinette.
«La fille du désert n'est-elle pas telle que la désire son seigneur? Ne la trouve-t-il pas belle?
— Antoinette, je vous en prie. J'ai besoin de vous. Il faut que vous m'aidiez, c'est très important.
— Ah, j'oubliais, l'enquête! Eh bien, allons-y. Je suis prête à répondre à toutes vos questions.
— Qui est Eliane de Néry?

— Ma patronne. Combien de fois faudra-t-il vous le dire?
— Depuis quand la connaissez-vous?
— Cinq ans. Depuis que je travaille ici. Mais dites donc, vous êtes bien sûr de n'être pas de la police?
— Que savez-vous de son passé?
— Rien. Et même si je savais quelque chose, je ne vous le dirais pas. Vous me demandez d'être indiscrète. D'ailleurs, vous me fatiguez avec vos questions. Vous feriez mieux de me faire l'amour, après j'aurais peut-être les idées plus claires...
— Que faisait-elle pendant la guerre?
— Dites donc, pas moyen de vous faire changer d'avis, vous! Mais le même métier qu'aujourd'hui, à ce que je sais.
— Et comment l'avez-vous su?
— Toutes les filles le disent. Pour ne rien vous cacher, la vieille de Néry a d'abord été pute, comme tout le monde, puis, avec l'âge, elle est montée. Maquerelle. Tenancière. Elle a réussi sa reconversion.
— Et avant?
— Avant?
— Oui, avant d'être pute. Savez-vous quelque chose?
— Eh bien... Je ne sais pas au juste. J'ai entendu dire qu'elle était de très bonne famille. De Néry, c'est pas son nom. Le vrai, elle ne peut plus le porter à cause de tous ces fricotages pendant la guerre...
— Des fricotages?
— Oui. Elle ne pouvait pas déshonorer sa famille. Elle couchait avec des Boches... Pas n'importe lesquels, des hauts gradés seulement. Pour la bonne cause, évidemment. De temps en temps, elle nous dit : " Quand j'étais dans la Résistance... " Il y a de quoi se marrer! Son nom de guerre, à ce qu'il paraît, c'était l'Epervière. Tout ça, c'est du passé. Vrai? Faux? Ce n'est pas moi qui le sais. Je m'en moque, d'ailleurs... elle pouvait bien coucher avec qui elle voulait. Pour moi, Boche, Français ou Turc, c'est du pareil au même. Après tout, elle ne s'en tire pas mal. Quand les maisons ont été fermées, elle s'est transformée en hôtel, de grand luxe, comme vous voyez. C'était la bonne solution. Pas de filles à demeure. Pas de filles sur

Valet de nuit

les trottoirs du quartier. Pas de filles du tout. Rien que des clients et des clientes. Des voyageurs. Des gens de passage. Et pour le service, rien que des demoiselles de bonne famille, ou des petites-bourgeoises, comme moi, qui trouvent le moyen de gagner leur petite vie sans dépendre d'un mari... Elles viennent et repartent. Ni vues ni connues. Et cela, en toute sécurité. Clientèle triée sur le volet. Pratique, non?
– Oui, très pratique. Et moderne.
– L'enquête de mon seigneur est-elle terminée? Mon seigneur veut-il poser les yeux sur son humble esclave?
– Antoinette, une dernière question...
– A condition que mon seigneur daigne poser sa main sur moi. »
Mes doigts effleurent les seins d'Antoinette, puis les caressent avec douceur, machinalement. Elle soupire et ferme les yeux.
« J'aime les mains de mon seigneur. Elles sont douces et aimantes. Que mon seigneur me pose la question.
– Un homme vit-il dans cette maison? »
Elle bondit. Le jeu a cessé. Elle me regarde avec défiance, presque méchante :
« Je n'ai pas à vous répondre.
– Dites que vous n'en avez pas le droit.
– Parfaitement. Je n'ai pas le droit. Pas le droit, vous m'entendez! Et puis, qui êtes-vous à la fin? Un flic? Oui, je crois bien que vous êtes un flic. Un flic! Je ne sais pas ce que vous cherchez et je ne veux pas le savoir.
– Je vous jure que je n'ai rien à voir avec la police.
Elle se dresse, haletante, furieuse :
– Et d'abord, je vais appeler madame de Néry. Vous l'interrogerez. Elle pourra vous répondre mieux que moi. Qu'est-ce qui vous donne le droit de me poser des questions sur son compte? Je l'appelle...
– Ne faites pas ça, Antoinette. Calmez-vous.
– Il n'y a plus d'Antoinette. Fichez-moi la paix!
– Allons, calmez-vous. Il n'est pas dans votre intérêt de provoquer un scandale. Laissez-moi vous expliquer. Ce n'est pas sur madame de Néry que je mène mon enquête, mais à travers elle, sur cet homme... sur l'homme qui, je crois, vit ici. Non seulement je le crois,

mais j'en ai maintenant la certitude. Pourquoi vous a-t-on interdit de me parler de lui?
— Je ne sais pas. C'est interdit, voilà tout. Personne ne doit en parler. Si vous continuez, j'appelle.
— Vous ne le ferez pas. Si elle venait, je pourrais lui répéter tout ce que vous m'avez dit sur son compte, qu'elle était une putain qui couchait avec les Allemands, qu'elle déshonore son nom et sa famille, que son magnifique hôtel n'est rien d'autre qu'une maison de passe clandestine... C'est bien ce que vous m'avez dit, n'est-ce pas?
— Salaud! Vous êtes un vrai salaud!
— Je vais vous dire pourquoi je suis ici. Je vous répète que je n'ai rien de commun avec la police. Mon enquête n'intéresse que moi et cet homme. Je veux le voir, rien de plus. Parce que j'ai toutes les raisons de croire qu'il est mon père.
— Votre père?
— Oui. Mon père.
— C'est impossible! »
Elle cache son visage dans ses mains.
« Qu'est-ce qui est impossible, Antoinette?
— Que vous le voyiez. Personne n'a le droit. Pas même nous, vous comprenez? Pas même nous.
— Et pour quelle raison?
— Je n'en sais rien. On ne doit pas savoir qu'il vit dans cette maison, ni même qu'il existe. Laissez-moi! Je veux m'en aller. »
Je la maintiens sur le lit. Elle se débat, tente de se relever.
— Antoinette, reprenez votre calme. Je n'ai voulu que vous faire peur. Je n'ai pas le dessein de mettre mes menaces à exécution, ni de vous nuire en quoi que ce soit. Je veux que vous m'aidiez. Je suis prêt à vous payer pour cela. Mais dites-moi d'abord si l'on a pu nous voir ou nous entendre.
— Nous entendre, non. Mais on peut nous voir du cabinet attenant, là-bas, au fond. Ce soir, il n'y a personne dans ce cabinet. Je ne vous dirai rien de plus.
— Je ne veux pas vous contraindre à m'aider. Que vous ayez peur est compréhensible. Je voudrais passer un marché avec vous.

– Non. Je ne veux pas vous entendre.
– Je vous demande seulement de répondre à trois questions. Après, vous serez libre.
– Vous me laisserez?
– C'est promis.
– Bon. Vos questions?
– Dans quelle partie de la maison vit cet homme?
– A l'étage du dessus.
– Que représentent vos gains annuels, Antoinette?
– Je ne sais pas exactement... Quelque chose comme trois cent soixante mille francs.
– Troisième et dernière question : accepteriez-vous que, pour cette année, cette somme soit doublée?
– Doublée!... Oui, bien sûr. Mais je ne vois pas qui fera ce miracle. Vous peut-être?
– Il n'y aura pas de miracle. Je vous signerai un chèque de trois cent soixante mille francs.
– Je ne vous crois pas. Vous essayez de m'avoir au bluff. »

J'extrais mon carnet de chèques de la sacoche qui m'accompagne partout.

« Et que dois-je faire pour mériter tant de générosité? Je suppose que vous ne me donnerez pas trois cent soixante mille francs pour mes beaux yeux...
– Rester ici et m'écouter.
– Vous courez à la ruine si vous payez les gens aussi cher rien que pour vous écouter.
– Dites-moi si je peux voir cet homme. Vous m'entendez bien, je veux le voir seulement. De près ou de loin, il faut que je le voie. Etes-vous prête à me dire ce que je dois faire pour cela?
– Le voir?... Ce qui se passe à l'étage du dessus ne me concerne pas. C'est un étage réservé, interdit. Ce sont les ordres. Est-ce que vous pouvez comprendre que nous ne pouvons désobéir sous peine d'être renvoyées? Tout ça peut mal finir. Je ne veux pas y être mêlée.
– Je vous assure que vous ne serez mêlée à rien, et si par hasard vous deviez avoir des ennuis, je m'occuperais de vous, je vous le promets. Pour commencer, ce chèque est à vous. Vous le déposerez demain à votre banque et la somme sera versée sur votre compte. »

Je lui tends le rectangle de papier orange. Elle le considère, incrédule :

« Un chèque de trois cent soixante mille francs, rien que pour voir quelqu'un de loin, ça n'a pas de sens! Il y a sûrement un piège là-dessous. Non, je ne veux pas de votre argent. Et d'ailleurs, qu'est-ce qui me prouve qu'il y a vraiment de l'argent derrière ce bout de papier?

– Vous avez tort de douter. Si rien ne prouve qu'il y en ait, rien ne prouve non plus qu'il n'y en ait pas. L'argent n'a pas de véritable importance à mes yeux, presque pas de réalité. Il faut que vous me croyiez. Ce chèque ne me rendra pas plus pauvre. Pauvre, dépourvu, je le suis de cet homme que je recherche depuis plus de trente ans. Mon père, me comprenez-vous, Antoinette? Mon père. Il faut que je le voie, que je sache qu'il existe, que c'est bien lui. Est-ce que c'est trop demander? Tenez, je déchire celui-ci et je vous en fais un autre. Je double la somme...

– Non. Ce n'est pas la peine. Je vous crois maintenant. Mais je ne prendrai votre argent que si nous réussissons.

– Merci, Antoinette.

– Ne me remerciez pas. Ce n'est pas encore fait.

– Est-ce si difficile?

– Plus que vous ne l'imaginez. D'abord, je n'ai jamais mis les pieds là-haut. Je sais qu'il y a un homme, rien de plus...

– Comment avez-vous appris son existence?

– Par des ragots de femmes de ménage. Il y a aussi des filles qui sont montées pour des soirées exceptionnelles. Vous voyez ce que je veux dire... Je ne sais pas ce qu'ils fabriquent pendant leurs soirées de gala. Je ne connais même pas la disposition des pièces. Je vais effectuer une reconnaissance, voir si la voie est libre. Attendez-moi. »

Elle sort, drapée dans sa gandoura, et nu-pieds. La porte se referme sans bruit. Les télamons me jettent des regards narquois. Quel idiot! Non content de ne pas sacrifier à l'amour, il débourse une somme astronomique dans l'espoir d'une satisfaction qui n'en sera probablement pas une. Je scrute leurs visages de bois brun,

Valet de nuit

énigmatiques. Peut-être ont-ils raison. Pas un muscle ne frémit dans le corps des puissantes créatures. Leur immobilité est un acte d'accusation non écrit : je n'agis que par impulsions. Mes actions sont ouateuses. Elles n'ont pas de suites, pas de conséquences saisissables. Ma vie éveillée se distingue à peine de mes rêves de la nuit qu'elle poursuit sans solution de continuité.

L'argent ? J'aurais payé le double, ou le triple. Et je suis prêt à m'occuper de cette fille si pour elle l'aventure tourne mal. Après tout, l'argent est une non-valeur.

Et lui ? A quoi me servira-t-il de le voir ? A peu de chose, je le sais bien. Pourtant, rien ne peut m'empêcher de marcher vers lui. Je dois essayer de comprendre ce qui nous a empêchés de vivre, lui et moi, même s'il est dans la nature des choses d'être indéchiffrables. Sans doute ai-je tort de vouloir comprendre. Il s'agit seulement de savoir ce que sait l'enfant tout petit qu'on emmène sur une tombe.

Antoinette ne revient pas. Le pensée me traverse que, ne m'ayant pas cru, elle sera allée tout raconter à Eliane de Néry. Mais elle ne peut ignorer mes menaces de révéler ses paroles imprudentes. Et le chèque, elle me l'a laissé. C'est une preuve fragile, la seule que j'aie. J'entends des pas au-dessus de ma tête. Puis, comme le bruit d'un chariot. Antoinette réapparaît.

« Venez, me dit-elle.
– Qu'avez-vous fait ?
– J'ai soudoyé Françoise, la lingère.
– Soudoyé ?
– Ça vous coûtera dix mille de plus. L'argent ne compte pas pour vous. Je lui ai dit : tu peux demander ce que tu veux, et comme elle veut justement s'offrir un manteau...
– Vous avez bien fait, Antoinette. Elle aura aussi son chèque.
– Suivez-moi, c'est par ici. »

Je marche derrière son ombre pâle. Le couloir n'est éclairé que par des veilleuses espacées. Nous passons devant des portes fermées derrière lesquelles il y a des couples enlacés, ou le vide de la nuit. Entre ces portes, brille sombrement une tapisserie de velours cramoisi. Il

n'y a plus d'issue. Antoinette me dit avec assurance :
« Donnez-moi mon chèque. Maintenant, c'est Françoise qui va vous guider. Mais il vous faudra être discret. »
Je lui tends le chèque, qu'elle attrape au vol et enfouit dans les plis de la gandoura. Sa main gauche passe derrière la tablette d'une console murale. Aussitôt, tout un pan de la muraille de velours s'ébranle et glisse comme sur un rail, dégageant un étroit passage au fond duquel j'aperçois un escalier de bois.
« Allez-y, c'est tout droit. Montez. Et pas un mot de cette somme à Françoise, n'est-ce pas ? »
Avant de m'engager dans le boyau, je veux la remercier de son aide. Elle m'arrête, extrait le chèque de sa longue robe de fantôme, et me le passe sous le nez.
Le panneau de velours se referme derrière moi. Une maigre lumière tremblote en haut de l'escalier. Une main la dirige vers les marches, devant mes pas. Une silhouette se déplace dans le contre-jour. Celle d'une femme, plutôt petite, qui m'entraîne à sa suite jusqu'à une chambre éloignée.
« Je suis Françoise. »
Elle donne la lumière et je vois son petit visage chafouin aux lèvres minces.
« Alors, vous voulez le voir ?
– Oui.
– Ne faites pas de bruit. Suivez-moi. Il était temps.
– Que voulez-vous dire ?
– Vous comprendrez quand vous le verrez. Mais il me faut mes dix mille, comme promis. »
Je signe le second chèque aussitôt. Son regard perçant suit chacun de mes gestes. Je lui remets cet argent qui représente pour elle un luxe autrement inaccessible. Elle le regarde un long moment, passe le doigt sur les chiffres comme pour s'assurer de la matérialité de la somme. Un bref sourire vite effacé, puis :
« Il faut se presser. La cérémonie va bientôt commencer. Ces trucs-là, ça se termine quelquefois plus vite qu'on ne croit.
– De quelle cérémonie parlez-vous ?
– Ils appellent ça comme ça. Vous verrez, c'est de la

cochonnerie. Ça ne mérite pas d'autre nom. Enfin, ils font ce qu'ils veulent. C'est eux qui paient, après tout. Moi, ça ne me regarde pas. Allez, venez. »

Elle parle par saccades, d'une voix blanche, dépourvue d'expression. Vit-elle dans la maison? Même la nuit?

« Bien obligée. Vous ne pouvez pas savoir ce qu'ils cochonnent dans cette baraque. On n'a pas idée. Ici on en voit de drôles. J'espère que vous n'êtes pas une âme sensible. C'est qu'il ne faudra pas dire un mot, tout à l'heure. Si on savait que je vous ai laissé entrer sans autorisation, ça ne serait pas fini.

— Soyez sans crainte. Je veux voir cet homme. Le reste ne m'intéresse pas.

— Pour le voir, vous le verrez. C'est même la seule chose que vous pourrez faire, le regarder. Il ne faudra surtout pas essayer de lui parler. Celle qui prendrait, c'est moi. Et c'est lui qui organise tout, je vous le garantis! »

Nous empruntons de nouveau l'interminable corridor où Françoise se déplace à pas menus de souris. Ses chaussons de lingère effleurent le tapis. Je la suis avec difficulté. Nous obliquons sur la droite. Soudain des portes claquent dans notre dos. Elle me pousse dans une chambre vide où nous restons immobiles, dans l'obscurité.

« Ils vont commencer, me souffle-t-elle. Ces messieurs-dames arrivent. Comme vous n'êtes pas dans le programme, je vais vous gîter au bon endroit. Vous pourrez tout voir, mais on ne vous verra pas. »

Le corridor résonne du bruit sourd d'une troupe en marche. Conversations et rires étouffés. Ils viennent de l'autre extrémité de la demeure, et sans doute de l'étage inférieur. La rumeur s'éteint doucement. J'entends la respiration de Françoise.

« Taisez-vous! me dit-elle à mi-voix. Il peut en venir d'autres. »

Puis :

« Vous êtes trop nerveux. Il faut vous calmer, sinon nous aurons des ennuis.

— Quels ennuis?

— Toutes sortes d'ennuis. (Sa voix est basse et rogue.)

Moi surtout. Je serai virée. Il y a assez longtemps que Madame de Néry veut se débarrasser de moi. Il paraît que je lui coûte trop en charges. Déjà qu'elle me paie avec un lance-pierres.
— Il n'arrivera rien de tout cela, je vous le promets. »

Me voilà plongé dans cette autre réalité, où chaque épisode est un jeu imprévisible organisé par une reine de cœur.

Le silence est revenu. De nouveau nous trottons dans l'étroit boyau. Au passage, à travers des persiennes mal closes, j'entrevois de fugaces lueurs, témoins de la présence proche et lointaine de la ville. Nous tournons subitement à gauche, comme si le corps principal du bâtiment était muni d'une aile cachée aux regards.

« Où sommes-nous?
— Dans le rajout, le morceau qu'on a abouté à la maison il y a quelques années. Allez, il ne faut pas traîner ici. »

A l'extrémité du rajout se trouve une porte grande ouverte. Il en émane une rumeur de voix et le pâle éclat d'une source de lumière. Françoise me retient par le bras :

« Non. Pas par là. Venez, nous allons monter. »

Elle m'entraîne dans une sorte de réduit où s'accumulent sur des rayonnages des monceaux de paperasse. Certains dossiers éclateraient s'ils n'étaient maintenus par de solides ficelles.

« Les archives, m'annonce Françoise. Rien que des chiffres. Tout ce qu'ils ont gagné, tout ce qu'ils ont dépensé depuis avant la guerre. Secret d'Etat!
— Vous êtes sûre que je le verrai?
— Vous verrez tout. Pour lui, ne vous inquiétez pas. Il arrive toujours quand la cérémonie est commencée. Mais il y sera. Il n'aime pas se faire remarquer, au cas où vous ne le sauriez pas. Vous allez connaître les mystères de la maison. Pour dix mille francs, c'est donné! »

Elle ouvre un placard dans lequel, bizarrement, se trouve un escabeau. Elle y grimpe la première. Un instant, j'ai ses jambes maigres sous les yeux. Elle relève

Valet de nuit

une trappe et disparaît à hauteur du plafond. Je grimpe à mon tour et me coule sur un étroit plancher où d'abord je ne distingue rien. Françoise me dit à l'oreille :

« Voilà, vous y êtes. Ne bougez pas, ne faites aucun bruit, même quand ça sera fini. Je reviendrai vous chercher. »

Elle s'évanouit par la trappe que j'entends se refermer. Je reste coi quelques secondes puis tente de m'orienter dans l'obscurité. Soudain s'élève, au-dessus de ma tête, une lueur verdâtre et commence, presque inaudible, la plainte d'un violon. Je distingue mieux alors la balustrade derrière laquelle je suis agenouillé, comparable à un de ces miradors qui permettent, en Espagne, d'épier une rue, une place entière, sans être vu soi-même. La place est ici une salle en demi-cercle où sont rangés autour d'un lit vide des hommes et des femmes vêtus de leurs costumes de ville pour les uns, et de robes longues pour les autres. Tous portent des masques éclatants, loups lamés d'or ou d'argent, parures emplumées qui leur donnent un air sauvage et raffiné, étranges têtes de poissons aux yeux scintillants.

La musique devient grinçante et rythmée. Un frisson traverse l'étrange assemblée qui se meut, comme soulevée par une houle. L'émotion, attente et peur, contentement aussi, s'est emparée de moi. Mon immobilité est complète. Mes yeux s'hypnotisent dans la lumière violente qui irradie du lit tandis que le violon éclate en trilles frénétiques. Bientôt, de sauvages pizzicati lacèrent la mélodie, et on applaudit discrètement à l'entrée d'un couple de jeunes gens entièrement nus.

Ils sont tous deux élancés, beaux. Lui sourit à l'assistance. Il est imberbe et tient sa partenaire par la main. Elle semble frissonner. Est-ce un tremblement feint, un élément de la mise en scène, ou le piquant viendrait-il du noviciat de la jeune femme ? Des murmures d'admiration s'élèvent jusqu'à la galerie où je me dissimule. Les premiers jeux de lumière rosissent et bleuissent les chairs blanches exposées aux regards et aux appréciations murmurées de ce qui semble être un public de connaisseurs. Puis il l'aide à prendre place sur le lit, si éclairé qu'on peut à peine le regarder. Me reviennent en mémoire les livres oubliés de Francis Carco et, en particulier, cet essai d'anthropologie amusante intitulé *Images cachées* où, à des meutes de touristes helvétiques et allemands, dans un bouge parisien, sont offertes des scènes grand-guignolesques de sadomasochisme hippique et de voyeurisme sénile. Le livre, avant de disparaître, a longtemps figuré dans la bibliothèque familiale. Il m'en reste cette observation, celle qui peut-être a déclenché le souvenir : « Il n'y avait que ces deux êtres dans ce décor de glaces où la lumière étincelait. » Mais ici, dans l'instant sans consistance, pas de chairs lourdes épilées, empilées, ni de membres épais et fatigués, ni de ces linges douteux dont les femmes s'enveloppent à l'heure de la pause. L'air est limpide. Les nudités lentement se revêtent d'ombre et d'or.

Le cercle des assistants se referme sur le lit, en proie à une excitation contenue et gourmande. Le jeune homme est un maître de cérémonie, à qui sa partenaire semble soumise. Sur un geste de sa main, elle s'est allongée dans le cercle de clarté brusquement étréci, exposant son sexe ouvert aux yeux rapaces. Il la caresse jusqu'à ce que ses soupirs entrecoupés de plaintes, les ondulations de son corps et de ses bras annoncent les premières vagues affluantes d'un plaisir réel ou simulé. Les corps se meuvent par souples reptations. Leurs tressaillements sont ponctués de gémissements. Il s'est placé de telle sorte que la bouche violette cueille son sexe, tandis que lui-même, de ses lèvres, flatte son intimité. Autour d'eux, déjà absents, se forme une ronde lente de masques dansants.

Eliane de Néry est reconnaissable à sa jupe-culotte claire et à un étrange masque d'oiseau qui lui fait un second visage. Mais du Héros, de Charles Evariste, pas la moindre trace. L'idée me vient qu'il se dissimule lui aussi sous un masque, et que, dans ce cas, il me sera impossible de l'identifier. A moins que les faux visages ne se lèvent, à la fin. Accès de fureur. J'ai été floué et, sûrement, je me suis floué moi-même. Je devrais être indifférent, comme d'habitude, mais je ne le suis pas. Les choses sont dans l'ordre ordinaire : un ordre qui m'est contraire. Le Héros m'échappera-t-il toujours ?

Valet de nuit

Hourvari de notes déchirées, effilées... Le tableau change. Le beau jeune homme s'est placé contre la jeune femme qui geint, et il la pénètre. Chaque élan de ses reins s'accompagne d'un ahan rauque, tandis que lui répondent les plaintes de la femme. Le spectacle, en dépit de son manque absolu d'originalité, prend une couleur hallucinatoire que soulignent de violents éclairs lumineux et les râles syncopés du violon.

La salle et les deux acteurs sont étroitement unis par une cadence forcenée qui me pétrifie. Aux plaintes (feintes ou vraies) du plaisir font écho des cris de ravissement et d'extase. Chaque ondulation des corps noués, infatigables, se prolonge dans un balancement du corps souple des spectateurs, masse compacte qui s'anime dans sa profondeur, vague poussée par la vague. La musique, aiguë, lancinante, galvanise et déchiquette l'écume des masques envoûtés.

Après que sa partenaire a donné tous les signes visibles et audibles de son intime jouissance, le jeune homme s'en écarte, révélant que, par une surprenante faculté de se contrôler, il n'a pas encore éjaculé. Il saisit dans ses bras cette chair inerte et pantelante qui gît sous lui, la retourne et entreprend de la sodomiser. L'atmosphère s'échauffe jusqu'au délire. Les cris de la jeune femme, vrais et douloureux, exercent un effet électrisant sur son partenaire qui s'ouvre le passage en forçant la voie. Elle pousse alors un hurlement angoissé et mortel. Les masques, qui s'exténuaient dans la poursuite de leur mélopée, se figent dans une lumière plus crue, plus impitoyable, comme celle d'un champ opératoire. La cérémonie se poursuit alors dans un silence que ne traversent plus que raucités et cris étouffés.

Il entre. Ma surprise est totale. C'est son premier succès d'ordonnateur des cérémonies que de s'être fait oublier jusqu'alors. Je tremble à mon tour et m'agenouille sur le plancher de la galerie. Il me semble que ma poitrine et ma tête vont éclater. Comment ne pas hurler? Il entre, plié sur une chaise roulante et poussé par Françoise qui, d'un bref soulèvement des sourcils, me rappelle à la nécessaire prudence. Au premier regard, je l'ai reconnu dans ce minuscule vieillard tassé sur son siège orthopédique. Il avance entre deux rangées de masques. On s'écarte, on s'incline sur son passage. Françoise le conduit droit au centre de la scène, là où les acteurs se livrent à leurs épuisants exercices. Elle le place de façon à ce qu'il voie le jeu et l'emboîtement des corps lisses et blêmes.

Dans le cercle de lumière blanche se dessine son profil. Son visage jaunâtre, fripé, se convulse dans un insoutenable sourire. Restent le nez droit et la ligne oblique du front. De cheveux il n'est plus trace, ce qui permet de remarquer combien la dépression qui lui barre la partie antérieure du crâne est large et profonde. Avec l'occiput proéminent, il ressemble à un clown. « Voici Charles Evariste Archer, mon père. »

Pendant que la cérémonie se poursuit dans une débauche de ahans plaintifs, le menton de Charles Evariste Archer s'allonge, sa bouche s'ouvre, laissant échapper un filet de bave que la petite lingère étanche aussitôt avec une pièce de tissu blanc sans doute réservée à cet usage. A mesure que les deux jeunes gens gravissent les échelons du plaisir, le petit corps se déplie et frémit. Déjà, la gorge de la jeune femme, tel un instrument, émet des feulements rapprochés. L'un et l'autre s'arrachent soudain des cris issus de la racine de l'être. Cette fois-ci, à l'évidence, il se décharge de sa vigueur longtemps contenue et lui procure des jouissances si nouvelles que, perdant toute maîtrise d'elle-même, elle brame des sons inarticulés.

Françoise s'active avec son linge siccateur. Le petit homme rit et bave héroïquement, prenant à témoin de son plaisir les assistants qui hochent la tête. Les acteurs ont atteint l'extrême limite de leurs forces. Ils gisent anéantis, livides, sur le tissu éclatant, incapables encore de se désenlacer. Le public s'anime et caquette. Le violon devient inaudible et les jeux de lumière strient l'espace clos. A la faveur d'un éclair m'apparaît ce que je n'avais pas encore aperçu : la joue droite de Charles Evariste, noircie, où les chairs ont été comme grillées et dévorées. L'évidement s'étend de la commissure des lèvres à la naissance des maxillaires, à l'endroit du nævus qu'il s'efforçait de dissimuler. On y voit deux rangées de dents jaunes et les gencives où elles s'implantent. De cette blessure la bave s'écoule sans relâche. Françoise éponge et

Valet de nuit

fait exécuter un demi-tour au siège orthopédique. Elle lève la tête vers moi. Ses yeux me disent : « Vous vouliez le voir ? Vous l'avez vu. »

Dans cette ombre, seul, je marche. Résigné. La ville tant aimée n'est plus un refuge. De pierre et d'acier, elle prend son visage d'intime ennemie. Le cœur bat, mais ce n'est plus la vie. Ce n'est plus moi (qui étais-je ?), c'est un autre, à qui je dis vous, à qui je dis tu.
Fleuve, tes lumières s'éteignent et la fête fut donnée. Tu t'éloignes de moi. Le jour ancien se lève. Nuit. Nuit close, tu te les rappelles, ces mots de Buson ?

Un rat tombe
Dans le baquet d'eau
Froide est la nuit !

Dans la chambre de l'hôtel, tu rêves. Même rêve. Ou même cauchemar. Les réprouvés s'avancent dans le couloir aux parois carrelées, hommes et femmes, jeunes pour la plupart. Quelques-uns ont atteint la quarantaine. Ils se taisent. Leurs visages sont gris. Ils marchent, penchés vers le sol. Nul d'entre eux ne sait la cause de sa présence en ces lieux. Nul ne connaît sa faute. Comme les autres, et sans savoir où tu vas, tu marches le long du boyau, avec ce privilège, toutefois, de siéger dans ta conscience de rêveur.
Une ampoule placée de loin en loin suffit à éclairer ce corridor dans lequel n'a été pratiquée aucune ouverture, porte, fenêtre ou simple meurtrière, de sorte qu'imaginer l'au-delà de ces murs aveugles sous les apparences d'un pré vallonné, ou d'un jardin déroulant ses parterres, serait pure fantaisie, extravagance et perversion. Ce qui viendrait le plus spontanément à l'esprit, si l'on voulait se représenter cet au-delà, serait une obscure muraille d'eau, de celles que les sous-mariniers savent présentes derrière la paroi de leur engin. Les carreaux seraient en tous points

semblables à ceux des stations du métro parisien (ils sont du même blanc sale) si, comme eux, ils étaient biseautés. Mais ils sont plats et ajustés bord à bord, selon les règles les plus strictes de l'art du carrelage.

Le cortège pénètre dans une salle située du côté gauche du corridor. La marche pour arriver jusqu'ici a été fort longue, mais il ne semble pas qu'une seule plainte ait été formulée à cet égard. La porte d'entrée est d'une matière qui ressemble à du bois et de forme carrée. La salle est, elle aussi, carrée et basse de plafond. On se range le long des murs, sur une seule file. Dans un angle, on remarque une cheminée. Pas plus que dans le corridor on ne trouve ici de fenêtres. L'atmosphère surchauffée rend la respiration pénible et douloureuse. Dans l'âtre, qui est large et de la hauteur de la pièce, est agenouillé un couple de jeunes gens aux regards anxieux. Eux aussi sont des réprouvés. On le voit à leurs vêtements gris-beige. Ils restent sans bouger, serrés l'un contre l'autre, poignets et chevilles entravés par de solides chaînes d'acier.

La mégère est dans son siège d'infirme. Elle trône au centre du cercle, les mains posées sur les cerceaux d'acier étincelant. Elle se tourne vers la cheminée, puis vers les corps immobilisés le long du mur. Elle se dandine sur sa voiturette. Elle porte une tignasse noire, épaisse, enchevêtrée, poisseuse d'une crasse de longues années, et coupée à la Jeanne d'Arc. Elle grogne sans qu'on sache si c'est de satisfaction ou de colère rentrée. Ses épaules sont rondes, secouées de spasmes. Elle agite une main velue pour replacer tel ou telle dans le rang. Elle te tourne le dos. Son visage t'est caché. Elle paraît ne rien craindre de tous ceux qui l'entourent. Ils lui jettent, à la dérobée, des regards débordant de crainte qu'ils reportent sur le couple pitoyable de la cheminée. Personne ne sait ce qui va arriver. Les grognements de la truie infirme se succèdent sans interruption.

Les sons se taisent soudain dans sa gorge. Elle tourne son fauteuil mobile de droite et de gauche, fixant un instant chacun des spectres gris que vous êtes. Le sentiment collectif que pourrait signifier ce « vous » ne s'est ni manifesté, ni même éveillé. Seule une onde glacée se propage de l'un à l'autre à la vue du groin édenté et de la

Valet de nuit

peau noire de la vieille sans âge dont les jambes torses frappent avec violence le repose-pied du siège à roues. Elle lève le bras, tend son index épais. « Avance ! » dit-elle. Une silhouette fait deux pas vers elle. Elle l'oblige à s'approcher davantage et désigne un récipient noir (sans doute de caoutchouc) rempli d'un liquide que tu sais être de l'essence. Il y a aussi une boîte d'allumettes. Elle donne ordre au malheureux de verser le contenu du récipient sur le couple qui se tient dans la cheminée, puis de le faire flamber. Pas une plainte, pas une protestation ne sort de la bouche des victimes désignées. Leurs yeux virevoltent et se troublent. Peut-être ont-elles eu la langue coupée. Celui qui a été choisi pour cette sinistre besogne s'exécute sans mot dire. C'est un jeune homme blond, chétif. Sa peau est si pâle qu'elle paraît enfarinée. Ses mains ne tremblent pas lorsque, après avoir jeté le contenu du récipient dans la cheminée, il s'apprête à frotter l'allumette. La truie bave et grogne. Elle donne l'ordre, sec : « Allume ! » La petite flamme orange tourbillonne et tombe. Une lueur éclate, s'élève très haut. Une explosion se produit, tel un rideau rouge dans lequel le couple s'enveloppe convulsivement. Les doigts brûlés s'enlacent, se recroquevillent. Les bouches s'ouvrent et se ferment sans qu'aucun son s'en échappe. Lorsque les fumées se sont dissipées, le couple réapparaît, intact, avec dans les yeux une indicible expression de terreur.

Le pâle jeune homme reprend sa place dans le rang. L'index se pointe vers une femme aux jupes déchirées qui s'avance à son tour, marchant avec peine, semble-t-il. Aux pieds du monstre se trouve à nouveau, magiquement rempli, le récipient noir. Une seconde fois tu es frappé par les mouvements rapides et désordonnés des yeux des jeunes gens enchaînés. Ta propre terreur te paralyse, t'enlève la force de hurler, de te jeter sur la vieille, ou sur la femme aux jupes déchirées pour les empêcher d'agir. Sommée de saisir le récipient, la femme marque un temps d'hésitation. La vieille pousse un glapissement et se dresse sur son fauteuil. Elle fait mine de se jeter sur l'indécise pour l'égorger de ses incisives jaunes. Mais elle retombe assise et hurle : « Si vous n'obéissez pas, c'est vous qui serez enchaînée dans la cheminée ! C'est vous que l'on fera flamber! » *La femme renverse le liquide, jette l'allumette enflammée. Les langues rouges s'élèvent. Le couple est secoué de spasmes, de soubresauts, avant de renaître dans la même posture suppliante. Au travers des jupes de la femme on aperçoit le vague tremblement de ses jambes. Le monstre est agité de secousses, de rires étranglés. Il jubile. Il essuie de ses manches ses yeux chassieux. Ses mains s'agrippent aux cercles de métal, font tourner comme un fou le siège orthopédique. Ses regards se fixent tour à tour sur chaque visage, quêtant une approbation, un encouragement au supplice. Mais les réprouvés gardent obstinément les paupières baissées. Le dépit tord sa face obscène et l'index se tend vers toi.*

« *A vous! Avancez!* » *vocifère-t-elle. Le fauteuil roulant émet des grincements plaintifs. Tu sens tes bras, tes cuisses, ta poitrine et jusqu'aux muscles de ton visage se changer en pierre. Ta gorge se noue. Tu ne t'es rendu compte d'aucun de tes mouvements. Le récipient noir est entre tes mains. Il est souple et tu manques en renverser le contenu sur le sol. Tu te reprends, te diriges vers le coin de la cheminée. Le couple implorant se tient devant toi.*

Le monstre ricane dans ton dos. Tu éprouves alors intimement, lucidement, l'atrocité de ce que tu vas accomplir. Tu te connais bourreau. Tu connais ta honte et ta lâcheté quand l'essence imprègne les vêtements du jeune homme et de la jeune fille. La force qui te meut est à la fois hors de toi et en toi. Lui résister est non seulement impossible, mais impensable.

Des gouttelettes d'essence répandent dans l'atmosphère l'odeur âcre caractéristique des hydrocarbures. Ta main frotte l'allumette au flanc de la boîte. Elle tremble et le coup ne réussit pas. Une seule étincelle a jailli. Tu es attentif à ne pas échouer une seconde fois. Il te faut rouvrir la boîte, en extraire une autre allumette et recommencer l'opération. Tu sais quel sort te sera réservé si tu n'y arrives pas. Cette pensée t'occupe tout entier, à tel point que la deuxième allumette fait long feu à son tour. L'affreuse mégère glapit, furibonde : « *Vous savez... vous savez que...* », *puis plus rien. Tu as dans la main ta dernière chance. Avec d'infinies précautions, tu presses le*

Valet de nuit

bâtonnet contre la boîte. Le tumulte est dans ta poitrine. La flamme bondit. Tu la gardes une ou deux secondes et la lances. Les deux martyrs se tordent sous tes yeux hébétés. A pas lents, tu rejoins ta place, dans le rang des réprouvés immobiles. Déjà la mégère s'éloigne sur son véhicule grinçant. Le nabot femelle passe la porte en hurlant de rire. Il s'éloigne, disparaît. La porte se referme. Vous êtes seuls, perdus, semble-t-il. Dans la cheminée il n'y a plus personne.

La période de temps qui s'écoule ensuite ne peut être précisée. Vous restez là, debout, muets et alignés. Ailleurs, vous le devinez, se préparent de semblables atrocités, ou de pires. L'absence de la truie d'enfer n'est que provisoire et n'a en rien allégé votre oppression. Les cris de souffrance qui vous parviennent soudain ne sont pas moins terribles que le silence des victimes du feu allumé par vos mains, par ta main. Ce sont des vociférations suraiguës, bestiales. Elles se succèdent presque sans interruption, jusqu'à ce que la voix (voix de femme) s'éteigne en râles étouffés et en pleurs. Chaque rafale ébranle votre masse pétrifiée de son électrochoc. Un vent, une force sourde la parcourt tout entière, l'anime, la transperce, l'échoue sur les berges de cet invisible fleuve de douleur. Elle la saisit et lui noue les nerfs. La masse se rue alors contre la porte.

Tu t'élances. Tu es emporté dans ce tourbillon aveugle. Tu pousses et tires, te heurtant durement aux montants de cette matière qui simule le bois. Tu touches des corps anonymes. Tu es ces corps, ce corps percé de flèches obscures. C'est, pour la première fois, une impression agréable. Dans le corridor carrelé, le flot avance, pressé, apeuré, furieux. Une porte est devant lui qui fait face à celle qu'il vient de forcer. On ne l'avait pas remarquée tout à l'heure, ou peut-être n'y était-elle pas. C'est comme un raz de marée devant une digue.

L'être qu'on achève, et dont les cris taraudants n'ont pas cessé, se trouve de l'autre côté de cette porte. Il faut l'enfoncer. Il faut arrêter son supplice, vous délivrer en le délivrant. La volonté, le désir, tout se met en branle sans délibération. Une force soulève la vague. L'un des réprouvés apparaît, courbé sous le poids d'un énorme bélier de couleur grise qu'il porte attaché sur son dos. Ta conscience

en éveil te permet d'observer que ce bélier, seul engin qui puisse enfoncer les épais panneaux de bois, a surgi de la même façon que le récipient noir et que la porte. L'homme au bélier s'incline davantage et tourne le boutoir vers sa cible. A cet instant, un autre détail attire ton attention : les panneaux de bois ont été peints de cette couleur sang-de-bœuf autrefois utilisée dans les campagnes. L'homme s'élance. Il frappe un premier coup. La porte ne bronche pas. De l'autre côté, les cris ont repris de plus belle, accompagnés des glapissements bien connus. La rage vous étreint. Si vous ne parvenez pas à forcer le passage, vous ne sauverez pas l'être que le monstre tourmente, et vous ne vous sauverez pas vous-mêmes. Au coup suivant vous accompagnez le bélier. Vous poussez avec lui. En dépit de la mauvaise synchronisation de votre manœuvre, un premier panneau éclate sous le choc. Vous en arrachez le bélier et réitérez l'assaut avec une énergie décuplée. Le centre de la porte est enfoncé. Au troisième coup, l'obstacle cède. Tout le bois vole en éclats. Vous franchissez le seuil et demeurez figés devant un tableau inouï.
 La salle ne ressemble pas à celle que vous avez quittée. Elle est longue, plus large et plus haute. A l'une de ses extrémités, au-dessus d'un bassin carré de dix mètres de côté, s'ouvre une coupole lumineuse sur un ciel d'un bleu pur et inaccessible. La coupole est une haute construction de verre et de métal soutenue par quatre colonnes doriques dont les pieds reposent aux quatre coins du bassin. Celui-ci, peu profond, est empli d'une eau transparente et bleutée. La salle, sur toute sa longueur, est occupée par une foule de réprouvés, semblables à vous davantage par leur accoutrement que par leur attitude. Ils contemplent avec intérêt – certains même applaudissent – l'étrange scène qui leur est offerte : une femme d'une trentaine d'années est attachée à la première des quatre colonnes par des liens qui lui entravent les poignets et les bras, si haut qu'elle est contrainte de rester debout sur la pointe des pieds, accrochée comme viande de boucherie. Evanouie, elle a les yeux révulsés. Ses avant-bras ne sont qu'une plaie noire et sanguinolente, avec des ravinements qui laissent apparaître l'os par endroits.
 Votre irruption a provoqué un instant de stupeur. Mais

Valet de nuit

le supplice reprend aussitôt. La mégère tire un long fer incandescent d'un brasero posé sur un trépied. Elle se dresse sur le marchepied de son siège de naine et, sans une hésitation, plante le fer dans le bras de la malheureuse, en remontant vers l'épaule. Les chairs et les graisses s'enflamment et grésillent. La douleur arrache au corps inerte un soubresaut, une vague plainte. L'odeur de chair grillée vous prend à la gorge. Le monstre plonge le fer refroidi dans la braise ardente et en saisit un autre, prêt à l'emploi. Les premiers assistants restent cois, les yeux traversés de lueurs étonnées, ou, chez quelques-uns, admiratives et envieuses. La bourrelle se tourne vers vous. Elle va appliquer derechef l'instrument de torture. Elle vous défie du regard. Elle sourit. Peut-être devez-vous comprendre que votre venue était attendue, qu'elle fait partie intégrante de la cérémonie dont elle est l'officiante. Le flot se soulève à nouveau avec fureur. Sa poussée est soudaine et irrésistible. Le bélier frappe de plein fouet le fauteuil roulant. Il défonce le dos du monstre qui bascule dans le bassin avec de terribles hurlements. Le brasero est renversé. Les brandons fument et flottent à la dérive. Le démon se redresse de toute sa taille infime. Il veut s'élancer, griffes en avant. Il éructe et geint, telle une bête acculée. Le second coup de boutoir l'atteint en plein front. La boîte crânienne éclate, répandant ses matières blanchâtres mêlées de sang âcre. Le corps tordu de la naine flotte parmi les braises. L'inattendu se produit alors : du public, jusque-là apathique, surgissent plusieurs combattants qui se portent au secours de leur maîtresse, énergumènes et forcenés qu'il faut rejeter dans la foule par dizaines. Plusieurs tombent dans l'eau souillée, reviennent à la charge avec des cris de haine désespérés. Ils sont écharpés sur-le-champ, abattus à coups de fer. Poitrines et têtes sont fracassées par le terrible bélier. Bientôt, les corps désarticulés de ses complices ont rejoint celui du monstre qui, déjà, flotte entre deux eaux.

Tu t'éveilles au fond de l'obscurité, proie du malaise et de la délivrance.

Le fleuve court loin de toi. Il est à présumer que tu ne le reconnaîtrais plus. Comme pour toutes choses de cette vie, la question est de vouloir, de désirer avec force et obstination. Ceux qui se laissent traverser par le puissant magnétisme du désir finissent par obtenir ce qu'ils veulent, et s'ils ne l'obtiennent qu'en partie, ou même pas du tout, la force est en eux, cependant, qui les soutient, les console. Voilà ce que tu as. Voilà ce que tu es. Tu pourrais n'avoir rien, n'être rien. Sois donc heureux ainsi. Et si tu n'as rien, cela ne veut pas dire que tu ne sois rien ni personne. Tu peux te dire sans crainte de te tromper que les circonstances ont été contre toi. Voilà qui peut te servir, sinon de justification, au moins d'explication. Tu as essayé. Tu as donc espéré. C'est déjà beau, et même exceptionnel, si tu penses à tous ceux qui n'ont pas connu ce désir de s'ouvrir, d'avancer. Toi, au moins, tu t'es risqué. Tu t'es parié toi-même. Tu as, un temps, été ton propre enjeu. N'est-ce pas magnifique et consolant? Oh, tu ne méprises personne de ces malheureux qui auront vécu en regardant l'eau couler à leurs pieds. Eux aussi sont excusables. D'abord ils ne savaient pas que pour avoir, et surtout pour être, il faut, un jour ou l'autre, en prendre le risque. Ils ne savaient pas. Ils n'avaient pas l'idée. Ils ne pensaient même pas qu'ils pouvaient espérer quelque chose. Ils ignoraient aussi qu'ils pouvaient désespérer, ce qui est une façon comme une autre (quoique cette façon-là suppose que l'on soit passé par de cruelles déconvenues, d'inavouables humiliations) de finir par trouver l'espérance. L'homme sans espérance est un non-être, un impossible. L'espérance est chevillée au plus profond de l'être. L'être privé de toute espérance fait illusion un moment, puis il se délite, s'effrite et se détruit. Il n'a plus de destination. Et s'il t'arrivait d'en mépriser un seul, tu te mépriserais toi-même. Cela, tu ne l'as pas encore appris. Non, tu n'en es pas là.

Tu rumines et te morfonds dans ta chambre d'hôtel (forme d'existence peu exaltante, tu le reconnais sans peine). Tu restes des heures allongé face à un des paysages les plus grandioses qui soient. Mais il n'est pas question que tu te consoles à si bon prix. Tu vois les choses comme elles sont. Un paysage ne peut suffire à tous nos besoins. Il ne peut qu'apporter un secours illusoire et momentané.

L'idéal, entre un homme et un paysage, c'est l'harmonie. De cette harmonie on se satisfait un temps, mais elle ne peut à elle seule constituer la fin de notre espérance. Il faut nous enfuir, et de nous-mêmes, et du paysage.

Tu as sous les yeux le spectacle de la Haute Engadine tel qu'on peut le voir des fenêtres d'un des hôtels les plus élégants et confortables d'Europe : un enchaînement de sommets dénudés que la neige unifie et dore le soir, des ciels vastes et changeants, un tapis de sapins et d'épicéas qui apportent dans ce concerto leurs harmonies sombres et mouvantes. Et tout est double, car tout se reflète dans un lac ourlé de la mousse des prairies et de la dentelle des feuillus. Tu sens bien que les gens qui partagent depuis leur naissance l'intimité d'un tel lieu éprouvent le sentiment de la totalité et de l'accord qui les rend si calmes, si sûrs d'eux-mêmes. Il y a quelque chose en eux de ces immenses amas rocheux qui les entourent et dont les noms et les contours n'ont pas changé depuis des millénaires. Les vents eux-mêmes ont ici perdu de leur virulence. Ils sont taillardés et rongés par des enfilades de pics et de vallées au dessin imprévu. Leur rage, ils l'exercent très haut, dans le ciel, ailleurs, dans un monde qui n'est pas d'ici. Le temps ne passe pas non plus comme en d'autres lieux. Il s'écoule. Il s'étire. Personne n'est jamais impatient ou pressé de se rendre là où il va, ou de réaliser tel ou tel projet. Tout vient à point et tous savent attendre. Même les autres occupants de l'hôtel, amateurs de ski, de bobsleigh et de patin à glace, sont gagnés par cette énervante complicité de l'homme et du paysage : ils partent vers les pistes par groupes paisibles. Ils devisent et chantent en marchant. Leurs rivalités se limitent à de gracieux concours d'élégance et à la conquête de jeunes femmes et de jeunes hommes, pour la plupart de la plus grande beauté.

Pour toi, les choses sont plus difficiles, bien que tu ne donnes à ces difficultés aucun caractère public ou ostentatoire. Tu te contentes de rester dans ta chambre. Quand tu ne contemples pas ce merveilleux paysage, tu dors sur ton lit large et confortable. Tu partages en outre de délicieux repas avec ta mère, qui ne sort guère davantage, sauf pour de rares promenades dans lesquelles elle voudrait t'entraî-

ner. Au restaurant, on vous sert des truites du lac préparées de cent façons, de fines charcuteries et des spécialités au fromage dont on ne se lasserait pas de découvrir les saveurs mélangées. La vive et complète perception de ces bonheurs est totalement impuissante à te rendre heureux. Tu vis immobile alors que tout autour de toi est animé d'un branle très lent. Couché sur le dos, la seule sensation que tu éprouves est celle du contact agréable de la courtepointe contre ta main.

Dans les passages continuels le long des couloirs, dans les portes qui se ferment avec un claquement assourdi, dans les chuchotements et les rires, dans les éclats de voix, dans l'arrêt feutré d'une camionnette de livraison, dans l'appel d'une cloche, dans les pleurs d'un enfant, dans la chute d'un linge sur le tapis et jusque dans les gargouillis de l'eau qui monte et descend dans les tuyauteries, tu sens autour de toi le tumultueux mouvement de la vie qui t'entoure. Tu restes à distance, comme en retrait. Tu veilles cependant scrupuleusement à ce que les apparences soient sauves. Lorsque tu descends au restaurant, tu t'enquiers régulièrement du menu. Si tu signes quelque document envoyé sous pli recommandé par mademoiselle Lhéritier, tu affectes le plus grand sérieux. Le maître d'hôtel, le facteur, le groom, les chambrières voient en toi un personnage certes peu bavard, plutôt timide et renfermé, mais, à l'occasion, souriant et communicatif. Il t'arrive même de plaisanter avec l'un ou l'autre pour mieux donner le change. Et tu sens bien alors que ta voix sonne juste et que tu te réjouirais de bon cœur si tu étais à la place de la personne à qui s'adresse le mot pour rire.

A propos des courriers de mademoiselle Lhéritier, tu dois à la vérité de dire qu'ils sont exceptionnels. Toni Soan, comme il le souhaitait, s'est retiré de vos affaires. Tu as refusé de te substituer à lui parce que tu n'as pas l'envergure, la ténacité, l'intelligence des marchés et du mouvement des affaires qui font le vrai businessman. Ton sentiment filial veut aussi que tu n'infliges aucune inquiétude grave à ta mère. Vous avez donc, selon les modalités prévues par Toni Soan, confié la direction de l'entreprise à un jeune « manager » qui, s'il n'a pas encore gagné l'entière confiance de ta mère, s'est assuré la tienne à la

Valet de nuit

minute où son exceptionnel curriculum vitae t'est tombé sous les yeux. Grâce à son arrivée providentielle, vous avez pu prendre vos quartiers d'hiver sur les pentes qui surplombent la haute vallée de l'Inn. Il va sans dire que le trou de trois cent soixante-dix mille francs creusé par tes soins dans votre compte chèques commun a été pour ta mère la révélation décisive de ton incapacité à manier l'argent. Ton explication par la dette de jeu n'a pas rétabli ta réputation. Elle a donc accueilli comme un envoyé du ciel ce spécialiste des études de marché et de l'import-export. Ce qui, auprès d'elle, a parlé le plus en sa faveur est le fait incontestable qu'il est marié depuis plus de dix ans avec la même femme et en outre père d'une fillette de huit ans.

A table, pendant ces repas qu'un service détendu prolonge à l'excès, tu as imposé qu'on ne parle plus de tes malheureuses dépenses somptuaires. Les reproches, même fondés, finissent par irriter celui qui les reçoit s'ils sont insistants. Ils le blessent sans le guérir ni l'amender. Cela est si vrai que tu t'interdis de t'adresser à toi-même celui d'avoir été capable seulement de découvrir un infirme égrotant, organisateur de spectacles pornographiques, quand tu étais en quête d'un père et d'un héros. Le destin de Charles Evariste n'est pas celui que tu as cru. Charles Evariste n'a pas échappé aux sirènes. Il est allé pourrir dans le secret des bas-fonds. Comme tous les crabes mutilés, il s'est logé dans la cavité d'un vase crétois historié qu'un incroyable naufrage jeta dans les abîmes. Son échec et le tien, c'est désormais une lumineuse évidence, ne sont que les deux faces d'un miroir de sorcellerie, l'une concave, l'autre convexe.

En compensation d'obliger une mère toujours pleine d'illusions à ne plus t'accabler de reproches, tu as accepté qu'elle t'entretienne de ses préoccupations touchant aux Ateliers et à ses revenus. L'âge venant, elle accorde une importance excessive à ces questions de subsistance dont elle se souciait à peine ces dernières années. Elle imagine (pour se donner des émotions sans doute) que notre nouvel homme d'affaires échouera forcément à cause de la conjoncture difficile et de la concurrence déloyale des entreprises textiles asiatiques. Bref, elle trouve cent raisons de ne pas dormir la nuit et de gâcher son séjour à la *montagne. Tu prends la peine de lui proposer une contre-argumentation solide et étayée, tu jongles avec les chiffres, tu édifies des plans de développement, tu lui exposes les solutions à mettre en œuvre pour faire pièce à chacun des scénarios catastrophiques qu'engendre son imagination... Tu as en outre l'élégance de lui cacher combien il t'en coûte de traiter chaque jour de ces matières qui te désolent et, pis, t'ennuient. Tu voudrais te taire. Tu voudrais le silence. Mais il faut lui parler. Tu t'appliques à ce que ta voix ne te trahisse pas, mais ne prends aucun plaisir à ce jeu d'acteur.*

Une autre pomme de discorde entre vous est la fin malheureuse de ta relation avec Paula Rotzen. Fin prévisible, pour toi bien entendu. Tu ne t'étais pas fait d'illusions exagérées. Mais ta mère ne peut comprendre. Ou, comme elle dit, elle comprend trop bien. Ne t'avait-elle pas averti du danger? Tu ne pouvais être amoureux. Ce n'était pas un rôle pour toi. C'est toi qui as tout ruiné. Tu as une disposition innée pour le gâchis. Et Paula elle-même ne t'avait-elle pas appelé « le petit vieux bien conservé »? Vous n'abordez ce triste sujet qu'avec d'infinies précautions, par la bande en quelque sorte, et sans jamais insister. Les repas en seraient irrémédiablement gâtés. Ta mère survivra-t-elle à ce dernier coup? Elle pose parfois la question à mi-voix. Il semble que oui, mais elle ne se défera plus de cet air ennuyé et déçu qui est le sien désormais. La vie, pour elle, tient ses promesses. Elle ne lui distribue que des rebuffades. Ginette Lacaze pose sur toi chaque matin des yeux apitoyés qui te redisent ton indignité. Cette fausse compassion t'exaspère. Tu tentes d'oublier que Paula Rotzen était, outre « ce qu'il y avait de mieux », la seule véritable chance de ton existence. Tu as rompu, mais le sentiment d'avoir pris la seule décision possible n'écarte pas le remords et les nuits d'insomnie. Oui, Paula était une source de vie. Elle était intelligente et belle. Vous aviez l'un pour l'autre des sentiments d'amoureux respect, si vrais que vous vous étiez gardés des promesses de convention. Vous n'aviez pas voulu réserver et clore l'avenir. Avec lucidité, vous vous étiez ménagé cette porte de sortie. Elle ne devait pas s'ouvrir. Mais au retour de cette malheureuse expédition, le découragement et le dégoût se sont emparés de toi. Le découragement et le dégoût se sont étendus sur ton âme comme une marée noire : aucun espoir de purifier un jour les rivages souillés. Tu es allé la voir. Tu lui as annoncé que tu ne te jugeais plus digne, que tu n'avais plus la force, ni la valeur. Tu te récusais. Elle t'a répondu qu'elle ne comprenait rien à ce langage. Tu lui as fourni des explications qu'elle a aussitôt rejetées. Tu n'as pas su éviter de la blesser. Elle ne t'a pas cru lorsque tu lui as dit qu'elle n'avait aucune part à ta décision, que tu n'avais rien à lui reprocher. A ton tour, tu ne l'as pas crue quand elle t'a répliqué que les fils n'étaient pas comptables des fautes de leurs pères. Cela est bien dans sa manière de penser, et c'est peut-être vrai. Tu n'as pas voulu (ou pas pu) te laisser convaincre. Qu'étaient tes sentiments pour Paula ? Tu ne sais pas. Des sentiments vrais, sans aucun doute, mais pas assez puissants. Tu sais maintenant que le sentiment vrai et profond de l'amour pour un autre être n'est pas à ta portée. Tu te sais lâche, capable de renier cette promesse que vous aviez eu l'élégance de ne pas formuler. Amère, elle t'a dit regretter ta décision de la quitter. Ainsi, elle te manifestait la nature de son amour et la souffrance injuste que tu lui infligeais. Elle n'a pas pleuré. Elle t'a dit encore qu'il faut savoir se détacher du passé, vivre le présent, vivre pour soi, vivre sa vie. Oui, tu te noies dans la mare fangeuse du passé. C'est ta forme de folie. Paula a eu le courage de te demander un délai de réflexion. Ton silence a fini de la désespérer. Tu l'avais assez humiliée. Elle s'est tue. Ce naufrage n'a eu lieu, tu le sais mieux que personne, que parce que tu t'es sabordé depuis longtemps.

Restent le paysage, les rêves. La vue qui s'étend sous tes fenêtres (tout le monde ici ne parle que du « magnifique panorama ») s'enveloppe chaque matin, pour une durée à chaque fois plus longue, d'une brume blanche qui estompe le contour des objets. Le lac apparaît et disparaît. Il devient tapis. Nuage. Il se change en sommet enneigé, ou en ville orientale semée de minarets et de clochers bulbeux. Ces métamorphoses incessantes captivent tes regards et ton imagination. Entre l'air et l'eau, il n'est plus de frontière.

Le lac file au fond d'une vallée que tu devines au loin. Il s'y perd. Il s'y noie. Tu te baignes nu dans ses eaux hivernales. Tu descends dans sa profondeur, les yeux ouverts, sans crainte. Tu sens ta chair tremblante sous sa caresse de feu et de glace. Tu t'allonges sur le lit. Tu recherches la position la plus confortable, celle que tu pourras garder pendant des heures. Ta fenêtre est alors comme un grand hublot, ta chambre un submersible. Elle coule tout entière dans les noirs abysses. La chute est lente, facile. La sensation, douce et violente. Tu n'as jamais rien éprouvé de pareil. Rien d'aussi doux et d'aussi brutal. Rien d'aussi proche de ta vérité. Tu descends dans la profondeur changeante, immobile. Les eaux s'ouvrent et se referment. Sans bruit. Cela ne finira plus. Ton repos ne finira plus. Il n'est rien de meilleur.

*Cet ouvrage a été réalisé sur
Système Cameron
par la SOCIÉTÉ NOUVELLE FIRMIN-DIDOT
Mesnil-sur-l'Estrée
pour le compte des Éditions Grasset
le 14 août 1986*

Imprimé en France
Dépôt légal : août 1986
N° d'édition : 7054 — N° d'impression : 4566
ISBN : 2-246-37391-3